SEM
SAÍDA

SEM SAÍDA

UM CASO DO DETETIVE
ADAM FAWLEY

CARA HUNTER

TRADUÇÃO
Edmundo Barreiros

TRAMA

Título original: *No Way Out*
Copyright © Cara Hunter, 2019
Os direitos morais da autora foram assegurados.

Copyright © Editora Nova Fronteira Participações S.A., 2023 mediante acordo com Johnson & Alcock Ltd.

Direitos de edição da obra em língua portuguesa no Brasil adquiridos pela Trama, selo da Editora Nova Fronteira Participações S.A. Todos os direitos reservados. Nenhuma parte desta obra pode ser apropriada e estocada em sistema de banco de dados ou processo similar, em qualquer forma ou meio, seja eletrônico, de fotocópia, gravação etc., sem a permissão do detentor do copirraite.

Editora Nova Fronteira Participações S.A.
Rua Candelária, 60 — 7.º andar — Centro — 20091-020
Rio de Janeiro — RJ — Brasil
Tel.: (21) 3882-8200

Dados Internacionais de Catalogação na Publicação (CIP)

H945s   Hunter, Cara

　　　　Sem saída / Cara Hunter; traduzido por Edmundo Barreiros - Rio de Janeiro: Trama, 2023.
　　　　344p. ; 15,5 x 23cm; (Adam Fawley)

　　　　Título original: *No way out*
　　　　ISBN: 978-65-89132-89-9

　　　　1. Literatura americana suspense. I. Barreiros, Edmundo. II. Título

　　　　　　　　　　　　　　　　　　　　　　　　CDD: 808.8
　　　　　　　　　　　　　　　　　　　　　　　　CDU: 82-32

André Queiroz – CRB-4/2242

Visite nossa loja virtual em:

www.editoratrama.com.br
 /editoratrama

Para Sarah
Porque todo mundo precisa de um esteio

04/01/2018 0h55

Imagens da câmera do capacete, bombeiro Fletcher, Serviço de Combate a Incêndios e Resgates de Oxfordshire

Ocorrência na Felix House, Southey Road, 23, Oxford. O vídeo começa quando dois caminhões dos bombeiros param em uma rua do subúrbio. As casas são grandes. Está escuro. Sirenes, luzes piscando.

<u>DESPACHO DO CONTROLE DE OCORRÊNCIAS PARA DISPOSITIVOS:</u>
Esta ocorrência envolve pessoas. A ligação para a emergência disse que pode haver quatro pessoas lá dentro. Dois adultos, duas crianças.

<u>COMANDANTE DA OCORRÊNCIA:</u>
Recebido. Estamos cuidando disso. O térreo está bem iluminado.

A câmera se move para a direita na direção de uma casa com fumaça negra saindo pelas janelas à direita no andar de cima, e fogo é visto nos andares mais baixos. Meia dúzia de transeuntes e vizinhos na rua. Som de vozes gritando, mais sirenes. Chega um carro da polícia. Bombeiros estão pegando escadas, estendendo a mangueira, vestindo equipamento de respiração.

<u>COMANDANTE DA OCORRÊNCIA PARA EQUIPES:</u>
Nenhum dos vizinhos viu a família, por isso preciso que duas pessoas com equipamento de respiração subam e revistem o primeiro andar.

OFICIAL DE CONTROLE DA ENTRADA DE EQUIPAMENTO
DE RESPIRAÇÃO:

Recebido. A Equipe Alfa 1 está se preparando para entrar.

As chamas agora são nitidamente visíveis através da porta da frente envidraçada. A Equipe Alfa 1 com equipamento de respiração liderada pelo bombeiro Fletcher avança pela entrada de carros na direção da casa. Uma escada é erguida do lado esquerdo. Fletcher sobe com uma mangueira. Som de vozes abafadas e interferência de rádio. Respiração pesada dentro da máscara do equipamento de respiração. A câmera passa pelo batente da janela e entra no quarto. Fumaça densa. O facho da lanterna no capacete se move da esquerda para a direita, mostrando estantes, um gaveteiro, uma cadeira. Nenhuma chama visível, mas o carpete está ardendo. A câmera se volta de novo para a janela, imagem do bombeiro Evans subindo pela escada.

OFICIAL DE CONTROLE DE ENTRADA DE
EQUIPAMENTO DE RESPIRAÇÃO:

Equipe Alfa, algum sinal de vítimas?

FLETCHER *(respirando com dificuldade)*:

Negativo.

Fletcher anda até a porta e sai para o patamar da escada. A câmera se move de um lado para outro, o facho de luz capta três outras portas e degraus levando ao andar de cima. Os degraus que levam para o andar inferior mostram uma luz tremeluzente de chamas no térreo, fagulhas no ar, fumaça subindo pela escada e pelo teto.

*Mais crepitar no sistema de comunicação, som
de água de mangueiras enquanto bombeiros no
exterior tentam apagar o fogo. Fletcher vai
para a porta adjacente, semiaberta. Pôsteres de
futebol e uma cama de solteiro visível através
da fumaça. Cama desarrumada, mas sem ocupante.
Ele revista o quarto e verifica embaixo da cama.*

OFICIAL DE CONTROLE DE ENTRADA DE EQUIPAMENTO DE RESPIRAÇÃO:

Equipe Alfa 1, para sua informação, vizinhos
dizem que há um menino de 10 ou 11 anos e uma
criança pequena.

*Fletcher volta para o patamar da escada e
segue até a porta seguinte. Ela está aberta. A
fumaça ali está muito mais densa. O fogo está
instalado — tapete, cortinas e a roupa de cama
estão em chamas. Fletcher corre até a cama.
Há uma criança, imóvel. Ele volta rápido para
o primeiro quarto e entrega a criança para o
bombeiro Evans por uma escada na janela. Uma
lufada de ar entra no quarto. Sobem chamas do
carpete.*

FLETCHER:

Equipe Alfa 1 para controle de entrada de
equipamentos de respiração. Uma vítima
encontrada está sendo removida pela escada.
Criança. Não responde.

COMANDANTE DA OCORRÊNCIA:

Recebido, Alfa 1. Socorristas presentes.

*Fletcher volta para o patamar da escada seguido
pelo bombeiro Waites. Vai até o alto da escada.
Os bombeiros Evans e Jones também entraram na*

casa para procurar por vítimas, e se aproximam vindos do outro lado.

FLETCHER:
Encontraram alguém?

Evans gesticula de forma negativa. Jones carrega a câmera de imagens térmicas. Examina ao redor e começa a gesticular com urgência para a escada que descia.

JONES:
Tem alguém lá embaixo, perto do pé da escada.

FLETCHER:
Alfa 1 para oficial de controle de entrada de equipamentos de respiração. Vítima identificada na base da escada. Pode ser a outra criança. Vou descer.

A Equipe Alfa 1 desce. O chão do corredor está em chamas, e o fogo está muito avançado em todas as direções. Eles erguem a vítima e refazem seus passos até o primeiro andar, onde a entregam para a Equipe Alfa 2, que a leva para a escada. De repente, barulhos de explosão e colapso estrutural quando o fogo invade o segundo andar. Gritos e alarme no rádio. Chamas agora são visíveis pela porta do quarto.

WAITES:
Merda, as chamas estão se espalhando rápido, muito rápido!

COMANDANTE DA OCORRÊNCIA:
Evacuar, repito, evacuar.

FLETCHER *(arquejando)*:
Deve haver outras pessoas aqui. Eu vou entrar de novo.

COMANDANTE DA OCORRÊNCIA:
Negativo, repito, negativo. Risco de morte grave. Saia daí. Repito: saia daí. Equipe Alfa 1, responda...

Som de mais explosões. O rádio fica em silêncio.

Eu odeio Natal. Acho que devo ter gostado dele no passado, quando era criança, mas não me lembro. Assim que tive idade suficiente, eu só saio — qualquer coisa para sair de casa. Nunca tive nenhum lugar para onde ir, mas mesmo andar em círculos pelas ruas era melhor que ficar sentado na sala olhando uns para os outros, ou a tortura bizarra de mais um especial de Natal na TV. E à medida que envelhecia, mais odiava essa época do ano. Bobagens festivas animadas desde o fim de outubro até bem depois do Ano-Novo. *Você vai mudar de opinião*, diziam as pessoas, *quando tiver filhos; você vai ver. O Natal com filhos é uma época mágica.* E era. Quando tínhamos Jake, era. Eu me lembro dele fazendo as decorações de papel mais incríveis, tudo sozinho, renas e bonecos de neve e ursos-polares em elaboradas e recortadas silhuetas. E tínhamos azevinhos, e rodelas de laranjas secas na ponta de meias tricotadas e pequenas luzes brancas penduradas pelo jardim. Eu me lembro de um ano em que de fato nevou, e ele ficou ali, sentado em seu quarto, completamente hipnotizado enquanto flocos de neve enormes caíam rodopiando, com peso suficiente apenas para cair. Então, sim, era mágico. Mas o que acontece quando você perdeu o filho que fazia isso, e aí? As pessoas nunca falam com você sobre isso. Elas não explicam como lidar com o Natal que vem depois. Ou o próximo, ou o seguinte depois desse.

Tem o trabalho, é claro. Pelo menos, para mim.

Embora o Natal seja uma época horrível para ser policial. Praticamente todo o tipo de crime em que você possa pensar aumenta. Furtos, violência doméstica, desordem pública. Em sua maioria, coisas de baixo nível, mas a quantidade de papelada que isso cria é a mesma. As pessoas bebem demais, têm tempo livre demais e praticamente 24 horas de proximidade com pessoas que elas deviam amar, mas descobrem que, na verdade, não amam. E, além disso, como todo mundo quer tirar folga, ficamos sempre com equipe reduzida. O que está longe de explicar por que estou em uma cozinha congelante às 5h35 na época do Natal na pior parte do período de festas, olhando para o escuro, ouvindo o noticiário da Rádio 4 enquanto espero que a chaleira ferva. Há pratos sujos na pia porque não me dou ao trabalho de esvaziar a lava-louça, as latas de lixo estão transbordando porque perdi o dia da coleta, e o lixo orgânico foi virado na entrada lateral, talvez pelo gato do vizinho, ou talvez pela raposa que vi no jardim uma ou duas vezes nos últimos tempos, de manhã cedo. E se quer saber o que estou fazendo acordado a essa hora infeliz, bom, você não vai ter de se perguntar por muito mais tempo.

O rádio muda para um programa religioso e eu o desligo. Eu não ligo para Deus. Ainda mais nessa hora da manhã. Eu pego o celular, hesito por um instante, então faço a ligação. E, sim, sei que é uma hora estúpida, mas não acho que vou acordá-la. Ela desliga o telefone à noite. Como um ser humano normal.

Ouço os quatro toques previsíveis, o clique e a voz não exatamente humana que me diz que a pessoa para quem estou ligando não está disponível. Então, o sinal.

— Alex... sou eu. Nada grave, só queria verificar se você está bem. Se está ajudando. Quero dizer, ter tempo para pensar. Como você disse.

O que há em vozes artificiais que faz com que pessoas tidas como inteligentes falem como idiotas? Há uma mancha marrom grudenta na bancada de trabalho que não me lembro de ter estado ali na véspera. Eu começo a raspá-la com a unha do polegar.

— Diga à sua irmã que eu mandei um oi. — Então uma pausa. — É isso, na verdade. Olhe, apenas me ligue, está bem? — Eu escuto o silêncio. Sei que é impossível, mas metade de mim espera que ela também esteja ouvindo. Que ela vá atender. — Estou com saudade.

Eu amo você.

Era o que eu devia ter dito, mas não disse. Estou tentando não me lembrar exatamente quanto tempo faz desde que ela de fato falou comigo. Uma semana? Mais. Acho que foi dois dias depois do Natal. Eu continuo com esperança de que o Ano-Novo faça diferença. Que possamos deixar tudo para trás, como se uma mudança completamente arbitrária na numeração dos dias pudesse fazer a menor diferença em como ela se sente. Como *eu* me sinto.

A água está fervendo na chaleira e eu procuro o café no armário. Tudo o que resta é o vidro de café solúvel barato que Alex comprou para oferecer a encanadores e decoradores. Aquelas cápsulas pretensiosas acabaram há alguns dias. Foi Alex quem de fato quis aquela máquina. O solúvel barato, porém, tem sua onda, e acabei de servir o segundo quando o telefone toca.

— *Alex?*

— Não, chefe. Sou eu, Gislingham.

Sinto meu rosto ruborizar. Será que pareci tão desesperado para ele quanto pareci para mim?

— O que é, Gis?

— Desculpe por ligar tão cedo, chefe. Estou na Southey Road. Houve um incêndio à noite. Ainda estão lutando para controlá-lo.

— Vítimas?

Mas eu sei a resposta antes de perguntar. Gis não estaria me ligando às 5h45 se não fosse isso.

Eu o escuto inspirar fundo.

— Só uma até agora, chefe. Uma criança pequena. Tem um menino mais velho também, mas conseguiram alcançá-lo a tempo. Está vivo... por pouco. Foi levado para o John Rad.

— Nenhum sinal dos pais?

— Ainda não.

— Merda.

— Eu sei. Não queremos que isso chegue à imprensa, mas é apenas questão de tempo. Desculpe por tirá-lo da cama e tudo mais, mas acho que você devia estar aqui...

— Eu já estava acordado. E estou a caminho.

***

Na Southey Road, Gislingham guarda o celular no bolso. Ele estava em dúvida se devia ter ligado. Embora ele nunca diga isso em voz alta e se sinta culpado só por pensar, Fawley com certeza andava abalado nos últimos dias. Não apenas de pavio curto, embora ele também estivesse assim. Distraído. Preocupado. Ele não foi à festa de Natal do distrito, mas, como ele sempre diz o quanto odeia Natal, isso não significa necessariamente alguma coisa. Em contrapartida, circula o boato de que sua esposa o deixou, e a julgar pelo amarrotado de suas roupas, isso é uma possibilidade real. A camisa de Gislingham também não parece muito policial, mas elas nunca parecem porque ele mesmo as passa. Ele ainda não descobriu como passar colarinhos.

Ele se vira e caminha mais uma vez pela entrada de carros na direção da casa. As chamas foram apagadas, mas os bombeiros com equipamentos de respiração ainda estão lançando jatos de água em arco pelas janelas, empurrando grandes lufadas de fumaça densa para o céu escuro. O ar está denso com fuligem e o cheiro de plástico queimado.

O comandante da ocorrência se aproxima dele, com as botas triturando o cascalho.

— Em *off*, é quase certo que se trata de incêndio criminoso, mas vai demorar um tempo antes que a equipe de investigação possa entrar. Parece que começou na sala de estar, mas o telhado caiu inteiro, então não diga que eu disse isso.

— Então talvez haja mais corpos?

— Pode ser. Mas há três andares de escombros caídos naquele lado. Deus sabe quanto tempo vai levar para examinarmos tudo. — Ele tira o capacete e esfrega a testa com as costas da mão. — Você soube alguma coisa do menino?

— Ainda não. Um de meus colegas foi na ambulância. Informo você quando souber de alguma coisa.

O bombeiro faz uma careta. Ele conhece as chances; está fazendo isso há muito tempo. Ele toma um gole de água.

— Onde está Quinn, de férias?

Gislingham sacode a cabeça.

— Esse é meu. Sou o sargento-detetive em exercício.

O bombeiro ergue uma sobrancelha.

— Soube que Quinn se meteu em merda. Embora eu não soubesse que tinha sido tão ruim.

Gislingham dá de ombros.

— Não cabe a mim dizer.

O bombeiro olha para ele por um momento com os olhos azuis pulsantes.

— Demora para se acostumar, não é? — diz ele por fim. — Estar no comando. — Então ele joga a garrafa d'água fora e sai andando na direção do caminhão de bombeiros, dando um tapinha no braço de Gislingham ao passar. — Aproveite, parceiro. É preciso aproveitar suas chances na vida. Nenhuma outra pessoa vai fazer isso por você.

O que é, em termos gerais, o que a mulher de Gislingham disse quando ele contou a ela. Isso e o fato de que Quinn se meteu nessa encrenca, e o dinheiro extra ia cair bem agora que Billy está crescendo, e o que, afinal, ele devia a Quinn? Uma pergunta que ele (sabiamente) decidiu presumir que fosse apenas retórica.

Ele olha ao redor por um momento e então vai na direção do policial uniformizado que está parado atrás da fita da polícia. Há alguns observadores na rua, mas, considerando o horário e o frio, é apenas um grupo de pessoas dispersas. Gislingham reconheceu um jornalista do *Oxford Mail* que estava tentando — sem sucesso — conseguir sua atenção pelos últimos dez minutos.

Ele se volta para o policial.

— Já começaram a ir de casa em casa?

— Estamos fazendo isso agora, sargento. Nós conseguimos reunir três pessoas. Não é muito, mas...

— É, eu sei, todo mundo está viajando.

Um carro para na rua e uma pessoa desembarca. Rápido e de forma oficial, distingue-se uma identificação policial. E essa não era a única coisa que se distingue. Gislingham respira fundo. É o carro de Quinn.

***

Oxford Mail on-line

Quinta-feira, 4 de janeiro de 2018
Atualizado pela última vez às 8h18

Fatalidade em incêndio numa casa em Oxford

Um menino de 3 anos morreu depois que um incêndio tomou uma casa eduardiana de sete quartos na Southey Road nas primeiras horas desta manhã. A causa do incêndio ainda é desconhecida, mas o Serviço de Combate a Incêndios e Resgates de Oxfordshire está trabalhando junto com uma equipe de peritos forenses da polícia para determinar de forma precisa como ele começou. Uma segunda vítima, identificada por vizinhos como o irmão mais velho do menino, foi levada de ambulância para o hospital John Radcliff, provavelmente sofrendo de inalação de fumaça.

Os serviços de emergência foram chamados até a casa pouco após 0h40, quando um vizinho viu chamas saindo por uma janela do térreo. Patrick Moreton, gerente distrital da estação dos bombeiros de Rewley Road, disse que o incêndio estava muito avançado quando sua equipe chegou à cena, e que levou quatro horas para controlar as chamas. Ele disse que era muito cedo para dizer se decorações de Natal inflamáveis contribuíram com o incêndio, mas acrescentou: "Isso é um lembrete oportuno para se tomar as devidas precauções de segurança quando usarem decorações como velas e material inflamável como papel laminado,

Jovem de 15 anos detido após facadas em Blackbird Leys

Um adolescente está sendo interrogado pela polícia depois do esfaqueamento fatal de Damien Perry, 16, na véspera de Ano-Novo.../ *ver mais*

São esperados problemas nos transportes com a previsão de mais neve para a próxima semana

O gabinete do clima emitiu um alerta amarelo sobre a chegada de rajadas de vento gelado previstas para virem da Sibéria na semana que vem.../*ver mais*

Conselho anuncia novas medidas para reduzir a poluição do ar em Oxford

O conselho da cidade de Oxford vai introduzir um novo esquema pioneiro para reduzir as emissões de diesel em áreas residenciais.../*ver mais*

Oxford United vence MK Dons por 3 a 1

Thomas van Kessel e Obika marcaram em uma partida vibrante em casa.../*ver mais* e testar seus alarmes de fumaça pelo menos uma vez por semana.

A polícia de Thames Valley se recusou a comentar se as duas crianças estavam sozinhas em casa.

65 comentários

Janeelliottcornwallis
Estou perdendo alguma coisa ou nenhum dos pais estava em casa? Eles deixaram aquelas duas crianças sozinhas, com aquela idade? Eu não tenho palavras, não tenho mesmo

> **111Chris_o_bem**
> Quase certo que saíram para se embebedar em algum lugar. Eu conheço o tipo, com eles é só coisa de gente da alta

ernest_payne_jardineiro22
Passei pela casa há uma hora – um lado dela desabou por completo. É provável que haja mais corpos ali. Deem à polícia tempo para fazer seu trabalho, está bem?

Josephyosef88188
Queria que mais pessoas se dessem conta do risco da decoração de Natal. Fui bombeiro por 30 anos e vi incidentes horríveis.

***

Só quando estou sinalizando para virar à esquerda na Banbury Road é que me lembro com precisão de onde fica a Southey Road. Três curvas para o norte a partir da Frampton Road. A Frampton Road de William Harper e da que nós encontramos trancada em seu porão. Os jornais o chamaram de "o Fritzl de Oxford". Pelo menos no começo. Já fazia oito meses, mas ainda estava nos tribunais em dezembro, e a pasta continua em cima da minha mesa, esperando para ser guardada nos arquivos.

Nenhum de nós vai se esquecer rápido desse. Muito menos Quinn. Antes sargento-detetive Quinn, agora apenas detetive Quinn. E por falar nele, seu Audi preto novo é a primeira coisa que vejo quando paro na rua e desligo o motor. Mas ele sempre foi um pouco elegante quando se tratava de carros. Eu não saberia dizer qual o carro de Gislingham e devo ter visto aquele maldito carro mil vezes. Em relação à cena, o fogo podia estar sob controle, mas o lugar está um circo. Dois caminhões dos bombeiros e três carros da polícia. Curiosos estacionados. Pessoas tirando fotos com o celular. Graças a Deus eles tinham estacionado a van do agente funerário fora de vista.

Quinn e Gislingham estão perto da casa e se viram para olhar para mim enquanto caminho em sua direção. Quinn está batendo os pés de frio, mas fora isso a linguagem corporal é estranha, para dizer o mínimo. Ele assumiu como sargento-detetive como um cachorro na água — nenhuma hesitação, muito estardalhaço —, só que estava com muito mais problemas para voltar a ser apenas detetive. Bom, você sabe o que dizem, subir é fácil, descer é algo bem diferente. Ele está tentando encarar tudo com colhões, é desnecessário dizer, mas foi essa parte de sua anatomia que o botou naquela situação. Posso ver que ele está ávido para se envolver, mas Gislingham merece uma chance de provar que está à altura daquilo. Eu me viro para ele, talvez de forma evidente demais.

— Alguma novidade, sargento?

Gislingham se apruma um pouco e pega o caderno, embora eu não consiga acreditar que ele de fato precise dele. Suas mãos estão tremendo, mas só um pouco. Desconfio que Quinn também tenha percebido.

— A casa pertence a uma família chamada Esmond, senhor. Michael Esmond, 40, é um acadêmico. A mulher é Samantha, 33, e tem os dois filhos, Matty, 10, e Zachary, 3.

— Como ele está, o garoto mais velho?

— Ainda é uma incógnita. Ele está muito mal.

— E ainda não há nenhum sinal dos pais?

Gislingham faz uma careta.

— O quarto principal fica ali — diz ele, apontando para o lado esquerdo da casa. — Ainda está basicamente intacto, mas não há sinal de ninguém. Os bombeiros disseram que a cama estava arrumada. Então procurei pela família no Google e isso apareceu.

Ele me entrega seu telefone. É uma página do site do King's College London anunciando uma conferência sobre antropologia social que estava sendo realizada naquele momento em Londres. Um dos conferencistas é Michael Esmond: *"Morte por fogo e água: práticas de sacrifício em ritual no vodu latino-americano"*. Alguém já disse que coincidências são o jeito de Deus permanecer anônimo. Bom, se esse é o caso, tudo o que posso dizer é que às vezes ele tem muito mau gosto.

Eu devolvo o celular de Gis.

— Ligue para eles e confirme se ele de fato apareceu. No mínimo isso significa que temos um corpo a menos para procurar.

— Segurem o molho do churrasco, hein? — diz Quinn.

Lanço-lhe um olhar que remove o sorriso malicioso de seu rosto, e torno a me voltar para Gislingham.

— Qual é o plano?

Ele pisca algumas vezes.

— Localizar Michael e Samantha Esmond e determinar onde estavam na hora do incidente. Fazer uma investigação inicial de casa em casa caso algum dos vizinhos tenha visto alguma coisa. Conversar com Boddie sobre a autópsia. Identificar e informar os parentes próximos. Ligação com os rapazes da perícia dos bombeiros. — Ele aponta para o outro lado da entrada de carros. — E localizar o carro, é claro.

Quinn se vira para olhar para ele.

— Que carro?

Gislingham ergue as sobrancelhas.

— Há marcas de rodas no cascalho. Bem visíveis. Os Esmond com certeza têm um carro. Então onde ele está? Ninguém em sã consciência iria daqui para Londres dirigindo, então acho que se encontrarmos o carro também vamos encontrar a esposa.

Sem prêmios para quem adivinhar de quem eram as ações que acabavam de subir.

Eu assinto.

— Bom trabalho, sargento. Me mantenha informado.

Eu me volto para Quinn, que se aproximou cerca de um metro da casa, talvez pensando que se você não pode vencê-los, é melhor se afastar. A casa na verdade não faz meu gênero, mas acho que é uma propriedade desejável. Ou era. Nesse momento, água imunda está escorrendo pela fachada e todas as janelas do térreo desapareceram. Ela fica no centro do terreno e tem portas da frente duplas, mas o lado direito é pouco mais que uma casca. A empena ainda estava de pé, mas por pouco, e não há nada atrás dela além de paredes enegrecidas e uma pilha de tijolos, madeiras do telhado e vidro estilhaçado. O que sobrou do resto está coberto de pedrinhas e de fragmentos de madeira estilo Tudor que deviam ser brancos antes, mas agora estão chamuscados e sujos de fuligem. Você quase consegue ver o 1909 acima de uma das janelas. Assim como um adesivo do Arsenal ainda preso a uma vidraça quebrada.

— O que você está pensando? — pergunto a Quinn.

Ele se assusta um pouco.

— Ah, só o óbvio, chefe. Como um acadêmico consegue comprar uma coisa tão grande por aqui. Quanto, você acha, cinco milhões?

Mais, bem mais. Por aqui, as casas são divididas entre grandes, pequenas, pequenas grandes e grandes pequenas. É seguro dizer que essa é grande *grande*.

— Pode ser dinheiro de família — digo. — Mas vale a pena verificar.

— Por que você não faz isso, Quinn? — pergunta Gislingham.

Quinn dá de ombros.

— Está bem.

E, enquanto me afasto, ouço Gislingham dizer em voz baixa:

— Está bem, *sargento*.

***

Às 7h05, a detetive Erica Somer está de pé olhando para seu guarda-roupa tentando descobrir o que vestir. Ela está na divisão de investigação criminal há apenas três meses, e escolher a roupa certa é uma questão que se torna mais difícil a cada dia. Ela nunca gostou do uniforme, mas ele tinha suas vantagens. A uniformidade sendo, é claro, uma das mais óbvias. Mas agora ela está "à paisana", e a melhor maneira de conseguir isso é ser qualquer coisa menos simples. Como, ela se pergunta pela enésima vez, olhando para os cabides pendurados, você consegue parecer séria, mas não fora de moda? Profissional, mas ainda abordável? É um pesadelo. Ela dá um suspiro. Nisso e em tantas outras coisas, os homens têm mais facilidade. Um terno da M&S e três gravatas em geral são o suficiente — e Baxter é a prova viva disso. Verity Everett encontrara seu caminho com um visual camisa-branca saia escura que raramente varia. Azul-marinho um dia, preto no outro, cinza no terceiro e mais uma vez azul-marinho. Sapatos baixos e um cardigã no inverno. Mas, assim, dava no mesmo voltar ao uniforme e ficar com ele. E o cabelo? Será que um rabo de cavalo é muito frívolo? Um coque, muito professoral?

Ela acaba de pegar o terninho preto (terceira vez em cinco dias — isso também vai virar um uniforme se ela não tomar cuidado) quando o celular toca. É Gislingham. Ela gosta de Gislingham. Não impetuoso (como Quinn) nem talentoso (como Fawley), mas eficaz mesmo assim. Metódico. Muito trabalhador. E decente. Acima de tudo, decente. Ela torce muito para que ele se saia bem no posto de sargento; ele merece.

— O que posso fazer por você, sargento?

— Estou na Southey Road. — O vento deve ter aumentado; sua voz se embaralha nas rajadas. — Houve um incêndio. Uma fatalidade, e tem um garoto na UTI do John Rad.

Ela se senta na cama.

— Incêndio criminoso?

— Ainda não sabemos. Mas parece.

— Como eu posso ajudar?

— É que, com o Natal, estamos com pouquíssima gente. Baxter está indo de porta em porta, mas temos só três policiais uniformizados.

Somer sabe como é, e é uma merda de trabalho. Em especial nesse clima. Ela pede a Deus que ele não esteja prestes a pedir que ela ajude. E ele deve ter sentido alguma coisa, porque acrescenta de imediato:

— Mas não foi por isso que liguei. Eu estou preso agora na cena, e Everett não volta até a tarde, então você podia cuidar da autópsia?

Por que Quinn não está fazendo isso?, ela se pergunta. Mas não diz nada. Ela tem sua própria história com Quinn, um relacionamento imprudente mas felizmente breve que ela teme ser do conhecimento de muita gente. Em especial de Fawley.

— Claro. Sem problema.

— Você já atuou num caso de pessoa queimada antes?

Ela hesita.

— Não, na verdade, não.

Ela, na verdade, acompanhou apenas uma autópsia, e foi um esfaqueamento. Foi difícil o bastante, mas insípido em comparação.

— Há uma primeira vez para tudo — diz Gislingham. — Você vai ficar bem. — Ele hesita antes de completar: — Leve umas balas de menta.

***

Entrevista com Beverley Draper, realizada na Southey Road, 21, Oxford
4 de janeiro de 2018, 8h45
Presente, detetive A. Baxter

AB: Acredito que a senhora tenha feito a ligação original para a emergência, sra. Draper.

BD: Sim, fui eu. Meu filho me acordou — ele estava tendo um pesadelo. Seu quarto dá para aquela direção. Eu ouvi um barulho — pareceu uma janela quebrando. Achei que pudesse ser um ladrão, por isso puxei a cortina para o lado. Foi aí que eu vi as chamas. Eu me lembro de pensar que o fogo devia estar queimando havia um bom tempo para ter ficado tão ruim, mas há tantas árvores que você não consegue ver a casa direito da rua. Acho que ninguém percebeu.

AB: E a senhora ligou para os serviços de emergência à meia-noite e quarenta e sete?

BD: Isso mesmo.

AB: A senhora não viu ninguém perto da casa, ou fugindo correndo?

BD: Não. Como eu disse, estava dormindo até Dylan me acordar. Você sabe como eles estão, a família?

AB: Não podemos liberar nenhuma informação no momento.

BD: Vi eles levarem Matty na ambulância, mas estão falando na internet sobre Michael e Samantha estarem desaparecidos. Isso não pode estar certo, pode? Quero dizer...

AB: Como eu disse, vamos fazer um pronunciamento oficial no momento certo. A senhora pode me dizer o que sabe sobre a família? Eles estavam aqui, não estavam, no Natal e no Ano-Novo? Não viajaram para visitar parentes? Ou umas férias para esquiar?

BD: Não acho que eles esquiem. E, sim, eles estavam aqui. A escola organizou um coral de Natal no dia 23 de dezembro e eles estavam lá.

AB: Eles receberam alguma visita? A senhora sabe de mais alguém que pudesse estar na casa ontem à noite?

BD: Bom, eu não tenho certeza...

AB: Nós só precisamos esclarecer quem mais podia estar presente. Membros da família? Amigos? Não tenha pressa.

BD: [*pausa*]

Para ser honesta, até onde sei, eles não são de receber muito. Quando nos mudamos, nós

os convidamos para vir aqui, como se faz, e
Samanta disse que ia me dizer algumas datas,
mas isso nunca aconteceu. Nós demos uma festa
no jardim no verão passado e eles vieram, mas
acho que foi só por obrigação. Eles não ficaram
muito.

AB: E a família?

BD: O pai de Michael já é falecido, isso eu sei, e
acho que sua mãe está em um lar para idosos. Em
algum lugar perto de Wantage, eu acho. Eu nunca
ouvi Samantha mencionar sua família.

AB: Nós também acreditamos que a família tenha um
carro, mas ele não estava na casa.

BD: Ah, sim, eles têm sim. Uma perua Volvo.
Bastante velha. Branca. Mas não sei por que não
está na entrada de carros. É onde estacionam.

AB: A senhora não sabe de algum lugar aonde
Samantha pudesse ir?

BD: Então ela está mesmo desaparecida...

AB: Como eu disse, não podemos comentar...

BD: Não se preocupe. Eu entendo. Mas não.
Infelizmente eu não tenho ideia.

AB: E não tem mais ninguém que a senhora possa
pensar com quem pudéssemos entrar em contato?

BD: Desculpe. Nós apenas não éramos esse tipo de
vizinhos.

***

O ar no necrotério está ainda mais frio que no lado de fora. Somer está vestindo dois agasalhos por baixo da roupa cirúrgica; foi Everett quem a aconselhou sobre a camada extra ("Quando seus dentes começam a bater, acabou, você não vai conseguir parar"). O corpo está sobre uma cama de metal. O menininho. Zachary. Embora ela perceba de imediato que dar um nome a ele só vai deixar as coisas um muito piores. Retalhos de cobertor azul ainda estão grudados na sua pele, mas por baixo ele está horrivelmente danificado. Seu corpo está lívido, com marcas amarelas e bolhas vermelhas, queimado com áreas mais altas de fuligem chamuscada. Sua cabeça está virada para o lado; os cachos macios de bebê, queimados; os lábios, encolhidos e cerosos. Ela respira fundo e exala algo muito próximo de um soluço. Um dos assistentes olha para ela.

— Eu sei. É duas vezes pior quando é uma criança.

Somer concorda, sem confiança em si mesma para falar. Nesse momento, tudo em que ela consegue pensar é no cheiro. Ela já viu todos aqueles bonecos ultrarrealistas de autópsias na TV, mas a coisa para qual ela não estava preparada era o fedor. Mesmo por trás da máscara, o corpo cheirava a porco assado. Ela envia um agradecimento silencioso para Gislingham pelas balas de menta e engole em seco, tentando manter o controle.

— Nossa prioridade — diz Boddie — vai ser confirmar se a vítima estava ou não viva quando o incêndio começou. Como não há ferimentos externos óbvios, vou examinar a traqueia e as vias aéreas internas em busca de evidências de inalação de fumaça.

Ele pega um bisturi e olha para ela.

— Então, vamos começar?

***

Gislingham ainda está na Southey Road. O sol baixo de inverno está projetando um brilho rosa profundo sobre os destroços da casa. Há gelo no ar, mas, apesar do frio, a multidão na rua está maior. Talvez vinte pessoas, com cachecóis, luvas e casacos grossos, a respiração saindo em lufadas geladas. Mas eles provavelmente não vão ficar por muito tempo

— agora há muito menos para ver. Um dos caminhões dos bombeiros foi embora, e os bombeiros que restam estão rescaldando as últimas áreas de fogo e levando equipamento de volta ao caminhão. Lá dentro, porém, é outra história. Além de três membros da equipe de perícia forense de Alan Challow, há dois investigadores dos bombeiros, um deles com uma câmera de vídeo. O outro está na sala queimada de café da manhã, com Gislingham e Challow. A mesa pesada de madeira e as cadeiras ainda estão fumegando, e há marcas de fuligem que sobem até o teto. Há várias goteiras, e os homens conseguem ver o quarto acima através das vigas. Papel de parede do ursinho Pooh. O esqueleto nu de um móbile de bebê. Gislingham está tentando não olhar para ele.

— Vamos precisar fazer mais análises para ter certeza — está dizendo o oficial dos bombeiros. — Mas, como eu disse, aposto que começou na sala de estar. Isso também explicaria o atraso na ligação para a emergência, não há ninguém vendo a casa dos fundos, e, até onde sabemos, os vizinhos daquele lado estão fora.

— E você acha que foi incêndio criminoso?

O bombeiro confirma.

— Com base na velocidade e na extensão, algum tipo de acelerante deve ter sido utilizado, com o apoio competente, sem dúvida, da maldita árvore de Natal. Ela deve ter se acendido como se fosse o Quatro de Julho. A essa altura, devia estar seca como osso, dava no mesmo ter feito uma pilha de gravetos e mechas para acender. Depois disso foi apenas questão de tempo até que, *bum*, todo o lugar entrou em chamas.

— Quanto tempo isso deve ter levado? — pergunta Gislingham, anotando furiosamente.

O oficial dos bombeiros se aprumou.

— Para chegar ao ponto de aquecer e se espalhar rápido? Três minutos? Talvez ainda menos. — Ele gesticula na direção da escada. — A julgar pela carbonização, acho que eles tinham alguma espécie de guirlanda em torno do corrimão, também. Azevinho ou algo assim. Que também estaria muito seco a essa altura, não preciso dizer, transformando-o em um pavio perfeito. Foi um momento ruim. Quero dizer, eles iam tirar isso tudo amanhã, não iam?

Gislingham faz uma expressão vazia, e depois diz:

— Ah, é claro, a noite de Reis. Idiota... eu tinha me esquecido disso.

Sua própria casa está enfeitada como uma loja de departamentos — Janet quis que fosse especial para o primeiro Natal de Billy em casa. Gislingham vai ficar acordado a noite inteira.

***

Verity Everett larga o celular e se encosta em sua cadeira. Em parte, ela esperava voltar para um escritório quase vazio e para os restos tristes dos chocolates de Natal. Mas só em parte: esse trabalho pode surpreender. E, para ser honesta, depois de vários dias de pai ininterruptos, ela está muito aliviada por estar de volta. Seu apartamento na verdade não é grande o bastante para os dois. Em especial não quando ele trata o lugar como um hotel, deixando as canecas vazias onde quer que esteja sentado e nunca arrumando a cama (a cama *dela*, por falar nisso; ela teve de se virar com o *futon*, que está tendo o efeito previsível em sua dor nas costas e em seu gato mal-humorado). Mas amanhã seu pai vai para casa, e hoje ela está de volta ao seu lugar. Trabalhando. Ela examina a sala, procurando por Gislingham, mas ele ainda não voltou da Southey Road. E por mais que ela deteste passar por cima dele, isso não pode esperar.

Alguns momentos depois, ela está batendo na porta de Fawley. Ele está no telefone, mas gesticula para que ela entre. Ela fica ali parada, demonstrando muito não estar ouvindo o que ele está dizendo, mas felizmente a conversa não parece pessoal. Não é, pelo menos, a mulher dele. Ela lança um olhar enviesado para ele. Ele parece bem a distância, mas quem o conhece bem o bastante consegue identificar os sinais. E ela conhece. Ela o conhece.

Ele desliga o telefone e ela se vira em sua direção.

— Você tem alguma coisa, Ev?

— Tenho, sim. Falei com os organizadores da conferência no King's. Michael Esmond se registrou com eles na tarde de terça-feira e foi ao jantar naquela noite. E ele estava em um painel ou algo assim na manhã de ontem.

— E depois disso?

— A organizadora disse que o viu no *pub* tarde ontem à noite. Por volta das dez e meia.

— Então ele está em Londres.

— Está, sim. Mas ele organizou a própria hospedagem, por isso não sabem onde ele está ficando.

— Telefone celular?

Ela estende uma folha de papel.

— Eles me deram o número, mas ele está caindo direto na caixa postal. Deixei uma mensagem para que ele nos ligue.

— Para quando está marcada sua palestra?

Ela tem de se render a ele: ele sempre chega ao fato-chave.

— Amanhã à tarde, senhor. Quatro horas.

Fawley aquiesce sem pressa.

— Está bem, mantenha-me informado. E se Esmond telefonar, quero ser o primeiro a saber.

***

Leva cinco horas para terminar a autópsia, e no fim Boddie decide merecer um almoço tardio.

— Quer se juntar a nós? — pergunta ele a Somer enquanto tiram os uniformes cirúrgicos. — Nós vamos para o Frank's, do outro lado da rua.

Depois que ele vai embora, um dos assistentes se volta para ela e dá um sorriso estranho.

— Você pode preferir adiar esse convite. Boddie tem essa tradição. Se o caso envolve um incêndio, ele compra costelinhas na brasa para todos nós.

— Você não pode estar falando sério... mesmo quando é uma *criança*?

— Eu sei. Parece insensível. Mas é só seu jeito de manter o horror afastado.

***

Temos nossa primeira reunião de equipe às três. Somer acabou de chegar do necrotério. Ela ainda parece um pouco pálida, e vejo Everett fazendo uma pergunta silenciosa, e Somer respondendo com uma careta. Quinn, agora, está na primeira fila com seu tablet na mão e a caneta atrás da orelha (é, eu sei, isso não faz sentido, mas é o que ele faz). Baxter está prendendo fotos no quadro branco. A Felix House, antes e depois do incêndio, a primeira nitidamente do Google Earth. Várias fotos dos danos do incêndio no interior: a sala de jantar, a escada, alguns dos quartos, o que restava da mobília — em sua maioria pesada e antiquada. Uma planta dos três andares, com marcas de cruz onde estavam Matty e Zachary. Fotos de Michael e Samantha Esmond. Acho que de suas carteiras de habilitação. Esmond é alto e de boa postura, atento, cabelo escuro e pele clara. Os contrastes de sua mulher são mais suaves: cabelo castanho-claro, bochechas rosadas, olhos de cor clara, provavelmente cor de avelã. Então há as fotos das crianças; resgatadas da casa, pelo estado. Matty com um uniforme do Arsenal, com uma bola embaixo do braço, seus óculos grandes levemente tortos. O menor no colo da mãe, um sorriso travesso e uma cabeleira de cachos cor de bronze que ela provavelmente não conseguiu cortar. E junto da criança viva, a morta. Penso, não pela primeira vez, que mutilador cruel de carne humana pode ser o fogo. Acredite em mim, você nunca se acostuma com isso, mesmo quando você já viu tantas vezes quanto eu. E no minuto em que você se acostumar, é hora de parar.

Gislingham se aproxima.

— Você quer fazer isso, senhor? — pergunta ele em voz baixa.

Percebi, por falar nisso, que não é mais "chefe", ou pelo menos não em público. Sempre "senhor". Um pequeno Rubicão, em termos de Rubicões, mas significativo mesmo assim.

Penduro o paletó nas costas da cadeira e me sento.

— Não, vá em frente. Só vou me meter se for necessário.

Outro Rubicão. E um dos grandes, porque a equipe vai registrá-lo de imediato. Gislingham concorda.

— Certo, senhor.

Ele vai para a frente da sala e se vira para encará-los.

— Está bem, todo mundo, vamos começar.

Todas as pessoas na sala sabem que esse é o primeiro caso grande de Gis desde que ele foi nomeado sargento-detetive em exercício. Alguns anos antes, quando Quinn estava na mesma posição, eles foram levemente sardônicos; não hostis, mas também não dispostos a se mexerem para ajudá-lo. E mais do que satisfeitos em serem irritantes sempre que surgia a oportunidade (o que com Quinn é basicamente o tempo inteiro). Mas dessa vez é diferente. Eles gostam de Gislingham, e querem que ele se saia bem. Eles não vão deixar que ele estrague as coisas, não se puderem ajudar.

Gislingham limpa a garganta.

— Está bem. Vou fazer um breve resumo de onde estamos no incêndio da Southey Road, então vou passar para Paul Rigby, que é gestor de vigia da estação de bombeiros da Rewley Road e o oficial designado para investigar isso.

Ele aponta com a cabeça para um homem parado ao lado da porta. Alto, ficando careca, bem barbeado. Eu com certeza já o vi antes.

— Certo — diz Gislingham, voltando-se para o quadro. — Essa é a casa, Southey Road, 23. Casa da família Esmond, Michael, sua mulher, Samantha, e seus filhos, Zachary, de 3 anos, e Matty, que vai fazer 11 anos daqui a quatro dias. — Ele para, respira fundo e continua. — E para qualquer um que ainda não saiba, Matty ainda está na UTI pediátrica. O John Rad avisou que o prognóstico não é muito bom, mas eles vão entrar em contato conosco assim que houver alguma mudança.

Ele volta para o quadro e toca as fotos dos pais.

— Ainda não há sinal de Michael ou Samantha. Michael, pelo que se espera, está agora em Londres em uma conferência...

— Não acredito que a essa altura ele não tenha visto o noticiário — diz um dos detetives. — Isso está por toda parte.

— Também não acredito — concorda Gis. — Mas até encontrá-lo, estamos apenas dando palpites. O mesmo vale para Samantha.

Mas o detetive não terminou.

— Você acha mesmo que eles teriam deixado crianças tão pequenas sozinhas?

Gislingham dá de ombros.

— Bom, *eu* não faria isso. Mas neste momento não temos ideia do que pode ter acontecido naquela casa ontem à noite. Alguma coisa pode ter acontecido àquela família, algo de que não fazemos ideia. E essa é a razão por que precisamos localizar seus parentes próximos. Algum progresso com isso, Baxter? — Ele enrubesce um pouco com essa primeira e muito pública presunção de autoridade, mas Baxter leva na boa. Como faz com a maior parte das coisas.

— Ainda não, sargento — diz ele. — Samantha era filha única, então nada de irmãos ou irmãs. Os pais vivem em Cúmbria, mas ainda não conseguimos falar com eles. A mãe de Michael está em um lar para idosos em Wantage. Alzheimer, segundo o administrador. Então, sim, nós devemos ir vê-la, mas duvido que consigamos muita coisa.

— Certo — diz Gislingham, voltando-se para Somer. — E a autópsia do garotinho, Zachary?

Somer ergue os olhos.

— Só uma coisa chamou a atenção. Boddie se surpreendeu com a pequena quantidade de fuligem encontrada em seus pulmões. Mas aparentemente uma criança tão pequena pode ter sufocado muito mais depressa que um adulto. Em especial se ele tivesse asma ou mesmo algo tão sem importância quanto um resfriado. Boddie está fazendo exames de sangue para ter certeza.

Há um silêncio. Metade de nós está presa ao fato de que devia ter acabado muito depressa; a outra metade sabe que dor como aquela não pode ser calibrada em segundos. E, por mais cruel que pareça, quero que eles pensem sobre isso, porque quero que estejam comprometidos, com raiva, implacáveis. Quero toda sua energia focada em chegar à verdade. Em descobrir como algo tão horrendo pode ter acontecido.

— Está bem — diz Gislingham, olhando em torno da sala. — Vou passar para Paul, e, depois, vamos dividir as tarefas para os próximos dias.

Ele se afasta para o lado, e Paul Rigby se levanta e vai sem demora até o quadro branco. Ele é experiente em falar em público, não há dúvida disso. Ele segue de forma rápida e sucinta pelo que eles sabem, pelo que presumem e pelo que deduzem.

— Como conclusão — diz ele —, e como eu disse mais cedo para o sargento, estamos trabalhando com base em que o incêndio foi iniciado de forma deliberada.

Vejo a cabeça de Quinn se remexer com "sargento", o que ele encobre logo transformando isso em uma tosse. Mas Gislingham também viu.

— Não há chance de que tenha sido um acidente? — pergunta Everett, embora menos com esperança que com desespero. — Um cigarro caído, uma vela de Natal, alguma coisa assim?

Rigby confirma.

— Acidentes estranhos acontecem, e já vi alguns esquisitos na vida, isso posso dizer. Houve um caso há alguns anos a apenas dois ou três quilômetros deste, um garoto levou um coquetel molotov apagado para casa. Ao que parece, ele disse que "gostava de fogos de artifício". Saiu em todos os jornais, talvez vocês se lembrem.

Claro que lembramos. Foi Leo Mason, irmão de Daisy Mason.

— Foi nosso caso — digo em voz baixa.

— Certo — diz Rigby. — Bom, vocês sabem o que estou querendo dizer, então. Mas isso é diferente. Isso não é apenas um acidente. Ou azar. A quantidade de dano, a velocidade com que o fogo se espalhou, eu apostaria minha hipoteca que vamos encontrar algum tipo de acelerante embaixo de todos os escombros. E *quantidades significativas* de acelerante.

Eu me levanto, vou até a frente e me viro para olhar para eles.

— Eu talvez não precise dizer isso, mas vou dizer mesmo assim. O que temos aqui são dois crimes, não um. Um, nós sabemos com certeza; outro, vamos ter de presumir, a menos e até podermos eliminá-lo. O primeiro é incêndio criminoso: precisamos descobrir quem ateou fogo àquela casa e por quê. O segundo é assassinato. O incendiário *sabia* que havia pessoas em casa e, se ele sabia, ou se *ela* sabia, o que pode tê-lo levado a queimar uma casa com duas crianças dormindo dentro?

Eu me volto para o quadro branco e pego a caneta.

INCÊNDIO CRIMINOSO
ASSASSINATO

E abaixo dessas três palavras, escrevo duas mais.

POR QUÊ?

— Uma coisa que eu ainda não entendo — diz Everett depois de uma pausa — é onde você o encontrou. Estou falando do menino mais velho.

— Essa é uma boa observação — responde Rigby.

O detetive sentado ao lado de Everett a cutuca.

— Você está uma brasa hoje, Ev.

Ela cora e lhe dá um tapinha, então de repente ele parece envergonhado porque percebeu como esse comentário deve ter parecido insensível.

— Eu ia chegar a isso — continua Rigby com expressão pétrea. Ele deve ter ouvido todos os trocadilhos de mau gosto sobre fogo uma centena de vezes. — Até onde sabemos, o fogo deve ter começado em algum momento logo depois da meia-noite, a ligação para a emergência foi registrada à 0h47. A essa hora da noite, espera-se que as crianças estejam na cama, mas o menino mais velho foi encontrado perto do pé da escada.

— Então, o que acha? — diz Somer. — Ele acordou e quis beber água ou alguma coisa assim?

— Ah, não mesmo — diz Quinn, se levantando e apontando para a foto do quarto do garoto. E por mais que eu fique irritado com a *performance*, tenho de reconhecer que ele tem razão: o quarto está coberto de fuligem e flocos de cinza, mas você ainda pode ver o jarro de água e o copo na mesa de cabeceira. Quinn revira os olhos na direção de Somer, e um dos detetives dá um riso abafado.

Somer, então, fica com o rosto vermelho e não olha para Quinn. Ela não costuma fazer isso, quando pode evitar. Os dois estão mantendo a ilusão de que nunca nada aconteceu entre eles, mas todo o distrito sabe que aconteceu.

— Tudo o que sei — diz ela, em voz baixa, mas com firmeza — é que deve ter havido uma razão.

— Então levando-se em conta que ele está em coma, como você sugere descobrirmos? Encontrando a droga de um vidente?

Não há como confundir o tom de voz de Quinn. Eu vejo pessoas se remexendo um pouco.

— Ele pode ter ouvido alguma coisa — diz Rigby sem alterar a voz, aparentemente sem tomar conhecimento do que está acontecendo. — Ou talvez...

— Onde estão os telefones? — pergunta Everett de repente.

Rigby se volta para a planta do andar.

— Encontramos um celular carregando aqui, na cozinha, mas ele estava totalmente queimado...

— Estamos tentando descobrir a quem ele pertence — diz depressa Gislingham.

— ... e segundo a empresa telefônica, havia apenas um ponto de linha fixa. — Rigby aponta. — Na sala de estar. Aqui.

— Ah, meu Deus — murmura Everett. — Era *isso* o que o menino estava fazendo na escada. Ele deve ter acordado, percebido o que estava acontecendo e tentou ligar para pedir ajuda. Mas era tarde demais. Ele não conseguiu sair.

O pobre coitado não teve nenhuma chance. Eu não posso ser o único pensando isso.

Eu me volto mais uma vez para as fotos. No quarto de brinquedos ainda há uma área de papel de parede que está quase intocada. Apenas umas marcas de queimado em meio aos Tigrões, Iós e Leitões. As queimaduras parecem estranhamente impressões de mãos. Posso ouvir a sala ficar em silêncio às minhas costas. Eu olho para Rigby.

— Quanto tempo até vocês poderem confirmar que foi incêndio criminoso?

Ele dá de ombros.

— Alguns dias. Talvez uma semana. Temos meia casa para trabalhar. Vai levar tempo.

— Então qual a prioridade, senhor? — É Gislingham.

Eu me viro e olho para ele.

— Encontrar os pais. Quero o maior número de pessoas possível nisso, incluindo policiais uniformizados se nós pudermos consegui-los. Para começar, quero que encontrem o carro. Em que pé estamos com o reconhecimento automático de placas? E nós já falamos com a polícia metropolitana sobre Esmond?

Gislingham confirma.

— Eles verificaram prisões e hospitais, mas não conseguiram nada. Fora isso, não tem muito o que eles possam fazer sem qualquer tipo de endereço.

— Está bem. Mas se não o tivermos localizado até amanhã de manhã, quero alguém esperando por ele na conferência quando ele aparecer.

Gis olha para a sala.

— O detetive Asante vai fazer isso, senhor.

Alguém na última fila ergue os olhos e nossos olhares se encontram. Eu então me lembro de quem é Tony Asante. Recém-formado após passar rápido pelo curso, e recém-contratado da polícia metropolitana. O superintendente diz que ele é bom, o que é um código para "nós não o contratamos apenas para cumprir cotas raciais".

Asante me olha fixo com um grau de confiança que eu não esperava. Sou eu, no fim, que desvia os olhos.

— E lembrem: não se trata apenas de onde essas pessoas estão, trata-se de *quem* elas são. Quero tudo que pudermos descobrir sobre essa família. Redes sociais, e-mails, registros telefônicos, tudo. Encontramos alguma coisa útil na casa? Computadores? Tablets?

Gislingham sacode a cabeça.

— Ainda não. Esmond devia ter um escritório ou estúdio ou algo assim, mas os bombeiros ainda não encontraram. Se me perguntar, está embaixo de meia tonelada de escombros. Mas eles vão nos informar se encontrarem alguma coisa.

Olho em torno da sala.

— Então, enquanto isso, vamos falar com todos que conheciam a família, moravam perto deles ou trabalhavam com eles. Como eles passavam seu tempo? E como gastavam seu dinheiro? De onde eles vieram? E se há *qualquer coisa* em suas vidas que pudesse provocar isso.

As pessoas estão tomando notas, conversando em voz baixa.

— Certo. Todo mundo sabe o que tem de fazer? Bom. E detetive Quinn? Uma palavra, por favor. No meu escritório.

***

— Isso tem de parar, Quinn. E não finja que não sabe do que eu estou falando.

Ele olha para mim, em seguida para baixo.

— A detetive Somer é uma boa policial, fazendo um bom trabalho. Na verdade, o único erro que sei que ela cometeu foi ter um relacionamento com você, por mais que tenha sido breve. Mas ela parece ter seguido em frente. O que não entendo é por que você não consegue fazer isso.

Ele passa a mão pelo cabelo. Ele está com péssimo aspecto. Tenho certeza de que a camisa é de ontem. Com certeza é a gravata de ontem. Mas quem sou eu para falar. É preciso ser para reconhecer quem é.

— Sente-se, vamos conversar sobre isso.

Ele parece indeciso, mas puxa uma cadeira.

— Sei que ser rebaixado deve ter sido horrível, mas você só pode culpar a si mesmo. Todo aquele episódio... dormir com uma suspeita...

— Eu *nunca dormi com ela*, preciso repetir quantas vezes?!

Mas ele sabe que isso é ir longe demais. Gritar comigo não vai ajudar. E de qualquer modo, aquele foi um clássico Bill Clinton. E nós dois sabemos disso.

— Desculpe, senhor — diz ele.

— Ofereceram uma transferência a você, mas você preferiu não aceitar.

Eu simpatizava com ele nisso. Começar de novo em outro lugar não é tão fácil. Ele tem um apartamento, uma hipoteca, uma vida. Mas se fica, tem de aguentar, por pior que seja.

— Olhe, Quinn, a única coisa que você pode fazer agora é lidar com isso. Concentre-se na droga do trabalho. E não desconte em Somer. Isso não teve nada a ver com ela. Você ia ficar muito puto se fosse o contrário. Em comparação, ela está sendo um modelo de comedimento.

Ele faz uma careta.

— Eu sei. Só que a essa altura do ano passado eu era um sargento-detetive e ela ainda estava de uniforme. E agora...

Agora os dois estão no mesmo nível. E a carreira dela está sem dúvida em ascensão. Quanto à dele, bem, eu não apostaria dinheiro nela.

— E toda a droga do distrito *ainda* está falando nisso — encerra ele, mordendo o lábio. Acho que ele pode de fato estar perto das lágrimas.

Eu me inclino para a frente.

— Eu agora vou parecer seu pai, mas a única razão para todo mundo ainda estar falando nisso é porque *você* está sempre lembrando a eles. Você recebeu sua punição, mas não precisa mais continuar a recebê-la. Então pare com isso, siga em frente. E comece deixando Somer em paz, está bem?

Ele não está olhando para mim. Eu abaixo a cabeça, forçando seu olhar.

— Está bem, Quinn?

Ele inspira, prende a respiração por um minuto, então ergue os olhos.

— Está, chefe.

Ele sorri. Não é um grande sorriso, mas é um começo.

***

Andrew Baxter volta para sua mesa, acessa o computador e confere o relógio — ele tem ainda algumas horas antes do final do dia. Agora, pensa ele, vamos começar com o óbvio. Ele entra no Facebook e procura Michael Esmond, e fica grato por, pelo menos dessa vez, estar procurando um nome relativamente incomum. A última busca como essa foi para alguém chamado David Williams; havia centenas deles. Esmond, por outro lado, revela apenas um punhado, e em menos de cinco minutos ele tem seu homem. Não que isso lhe diga muito. Parece mais o LinkedIn que o Facebook — um currículo autoelogioso, algumas fotos austeras, algumas curtidas sem graça e previsíveis. Tem também um Philip Esmond listado como amigo, embora — como o nome sugere — na verdade seja um irmão. Cerca de um ano mais velho e, a julgar por sua presença no Facebook, ele era tão diferente do irmão quanto é possível imaginar. Ele tem o mesmo colorido, mas tem uma energia, um brilho, que está totalmente ausente do rosto de seu irmão. Ele tem cinco vezes mais amigos e, diante disso, e pelo menos o triplo da diversão. Inclusive velejando sozinho em seu barco até a Croácia. É um Jeanneau Sun Odissey 45 chamado *Liberdade 2*. Há fotos dele pouco antes da partida, com pessoas no cais acenando para se despedir de Philip (embora, como Baxter percebe, seu irmão não seja uma delas), depois algumas *selfies* tiradas a bordo e algumas imagens de crepúsculos de inverno no Atlântico que sugerem que ele também não é ruim com uma câmera. A última foi postada alguns dias antes, dizendo que ele podia ficar fora de alcance de comunicação pelo celular, mas que deixassem mensagem se fosse urgente. É seguro dizer que a atual situação tende a preencher os requisitos.

 Baxter anota os detalhes de cerca de uma dúzia de amigos de Michael Esmond do Facebook, observando que tudo o que ele publicou nos últimos seis meses são duas atualizações sobre o livro que está escrevendo e quatro ou cinco sobre a conferência no King's. Ele obviamente achava que isso era muito importante. A página de Samantha Esmond é muito mais animada, pelo menos à primeira vista. Um grande álbum de fotografias: no jardim, na praia, alimentando patos no que parece ser o canal de Oxford, parada com outra mulher em uma Loja que Baxter tem quase certeza de que é em Summertown. Havia toda uma série de dias de esportes e festas na escola, incluindo uma foto de um bolo um pouco torto tagueada como "Meu esforço" com um rosto triste de emoji. Mas, olhando com mais atenção, a maioria das fotos tinha sido publicada mais de quatro anos antes. Depois disso há algumas *selfies* dela grávida, com o rosto borrado ou meio na sombra, e uma de um recém-nascido em um berço de hospital, tagueada como "Finalmente". Sem nome, sem peso, sem sexo.

E depois disso, quase nada. Uma ou duas atualizações curtas falando sobre o bebê, mas praticamente nenhuma foto depois de seu primeiro aniversário e, nos últimos três meses, nada. O que, a julgar pela experiência (reconhecidamente limitada) de Baxter com os hábitos de redes sociais de pais recentes e orgulhosos, lhe parece sem dúvida estranho. A *timeline* de Janet Gislingham está cheia de Billy — nenhuma mudança é tão pequena para não ser mencionada, nenhum desenvolvimento trivial demais para não ser mostrado ao mundo. Quinn uma vez observou com ironia que ela podia publicar o vômito dele e gostar disso, mas não conseguiu os risos que estava esperando. Pessoas demais se lembravam de como Janet tinha passado perto de não ter nenhum filho para fotografar.

Baxter se encosta na cadeira e expira longa e lentamente. Então chega para a frente e vê o álbum de fotos pela segunda vez. Ele começa quando Matty tinha cerca de três anos, e Baxter vai descendo as imagens observando-o crescer de um garotinho gorducho para um menino magrelo com óculos grandes demais para ele. O pequeno Matty sorri para a câmera, segurando conchas, seixos, um sorvete, um caracol; seu eu mais velho parece fazer o possível para evitar isso, captado fora de centro ou olhando para outro lado. Em uma ele está escondido atrás das pernas do pai, ou pelo menos você tem de supor que é o pai, já que o homem é cortado na altura do peito. Baxter franze o cenho, e examina as fotos outra vez, registrando pela primeira vez o número muito pequeno de fotos em que Michael Esmond de fato aparece. Duas fotos de férias no início — jogando críquete na areia, em uma atração de parque de diversões com Matty no colo — e pouca coisa mais. Em uma das mais recentes, Matty está no jardim com um homem de cabelo escuro ao fundo que, espera-se, seja Esmond, mas ele está cortando a grama de costas para a câmera e está muito distante. Baxter volta para as fotos da escola — pais não evitam esse tipo de coisa hoje em dia —, mas não consegue ver Michael. Só então ele se dá conta de que a escola em questão é a Bishop Christopher's, e, ao olhar com mais atenção, ele vê rostos que reconhece do caso de Daisy Mason. A diretora, um ou dois professores, algumas crianças que eles entrevistaram e, por fim, com um sobressalto, a própria Daisy, chegando em segundo na corrida de ovo na colher, seu rosto um modelo de determinação furiosa. É 2016, o último semestre de verão antes que ela desaparecesse, e, pelo que Baxter pode ver aqui, Matty Esmond estava na mesma turma. Pode não haver conexão — pode nem mesmo ser relevante —, mas isso traz algo para a parte da frente de sua mente que está sempre no fundo para qualquer policial: depois que o caso é resolvido; e os culpados, presos; e o mundo volta ao "normal", o que acontece? Alguma coisa pode ser mesmo "normal" depois de um caso como aquele? Uma criança desaparece e nunca volta, e quando seus colegas de turma começam o novo ano letivo, ela não está lá. Todo mundo diz como crianças são resilientes, mas isso não seria uma mentira que os adultos continuam a repetir para fazer com que se sintam melhor? Como ele reagiu quando soube o que tinha de fato acontecido com ela? Por mais que os pais tentem proteger seus filhos, esse tipo de coisa sempre vem à tona.

Baxter suspira, pensando — não pela primeira vez — que é feliz por não ter filhos, e faz algumas anotações para adicionar ao arquivo do caso. Depois abre seu e-mail e envia uma mensagem para Fawley, listando tudo que vão precisar e que ele vai ter de aprovar. Finanças para começar. Registros telefônicos e de e-mails, prontuários médicos, históricos de internet. Ele está quase fechando a máquina quando Everett chega com uma lufada de ar gelado. Ela tinha ido a Wantage para ver a mãe de Michael Esmond.

— Como foi? — pergunta ele, erguendo os olhos. Mas um olhar para o rosto dela diz tudo.

— Não importa a frequência com que vou ou a qualidade da equipe, esses lugares sempre me dão calafrios. — Ela se deixa cair na cadeira e começa a desenrolar o cachecol. — Quer dizer, o gerente não podia ter sido mais simpático, e eles parecem mesmo se preocupar com os residentes, mas todas aquelas cadeiras encostadas na parede, o cheiro de urina e a televisão ligada 16 horas por dia... Isso é minha ideia do segundo círculo do inferno.

Talvez, ter passado os dois últimos fins de semana antes do Natal visitando todos os lares de idosos em um raio de 15 quilômetros não tenha ajudado. Ela estava tentando encontrar um lugar apropriado para o pai — não que ele já soubesse disso. Estava se tornando algo iminente. O esquecimento, a petulância repentina, o estar sempre na defensiva. E a perda de qualquer senso de tempo. Assim que clareia, ele acorda, e isso significa ligar a TV. Ele tem feito isso durante todo o tempo em que está na casa dela. Entrando na sala de estar aparentemente sem perceber que ela ainda está tentando dormir. Embora ela, pelo menos, possa controlar o volume; os vizinhos dele em casa não têm a mesma sorte. Duas ou três vezes por semana eles passam para reclamar, e com um bebê de quatro meses, Everett não consegue culpá-los; eles devem estar quase alucinando por falta de sono REM. Mas seu pai se recusa a atender à porta quando eles tocam, o que significa uma viagem de ida e volta de 50 quilômetros para Everett resolver isso. Alguma coisa tem de mudar. Ela está dizendo a si mesma há semanas que ia falar com ele no Natal, quando eles estariam sozinhos e ela teria mais tempo, mas ele está prestes a ir para casa e ela ainda não tinha feito isso. Como qualquer bom policial, ela pode identificar um covarde quando vê um, e dessa vez ela não precisa procurar além do próprio espelho.

Ela ergue os olhos e vê Baxter lançando um olhar estranho em sua direção. Ele pode fazer isso, ela não contou a ninguém do trabalho sobre tudo isso. Embora ela vá precisar dizer alguma coisa em breve. Para Fawley, pelo menos.

— Eu consegui ver a sra. Esmond — diz ela. — E eu contei a ela sobre o incêndio, com o maior tato possível, mas acho que ela não entendeu nada. Ela só sorriu para mim e disse: "Que bom, querida."

— Então ela não deve ser de grande ajuda para localizar Esmond.

Ev sacode a cabeça.

— Eu disse a ela que ele estava desaparecido, mas ela não pareceu muito preocupada. Ela só acenou com a mão e disse que ele tinha "ido para aquela cabana outra vez".

Baxter franze o cenho.

— Cabana de escoteiros? Um abrigo Nissen?

— Até onde sei, pode ser uma cabana de índio. A equipe não sabia mais nada. Mas eles me avisaram que ela não deveria ser de muita ajuda.

— Que pena.

Algo em seu tom de voz fez com que ela reagisse com surpresa.

— O que? Você encontrou alguma coisa?

Baxter faz uma careta.

— Para ser honesto, é mais o que eu não encontrei.

***

Entrevista por telefone com Philip Esmond
4 de janeiro de 2018, 17h46
Na ligação: detetive E. Somer

ES: Detetive Somer falando.

PE: Alô, você consegue me ouvir? Acho que tem um *delay* na linha.

ES: Eu estou ouvindo... É o sr. Esmond?

PE: Philip Esmond, sou. Recebi uma mensagem da guarda costeira dizendo que alguém da Thames Valley queria falar comigo. Era alguma coisa sobre Mike? Desculpe pela linha, estou ligando de um telefone via satélite do meio da baía de Biscaia.

ES: Lamento por ter de lhe contar assim, mas houve um incêndio na casa de seu irmão.

PE: Um incêndio? O que você quer dizer com um incêndio?

ES: Ele eclodiu nas primeiras horas desta madrugada.

PE: Meu Deus... não as crianças...

ES: Eu sinto muito. Zachary, infelizmente, não sobreviveu.

PE: E Matty?

ES: Ele está na UTI. Eles estão fazendo todo o possível...

PE: Que droga. Vou precisar voltar.

[*pausa*]
Espere um minuto, por que Mike não ligou? Ele não está morto também, está? Meu Deus...

ES: Não, senhor. Pelo menos, até onde sabemos.

PE: Como assim? Mas que droga isso quer dizer?

ES: [*pausa*]
Infelizmente seu irmão e sua cunhada estão desaparecidos.

PE: O que você quer dizer com *desaparecidos*?

ES: Seu irmão supostamente está em Londres para uma conferência, mas não conseguimos localizá-lo, e ele não está atendendo o telefone. Esperávamos que ele estivesse em contato com o senhor.

PE: A última vez que falei com ele foi no dia de Natal.

ES: Como ele estava, então?

PE: Bem. Um pouco aborrecido, mas isso não é novidade. Acho que ele apenas estava muito atarefado.

ES: Quando foi a última vez que você o viu?

PE: No verão passado. Eu fiquei por alguns dias. Mike tinha voltado a fumar e estava bebendo um pouco mais que o habitual, mas nada, sabe, *pesado*. E as crianças estavam...

[*pausa*]
Ele não sofreu, sofreu? Zachary?

ES: Esperamos que não. Isso na verdade é tudo o que eu posso dizer.

PE: [*pausa*]

Merda.

ES: [*ruídos abafados no lado da polícia*]

Na verdade, sr. Esmond, há outra coisa que queremos perguntar ao senhor. Quando falamos com sua mãe, ela mencionou algo sobre uma cabana. Foi quando dissemos que Michael estava desaparecido. Ela disse que achava que ele devia "ter ido para lá outra vez". Isso quer dizer alguma coisa para o senhor?

PE: Não. Desculpe.

ES: Ela, por acaso, não podia estar se referindo à sua casa? Não conseguimos encontrar um endereço atual do senhor.

PE: Eu estava cuidando da casa de um amigo pelos últimos seis meses. Eu me mudo muito.

ES: O sr. ou a sra. Esmond poderiam estar lá?

PE: Não vejo como, eles não têm chaves nem nada. Como eu disse, não é a minha casa.

ES: Eles não têm uma segunda casa, têm? Uma casa no campo ou algo assim?

PE: [*dá um riso seco*]

Não, policial, eles não têm. Aquela casa em Southey Road era mais do que suficiente, acredite em mim.

***

Everett sabe que alguma coisa está errada assim que abre a porta do apartamento. Algo ligado ao cheiro seco e sibilante. Ela larga tudo e corre até a cozinha. O fogo está aceso, e a panela está vazia. Ela pega um pano de prato e joga a panela na pia.

— Pai! — chama ela, ligando a água fria enquanto a panela chia soltando um jato raivoso de vapor. — *Pai!*

Não há resposta, e por um momento a raiva dá lugar à ansiedade — ela não consegue ouvir a TV. Será que ele saiu por aí? Mesmo ela tendo dito a ele para ficar em casa? Então ela ouve o barulho da descarga no banheiro, e ele aparece na cozinha, ainda ajustando a calça. Há uma pequena mancha molhada perto de sua braguilha que ela se esforça para não notar.

— Pai, o que você estava fazendo? Você não pode deixar uma panela vazia no fogo.

Ele franze o cenho para ela, mal-humorado.

— Ela não está *vazia*, Verity...

— Ah, está sim. Eu cheguei bem a tempo.

— Posso garantir a você que não estava. Eu ia só cozinhar um ovo. Considerando que não se vê nenhum sinal de outro alimento por aqui.

— Eu tive de trabalhar até tarde. Eu *disse a você*...

— Aquele maldito gato come melhor do que eu.

Ela sente seus maxilares se tensionarem.

— Você sabe que isso não é verdade. E se a panela estava mesmo cheia, como ela ficou seca? Isso não aconteceu em cinco minutos. Onde você estava?

Ele afasta os olhos e começa a resmungar sobre ficar trancado o dia inteiro e todo mundo ter o direito de um pouco de ar fresco.

Ela dá um passo em sua direção.

— Isso é *sério*, pai. Você podia ter incendiado tudo aqui.

Ele dá uma olhada para ela ao ouvir isso.

— Toda essa reclamação boba por causa de um ovo cozido. Sua mãe tem razão, Verity. Você tem mesmo uma tendência deplorável de dramatizar demais as coisas; sempre teve, desde criança. Ela estava dizendo isso outro dia.

Ev vira o rosto. Agora há lágrimas em seus olhos. Não pela injustiça daquilo, mas porque sua mãe estava morta havia mais de dois anos. Tem uma voz em sua cabeça dizendo *Você não pode mais ignorar isso. Fale com ele. Sente-se e fale com ele. Agora.* Ela respira fundo e se vira para encará-lo.

— O que você quer para o chá, pai?

***

Às 9h15 da manhã seguinte, Gislingham e Quinn param na entrada de carros em frente ao Instituto de Antropologia Social e Cultural na Banbury Road. Uma residência vitoriana convertida — como tantos departamentos menores de Oxford são — que se erguia quatro andares acima do chão. Tijolos "amarelos Oxford" sujos com trabalho ornamental em madeira pintada de vermelho. Um bicicletário, o cascalho esverdeado com ervas daninhas, duas latas de lixo reciclável de tamanho industrial e uma placa que dizia PROIBIDO ESTACIONAR.

— Que inferno — diz Quinn, empurrando e fechando a porta do carro e erguendo os olhos. — Você nunca ia me pegar trabalhando aqui. Parece uma coisa saída dos filmes *A casa do terror*.

Gislingham lança um olhar em sua direção. Está na ponta de sua língua observar que Quinn é apenas um garoto sem qualificação para um emprego de professor universitário, mas esse é o tipo de brincadeira que eles fariam nos velhos tempos. Como Janet lembra a ele toda manhã, ele agora tem de agir como chefe de Quinn.

Eles sobem a escada até a porta e tocam a campainha, ouvindo-a ecoar em algum lugar no interior. Mas isso é tudo o que escutam. Eles tocam mais uma vez, e tornam a esperar, então Quinn desce um degrau e espia através das venezianas do primeiro andar.

— Não consigo ver nada — diz ele por fim. — E também não tem nenhuma bicicleta aqui. Você acha que alguém se dá ao trabalho de vir aqui durante as festas?

A resposta parece ser sim, porque de repente a porta se abre e aparece uma mulher. Ela tem cabelo grisalho fino em um coque baixo e usa uma saia xadrez e um suéter de lã grossa.

— Não sei quem vocês são, mas não podem estacionar aqui.

Quinn abre a boca para falar, mas Gislingham chega primeiro.

— Somos da polícia, senhora — diz ele mostrando seu cartão de visita. — Sou o sargento-detetive Chris Gislingham e esse é o detetive Quinn. Podemos entrar?

A mulher pega o cartão e olha fixo para ele, depois olha para Quinn.

— Suponho que podem — diz ela por fim.

Enquanto eles a seguem pelo corredor, Quinn murmura, em uma voz calculada para ser minimamente audível.

— Sargento-detetive *em exercício*.

Há uma sala nos fundos que dá para o jardim, que parece combinar o escritório da mulher, uma área de recepção e um espaço para a cafeteira. Ela aponta duas cadeiras de plástico e pede que eles esperem enquanto procura a professora Jordan.

— Eu a vi hoje, mas ela estava em uma ligação com a China. Nós temos colaboração com uma universidade em Hangzhou.

— Não se preocupe, nós podemos esperar, srta....

— *Sra.* Beeton — responde ela com tom ferino. — E poupem-me das piadas sobre culinária porque já ouvi todas elas antes.

Ela gira e sai andando de volta pelo corredor até a escada, com Quinn sorrindo às suas costas.

— Ela é uma coroa resoluta — comenta ele. — Me lembra minha avó. Ela não aturava nada de ninguém, mesmo aos 90.

Você deve ter puxado a ela, pensa Gislingham. Ele está ansioso demais para se sentar, então vai até o porta-revistas e jornais. *American Ethnologist, Visual Anthropology Review, Comparative Studies in Society and History, Anthropological Journal of European Cultures.* Ele pega uma das revistas e examina a lista de artigos. Até os títulos são completamente indecifráveis: o que, afinal, é "performatividade"?

Quinn, enquanto isso, está olhando para o quadro na parede com os nomes e as fotos da equipe do departamento. Um bom número deles é do exterior, se os nomes são algo a ser levado em conta. Há uma ou duas fotos em preto e branco mais artísticas, mas a maioria são fotos de colegas com uma câmera digital. Além da de Esmond, que sem dúvida foi posada e é com certeza profissional.

— O que você acha? — pergunta Quinn olhando para a foto. — Um pouco acabado? Baxter pareceu achar que sim, a julgar por sua página no Facebook.

Gislingham pensa sobre isso.

— Me parece um pouco inseguro, para ser honesto. Compensando em demasia alguma coisa.

Quinn faz uma careta.

— Não sei ao certo de quanta "compensação" você precisa quando tem uma casa como aquela. Ele deve estar rolando nela.

— Por falar nisso, você checou a casa?

Como pedi a você que fizesse paira no ar.

— Na verdade, chequei — diz Quinn, com um mínimo traço de sarcasmo. — Ainda estou esperando uma resposta. Mas ainda aposto em dinheiro de família. Não há como ele poder bancar aquele lugar com o que ganha. E de onde mais viria esse dinheiro? Fraude é algo impossível para iniciantes. — Ele gesticula ao redor da sala um pouco desmazelada, o aquecedor antigo, as prateleiras de MDF. — Quero dizer, olhe para este lugar.

— Tem razão, policial. Pequenos delitos acadêmicos raramente, se isso acontece, têm natureza pecuniária.

A voz está vindo da porta. Uma mulher alta e magra com traços fortes e uma combinação de roupas escuras e compridas em camadas. Calça larga, túnica, um camisão por cima. Ela tem um colar grosso de estanho com formas geométricas comprido até a cintura.

— Eu sou Annabel Jordan. Os senhores gostariam de subir? Mary vai nos servir café. Para mim, isso cairia bem.

Seu gabinete fica no andar acima, com vista para a rua. Era o que devia ter sido uma sala de estar familiar, completa com cornija e uma lareira envolta em ferro fundido. As paredes estão cobertas de estantes de livros mal arrumados, e ela tem duas poltronas de couro surradas de frente para sua mesa. E na parede um cartaz emoldurado de uma exposição de arte paleolítica no museu Ashmolean — a escultura de uma mulher, quadris e seios bulbosos, a cabeça desproporcionalmente pequena e sem traços.

— Por favor, sentem-se. Imagino que tenham vindo falar comigo sobre Michael. Que coisa horrível.

— A senhora soube? — pergunta Gislingham franzindo o cenho. Eles não liberaram o nome da família para a imprensa.

Ela toma seu lugar.

— Eu vi as notícias, sargento. E reconheci a casa. Michael deu uma festa logo depois que se mudou, o departamento, os alunos de pós-graduação... Devia haver umas cem pessoas presentes. Isso fez com que minha casa geminada em Summertown ficasse sem dúvida em desvantagem.

Gislingham aquiesce; sem dúvida, isso era parte do assunto.

— E seu colega tem razão — diz ela com um gesto na direção de Quinn. — Era, é, dinheiro de família. — Ela torna a se voltar para Gislingham com expressão preocupada. — Tem alguma notícia sobre Matty?

Gislingham sacode a cabeça.

— Não que eu saiba.

— E aquela outra pobre criança, Zachary. Que desperdício. Que desperdício terrível, sem sentido e deplorável.

— Acreditamos que o sr. Esmond esteja agora em uma conferência em Londres.

Ela se encosta na cadeira e entrelaça as mãos.

— É, isso mesmo.

— A senhora não sabe onde ele pode estar hospedado em Londres? A casa de um amigo? Um hotel que ele costume usar?

Ela sacode a cabeça.

— Não, infelizmente não tenho como lhe dizer. Na verdade, eu não o vejo há algum tempo.

Ela se movimenta para se levantar, mas Gislingham não terminou.

— Então o que a senhora *tem como* nos contar sobre ele, professora Jordan?

Ela torna a se encostar, com o vislumbre de rigidez passando por seu rosto.

— Aplicado. Trabalhador. — Há uma pausa. — Talvez um pouco sem humor. Não acho que ele faça amigos com facilidade.

— Ele não tem nenhum na equipe aqui?

Ela começa a brincar de forma distraída com o colar.

— Não "amigos" propriamente ditos. Acho que não. Havia algumas pessoas com quem ele trabalhava com mais proximidade que outras, mas desconfio que "colegas" seja uma palavra melhor.

— E com que exatamente ele trabalha?

Ela hesita.

— Não tenho certeza do quanto os senhores sabem sobre antropologia, policial...

Quinn sorri.

— Trate-nos como iniciantes.

Ela ergue uma sobrancelha.

— Isso é bem mais relevante do que vocês imaginam. Michael é especializado em práticas sacrificiais e de iniciação de sociedades primitivas e indígenas. Ritos de puberdade, provações xamânicas e assim por diante. Os vários fatores sociais, culturais, ritualísticos e mágico-religiosos que entram em ação...

Os olhos de Quinn já estão ficando entediados.

— Ele escreveu uma tese de doutorado muito boa e conseguiu um pós-doutorado em Liverpool quase imediatamente depois. Por algum tempo sua carreira parecia não ter limites.

— Mas? — diz Gislingham.

Os olhos dela piscam.

— Como assim?

— Eu faço isso há muitos anos — diz ele de forma seca.

Ela sorri, com certo desconforto.

— Digamos apenas que ele não progrediu tão longe, nem tão rápido, quanto se podia esperar. Sua pesquisa empacou, e eu sei que ele se candidatou a diversos outros empregos nos últimos meses, tanto aqui quanto em outras universidades, mas não chegou à lista final de candidatos. Isso é confidencial, é claro — acrescenta ela rápido. — Eu fui sua avaliadora, por isso sei.

— E como ele se sentiu em relação a isso?

— Tenho certeza de que ficou frustrado. Quem não ficaria?

Uma outra coisa que Gislingham conhece ao ouvir é uma evasão profissional. Ele muda de estratégia.

— Como ele anda nos últimos dias?

— Não sei se entendo o que o senhor quer dizer.

E aí está mais uma. Está bem, pensa ele, se é assim que você quer jogar.

— Como tem andado seu estado de ânimo? Alguma mudança recente em seus hábitos ou comportamento?

Ela olha para ele, então afasta os olhos.

— Michael é sempre muito cuidadoso, tem muita consideração.

— Mas?

— Mas ultimamente ele se tornou, bem, a única palavra é "barulhento". Falador, emitindo opiniões bem controversas. Esse tipo de coisa.

— Há quanto tempo isso tem acontecido?

— Não sei, talvez três ou quatro meses...

— Tem alguém em especial que ele irritou?

— Não. Não que eu saiba. Pelo menos, nada importante.

A porta se abre, e a sra. Beeton entra com três xícaras, uma cafeteira e uma caixa de leite semidesnatado. Ela coloca a bandeja sobre a mesa e se retira, embora não sem um olhar significativo na direção de Jordan. Gislingham desconfia que ela esteve algum tempo do lado de fora escutando. Nenhuma chaleira leva tanto tempo para ferver.

— E o resto?

— Desculpe?

Gislingham a olha nos olhos.

— A senhora falou "nada importante". Tem mais alguma coisa, não tem? Algo que a senhora preferia não nos contar. Mas acredite em mim, professora, tudo vai ser revelado no fim. É muito melhor que nos conte agora do que termos de descobrir por conta própria.

Essa é uma fala que ele ouviu Fawley dizer uma vez e arquivou para uso futuro.

Eles se encaram por um momento, então ela diz:

— Preciso consultar a equipe jurídica da universidade antes de dizer mais alguma coisa. É uma questão sensível, e considerando o que aconteceu agora...

Ela olha de um para o outro e de volta novamente. Ela percebe que eles não estão acreditando nisso.

Ela dá um suspiro.

— Está bem. De forma estritamente confidencial, tivemos uma reclamação de uma aluna.

— Sobre Michael Esmond?

Ela faz que sim.

Meu Deus, pensa Gislingham, isso é como arrancar um dente.

— Ele está se aproveitando um pouco, não está? — pergunta Quinn, que parece ter decidido que há vantagens em seu rebaixamento, uma das maiores a liberdade de ser um pouco irritante com total impunidade.

Jordan olha para ele.

— Não tenho nenhuma evidência disso. Nem a jovem em questão alega nada do tipo.

— Então o que foi? —- pergunta Gislingham. — Troca de mensagens de teor sexual? E-mails perigosos?

Jordan hesita.

— Parece que houve um incidente infeliz na festa de Natal do departamento.

— "Infeliz" até que ponto?

Ela fica vermelha.

— Alguns comentários inapropriados e aparentemente algum contato físico. Michael nega com veemência tudo isso. Infelizmente não houve testemunhas.

— Então *ela disse uma coisa e ele outra*, certo? — diz Quinn.

— Por aí. Ficou claro que íamos ter de envolver o departamento jurídico.

— Iam?

— Desculpe?

— A senhora disse que *iam* ter de envolver. Passado.

Ela enrubesceu outra vez.

— É, bom, a última virada dos acontecimentos deu uma aparência diferente à questão.

Certo, pensa Gislingham. Ele de repente tem a convicção absoluta de que a ligação feita por Jordan mais cedo não tinha sido para a China.

— A senhora não achou apropriado informar à polícia? — diz ele.

— Como eu disse, nós ainda não decidimos qual a melhor linha de ação.

Gislingham torna a abrir o caderno e escreve algumas palavras.

— Quando a senhora teve essa conversa com ele, quando ele negou qualquer conhecimento?

— Contei a ele sobre as alegações no fim do último semestre, e nos reunimos de novo na terça-feira.

Gislingham não consegue disfarçar sua reação.

— Terça-feira, dois de janeiro? *Três* dias atrás? A senhora acabou de dizer que não tinha contato com ele — ele volta algumas páginas — "há algum tempo". Eu não chamaria três dias de *algum tempo*.

Ela, agora, parece embaraçada — embaraçada e vencida.

— Quando eu o vi antes do Natal, ele parecia bem extenuado, então sugeri que ele pensasse em tudo aquilo mais uma vez durante as férias, e tornaríamos a conversar no início de janeiro. Ele passou aqui cedo na terça-feira a caminho de Londres. Eu esperava que pudéssemos chegar a uma conclusão satisfatória sobre o assunto.

Gislingham começa a demonstrar compreensão.

— Entendo, a senhora esperava que ele se demitisse, certo? Dar a ele o revólver com cabo de pérola e torcer para ele fazer a coisa decente.

Ela se defende.

— De jeito nenhum. O senhor está muito enganado em relação a isso, policial. Muito enganado.

Mas a expressão em seu rosto está dizendo algo muito diferente.

— Então como foi?

Ela hesita.

— Digamos que tivemos uma troca franca de opiniões.

Mais para uma discussão acalorada, pensa ele, a julgar pelo rosto dela. E aquela mocreia Beeton deve ter ouvido cada palavra.

— Como ficaram as coisas?

— Eu disse que, sob tais circunstâncias, eu consultaria as autoridades universitárias e caberia a elas determinar a melhor ação.

— Mas ele podia perder o emprego, não podia? — É Quinn. E é mais uma afirmação que uma pergunta. — Quer dizer, assédio sexual a uma aluna no clima atual? Com o "Me too" e tudo mais? Eles iam ferrar com ele.

Jordan lança para ele um olhar de aversão sem disfarces.

— Em teoria, isso pode levar a uma dispensa, sim. Mas estamos longe disso, pelo menos neste momento.

Mas não era assim que Michael Esmond podia ter entendido as coisas. Quinn e Gislingham trocam um olhar.

— Podemos falar com a garota? — pergunta Gislingham.

Jordan franze o cenho.

— Ela não deu queixa na polícia.

— Eu sei disso, professora. Mas a senhora pode entender por que queremos falar com ela.

— É, tenho certeza que sim. Mas há procedimentos, autorizações que preciso obter. Vou falar com os advogados e depois com a jovem, e retorno para vocês assim que puder.

Em Summertown, enquanto isso, Everett chegava depois de deixar seu pai em casa na periferia de Bicester. Qualquer coisa que o envolva sempre leva cinco vezes mais tempo do que ela prevê, e aquela manhã não foi diferente. E ela também não falou com ele sobre o lar de idosos. Mas encontrou o telefone dos serviços sociais locais dele e vai se forçar a ligar para eles no final do dia. Mas nesse momento ela tem um trabalho a fazer. Ela passa em seu apartamento para ver como está o gato (que nitidamente está tão aliviado quanto ela em razão da rotina ser retomada) e depois volta para a rua, onde pega a foto que Baxter encontrou na página de Samantha Esmond no Facebook. Ele tinha quase certeza de que tinha sido tirada em uma das lojas da zona comercial de Summertown, e ela tinha concordado. Não morava ali há dois anos para nada.

Cinco minutos depois, ela está entrando na loja. Velas, porcelana, roupões de banho, toalhas. Se não é branco, é vidro. E tudo é tão delicado e refinado e de cheiro doce que ela se sente com duas vezes seu tamanho normal só de ficar ali parada. Felizmente ela não tem de fazer isso por muito tempo; a garota atrás do balcão ergue os olhos e abre um sorriso.

— Tem alguma coisa em especial que você esteja procurando? Temos alguns de nossos itens fora de linha na promoção.

Everett dá a volta de forma nervosa em um mostrador ornamentado com taças de champanhe e saca seu cartão de visita do blazer.

— Detetive Everett, da polícia de Thames Valley. Posso falar com o gerente?

A garota parece alarmada.

— Tem alguma coisa errada?

É a vez de Everett sorrir.

— Não, não mesmo. Eu só preciso falar com a mulher nesta foto.

A garota pega a foto e assente.

— Ah, sim, essa é Mel. Ela está no intervalo. Vou chamá-la.

Ela desaparece nos fundos, deixando Ev ali parada olhando fixo para as *flutes* de champanhe. As que ela tem em casa foram presente de sua mãe quando ela saiu de casa. Elas parecem terem saído de um anúncio da água mineral Babycham.

— Olá. Desculpe, mas Jenna não conseguiu se lembrar de seu nome.

Ela se vira. É com certeza a mulher na foto. Estatura mediana, forte, traços bonitos e cabelo avermelhado bem cortado. Sob a luz implacável, o vermelho fica arroxeado.

— Detetive Everett — diz ela estendendo a mão. — Verity.

— Mel Kennedy. Do que isso se trata?

— A mulher nessa foto com você...

— Sam? Isso é sobre Sam?

Everett respira fundo.

— Você viu o noticiário, o incêndio?

A mulher fica pálida.

— Ah, não... não aquelas crianças, por favor, não diga...

— Sinto muito. — Ela observa Kennedy pegar meio às cegas uma cadeira e deixar seu corpo cair nela. Ela está com a mão na boca. Seu choque parece autêntico.

— Não tenha pressa. Você gostaria de um copo d'água?

Kennedy sacode a cabeça.

— Eu apenas não consigo acreditar.

— Quando foi a última vez que você viu a sra. Esmond?

Kennedy olha para ela por um momento.

— Sabe, com sinceridade não consigo me lembrar. Talvez no último verão?

— Esta foto tem alguns anos, eu acho.

Kennedy olha para ela.

— Pelo menos três. Ela trabalhou aqui por pouco tempo. Mas nós nos demos bem, realmente nos demos bem.

Everett se aproxima um pouco.

— Ainda não conseguimos localizar a sra. Esmond. Você tem alguma ideia de onde ela poderia estar?

Kennedy sacode a cabeça mais uma vez.

— Ela é uma pessoa muito reservada, nunca falou muito sobre sua vida pessoal.

— Nenhum amigo em particular? Ninguém que ela pudesse estar visitando?

Ela dá de ombros, sem ação.

Everett respira fundo; não há jeito fácil de falar sobre isso.

— Conhecendo a sra. Esmond, Sam, você acha que ela poderia deixar seus filhos sozinhos em casa?

Mas Kennedy já a está interrompendo.

— Sam *nunca* faria isso — diz ela, furiosa. — Nunca.

— Por que ela parou de trabalhar aqui?

Kennedy pega um lenço de papel e assoa o nariz.

— Foi quando ela ficou grávida de Zachary. O marido achou que seria demais para ela. E com Matty também. Mas, cá entre nós, acho que desde o início ele não queria que ela trabalhasse aqui. Costumava fazer comentários irritantes. "Mas, afinal, o que é *shabby chic*?" Esse tipo de coisa. Ele é um pouco empolado, eu acho. Um tanto esnobe.

— Você o via muito?

Ela sacode a cabeça.

— Não. Ele não vinha muito aqui. Como eu disse, acho que ele não aprovava que sua mulher trabalhasse em uma loja.

— Mas eles são felizes, até onde você sabe? Nenhum problema em casa?

— Ah, não. Não nada desse tipo. Ele era louco por ela. Ela sempre dizia isso.

***

21 de fevereiro de 2017, 7h45
317 dias antes do incêndio
Southey Road, 23, Oxford

É o barulho de louça que a desperta. Ela tinha dormido de forma inusitadamente profunda, e emerge de uma ameaça lembrada parcialmente como alguém salvo do afogamento. O outro lado da cama está frio. Michael não está ali. Isso também é incomum, ele em geral nunca acorda primeiro. Então ela se lembra. É aniversário dela. E tem a ver com o barulho no andar de baixo. Os rapazes estão preparando seu café da manhã na cama. É a mesma surpresa todo ano, mas ela sempre consegue fingir que não estava esperando. Ela se ergue e se senta, e estende as mãos para afofar os travesseiros às suas costas. O ar no quarto está gelado, apesar do aquecimento central. Ela dá um suspiro: a única maneira de isolar essas casas de forma adequada é remover o reboco das paredes e começar de novo. Foi isso o que as pessoas da casa em frente fizeram antes de se mudar. Mas eles estavam alugando algum lugar na época, não tinham de ficar ali enquanto os pedreiros estavam fazendo isso. Ela conseguiu um orçamento da empresa, mas quando abordou isso com Michael, tudo o que ele falou foi da bagunça.

Agora há o som de seus passos na escada, e ela pode ouvir Zachary gritando e Matty dizendo "Pst, pst!". Alguns momentos depois, a porta se abre e Zachary entra correndo, gritando "FELIZ ANIVERSÁRIO!" a plenos pulmões. Ele sobe na cama e se joga sobre ela, e seu pai diz:

— Calma, tigrão.

Como ele sempre faz.

Michael se senta na beira da cama e entrega a bandeja a ela. Chá em uma das xícaras Wedgwood que eles ganharam da mãe dele, um ovo quente (a contribuição de Matty), três torradas cobertas de geleia de morango (a de Zachary) e uma rosa em um vaso pequeno. Michael se volta para o filho mais velho, que está afastado, sua expressão um pouco fechada.

— Vamos lá, Matty, deixe de ficar emburrado aí.

Matty empurra os óculos para o alto do nariz. Samantha sabia que eles eram grandes demais para o menino, mas o oculista insistiu. Seu filho se aproxima. Ele está segurando dois embrulhos.

— Você mesmo embrulhou o seu, não foi, Matty? — diz Michael, encorajando-o a se aproximar.

— Venha e sente-se comigo, querido — pediu ela de imediato.

Matty põe os embrulhos sobre a cama, depois sobe carinhosamente e vai até a mãe. Ela estende os braços e o puxa para perto, dando um beijo em sua cabeça. Zachary começa a se remexer, derramando chá no pires.

— Mãe, come a torrada!

— Eu vou, doçura — diz ela, captando um vislumbre de preocupação no rosto do marido.

— Deixe só eu tomar esse chá antes que ele se derrame por toda parte.

O ovo está quase cozido e a torrada está fria, mas ela come tudo, em seguida dá um suspiro silencioso de alívio ao entregar a bandeja para Michael.

— Certo — diz ele com um sorriso. — Aos presentes!

Os meninos deram a ela o mesmo perfume que davam todo ano, e ela beija os dois, depois dobra com cuidado o papel e arranca a etiqueta de presente que Matty escreveu e a põe na gaveta da cabeceira, assegurando-se de que ele veja. Coisas assim importam para ele.

O presente está em uma caixinha. Brincos de prata na forma de borlas. Ela tinha visto uma atriz usando um par daqueles algumas semanas antes e disse o quanto tinha gostado. E ele se lembrou. E passou sabe Deus quanto tempo procurando por eles. Ela abre os olhos e vê que ele a está olhando. Praticamente não há nenhum fio grisalho em seu cabelo escuro e ele está tão magro quanto quando eles se conheceram. Aquela festa em Hackney. Ela nem se lembra de quem era a casa. Ela tinha se formado havia dois meses e ele já estava na metade de seu PhD. Há vezes, como naquele momento, em que ela não consegue acreditar que ele realmente a escolheu.

— Eles são lindos — diz ela com delicadeza.

Ele estende o braço e pega sua mão.

— Como você. Achei que podia usá-lo esta noite no Gee's. Com aquele vestido azul que eu lhe dei.

— Posso — responde ela com um sorriso. — É claro.

— Está bem, rapazes — diz ele, voltando-se para os filhos. — Vamos deixar a mamãe um pouco sozinha, agora, está bem? Ela precisa descansar.

***

Às 12h30, a professora Jordan sobe a escada dos Gabinetes Universitários. Um prédio que, em uma cidade de maravilhas arquitetônicas, promete muito, mas na verdade é um bloco de concreto dos anos 1970 que podia ser uma escola no centro da cidade, um gabinete municipal ou o Ministério da Defesa. No segundo andar, há três pessoas já na sala de reuniões. O diretor da faculdade de Esmond e Nicholas Grant, do gabinete do procurador. A terceira é apresentada a Jordan como Emily McPherson, diretora do departamento de assessoria de imprensa, uma mulher jovem elegantemente vestida com um terno preto e um conjunto pesado de pérolas. Annabel nunca teve oportunidade de conhecê-la antes; isso não é um bom presságio.

— Ah, Annabel — diz Grant. — Obrigado por vir mesmo com um aviso tão em cima. Nessas circunstâncias, precisamos garantir que estejamos todos alinhados.

Jordan marca o cartão de bingo mental de bobagens. Primeira frase, e ele já marcou um, isso é um bom progresso mesmo para Grant. Depois vai ser moleza.

Jordan bota a bolsa de aniagem pesadamente à mesa, e se senta em frente a Grant.

— Então — diz ele —, em benefício de Emily, talvez você pudesse resumir o que discutimos ao telefone.

— É claro, Nicholas. — Ela se volta para McPherson. — No fim do último semestre, Ned Tate do Magdalen College me procurou para relatar a ocorrência de suposto assédio sexual envolvendo Michael Esmond e Lauren Kaminsky, uma de nossas alunas de pós-graduação. Lauren é sua namorada. O caso parece ter ocorrido na festa de Natal do departamento. Laura e Michael tinham parado para fumar ao mesmo tempo. Ele começou a flertar com ela e isso escalou rápido para algo mais sério. Pelo menos, esse é o lado dela da história. Ela disse que na hora Michael estava muito bêbado.

— E isso foi confirmado? — pergunta McPherson. — A intoxicação?

Jordan dá um suspiro.

— Infelizmente foi. Eu mesma o vi naquela noite.

— Mas não houve testemunhas do suposto incidente?

— Não. Lauren diz que ele começou a tocar seus seios, e ela o empurrou.

— E parou por aí? — pergunta Grant.

— Isso já é ir longe o bastante, você não acha? — responde ela de forma sucinta.

— O que ele disse quando você falou com ele? — pergunta McPherson. Ela tem um leve sotaque escocês. Uma voz muito agradável de se ouvir.

— Ele negou tudo. Veementemente. E xingou muito. Disse que ela também tinha bebido, o que, por acaso, também é verdade. Ele teve uma resposta bem emocional, não apenas raivoso, mas paranoico. De um jeito um tanto alarmante. Então sugeri que ele tirasse um tempo para pensar sobre aquilo tudo e nós tornaríamos a nos encontrar depois das férias.

— Teria sido muito melhor se ele tivesse apenas se demitido e acabasse com isso — diz Grant.

Jordan lhe lança um olhar.

— Melhor para você, talvez. Mas empregos acadêmicos não crescem em árvores, sabe? O homem tem uma jovem família. E pode estar dizendo a verdade. Não é impossível.

— O que o departamento jurídico disse? — pergunta McPherson.

— Eu ainda não falei com eles sobre isso. Estava prestes a fazer isso quando ouvimos a notícia do incêndio.

— Ainda é bom fazer isso — diz McPherson com um sorriso simpático. — Se a imprensa souber disso, vamos precisar saber nossa posição.

— A menina está propensa a dizer alguma coisa? — pergunta Grant.

Jordan consegue não apontar o que representa os muitos e vários crimes contra o politicamente correto que "menina" representa.

— Não no momento. Vou precisar falar com ela quando ela voltar dos Estados Unidos.

— E acredito que a polícia foi ver você — diz o diretor da faculdade de Esmond.

— Sim, dois policiais da divisão de investigação criminal. Eu contei a eles sobre as alegações e, se vocês estiverem de acordo, vou dar a eles o nome de Lauren. Nessas circunstâncias, dificilmente podemos nos recusar.

Ele assente.

— Então qual é o plano? — pergunta Grant. Jordan marca outra casa enfadada de seu bingo.

— Não acho que podemos decidir sobre uma linha de ação apropriada — diz McPherson — até a) nós sabermos o que aconteceu com o dr. Esmond; e b) sabermos se foi mesmo incêndio criminoso. Se for mesmo confirmado que o fogo foi iniciado de forma deliberada...

— O que nos traz — responde Grant — a por que estamos aqui. Suponho — diz ele voltando-se para Jordan — que essa outra questão *não* seja algo que você escolheu compartilhar com a polícia.

— É claro que não — retruca ela. — Quem você está pensando que eu sou?

— E você falou com ele?

— Ele me ligou em pânico assim que viu a notícia. Eu o aconselhei que seria preferível se antecipar à investigação inevitável prestando um depoimento voluntário.

— E ele vai seguir esse conselho? — pergunta McPherson.

— Ele diz que vai. E espero que isso seja o fim de tudo.

— Tem certeza? — diz Grant. — E o... resto?

— Ele jura que removeu todos os traços.

Grant olha diretamente em seus olhos.

— Bom, eu espero que você esteja certa — diz ele de forma significativa.

***

Pouco depois das três horas, o detetive Asante sai da estação de metrô do Embankment sob céu sombrio e um vento amargo vindo da água. Até as árvores parecem encolhidas contra o frio. Ele calça as luvas e segue para o norte na direção do King's College. É a primeira vez que volta a Londres depois de se incorporar à polícia de Thames Valley três meses antes, e por todo o caminho no trem ele se perguntava qual seria a sensação de voltar. Não que aquela tivesse sido alguma vez sua área. O distrito policial de Brixton podia estar a apenas alguns quilômetros de distância, mas é muito mais distante por todas as outras formas de medição humanas. E em relação ao lugar onde ele foi criado, isso são mais outros oito quilômetros para o oeste, mas podia muito bem ser um universo paralelo. Não que seus novos colegas na St. Aldate soubessem disso. Eles só ouviram "Brixton" e deixaram que as suposições fizessem o resto. Mas ele não está prestes a deixar que um pouco de racismo informal como aquele o incomode. Porque, sim, seu último distrito tinha de fato sido em South London, mas sua escola era Harrow, seu pai ganês é um ex-diplomata, e sua mãe inglesa, CEO de uma empresa farmacêutica, com uma casa de fachada de estuque na Holland Park. Square. E eles o chamam de Anthony. Com um "h". E ainda estão confusos com sua escolha de carreira, mas Anthony sempre viu a fase uniformizada como um meio para alcançar um fim. Tudo vai ser diferente agora — agora ele está em Oxford. Ele é inteligente e ambicioso, e essas são qualidades que ele acha que a cidade vai apreciar. Junto com agilidade, tanto intelectual quanto social. Mas ele é inteligente o bastante para saber o que calar, e a velocidade em que pressionar. Por enquanto, trata-se de observar e aprender. E para ele, o inspetor-detetive Adam Fawley é sem dúvida o homem para ajudá-lo a fazer isso.

***

Estou checando meu telefone pelo que deve ser a centésima vez hoje quando Gis bate na porta.

— Aquele celular na casa — começa ele. — O que estava carregando na cozinha.

Eu ainda estou olhando para meu telefone. Nada de Alex. De novo.

— Na verdade ele é dela — diz Gislingham,, um pouco mais alto. — Da esposa.

Ele agora tem minha atenção. Toda ela.

— Então é possível...

Ele confirma.

— Eu acho que ela ainda pode estar lá dentro.

Eu jogo meu próprio telefone sobre a mesa.

— Meu Deus.

Ele dá um passo à frente e põe uma folha impressa na minha frente.

— E examinamos os registros telefônicos de Esmond. Ele não fez nenhuma ligação desde as 13h15, na hora do almoço de terça-feira, quando ligou para seu banco. Nesse ponto ele já estava em Londres. O telefone então é desligado, até ser ligado de novo às 22h35 de quarta-feira.

— Quarta-feira? A noite do incêndio?

— Isso. Ele estava em algum lugar na área da Tottenham Court Road.

Ele não precisa desenhar um diagrama: Esmond estava a 80 quilômetros de distância quando sua casa e sua família foram destruídas. E quem quer que tenha feito isso podia muito bem ter essa informação.

— Mas o telefone só ficou ligado por cerca de uma hora — diz Gis. — Ele tornou a desligá-lo às 23h45. E, no meio-tempo, não fez nem recebeu nenhuma ligação.

— E é isso?

Ele faz que sim.

— Ele está desligado desde então.

— Alguma coisa estranha nos últimos meses?

— Baxter examinou o registro de ligações e não há nenhum padrão óbvio. — Ele está folheando um maço de folhas impressas. — Ele costumava ligar muito para casa durante o dia, mas isso não é incomum. Fora isso, eram principalmente coisas mundanas como a companhia de gás e o lar de idosos da mãe.

— Principalmente?

— Ah, essa é a única parte vagamente interessante. Ele tem ligado bastante para um celular descartável nos últimos dias, mas pode ser difícil descobrir a quem ele pertence.

— Quando as ligações começaram?

Gis volta a suas folhas impressas.

— Junho do ano passado. Tem uma ou duas esse mês, depois elas ficam mais frequentes. Pelo menos duas ou três por semana. A última foi na manhã de 27 de dezembro.

— Nada no dia do incêndio?

— Não. — Ele vai até outra folha impressa. — Embora tenha havido algumas ligações para esse número da linha fixa dos Esmond. A última delas foi antes do Natal. Mas nenhuma delas do celular da mulher. Só para ficar registrado.

— Imagino que você tenha tentado ligar para ele, para esse número misterioso.

— Infelizmente toca e ninguém atende.

— Nós sabemos onde estava esse celular quando Esmond ligava para ele?

— Em uma ocasião estava em Londres, mas no resto das vezes estava sempre em Oxford. A maioria perto da área da Botley Road. Mas sem um nome vai ser como procurar um gato preto no escuro.

Sempre supondo, é claro, que desde o princípio o gato estivesse lá. Eu devo ter suspirado, porque Gis se apressa.

— Estou com o departamento técnico monitorando o celular de Esmond caso ele torne a ligá-lo. Mas neste momento, onde quer que ele esteja, ele não está falando.

Eu olho para ele e em seguida para meu relógio. Em precisamente 25 minutos, Michael Esmond deve estar falando, em pé diante de um salão cheio de gente.

— Eu sei — diz Gis lendo minha mente. — Asante ligou há meia hora, mas ainda não há sinal de Esmond. Mas isso não significa que ele não vai. Ele pode apenas ser uma daquelas pessoas que deixa tudo para a última hora.

Mas posso ver por seu rosto que ele não acredita nisso. E, para ser sincero, nem eu.

***

Na Southey Road, ficou tão escuro que os investigadores dos bombeiros tiveram de ligar suas luzes. Começou a nevar há cerca de uma hora e, apesar do encerado improvisado, enormes flocos brancos estão descendo, ficando dourados sob os fachos dos holofotes e caindo de forma suave sobre a pilha de escombros enegrecidos.

Paul Rigby está na frente da casa ao telefone quando ouve o grito às suas costas. Ele se vira para ver um dos investigadores que o chama com urgência.

— Você encontrou alguma coisa?

O homem confirma, e Rigby sai andando em sua direção, subindo por entulho, telhas e cacos de vidro que escorregavam e se quebravam embaixo de suas botas. Três membros da equipe estão olhando fixo para alguma coisa aos seus pés. Rigby já viu aquela expressão muitas vezes antes para confundi-la. Embaixo da moldura retorcida da janela, dos canos de metal e da folha divisória de gesso queimada, tem mais uma coisa.

Uma mão humana.

***

Dessa vez quando Gis chega à minha porta, só preciso dar uma olhada para ele para saber que tem alguma coisa.

— O que foi, Esmond apareceu?

Ele faz uma careta.

— Não. Ele não foi. Asante falou com os organizadores e eles não tiveram notícias dele. Nenhuma mensagem telefônica, nenhum e-mail, nada.

Eu dou um suspiro profundo. Então percebo que a sensação avassaladora do momento é que não estou surpreso. Em algum nível, eu devia estar esperando por isso. Isso significa que desconfio dele? Eu não achava que desconfiasse, pelo menos, não de forma consciente. Mas meu instinto está nitidamente me dizendo o contrário.

Gis dá um passo para o interior da sala.

— Apesar de não termos encontrado ele, podemos ter encontrado *ela*. Foi isso que vim dizer a você. Rigby ligou. Tem outro corpo no local. Exatamente como imaginávamos.

— Mulher?

Ele faz que sim.

— E eles têm certeza de que é ela?

— Até onde é possível. Ela estava usando algum tipo de camisola. Parece que estava em um dos outros quartos no andar superior. Espero, para o bem dela, que ela tenha apenas ido dormir e não percebeu o que estava acontecendo.

Ao contrário de seu filho, que acordou aterrorizado e se viu sozinho.

Eu olho para Gislingham e posso ver que ele estava pensando o mesmo.

— Sem mais notícias de Matty por enquanto, chefe — diz ele. — Mas sempre podemos ter esperança, certo?

***

9 de abril de 2017, 14h13
270 dias antes do incêndio
Southey Road, 23, Oxford

— Ah, droga!

Michael Esmond deixa cair a pá, e ela atinge a grama com um clangor metálico. O arbusto que ele estava tentando remover arrancou o cabo da pá. Ele fica ali parado, olhando para o toco resistente, respirando pesadamente. Ele de fato tem coisas melhores para fazer que aquilo.

— Está tudo bem? — É Sam, juntando-se a ele. Ela lhe entrega uma caneca de chá. Nela tem escrito "Feliz aniversário, papai" no lado.

— Tudo — disse Michael, um pouco mal-humorado: tinha sido ideia de sua mulher replantar aquela maldita bordadura. — Quebrei a droga da pá, mas, fora isso, tudo ótimo.

Samantha olha para o jardim para onde seus filhos estão brincando. Matty está tentando fazer com que Zachary se interesse pelo jogo de futebol, mas o pequeno está só correndo atrás da bola, gritando de prazer.

— Você devia ser o goleiro — diz com enfado Matty. — *Eu* sou o atacante.

— Talvez devêssemos chamar uma pessoa — arrisca ela. — Para o jardim.

Ele se volta para ela.

— Jardineiros por aqui custam uma fortuna, você sabe disso.

— Não uma das firmas — esclarece ela rapidamente. — Talvez possamos perguntar na faculdade... Deve haver estudantes que gostariam de ganhar um dinheiro extra para a cerveja.

Ele ainda está olhando para a pá destruída.

— É tudo culpa de meu pai — diz ele por fim. — Por que ele tinha de plantar coisas como essa?

— Acho que ele queria conter as ervas daninhas — retruca ela, forçando-se a não olhar para as outras bordaduras, já cravejadas com os primeiros sinais de urtiga. Ela não quer que o marido ache que está sendo criticado, mas um jardim daquele tamanho precisa de uma pessoa trabalhando nele pelo menos duas vezes por semana.

Michael termina seu chá e se volta para a mulher, olhando direto para ela pela primeira vez.

— Como você está se sentindo?

— Bem — diz ela de imediato.

— Você parece um pouco mais animada. Pelo menos, melhor que ontem.

— Desculpe, eu estava exausta; não queria jogar tudo aquilo em cima de você...

— Está tudo bem. É para isso que estou aqui. Para cuidar de você. De você e dos meninos.

Ela hesita.

— Você não acha que eu podia...

— Não — diz ele com firmeza. — Isso não é uma boa ideia. Não podemos passar por tudo aquilo de novo. Você não pode... *eu* não posso.

— Mas odeio o jeito que estou me sentindo... é como viver em uma névoa... por favor, Michael.

Mas o que quer que seu marido fosse responder, é abafado por seu filho mais novo, que de repente se aproxima do pai, correndo e agitando o cabo da pá.

— Papai, Papai, você quebrou a pá! — gritou ele. — Você quebrou, papai!

***

— Ah, Fawley, aí está você. Sente-se.

Eu estava na máquina de café quando o assistente pessoal do superintendente Harrison me localizou e sugeriu que eu "passasse lá" e atualizasse o superintendente. E como meu inspetor me disse quando eu era apenas detetive, "É só uma sugestão, mas não vamos esquecer por quem ela foi dada".

— Acho que devíamos dar uma avaliada no caso Esmond antes do fim de semana — diz ele. Ele deve ter alguma coisa planejada que não quer perturbar. — E eu recebi alguns telefonemas... você sabe o que estou dizendo.

Ligações da universidade, é o que ele quis dizer. Talvez não de Annabel Jordan, se eu tivesse de dar um palpite. Mais provavelmente de um engravatado da Wellington Square, preocupado com sua "imagem pública".

— Então em que pé estamos, Adam?

Não leva muito tempo. Como poderia levar? Nós não temos absolutamente nada.

Harrison pensa nisso. Ele está pensando nos engravatados outra vez.

— Alguma coisa sobre o carro?

— Nada nas câmeras de trânsito nem no sistema de reconhecimento de placas.

— Cartões de crédito?

— Ainda estamos esperando o banco. Eles estão com pouca gente por causa das festas.

Assim como nós.

Ele se encosta em sua cadeira e junta as pontas dos dedos.

— E agora?

Mas estou preparado para isso.

— Tem uma coisa que podíamos fazer, senhor.

***

Oxford Mail online

Sexta-feira, 5 de janeiro de 2018 Atualizado pela última vez às 18h11

URGENTE: Possível segunda morte no incêndio em Oxford. A polícia apela para que o pai apareça

Moradores da Southey Road relataram mais cedo ver uma van de funerária no local do incêndio fatal de ontem, após os

Caos ferroviário depois que obras de engenharia passam do prazo entre Oxford e Didcot

Passageiros encararam longas esperas pelos ônibus substitutos depois que obras de engenharia no Natal não ficaram prontas a tempo.../ver mais relatos não confirmados de que o corpo da sra. Samantha Esmond, 33, foi encontrado na casa. Ela não foi vista desde antes do início do incêndio nas primeiras horas da madrugada de quinta-feira. Zachary Esmond, 3, morreu no incêndio, e seu irmão mais velho, Matty, 10, permanece em estado grave no hospital John Radcliffe.

De início, acreditava-se que tanto a sra. Esmond quanto seu marido, Michael, 40, estavam desaparecidos, mas parece que a polícia encerrou suas buscas pela sra. Esmond, reforçando que o corpo encontrado na verdade é dela.

Falando conosco esta tarde, o inspetor-detetive Adam Fawley fez um apelo para que Michael Esmond se apresente.

— Não sabemos onde o dr. Esmond está, estamos cada vez mais preocupados por ele e pedimos que ele entre em contato conosco o mais rápido possível. Se alguém do público se lembrar de tê-lo visto em qualquer momento desde o dia 2 de janeiro, quando ele se registrou em uma conferência no Centro de Londres, gostaríamos.

O inspetor-detetive Fawley se recusou a comentar se o dr. Esmond é considerado um suspeito no incêndio criminoso e a especular sobre a identidade da segunda vítima.

— Vamos fazer um pronunciamento no momento oportuno — disse ele.

Esmond, é membro do Departamento de Antropologia da universidade. Os gabinetes da universidade na Wellington Square emitiram um pronunciamento oferecendo condolências à família e aos amigos.

Anunciados planos para celebrar o centenário do armistício

O Conselho da Cidade de Oxford começou a fazer planos para eventos para marcar os 100 anos do fim da I Guerra Mundial.../*ver mais*

Motoristas são orientados a ficar mais vigilantes depois que carro foi roubado na casa do proprietário

Um homem de Oxford teve seu carro roubado ontem, depois que deixou o motor funcionando para descongelar o veículo.../*ver mais*

Futebol: Liga Jovem Oxford Mail, resumos e resultados.../*ver mais*

"Bebê milagroso" deixa o Hospital John Radcliffe

Uma menininha nascida prematura, dois meses antes do previsto e com uma rara condição cardíaca, vai deixar hoje o hospital com seus pais.../*ver mais*

213 comentários

InquilinodeWildfell77
Onde está a droga do pai, é isso o que eu quero saber. Ele não telefonou nem assistiu à televisão em todo esse tempo? Desculpe, eu não estou acreditando nisso.

nick_trelawney_40
Mesmo que a mãe, no fim das contas, estivesse lá ainda me parece estranho. Casas como aquela não queimam completamente em cinco minutos

EchinasterGal556
Fico com muita pena daquela pobre criança. Como ele vai se sentir quando acordar e descobrir que a mãe e o irmão menor estão mortos?

VivendiVerve
A casa de amigos nossos se incendiou porque suas luzes embutidas não tinham sido instaladas corretamente. As pessoas não percebem que elas podem superaquecer e atear fogo no local. Nós verificamos as nossas depois e descobrimos que elas também estavam perto de queimar. Foi um milagre termos descoberto a tempo. Chequem as suas, esse é meu conselho.

***

Enviado: sexta-feira 05/01/2018 18h35   **Importância:** Alta
De: Colin.Boddie@ouh.nhs.uk
Para: IDAdamFawley@ThamesValley.police.uk,
            DivisãodeInvestigaçãoCriminal@ThamesValley.police.uk,
            AlanChallowCSI@ThamesValley.police.uk

Assunto: Caso nº 556432/12 Felix House, Southey Road, 23

Acabei de terminar a necropsia da mulher encontrada na casa. A causa da morte provisória é asfixia por inalação de fumaça, mas vou ter de fazer exames de sangue e toxicológico antes de poder confirmar isso formalmente. O único detalhe a ser observado foi um hematoma pequeno mas recente no lado direito de seu pescoço. Eu estimo que ele tenha ocorrido em algum momento nas últimas 48 horas.

Se eu a limpar um pouco talvez seja possível obter uma identificação formal pela família.

***

Às 8h30 da manhã de sábado, Gislingham está sentado no chão. Parece que um asteroide atingiu uma feira de camelôs. Caixas de decoração brilhante, cartões empilhados para a reciclagem, luzinhas em punhados emaranhados. E em meio a tudo isso, Billy. Escondido embaixo do papelão, pegando enfeites da árvore meio vazia, brincando com seu valorizado carro de plástico novo. Não importa o cuidado com que Gislingham arrume as caixas, assim que ele dá as costas, Billy começa a esvaziá-las outra vez. Ele nitidamente acha que tudo aquilo é a brincadeira mais maravilhosa, organizada apenas para ele. Na verdade, é a maior diversão desde que ele fez quase a mesma quantidade de bagunça abrindo o tsunami de presentes com seu nome.

Janet Gislingham entra na sala enxugando as mãos em um pano de prato.

— Cuidado para ele não se machucar, Chris.

Billy ergue os olhos de onde está sentado no chão. Ele está usando uma miniatura do uniforme do Chelsea com "Campeão de 2017" nas costas. Gislingham olha para ele.

— Ele está se divertindo muito. Não está, Billy?

Janet olha com mais atenção.

— Isso no rosto dele é chocolate?

— Encontrei uns Papais Noéis não comidos na parte de trás da árvore.

Billy sorri e começa a bater com a mão no carro. Janet sorri.

— Está bem, eu desisto. Vou deixar os rapazes com seus brinquedos. Em algum momento, porém, seria bom desmontar a decoração. Talvez a tempo do *próximo* Natal? *E chega de chocolate.*

Ela lança um olhar cheio de significado para Gislingham, depois vira e retorna à cozinha. Gislingham pisca para o filho, leva mão ao bolso e lhe entrega outro Papai Noel embalado em papel-alumínio vermelho e dourado.

— Só não conte para a sua mãe — diz ele em um sussurro teatral, e Billy solta uma exclamação de prazer.

— *Eu ouvi isso* — grita sua mulher.

Ela não consegue se lembrar de quando esteve tão feliz.

***

Oxford Mail online

Sábado, 6 de janeiro de 2018
Atualizado pela última vez às 10h23

Incêndio na casa em Oxford: Nenhum avanço na identificação da causa

Investigadores da cena do incêndio ainda têm de confirmar a causa do incêndio residencial na Southey Road que, sabe-se agora, matou duas pessoas. O menino Zachary Esmond, de 3 anos, morreu no incêndio, e acredita-se que sua mãe, Samantha, seja a outra vítima achada no local. O filho mais velho dela, Matty, permanece na UTI no hospital John Radcliffe.

O inspetor-detetive Adam Fawley confirmou que ainda há bombeiros na cena, mas se recusou a especular sobre a possibilidade de incêndio criminoso. Porém, pôde confirmar que não havia revestimento presente na construção,

Garota local triunfa no programa *Britain's Got Talent*

Katy Power, 26, nascida em Banbury passou para a nova fase do popular programa da ITV... /*ver mais*

O Centro de Westgate criou "um destino de compras do século XXI"

A popularidade do Centro revitalizado de Oxford está dando à cidade um novo "destino de varejo", segundo... /*ver mais*

Anunciadas as atrações do Festival de Literatura de Oxford

O programa do Festival de Literatura de Oxford em 2018 vai incluir Richard Dawkins, Claire Tomalin, Penelope Lively e Tuby Wax... /*ver mais* portanto, esse não foi um fator para o espalhamento do fogo, sobre o que alguns comentaristas demonstraram preocupação.

O *Oxford Mail* entende que Michael Esmond, 40, ainda não foi localizado.

O caso do "invasor": polícia desconfia de mais dois incidentes

Acredita-se que o responsável por invadir a casa das pessoas à noite sem roubar nada tenha atacado de novo, dessa vez em Summertown... /ver mais

87 comentários

nick_trewlaney
"Ainda não foi localizado"???? Eu disse que isso tem muito mais do que aparenta

MedoraMelborne
Achava que eles conseguiam resultados periciais para esse tipo de coisa em horas hoje em dia.

Victormaisestrito_8_9
Você tem visto muitas séries policiais na TV. Pode levar semanas para lidar com uma cena de incêndio daquele tamanho.

7788PatdePlatina
Eu conhecia Samantha Esmond — Matty está na Bishop Christopher's como meus dois. Ela parecia uma mulher muito simpática

***

Quando Gis telefonou, eu tinha acabado de chegar do Tesco. Mais pizza congelada e refeições individuais. É a terceira vez que vou nesse supermercado na última semana. Eu fico dizendo a mim mesmo que Alex vai voltar em alguns dias, que eu não quero acabar com um *freezer* cheio desse lixo que nunca mais vai ser comido. E provavelmente já está na hora de algum brincalhão fazer piadas com minha negação.

— Enfim tive notícias da professora Jordan — diz Gislingham. -— A mulher que Esmond supostamente assediou se chama Lauren Kaminsky. Ela é aluna de pós-graduação no Wolfson College.

— Isso é muito perto da Southey Road.

— Telefonei para eles, e ela viajou no Natal. Foi para sua casa em Nova York. Mas parece que ela volta neste fim de semana. Eles vão me ligar assim que ela chegar, e nós vamos até lá. É melhor fazer esse tipo de coisa cara a cara.

— E nosso apelo?

Eu o escuto suspirar.

— Acho que já recebemos 35 ligações. De toda parte, de Southampton a South Shields, e duvido que qualquer uma delas seja confiável. Mas no minuto em que você pergunta ao grande público britânico... Bom, você sabe como é.

— Sei. Sei mesmo.

— E infelizmente essa não é a única coisa, chefe. — Agora posso ouvir o acanhamento em sua voz. Nitidamente más notícias. — Eu estava tentando não arrastá-lo para isso no fim de semana, mas são os pais... os pais de Samantha.

— Nós os localizamos?

— Não exatamente. Eles estão aqui. Agora. No prédio. Eles receberam nossa mensagem, mas já tinham visto a TV. Eles vieram direto do aeroporto.

Largo as sacolas, me levanto e reinicio meu cérebro. Um trabalho de merda ficou dez vezes mais merda.

— Está bem. Ponha-os na sala de interrogatório que esteja com uma aparência minimamente melhor que as outras e ofereça café, está bem? Vou chegar aí em 20 minutos.

***

Entrevista com Gregory e Laura Gifford,
realizada no distrito policial de St. Aldate,
Oxford
6 de janeiro de 2018, 11h05
Presentes: inspetor-detetive A. Fawley,
detetive V. Everett

AF: Vou começar dizendo como sentimos muito, sr. e sra. Gifford. Os senhores já podem saber, mas os investigadores dos bombeiros encontraram outro corpo. Infelizmente achamos que é sua filha.

GG: [*pega a mão da mulher. A sra. Gifford começa a chorar*]

    Nós temíamos isso. Independentemente do que disseram na TV, sabíamos que Samantha nunca teria deixado os filhos sozinhos. Era apenas questão de tempo. Sabíamos que eles iam encontrá-la na casa.

AF: Também quero me desculpar por não termos conseguido informá-los sobre o incêndio antes que os senhores soubessem pela TV.

GG: Bom, nós estávamos de férias, não estávamos? E as coisas são assim, hoje em dia. Notícias o tempo inteiro.

AF: Mesmo assim, desculpem. Também preciso dizer aos senhores que estas salas são equipadas com equipamento de gravação. Com sua permissão, gostaríamos de manter uma gravação de tudo o que nos disserem. Não consigo dizer o quanto isso pode ser importante para nossa investigação. E a última coisa que queremos é ter que arrastá-los para cá outra vez depois para responder mais perguntas.

LG: [*ainda chorando*]

    Mas eu não entendo o que podemos dizer aos senhores. Foi só um acidente, não foi?

VE: Ainda não temos como ter 100% de certeza disso, sra. Gifford. Os bombeiros ainda estão na casa, fazendo suas investigações.

LG: Você está dizendo que alguém iniciou o incêndio de forma deliberada? Com Samantha e aquelas criancinhas adoráveis dormindo lá dentro? Quem ia querer fazer uma coisa tão terrível?

GG: [*confortando sua mulher*]

É isso mesmo o que o senhor está dizendo, inspetor?

AF: Sei como isso deve ser frustrante para os senhores, mas no momento é impossível ter certeza de nada. Por isso queríamos falar com os senhores, que devem saber muito mais sobre a família do que qualquer outra pessoa.

GG: [*trocando um olhar com a mulher*]

Bom, não tenho certeza do que posso lhes contar. Nós não víamos muito Samantha ultimamente.

VE: Isso era normal?

LG: Não, na verdade, não. Costumávamos vê-los muito. Nós moramos nos Lagos, então eles passavam as férias lá. Matty costumava sair com Greg no barco a remo...

[*ela desaba mais uma vez, chorando em seu lenço com a voz abafada*]
Ele é um garoto muito doce.

AF: Quando o senhor viu sua filha pela última vez, sr. Gifford?

GG: Deve ter sido no fim de junho. No aniversário de minha mulher. Eles dormiram lá.

AF: Isso faz muito tempo.

GG: A Cúmbria é longe. Pelo menos, isso é o que Michael sempre diz.

AF: Então obviamente os senhores não os viram no Natal.

GG: Fizemos aquela coisa do Skype, para podermos ver Matty e Zachary abrirem nossos presentes.

AF: E como parecia o resto da família?

GG: Michael não ficou muito tempo na tela. Ele só entrava e saía no fundo.

LG: Eles estavam no quarto de brincar. Samantha o havia decorado lindamente. Ela tinha um olho muito bom para coisas assim.

AF: E como eles estavam quando os senhores os viram em junho?

GG: Bem, eu acho. Samantha estava um pouco calada, mas ela disse que Zachary não a estava deixando dormir com problemas estomacais, então ela não estava dormindo muito.

AF: E Michael?

GG: Normal.

AF: [pausa]

O senhor se dá bem com seu genro, sr. Gifford?

GG: Se quer saber, sempre achei que ele fosse um merda pomposo.

LG: Greg, o homem está desaparecido.

GG: Eu *sei disso*, Laura. E nosso neto está morto, e se ele teve alguma coisa a ver com isso, qualquer coisa...

AF: O que faz o senhor dizer isso, sr. Gifford?

GG: Ah, não sei... ele pode ter irritado alguém.

LG: Greg, por favor.

AF: O senhor tem alguém em mente?

GG: [*pausa*]

    Não.

AF: Então, pelo que os senhores sabem, ele não tem inimigos?

GG: Esse não é o tipo de coisa que eu saberia. Tudo o que posso dizer é que consigo vê-lo aborrecendo alguém.

AF: Os senhores sabem se a família guarda dinheiro ou objetos preciosos em casa?

LG: O senhor acha que foi roubo?

GG: Com certeza haveria algum indício se alguém tivesse arrombado a casa. Um dano na porta ou algo assim.

AF: O nível do dano do incêndio nesse caso significa que vai levar algum tempo até termos qualquer resposta definitiva para isso. Então enquanto isso, como eu disse...

GG: O senhor não tem como confirmar nada. Certo.

AF: Acredito que não haja hipoteca da casa. É uma propriedade de família?

GG: Eles tinham um negócio de joias, ou tiveram. Eles o venderam há uns vinte anos e faturaram muito dinheiro. Pelo menos, foi isso o que Michael disse.

AF: Então podia haver joias caras na casa?

LG: Michael tem um relógio de bolso de ouro que deve valer muito. Era de seu bisavô, eu acho. Tinha alguma coisa escrita em polonês. "O sangue é mais denso que a água"... alguma coisa assim. A família era muito importante para eles.

AF: Vou verificar se eles encontraram um relógio de bolso na cena. Tinha mais alguma coisa?

GG: Eu nunca vi nada. Ele nunca deu nada assim para Samantha, isso eu sei. Eles compraram o anel de noivado dela em uma joalheria popular.

LG: Eles eram apenas estudantes, Greg.

GG: Você acha que eu não sei disso? Eles nunca deviam ter se casado tão rápido. Samantha era nova demais, e quanto a ter um bebê...

VE: Não sei se entendi direito o que o senhor quis dizer com isso. Ela teve problemas na gravidez?

LG: Não era bem isso. Foi só muita coisa ao que se adaptar. A maior parte das mães de primeira viagem leva um tempo para se acostumar com isso. Ela amava Matty.

[*começa a chorar outra vez*]

AF: Acho que por enquanto chega. A detetive Everett vai providenciar para que um policial os leve até o hospital para verem seu neto. Ela também vai ser nossa ligação com a família, então se houver alguma coisa de que precisem ou qualquer pergunta que queiram fazer, ela é a pessoa com quem os senhores devem falar.

***

No corredor, espero que Everett os conduza à recepção.

— Eu disse que iria com eles ao John Rad — diz ela quando retorna. — Provavelmente é melhor que seja eu, aqueles policiais podem ser bem intimidantes se a pessoa não está acostumada com eles.

Eu me lembro, como sempre me lembro nessas circunstâncias, que Ev estava estudando para ser enfermeira antes de entrar para a polícia.

— Se eles estiverem dispostos, vou levá-los depois para identificar Samantha.

— Então, o que você acha? — pergunto. Ela é boa em perceber nuances. Essa é uma razão por que eu a queria aqui.

Ela respira fundo.

— Ele não morre de amores pelo genro.

Eu assinto.

— Quanto mais eu descubro sobre Michael Esmond, menos eu acho que gostaria dele.

— Eu também, chefe. Mas mesmo que ele tivesse um talento para irritar pessoas, isso está longe de ser um motivo para incendiarem a casa.

Na verdade, você teria de ser algum tipo de sociopata. E não há ninguém parecido com isso em todo o esquema. Ou pelo menos até onde sabemos.

***

POLÍCIA DE THAMES VALLEY
Registro de ligações

6 de janeiro de 2018

Caso nº 556432/12 Felix House, Southey Road, 23 (Michael Esmond)

Nome do contato:	Imogen Humphreys
Data e horário do avistamento:	4 de janeiro de 2018, 23h30 (aprox.)
Resumo da ligação:	A pessoa relata ter visto um homem que corresponde à descrição de Michael Esmond na região de Covent Garden, em Londres. Ela disse que ele parecia desorientado e possivelmente bêbado, com um nariz sangrando.
Acompanhamento necessário?	O sargento Woods vai entrar em contato com a polícia metropolitana sobre internações hospitalares e abrigos de sem-teto.

Nome do contato:	Tom Wesley
Data e horário do avistamento:	4 de janeiro de 2018, 20h45
Resumo da ligação:	Possível avistamento perto de Hythe. A pessoa viu um homem na praia enquanto andava com o cachorro. Ele parecia estar dormindo na rua.
Acompanhamento necessário?	O policial Linbury vai verificar com a polícia de Hants.

Nome do contato:	Alan Wilcox
Data e hora do avistamento:	5 de janeiro de 2018, 15h25
Resumo da ligação:	Possível avistamento de Michael Esmond em Grantham, Lincs. Fazendo compras no mercado Asda. A pessoa estava muito segura de que era ele.
Acompanhamento necessário?	O sargento Woods vai falar com a polícia de Lincs.

Nome do contato:	Harriet Morgan
Data e hora do avistamento:	4 de janeiro de 2018, 16 horas
Resumo da ligação:	Avistamento de Michael Esmond em Northampton, esperando para usar um telefone público.
Acompanhamento necessário?	O policial Linbury vai verificar os registros de chamadas da cabine telefônica em questão à procura de alguma conexão com Esmond.

Nome do contato:	Nick Brice
Data e hora do avistamento:	5 de janeiro de 2018, 16h30
Resumo da ligação:	Esmond visto na estação de King's Cross, perto do Starbucks
Acompanhamento necessário?	O policial Linbury vai verificar imagens das câmeras de segurança da empresa ferroviária

Nome do contato:	Sara Ellison
Data e hora do avistamento:	5 de janeiro de 2018, 14 horas (aprox.)
Resumo da ligação:	Possível avistamento de Esmond no Hyde Park, acompanhado por um cachorro. A pessoa que telefonou estava a certa distância.
Acompanhamento necessário?	Não

Nome do contato:	Rhian Collins
Data e hora do avistamento:	6 de janeiro de 2018, 9h20
Resumo da ligação:	Possível avistamento perto de Beachy Head.
Acompanhamento necessário?	O sargento Woods vai entrar em contato com a polícia de Sussex

***

No John Rad, o sol brilhante de inverno está entrando pelas janelas da UTI pediátrica. Quando chegam à porta, os Giffords param, intimidados pela quantidade de tecnologia em torno de cada leito. A roupa de cama colorida e os murais de animais só parecem tornar isso pior. As enfermeiras se movimentam com rapidez mas em silêncio entre os pacientes, checando monitores, administrando medicação e conversando em voz baixa. Laura Gifford leva o lenço à boca e Ev a toca no braço com delicadeza.

— Sei que é muita coisa para absorver, mas em geral não é tão ruim quanto parece — diz ela em voz baixa. — A equipe aqui é mesmo fantástica. Matty não podia estar em mãos melhores.

Uma das enfermeiras os nota e se aproxima.

— Sr. e sra. Gifford? Fomos informados de que os senhores estavam vindo. Por favor, venham comigo.

Matty está em uma cama junto da janela. Seus olhos estão fechados, e ele não está se mexendo. Ele tem um tubo de oxigênio preso ao rosto e um aglomerado de fios ligados a seu peito. Todo o seu corpo está envolto em curativos e ataduras. Eles podem ver marcas em torno de seus olhos onde os óculos queimaram sua carne.

— Como ele está? — sussurra Laura Gifford.

A enfermeira ergue os olhos.

— Ele está sedado. Fizemos uma broncoscopia e raios-X e o deixamos o mais confortável possível. Mas infelizmente ele está muito mal. As próximas 24 a 48 horas vão ser críticas.

A sra. Gifford começa a chorar em silêncio, e o marido passa o braço ao seu redor.

— Eles sabem o que estão fazendo, amor. Este é um dos melhores hospitais do país.

— Ele parece tão pequeno ali deitado.

— São essas camas — diz a enfermeira com simpatia. — Elas são tão grandes que as pobres crianças parecem perdidas.

— Podemos ficar sentados um pouco com ele? — pergunta Laura Gifford.

A enfermeira sorri.

— Claro. Vou providenciar cadeiras.

Quando ela desaparece na direção do corredor, Gifford põe a mão no ombro da sua mulher.

— Você fica aqui com a enfermeira, e eu e a policial vamos procurar uma xícara de chá para nós.

Everett está prestes a se oferecer para fazer isso sozinha, mas uma olhada para o rosto de Gifford e ela sabe que ele quer apenas pegá-la sozinha.

Assim que saem do campo de audição, ele se volta para ela. Seu rosto está pálido.

— Vocês vão precisar de uma identificação, não vão? Quero dizer, de Samantha.

Everett assente.

— Infelizmente vamos.

— Ela está aqui? — diz ele, com a voz embargada. — Neste hospital? Porque não quero que Laura veja isso. As coisas já estão bem ruins. Não quero que ela se lembre da filha desse jeito.

— Acho que o senhor é muito sábio.

— Então podemos fazer isso agora, enquanto ela está com Matty? Você pode arranjar isso?

Everett pega o celular.

— Vou descer e falar com o legista agora.

***

De volta à sua mesa, Gislingham está em um dilema. Em teoria, ele podia ir para casa — é fim de semana, afinal de contas —, mas o resto da equipe está ali, e ele é o sargento-detetive. Ele não quer parecer relaxado. Então, quando abre o Google e digita "Michael Esmond" pela segunda vez, é mais para ter algo o que fazer que por realmente pensar que vai encontrar alguma coisa.

O que parece ser confirmado pelo fato de, dez minutos depois, tudo o que ele encontrou foi o que Baxter tinha conseguido no Facebook. Referências de rotina às qualificações de Esmond, links para palestras em conferências e publicações. No fim da sexta página, o Google diz a ele "*nós omitimos alguns resultados muito semelhantes aos 72 já exibidos*". Qualquer outra pessoa desistiria — Quinn certamente desistiria —, mas teimosia é o sobrenome de Gislingham, então ele volta ao topo e clica em um dos *links* menos promissores. E é aí que ele encontra.

***

— Você quer dizer que eu não preciso mesmo entrar lá?

Gregory Gifford está sentado em uma pequena sala de espera adjacente ao necrotério. Não há janelas, e o chão tem um tapete cinza, fino e funcional. À frente dele há uma mesa com um computador. A logomarca do hospital anda com lentidão de um lado para outro da tela. Pelo menos é melhor que peixes digitalizados.

Everett sorri de forma simpática para Gifford.

— Felizmente não é como você vê na TV. É muito menos dramático. Quando o senhor estiver pronto, o atendente vai abrir uma foto na tela aqui, e vão perguntar ao senhor se é sua filha. É isso. Não há a necessidade de fazer mais nada.

Ele engole em seco.

— Está bem. Entendi. — Ele tamborila com os dedos na mesa por alguns instantes. — Certo. É melhor resolver isso logo. Laura deve estar se perguntando onde nós estamos.

Everett gesticula com a cabeça para o atendente, que digita algumas teclas no computador. Surge uma imagem na tela. Ela foi tirada de cima. O rosto da mulher é visível, mas o lençol está cobrindo seu corpo. Não como quando Everett foi até ali pela primeira vez. Ela disse isso antes e vai dizer de novo: independentemente do tipo de morte que viveram, sempre tem alguma coisa nos mortos que fica em sua cabeça e dali não sai; alguma coisa pequena e trivial que capta um eco de quem eles foram. Com Samantha Esmond é o esmalte de unhas. Apesar dos ferimentos e da sujeira, Everett pôde ver como a mulher tinha cuidado com as mãos. Base transparente, cutículas removidas. Ela está preparada para apostar que Samantha mantinha um pote de creme para as mãos na cabeceira.

Ela escuta Gifford inspirar ao lado dela e se volta para ele.

— Essa é sua filha, senhor?

Ele engole seco outra vez.

— É. Essa é Samantha.

— Obrigada. Eu sei que isso não foi fácil.

A imagem desaparece. Gifford gira na cadeira para olhar para Everett.

— E Zachary? Alguém não precisa identificá-lo também?

Everett e o atendente trocam um olhar.

— Há outros métodos que podem ser usados mais apropriados no caso dele — responde o atendente.

Mas Gifford não é tolo.

— Vocês não querem que eu o veja, não é? Porque ele está em um estado terrível, é isso?

Everett começa a sacudir a cabeça, mas ela sabe que não está sendo sincera. Ela viu as fotos.

— Não há necessidade de perturbá-lo — diz ela. — Verdade.

Gifford se encosta na cadeira, e por um momento terrível ela acha que ele está prestes a insistir, mas então ele curva um pouco os ombros.

— Está bem — diz ele. — A senhora sabe o que é melhor.

Ela faz uma expressão pesarosa.

— Acho que sei. Infelizmente.

***

— Inspetor-detetive Fawley? Tem uma pessoa aqui para vê-lo, senhor.

É Anderson, o policial de plantão, parecendo mais do que normalmente desconfiado do risco ocupacional que é o grande público.

— Acabou de chegar à recepção. Um alemão. Ele não tem hora marcada. Posso dizer a ele que o senhor não está aqui. Quer dizer, é fim de semana. O senhor provavelmente quer voltar para casa.

— Não, está bem; pode mandar ele subir.

Porque, vamos encarar os fatos, não tenho mais nenhum outro lugar onde precise estar.

Cinco minutos mais tarde, o sargento conduz o homem até minha sala. Ele é alto, muito alto, na verdade, provavelmente mais de 1,90 m, e essa é a primeira pista. E quando ele se apresenta, o sotaque encerra o assunto. Ele não é alemão. Ele é holandês. A última vez em que vi meu irmão ele tinha uma namorada holandesa. Seu sotaque era exatamente igual. E ela tinha 1,85 m. Julian brincava que tinha começado a fazer alpinismo, embora, obviamente, não na frente dela.

— Como posso ajudá-lo?

Ele se senta. Com muito jeito, para alguém da sua altura.

— Isso tem relação com o incêndio. O incêndio terrível na Southey Road. Se não estou enganado, essa é a casa de meu colega Michael Esmond.

Fico intrigado. Em especial por sua ansiedade evidente.

Ele empurra os óculos de armação de metal para o alto do nariz.

— Imagino que o senhor seja o que chamam de policial chefe da investigação.

— Eu sou, sim — digo. Ele deve ter pesquisado isso.

— Assim que vi a notícia na TV, soube logo que vocês iam querer falar comigo. Por isso antecipei essa solicitação e vim aqui por minha conta.

Fico ainda mais intrigado. De que se trata isso tudo?

***

— Gislingham se encosta. Se o que ele descobriu é verdade, eles vão ter de reavaliar a droga do caso inteiro. Repassar tudo outra vez. E não só pelo fato de Annabel Jordan ter mentido para eles. Isso não é só irritar alguém; isso é abrir um buraco em sua carreira abaixo da linha-d'água. Gislingham se inclina para a frente, abre o Google e digita "Jurjen Kuiper" outra vez. Idade, local de nascimento, qualificações e atual emprego. Uma página de Facebook, que parece em grande parte bem anódina (embora muito seja em holandês, e a tradução automática possa ter perdido as nuances). Tem também um *feed* de Twitter, mas isso também é normal nesse universo. Nenhum sinal, na verdade, de haver qualquer coisa errada. Gislingham faz uma careta. Isso pode ser verdade? É realmente possível acreditar que um desastre profissional dessas proporções não deixaria nenhum vestígio externo? Ele fica sentado pensando por algum tempo. Então chega rapidamente para a frente e começa a digitar.

***

Ox-eGen
Sua fonte na internet para notícias, pontos de vista, fofocas e conversas universitárias

Publicado por Fofoqueiro em 21 de novembro de 2017 11h56

Guerra tribal?
As últimas batidas nos tambores selvagens do departamento sugerem que serão arpões ao amanhecer em certo prédio da universidade na Banbury Road, depois que um de seus residentes foi esfaqueado pela frente por uma resenha corrosiva de sua grande obra no Times Literary Supplement. O culpado? Ninguém menos que um membro de sua própria tribo. Perto demais de casa? É possível pensar que sim. Afinal de contas, crítica construtiva é uma coisa, sacrifício humano, outra completamente diferente. Nossas fontes nos contam que a atmosfera no departamento está glacial, o que, pelo menos dessa vez, não reflete as condições primitivas do sistema de aquecimento central. Observadores interessados estão impacientes para saber se um suposto contrato com a TV vai ser a próxima baixa. É suficiente dizer que se tal catástrofe transpirar, a carreira de nosso amigável holandês em vez de decolar vai cair e pegar fogo. É possível perdoá-lo por fantasiar sobre o segundo como forma de vingança...

***

— Então o senhor entende, inspetor, por que eu precisava vir.
Eu assinto lentamente.

— O senhor está preocupado com a possibilidade de pensarmos que teve alguma coisa a ver com o incêndio.

— Isso, isso — confirma ele com o rosto um pouco corado. — Embora isso seja ridículo, impensável. Mesmo que eu tivesse um enorme ressentimento com o dr. Esmond...

— Me parece, dr. Kuiper, que o senhor tinha uma razão muito boa para ficar aborrecido.

Ele pisca.

— É claro. Naturalmente. Ele lançou uma mácula sobre minha pesquisa. Minha integridade profissional. Tenho certeza de que o senhor ficaria aborrecido se uma coisa dessas tivesse acontecido com o senhor.

Por falar nisso, aconteceu, e fiquei muito mais que "aborrecido". Eu fiquei absolutamente incandescente. O que é, claro, uma metáfora muito infeliz. Dadas as circunstâncias.

***

Meia hora mais tarde, Gislingham está se sentindo definitivamente satisfeito consigo mesmo. Ele nunca foi tão bem em pensamento lateral, mas, dessa vez, ele tinha de fato se superado. Embora tivesse de arrastar Baxter para ajudá-lo com os aspectos técnicos. O que foi uma boa ideia, levando-se em conta o que eles tinham descoberto então. É um *feed* de Twitter com a ID @Ogou_badagri. Essa escolha em especial de identidade pode não significar muito para eles, mas o nome do dono com certeza significa. "Jurjen Kuiper" em holandês é George Cooper em inglês, e foi um George Cooper que abriu essa conta. E, ao contrário da conta oficial de Kuiper, esse *feed* do Twitter não era nada acadêmico.

***

— Eu me solidarizo com o senhor, dr. Cooper.

Ele inclina a cabeça.

— Obrigado. É muito aflitivo ter seu trabalho refutado desse jeito.

"Refutado." Quantos britânicos diriam isso. Ou mesmo saberiam o que significa. Mas Kuiper sabe.

— Mesmo assim — continuo sem alterar a voz —, vamos, é claro, ter de eliminá-lo de nossas investigações.

Uma dúvida pálida tremeluz em seu rosto.

— Tenho certeza de que no seu caso vai ser mera formalidade. Mas há procedimentos que precisamos seguir. Tenho certeza de que o senhor entende. — Eu puxo o caderno em minha direção. — Pode começar me dizendo onde o senhor estava por volta da meia-noite na quarta-feira.

Ele empurra os óculos para o topo do nariz outra vez.

— Eu esperava.

Ele para. Fica vermelho.

— Sim?

— É um pouco delicado.

Eu me encosto na cadeira. Já passamos há muito tempo de "intrigado", agora. Esse homem tem alguma coisa a esconder.

**

— Kuiper não está apenas furioso, senhor... é muito mais que isso.

É Gislingham. Baxter botou o *feed* do Twitter em um projetor na sala de situação, e Gis o está percorrendo. Quinn também se juntou a nós; ele sempre se vê como grande conhecedor quando se trata de redes sociais ("Ele devia mesmo ser", como disse Ev, "com todo esse tempo que ele passa no Tinder"), mas está nitidamente preocupado com a possibilidade de ter sido superado por Gis dessa vez.

— Também pesquisei esse nome no Google — diz Gis, distribuindo folhas impressas. — Ogou Badagri é um espírito no vodu haitiano.

Eu olho para a folha, depois novamente para Gis.

— Não só isso — prossegue ele —, mas ele por acaso é o deus do *fogo*. — Ele me lança um olhar significativo. — E, aparentemente, você também pode lhe pedir ajuda se precisar se vingar de alguém que o aborreceu.

Quinn começa a rir.

— Ah, pare com isso. Ninguém acredita seriamente nesse lixo, acredita? Nesses nossos tempos?

— Essa não é a questão — digo em voz baixa. — Não se trata de acreditar, trata-se de *usar* isso. Usar isso para mandar uma mensagem. Michael Esmond é especialista em vodu latino-americano, ele saberia imediatamente o que isso significava. E quem estava por trás disso.

Gis concorda.

— Parece que esse Kuiper passou um tempo trolando Esmond — diz ele. — Como vocês podem ver, foi coisa muito pesada, também. Ele também escreveu postagens selvagens usando outro nome falso. — Ele pega outra folha impressa. — Em uma delas diz que a pesquisa de Esmond é "rasa, derivativa, com poucas notas de referência e não reconhece como deveria suas dívidas com fontes anteriores".

Mais ninguém podia ter escrito isso: só o vocabulário o entrega. Mas mesmo que ele tivesse escolhido um demônio do fogo vodu para uma conta no Twitter, isso não significava que ele tinha de fato incendiado a casa de Esmond. Era apenas um jeito de fantasiar sobre fazer aquilo. Em público. Sem nenhuma consequência aparente. E essa é toda a questão, claro. As redes sociais são campo aberto para nossos eus mais sombrios. Às vezes acho que estamos nos transformando naquela raça de *Planeta proibido* — uma civilização supostamente avançada que criou uma máquina que transforma pensamentos em realidade, só para descobrir que liberamos o demônio em nossas próprias mentes. Eu não tenho uma conta no Twitter. Como se você precisasse perguntar.

— Então Kuiper não era incapaz de fazer pessoalmente alguma refutação — digo em parte para mim mesmo. Então percebo Gislingham me lançando um olhar divertido.

— Uma piada particular. Desculpem. — Eu me volto para Baxter. — E quando você disse que ele apagou todo esse material?

— Na manhã de quinta-feira, chefe. Bem na hora em que divulgaram as notícias do incêndio. — Ele dá de ombros. — Em teoria, uma conta apagada do Twitter desaparece para sempre, mas se você sabe o que está fazendo, normalmente consegue recuperá-la. — E ele sabe. Sabe o que está fazendo.

— Kuiper disse alguma coisa sobre tudo isso quando viu você, chefe?

Eu sacudo a cabeça.

— Ele falou sobre a resenha, mas foi só até aí. Ele estava se esforçando muito para me convencer de que só queria ser cooperativo. Embora eu desconfie de que o que ele realmente queria fazer era impedir que um bando de policiais desastrados aparecesse em sua faculdade e o envergonhasse.. Ou pelo menos, foi isso que eu presumi no início.

— E depois?

— Quando chegamos ao álibi é que ele ficou bem aturdido. Ele disse que estava em casa na cama, mas não queria que ligássemos para sua mulher para confirmar porque ela está grávida. Quando eu disse que não havia como evitar isso, ele mudou a história. Disse que saiu para dar uma volta de carro. Sua mulher o acordou quando se remexeu, e ele não conseguiu voltar a dormir; por isso saiu.

Eu faço uma pausa e olho para eles, avaliando quanto daquilo tinha sido absorvido.

— O quê? Com aquele tempo? — diz Quinn, cético. — Na noite de quarta estava frio o suficiente para congelar os bagos. Até as pessoas que passeavam por Blackbird Leys estavam embaixo das cobertas e com uma xícara de leite quente.

— Mas a mulher dele *está* grávida — diz Gislingham. — Vi uma foto dela no Facebook. E ela também é bem grande. Eu acredito nessa parte de ela acordá-lo. — Quinn lança um sorriso malicioso em sua direção, e ele enrubesce um pouco. — Só estou dizendo. Eu sei como é, só isso.

— Está bem — digo. — Vamos começar verificando o álibi de Kuiper, como faríamos se esse fosse outro caso qualquer. Com um foco especial em câmeras de velocidade e no sistema de identificação de placas em um raio de dois quilômetros da Southey Road. Precisamos determinar se podemos colocá-lo em qualquer lugar perto da casa naquela noite, no carro ou a pé. E tragam-no aqui de volta para nos dar suas digitais. Isso deve mostrar a ele que estamos falando sério.

Gislingham assente para Quinn, mas eu apostaria meu dinheiro que Quinn ia passar o trabalho para Baxter. Baxter sempre pega as tarefas mais trabalhosas.

Pego meu paletó nas costas da cadeira.

— Eu vou para casa — digo. — Mas, antes disso, vou fazer uma visita a Annabel Jordan.

***

A casa é uma daquelas geminadas eduardianas da Banbury Road, logo ao norte de Summertown. Não é muito diferente da Southey Road, embora em uma escala muito menor. As mesmas janelas arqueadas, o mesmo telhado de duas águas, o mesmo trabalho em madeira branca sobre revestimento de pequenos seixos. Muitos acadêmicos moram ali, aqueles que tiveram sorte o suficiente para comprar essas casas quando ainda podiam pagar por elas. Hoje em dia é Kidlington e além, e as grandes casas vitorianas originalmente construídas para acadêmicos estavam reservadas para banqueiros de investimentos. Ou para os chineses.

Quando ela abre a porta, nota-se que não tem ideia de quem eu sou.

— Sim? Posso ajudá-lo?

Eu saco meu cartão de visitas.

— Inspetor-detetive Adam Fawley, professora Jordan. Posso entrar?

Um vinco marca brevemente sua testa. Ela hesita e olha para trás pelo corredor. Há o som de vozes, de crianças gritando e de louça. Almoço. Aquela coisa que eu me esqueci de fazer. De novo.

— Nós temos convidados — diz ela. — A família de minha mulher...

— Não vai tomar muito tempo.

Ela hesita. Então diz:

— Está bem.

Dá para ver que o grupo está na cozinha nos fundos, e ela me conduz rápido até a sala da frente. Um caos artístico acadêmico. Estantes lotadas, móveis que não combinam, diversas revistas coloridas. Um grande labrador chocolate ergue por um momento os olhos de sua cesta perto do fogo, depois se deita novamente.

Ela fecha a porta às suas costas.

— Como posso ajudá-lo, inspetor? Se isso é sobre Michael Esmond, eu já falei com seus subordinados.

— Essa é a questão, professora. A senhora já falou com eles e não mencionou de nenhuma forma Jurjen Kuiper.

O olhar dela se detém sobre mim por um momento, então desvia. Ela anda até o sofá e se senta.

— Meus policiais perguntaram especificamente à senhora se Michael Esmond estava tendo problemas com algum de seus colegas, e a senhora respondeu: "Não que eu saiba." Está me dizendo que não sabia mesmo dessa resenha que Esmond escreveu? Porque se está, preciso dizer, eu acho muito difícil acreditar nisso.

Ela suspira.

— Claro que eu sabia. A coisa toda foi um completo pesadelo. — Ela olha para mim. — Eu me culpei, se precisa saber. Quando o *Times Literary Supplement* me perguntou se eu podia recomendar alguém para resenhar a monografia de Jurjen, eu sugeri Michael. Eu não tinha ideia de que ele ia fazer tamanho... tamanho...

— Estrago?

Sua expressão está severa.

— Vejo que o senhor já teve a oportunidade de lê-la. — Ela entrelaça as mãos sobre o colo. — Nesse caso já sabe que Michael acusou Jurjen de manipular dados para apoiar suas conclusões. Nessa disciplina reconhecidamente pequena e obcecada consigo mesma, isso conta como um grande crime e não um pequeno delito.

— E ele fez isso? Falsificou os fatos?

— O júri ainda não decidiu. Isso me surpreenderia, sabendo o que sei de Jurjen. Mas, por outro lado, o Michael que eu julgava conhecer nunca faria uma acusação dessas a menos que tivesse provas concretas.

— E a série de TV?

Ela ergue uma sobrancelha.

— O senhor *está* bem informado. Sim, Jurjen tinha sido procurado para apresentar uma série para a National Geographic. Não exatamente na escala de *Planeta azul*, mas, mesmo assim, com prestígio, e pagava muito melhor do que a publicação acadêmica. Só que tudo acabou quando a resenha apareceu. Eles devem ter decidido que não valia o risco. Mas se o senhor está sugerindo por um momento que Jurjen pode ter tido alguma coisa a ver com aquele incêndio terrível...

— Não estou "sugerindo" nada. Apenas tentando estabelecer os fatos. Eu mal preciso dizer para alguém tão inteligente quanto a senhora que "fatos" são ainda mais importantes em minha profissão do que são na sua. E tivemos que falar duas vezes com a senhora para obtê-los.

Ela fica vermelha, agora aturdida.

— Não é segredo que a vida acadêmica pode ser muito competitiva, em especial nos dias de hoje, mas isso não é um episódio da série *Inspector Morse*, sabe? As pessoas nesta universidade não saem por aí *matando* umas às outras por uma resenha ruim ou uma série de TV perdida, por mais lucrativa que fosse. Quanto a incendiar uma casa cheia de gente, incluindo duas crianças inocentes, bom, Jurjen simplesmente não é capaz disso.

Eu deixo que a pausa se prolongue.

— Do que ele é capaz?

Ela olha para mim.

— O que o senhor quer dizer com isso?

— Ele seria capaz, por exemplo, de fazer ameaças?

Estou observando o rosto dela com atenção.

— Ou de orquestrar uma campanha organizada de trolagem on-line?

Agora ela não me olha nos olhos.

— Eu não tenho ideia do que o senhor está falando.

Mas ela tem. Eu posso ver, agora, que ela sabe muito bem. Eu pego as folhas impressas do bolso do paletó e as entrego a ela. Sua boca está disposta em uma linha dura e irritada: ela achava que o material tinha sido apagado. E ela não achava que seríamos espertos o bastante para encontrá-lo. E isso na verdade me irrita muito.

Ela respira fundo.

— Ele estava apenas liberando a pressão. Expressando sua frustração. Em um ambiente controlado, relativamente falando. Se o senhor falar com ele outra vez, tenho certeza de que ele vai lhe dizer que agora percebe como a coisa toda foi estúpida, mas isso foi *tudo*.

Eu arquivo aquele "outra vez". Ela sabe que Kuiper foi me ver. Pode até ter sido ela quem disse a ele para fazer isso.

— Infelizmente para a senhora, professora Jordan, o dr. Kuiper não consegue provar que "isso foi tudo". Ele começou nos dizendo que estava em casa com a mulher na hora do incêndio, mas quando eu disse que ela ia precisar confirmar isso, ele mudou de ideia imediatamente e disse que saiu para dar uma volta de carro. No meio da noite. No inverno.

Dúvida passa pelo rosto dela, e eu sei que isso — pela primeira vez em nossa conversa — é novidade para ela.

— Mas acho que os senhores podem verificar câmeras de segurança e coisas assim.

Eu assinto.

— É exatamente isso o que estamos tentando fazer. Mas pode não ser possível provar que ele está dizendo a verdade. Na verdade, podemos muito bem descobrir que isso, também, não é um "fato", mas uma mentira. E nesse caso...

— Nesse caso?

— A senhora pode precisar resgatar aquele manual de gestão de crises que seu departamento de imprensa deve estar deixando pegar poeira em algum lugar. Tenho certeza de que a vida real é muito mais confusa que *Inspector Morse*.

***

> **BBC Midlands Today**
>
> Domingo, 7 de janeiro de 2018 — Atualizado pela última vez às 10h53
>
> ## "Uma tragédia terrível": menino de 10 anos morre dos ferimentos sofridos durante incêndio numa casa em Oxford
>
> Uma porta-voz do hospital John Radcliffe confirmou que Matty Esmond morreu na UTI pediátrica mais cedo esta manhã. A mãe de Matty, Samantha, e seu irmão mais novo, Zachary, 3, também foram vítimas do incêndio fatal na casa da família na última quinta-feira. A porta-voz descreveu a morte como "uma tragédia terrível", e disse que a equipe estava dando apoio a membros da família que estavam com o menino quando ele morreu.
>
> Nem a polícia de Thames Valley nem os bombeiros já fizeram um pronunciamento sobre a causa do incêndio. O pai de Matty, Michael Esmond, 40, ainda não foi localizado, apesar do apelo público e do que a polícia de Thames Valley descreve como "esforços combinados" para encontrá-lo.
>
> *Voltaremos com mais notícias assim que possível.*

***

A atmosfera na sala está desagradável. Nada é pior que a morte de uma criança. Everett nos diz que os Gifford estão abalados.

— Eu estava lá com o casal quando o menino de repente piorou. Vocês sabem como é, alarmes disparando, enfermeiras por toda parte, carrinhos de parada. Foi horrível.

Eu olho para Gislingham — Billy teve de ser ressuscitado duas vezes quando estava na unidade de bebês prematuros. Eles quase o perderam. Seu rosto está pálido com a lembrança.

— Eles tiveram de remover os curativos para poderem fazer massagem cardíaca — diz Everett. — Então viram o estado em que ele estava.

E agora não vão conseguir tirar isso de suas cabeças. — Ela sacode a cabeça. Esse trabalho às vezes pode ser bem filho da puta.

Gislingham se força a voltar para a tarefa à sua frente.

— Está bem — diz ele. — Nós estamos neste ponto: ainda precisamos cobrir as câmeras na área da Southey Road para ver se podemos identificar Kuiper na área. E precisamos falar com Lauren Kaminsky, que, às 10h30 da noite passada, voltou para Oxford. E só para acelerar as coisas para todo mundo, ela com certeza *não* é suspeita de nenhum incêndio criminoso em potencial, pois confirmamos que ela estava mesmo em um voo para o JFK no dia 21 de dezembro. Certo. — diz. Ele olha em torno da sala. — Eu vou agora ver Kaminsky com a detetive Somer, e Quinn está com as câmeras.

Com isso, houve alguns vivas desanimados e sarcásticos. Quinn articula *Sim, sim*, sem emitir som e mostra o dedo médio para os outros detetives quando acha que eu não estou olhando.

— Nós já conseguimos encontrar algum dos amigos de Esmond? — pergunto.

— Tem o vizinho de porta — intervém Everett. — Eles não estavam em casa na última vez que tentei, mas posso ir lá de novo, se você quiser.

— Sim, faça isso. Eles podem ter visto alguma coisa. Está bem, por enquanto é isso. Todo os demais aproveitem o fim de semana. O que resta dele.

Gislingham volta para pegar o casaco e, quando ergue os olhos, vê que Somer parou para falar com Fawley. Eles estão de pé, juntos. Ela está dizendo algo em voz baixa, e ele está sorrindo. Gislingham percebe com um susto que não se lembrava da última vez que tinha visto o chefe sorrir.

***

Entrevista com Ronald e Marion Young,
realizada na Southey Road, 25, Oxford
7 de janeiro de 2018, 13h16
Presente, detetive V. Everett

VE: Obrigado por ter tempo para me ver, sr. Young.

RY: Eu ia mesmo ligar para vocês amanhã cedo. Nós vimos o cartão que vocês deixaram embaixo da porta assim que voltamos. Eu não tinha ideia de que houve um incêndio. Temos muita sorte por ele não ter se propagado até aqui.

VE: Vocês viajaram no Natal?

RY: Viajamos, sim, com nossa filha. Para Barcelona. Nós partimos no dia 22.

VE: Você viu os Esmond antes de viajar?

MY: Eu vi. Eu passei lá para dizer que íamos viajar e saber se eles podiam ficar de olho na casa.

VE: A senhora viu tanto o sr. quanto a sra. Esmond, sra. Young?

MY: Só Samantha.

VE: Como ela parecia?

MY: Um pouco distraída. O menino pequeno estava chorando, eu me lembro disso. Ela parecia bem cansada. Mas isso acontece com a maior parte das mães.

VE: Zachary tinha 3 anos, não é? Ela não era uma mãe que acabou de parir.

MY: Bom, as coisas não ficam mais fáceis. Não quando eles têm essa idade. Nossa Rachel...

RY: A policial não quer saber isso tudo, Marion.

VE: A senhora sabe se os Esmond receberam alguém para ficar com eles nas festas? Algum amigo? Parente?

MY: Eu não soube de ninguém. Estou aqui a maior parte do tempo, então provavelmente teria percebido se alguém chegasse antes que viajássemos.

VE: Ninguém estranho circulando por perto nas últimas semanas?

RY: O que a senhora quer dizer com "estranho"?

VE: Alguém que os senhores não reconheceram.

MY: Não, ninguém em que eu possa pensar.

VE: Os senhores se davam bem com os Esmond, como vizinhos?

RY: Ela era legal. Um pouco frágil. Mas ele é terrível.

VE: É mesmo? Por que o senhor diz isso?

MY: Ele sempre foi muito agradável comigo...

RY: [*para a mulher*] *Agradável?* Ele matou a droga da nossa cadela!

MY: Você não sabe isso. Não com certeza.

RY: [*para Everett*] Em setembro, combinamos que eles tomariam conta da cachorra enquanto estivéssemos fora. Era só por uma noite. O garoto Matty sempre queria vir aqui e brincar com ela, levá-la para passear...

MY: Molly era uma cachorra adorável.

RY: Nós em geral a deixávamos em canis, mas achamos que, por apenas uma noite, o que podia acontecer? E, quando voltamos, a pobre cadela estava morta.

MY: Ela tinha 14 anos, Ron.

RY: Mas ela não estava doente, estava? Ela não ia ao veterinário havia anos. Então, de repente, ela morre na noite em que os Esmond estavam cuidando dela? Desculpe, eu não acredito em coincidências.

VE: Nem meu inspetor.

RY: Aí está, Marion, a policial concorda comigo.

VE: Eu não quis dizer isso.

MY: Nós não conseguimos provar nada, Ron. Você sabe que não.

VE: O que o sr. Esmond disse que aconteceu?

RY: Ele não disse.

MY: Ron...

RY: Na verdade, não. Ele disse que a cachorra devia ter tido um ataque cardíaco ou algo assim. Disse que tinha descido para alimentá-la e ela estava ali deitada, morta. Isso é uma grande mentira.

VE: Os senhores fizeram uma autópsia?

RY: A senhora sabe quanto isso teria custado?

MY: Achamos que era melhor presumir que foi um acidente. Fazer a pobre Mollie ser aberta não ia trazê-la de volta, e eu não queria tornar as coisas difíceis com os Esmond. Eles são nossos vizinhos, afinal de contas. Ainda tínhamos de viver ao lado deles.

VE: Entendo isso totalmente, sra. Young.

MY: E Michael nos deu algum dinheiro. Ele disse que sentia muito e nos deu cem libras.

RY: [*com desprezo*] Apenas cem libras.

MY: A coisa mais triste em relação a isso foi que praticamente não vimos mais Matty depois. Ele ficou abalado por causa da Mollie. Pobre garotinho, não consigo tirar isso da minha cabeça, ele morrer de um jeito tão horrível. Eu me lembro do dia em que eles se mudaram como se fosse ontem. Ele estava muito empolgado com o jardim. Acho que eles nunca haviam tido um igual antes.

VE: A senhora mora aqui há muito tempo, sra. Young?

RY: Agora tem dez anos. Não, doze.

VE: Então conheceram os pais do sr. Esmond?

RY: Eu nunca me dei bem com Richard, mas Alice Esmond era uma mulher muito simpática.

MY: Ela era completamente submissa a ele, Ron, e você sabe disso. Como eles chamam isso hoje em dia? Controlador, é isso. Ele era muito controlador.

VE: Então ele podia ser assim como pai, também? Quando os garotos estavam crescendo?

MY: Isso não me surpreenderia. Michael era muito calado, sem dúvida. Mas, pelo que vi dele, Philip é exatamente o oposto. Muito vivo. Gosta de sair. Eu me lembro de vê-lo no jardim com Matty no verão passado. Eles montaram a piscina infantil e Philip estava tentando ensinar a ele como pegar jacaré, ou como quer que se chame aquilo. Havia água por toda a parte. Até Samantha estava rindo. É assim que quero me lembrar deles. Rindo sob o sol. Só uma família feliz normal.

***

Quinn devia estar procurando por Kuiper nas câmeras de vídeo, mas não é surpresa ver que Baxter está fazendo o trabalho pesado. Há várias câmeras na Banbury Road e em frente a algumas das lojas na zona comercial de Summertown, mas nada nas ruas laterais, e se Kuiper tivesse tido algum bom senso teria seguido por esse caminho. Sua única chance é a rota que ele deve ter usado para chegar ali de onde ele mora em Littlemore. Se ele foi pelo anel viário ou pelo centro da cidade, eles ainda seriam capazes de encontrá-lo. Sempre supondo, é claro, que ele tenha usado o próprio carro.

Baxter carrega o primeiro conjunto de imagens e olha para Quinn, que está mexendo no celular.

— Você pode me fazer um favor e checar as empresas de táxi? Kuiper pode ter pegado um minitáxi.

Quinn faz uma careta.

— Sério? Então ele entra no banco traseiro dizendo *"Não se importe com a lata de gasolina, parceiro, vou pagar um extra se sujar os bancos"*?

Baxter se vira para fazer uma careta.

— Está bem, está bem, mas você sabe o que estou dizendo. — Ele se volta para a tela. — E isso vai dar a você alguma coisa útil para fazer — murmura.

***

Lauren Kaminsky tem um espaço em um dos prédios modernos do Wolfson's com vista para o Cherwell e a ponte Rainbow. Isso é moderno como os anos 1970; nesta cidade, uma faculdade fundada em 1379 ainda é chamada de "nova". Há gelo agarrado às árvores, e dois cisnes estão flutuando em silêncio com a corrente. Um redemoinho de gaivotas voa em círculos acima da água, berrando como bruxas. O quarto em si é pequeno mas confortável. Bem poucas coisas, muito poucos sinais de preferências pessoais. Uma cozinha pequena, um banheiro diminuto vislumbrado através de uma porta entreaberta. Em relação a Lauren, ela é tão contida quanto seu aposento. Pequena, com um cabelo castanho com corte *pixie*. Ela vê Somer olhando ao redor e sorri, um pouco cansada.

— Eu não fico muito aqui. Meu namorado é professor no Magdalen. Passo a maior parte de meu tempo lá. Quer dizer, este lugar é legal e tudo mais, mas está longe de ser "Oxford", não é?

Ela gesticula para que eles se sentem. O sofá é grande apenas para duas pessoas, e Somer se sente desconfortável ao sentir que sua coxa está grudada à de Gislingham.

— Imagino que os senhores queiram falar comigo sobre Michael Esmond. Foi de fato horrível o que aconteceu.

Todo mundo já disse isso. Às vezes com exatamente as mesmas palavras.

— Acredito que foi seu namorado que relatou o assédio sexual — diz Gislingham.

Ela concorda.

— Eu não ia criar um grande caso com isso, mas Ned ficou furioso. Ele queria que eu fosse à polícia prestar queixa, que eu fosse até o fim.

— Pelo que entendo, o dr. Esmond nega que qualquer coisa tenha acontecido.

Ela se senta, mas se senta na beira, como se estivesse preparada para escapar.

— É normal que ele faça isso, não é?

— A senhora mesma não falou com ele sobre isso? — pergunta Somer.

Ela sacode a cabeça.

— Não desde aquela noite. Era vergonhoso demais. Decidi que era melhor deixar que o departamento lidasse com isso. É para isso que eles são pagos.

— E como ele era com a senhora antes disso? — pergunta Gislingham. — Ele alguma vez...

Ela sorri de seu desconforto.

— Me abordou? Não. Ele, na verdade, sempre foi... Como os britânicos dizem? Reservado. Contido. Até aquela noite. Acho que devia ser a bebida agindo.

— Isso não é desculpa — diz Somer franzindo o cenho.

— Não, é claro que não. Ele se comportou como um merda sexista. Mas eu, eu gostava do cara. A coisa toda foi inesperada. Como eu disse, eu teria deixado por isso mesmo, mas Ned não concordou.

— Então não houve nenhum flerte antes disso, nada para sugerir que ele estivesse interessado por você desse jeito.

— Ahn, há — diz ela, contendo um bocejo. — Desculpe, é o *jet lag* batendo.

— Tem mais alguma coisa? — pergunta Somer. — Qualquer coisa que tenha chamado sua atenção em relação ao dr. Esmond nos últimos meses? Outras pessoas parecem pensar que ele estava sob muito estresse. Ele parecia assim para a senhora?

Ela pensa nisso.

— Eu não o via muito. Mas acho que ele parecia estar um pouco estranho. Toda aquela história da resenha de Kuiper não pode ter ajudado, mas não se pode dizer que ele não criou problema para si mesmo. Vocês sabem sobre isso, certo?

Somer confirma.

— Tem alguma coisa que a senhora possa nos dizer sobre isso? Algo que possamos ainda não saber?

Kaminsky torna a bocejar.

— Duvido. Olhe, podemos fazer isso depois? Estou exausta. Se eu pensar em alguma coisa, ligo para os senhores.

Somer olha para Gislingham: eles não vão conseguir muito mais ali. Eles se levantam para ir embora.

— Obrigado, srta. Kaminsky — diz Gislingham da porta. — E telefone para nós, está bem? Mesmo que seja por algo que não pareça significativo.

Eles descem a escada e saem no ar frio. Somer põe um gorro, e Gislingham sorri para ela.

— Você está igual à minha irmã mais nova.

Ela olha para ele.

— Eu não sabia que você tinha irmã.

— Tenho, ela é sete anos mais nova que eu, então foi sempre o bebê da família. Você?

— Uma irmã mais velha. — Mas algo na expressão no rosto dela sinaliza para ele não perguntar mais.

Eles andam até chegar na guarita do porteiro.

— Então, o que você acha? — pergunta Somer quando Gislingham empurra e abre a porta pesada de vidro.

— Não vejo por que Kaminsky mentiria. E sabemos que ela não estava no país quando o incêndio começou.

— E só 15 por cento dos incêndios criminosos são cometidos por mulheres — diz Somer, pensativa.

— Certo, então é simples rotina, ou estou deixando passar alguma coisa?

Somer fica em silêncio por um momento.

— E o namorado?

— O cara no Magdalen? Ned qualquer coisa? O que tem ele?

— Ele estava, é óbvio, muito puto com Esmond. Você não ficaria, se fosse com Janet?

— É, claro que ficaria. Mas eu não atearia fogo na casa do cara. Confie em mim. Isso é um beco sem saída.

No alto em sua janela, Lauren Kaminsky observa os policiais seguirem pela trilha e sumirem de vista. Então ela pega o telefone.

— Ned? Me ligue, está bem? A polícia esteve aqui.

Ela encerra a ligação, mas permanece parada na janela. Seu rosto está perturbado.

***

De volta ao distrito de St. Aldate's, Everett assume uma tarefa da equipe e se oferece para examinar as ligações que eles estão recebendo pelo disque-denúncia, o que devia estar no dicionário como "tarefa inglória". Depois de uma hora disso, ela percebe que seu pé ficou dormente, levanta-se para pegar um café e vai mancando até a máquina enquanto sente o formigamento.

— Você está bem? — pergunta Quinn, que está contemplando a seleção. Ele está com a caneta atrás da orelha, como costuma fazer.

— Estou — diz ela. — Tentando fazer com que o resto do meu corpo não durma como o meu pé.

— Bem assim, né?

— E você?

Ele dá um chute na máquina.

— Nada. Nenhum sinal de Kuiper em lugar nenhum naquela noite. Também não parece que ele pegou um táxi, embora ainda não tenhamos averiguado todos eles. Quantas empresas de táxi existem nesta cidade?

— Mas nunca tem um na estação quando está chovendo — comenta Everett com um suspiro.

De volta ao escritório, ela se senta ao lado de Somer.

— Alguma coisa útil? — diz, olhando para o que está sobre a mesa à frente dela.

— Só estou vendo se descubro alguma coisa sobre o namorado de Lauren Kaminsky.

Everett ergue as sobrancelhas.

— Você acha que ele pode ser um suspeito?

— Não, na verdade, não. Mas eu gostaria de confirmar um "álibi de ferro".

— Somer? — chama Baxter do outro lado da sala. — Ligação para você, linha três.

***

Entrevista telefônica com Philip Esmond, 7 de janeiro de 2018, 16h55
Na ligação, detetive E. Somer

PE: Detetive Somer? É Philip Esmond outra vez. Eu vi as notícias. Sobre Matty.

ES: Sinto muito.

PE: Eu só desejava ter podido voltar a tempo.

ES: Os avós estavam com ele. Se isso ajuda.

PE: É alguma coisa, eu acho. Eles devem estar arrasados. Primeiro Zachary, depois Sam, e agora isso.

[*suspira*]
Bom, pelo menos agora todos aqueles merdas na internet vão parar de dizer que ela foi uma mãe ruim.

ES: Sei que é difícil, mas o senhor tem de ignorar todas essas coisas. Eles não conhecem o senhor. Estão apenas desabafando em um vácuo.

PE: É, eu sei. Mas é mais fácil dizer que fazer, se está acontecendo com você. Olhe, a razão principal para eu ter telefonado foi porque me lembrei de uma coisa. Na última vez você mencionou uma cabana? Algo que mamãe disse?

ES: Isso mesmo. Ela parecia pensar que seu irmão pudesse estar lá.

PE: Bom, se quer saber, *isso* é extremamente improvável, mas acho que sei o que ela quis dizer. Quando éramos garotos fomos para a costa sul uma vez de férias. Papai alugou uma cabana de praia em Calshot Spit.

ES: Uma cabana de praia?

PE: Mas, com o Alzheimer, ela fica muito confusa. Ela deve ter esquecido que Michael tem 40, não 14 anos. Sei que ele amava aquele lugar, mas a cabana provavelmente caiu aos pedaços há anos. Se quer saber, não há a menor chance de ele estar lá, mas achei que você devia saber.

ES: Você pode me mandar uma mensagem dizendo exatamente onde fica... a cabana?

PE: Claro.

ES: E obviamente se você tiver notícia do seu irmão...

PE: É claro. E assim que eu atracar em Poole vou direto para Oxford. Não deve demorar mais que alguns poucos dias, com um vento bom.

***

A casa está escura quando eu volto. É o que eu esperava, mas meu coração ainda está pesado quando desligo o motor e ando até a casa. Mal consigo abrir a porta diante de tanta correspondência de propaganda. Folhetos de imobiliárias, algo dos Liberais Democratas que vai direto para a reciclagem, ofertas de serviços de jardinagem, cardápios de pizza para viagem. Embora na verdade não possa reclamar destes últimos; eu tenho vivido dessas coisas. Acendo a luz, ponho uma refeição congelada no forno e ligo o laptop na bancada central da cozinha. Faço um esforço superficial para limpar a sujeira da noite anterior, mas a lava-louça já está cheia, então não há mais lugar para ela. Eu abro uma garrafa de vinho. Achei que havia uma na geladeira, mas devo ter acabado com ela ontem à noite. Isso parece estar acontecendo muito nos últimos dias.

A campainha toca. Eu decido não atender. Alex tem a chave, e não estou no clima para testemunhas de Jeová. Ou ex-presidiários vendendo algo de suas maletas — uma coisa de que eu não preciso são mais panos de prato. A campainha toca de novo. E de novo.

Eu abro a porta, mas não é um vendedor de porta em porta. É Somer.

— Desculpe incomodá-lo em casa, senhor. Tentei seu celular, mas deu fora de área.

Idiota. Eu devo ter esquecido de carregá-lo.

— Eu só queria repassar uma coisa com o senhor — diz ela, hesitante.

— Ah, é?

— É algo que Philip Esmond disse. Ele telefonou esta tarde.

Percebo que ainda estou segurando a taça de vinho. E que dividir a garrafa com outra pessoa é provavelmente o único jeito para evitar de não terminá-la sozinho.

Eu saio da frente.

— Você quer entrar?

Ela hesita e olha para o corredor às minhas costas.

— E sua mulher, senhor...

— Ela está visitando a irmã.

Ela sorri.

— Bom, se o senhor tem certeza. Por que não.

Eu a sigo até a cozinha, observando enquanto ela absorve a decoração, os móveis, os enfeites. Ela está fazendo julgamentos — é claro que está. É isso que somos treinados para fazer. Captar nuances, interceptar sinais, interpretar aparências. Mas você não precisa de treinamento policial para chegar a algumas conclusões bem óbvias pelo estado desse lugar. A bagunça. A fileira de garrafas vazias ao lado da porta, o fato de não ter me dado ao trabalho de tomar banho desde que cheguei em casa. Eu devia me importar que ela visse tudo isso, mas, de algum modo, não me importo.

— Uma taça de vinho? — pergunto, gesticulando para um banco.

— Só meia — diz ela. — Estou dirigindo.

Eu pego a garrafa e uma taça limpa.

— Então o que houve com Philip Esmond?

— Quando a detetive Everett disse à mãe de Esmond que ele estava desaparecido, ela disse algo sobre uma cabana. Na verdade, é uma cabana de praia em Southampton Water.

— E daí?

— Sei que parece exagero, mas o senhor não acha que devíamos verificar, só por garantia?

— Por que, de todos os lugares, ele iria para lá?

— Sei que não faz o menor sentido. Mas não paro de me lembrar que um dos avistamentos na linha do disque-denúncia foi em Hythe. Isso não é longe de Southampton.

E nisso ela tem razão.

— Está bem — digo. — Vou entrar em contato com a polícia de Hants amanhã cedo. Excluir o lugar não vai fazer mal.

No andar de cima, o telefone fixo está tocando.

— Com licença um minuto.

Eu quero que seja Alex. Estou dizendo a mim mesmo que é Alex — que ela está ligando para o fixo para ter certeza de que estou em casa sozinho, para que possamos conversar...

Mas quando ergo o fone, ouço o tom de voz irritantemente animado do sistema de segurança automático do cartão de crédito do banco. Me divirto por um momento com a ironia de que seu algoritmo já detectou uma preponderância sem precedentes de lojas de refeições rápidas em meus hábitos de consumo recentes, mas reconfirmar minhas últimas quatro transações demora mais do que eu desejo e, quando torno a descer, Somer está enchendo a lava-louça. As coisas limpas estão em pilhas organizadas em cima da bancada.

Ela fica vermelha.

— Eu não queria começar a abrir seus armários. Odeio quando as pessoas fazem isso. — Ela vê meu rosto e se contém. — Desculpe, eu não quis me intrometer. Só tentando ser útil... — Sua voz se cala. — Desculpe — diz ela outra vez, com as bochechas mais vermelhas agora.

Eu faço uma careta.

— Eu também odeio isso, na verdade. Mas graças a Deus você encarou a droga dessa lava-louça. Estou adiando isso há quase uma semana.

Ela sorri, claramente aliviada.

— Vou arrumar as coisas na sala por mais uma taça de vinho.

— Achei que você estivesse dirigindo.

— Posso pegar um táxi. Pego o carro amanhã de manhã no caminho.

É minha vez de sorrir.

— Bom, já que você insiste.

***

2 de maio de 2017, 12h27
247 dias antes do incêndio
Southey Road, 23, Oxford

Sam está sentada na cama no quarto extra do andar de cima, olhando pela janela. Ela começou a subir até ali nos dias ruins. Como se ela pudesse guardá-los numa caixa e mantê-los fechados naquele quarto cheio de ecos e meio vazio que ninguém usa há anos. Como se ao fazer isso ela pudesse impedi-los de vazar pelo resto da casa — o resto de sua vida. Embora o quarto esteja frio, lá fora o sol está brilhando e há flores no jardim, apesar das ervas daninhas. Um alvoroço de tulipas em uma das bordas. Pétalas vermelhas gorduchas com as pontas negras no miolo. Mas ali dentro, naquele quarto, há o peso de uma nuvem carregada em algum lugar logo acima da visão periférica. Uma suavidade indicativa na base do crânio. Mas Michael disse que ele podia voltar para ver como ela estava na hora do almoço. Ela não quer que ele a encontre ali em cima. Ele ia apenas se preocupar, e ele já tem muita coisa com o que lidar.

Ela fica de pé, pegando o cardigã. É quando escuta. No primeiro andar. A batida surda e suave que podia ser o barulho de uma porta, algo caindo ou um passo sobre uma tábua velha do piso, abafado por um carpete. Não são as crianças, porque elas não estão ali. Nem um vento. Ela fica ali parada, ouvindo com muita atenção. Já aconteceu antes, mas nunca dentro, nunca *dentro* de casa. Uma vez, foi no caminho na lateral da casa. Na última vez, em frente à cozinha. Um tremeluzir logo além do olho. Um movimento que não era o vento, um pássaro ou um esquilo correndo pela cerca. Ela sente um gosto de metal na boca e percebe que mordeu o lábio com tanta força que ele está sangrando. Mas ela não está enlouquecendo — ela não está enlouquecendo.

Ela se obriga a se mover rapidamente, chegando até a porta e a abrindo. Ela desce a escada, agarrada ao corrimão como se fosse uma velha, então percorre todos os aposentos no andar abaixo, abrindo todos os armários e guarda-roupas até ficar sem fôlego com o esforço.

Então ela escuta a porta da frente bater e seu marido chamar por ela.

— Sam? Você está aí em cima?

— Vou descer em um minuto — responde ela, sua voz um pouco embargada. — Estou separando as roupas.

Quando ele ergue os olhos alguns momentos depois, ela está descendo a escada, sorrindo para ele carregando o cesto de roupa.

— Olá, querido, como foi sua manhã?

***

Na manhã de segunda-feira, passo meia hora no telefone localizando a pessoa certa na força policial de Hampshire e explicando o que precisamos fazer. Posso sentir os níveis de irritação do homem se elevarem. "Não somos completamente idiotas por aqui, inspetor." Bom, ele na verdade não disse isso, mas podia muito bem ter dito.

Quando desligo o telefone, há uma rajada de vento contra a janela. Do lado de fora o céu está amarelado; podemos até ter neve. Mas provavelmente só o suficiente para causar o caos tá bem estranho... Não há cidade na Inglaterra que pareça mais bonita sob neve pesada; a campina da Christ Church, o parque de veados da Magdalen, a Radcliffe Square. Mas neste trabalho, tudo o que você tende a pensar é na contagem crescente de corpos. Sem-tetos morrem na neve, eles morrem aqui como em qualquer outro lugar.

***

Conversa telefônica com o inspetor-detetive Giles Saumarez, polícia de Hampshire, 8 de janeiro de 2018, 11h26.
Na ligação, inspetor-detetive A. Fawley

GS: Inspetor Fawley? Nós verificamos aquela cabana de praia para você e com certeza tem alguém lá. Homem, parece que chegou há alguns dias, mas não sabemos exatamente quando. Alguns moradores locais perceberam uma fogueira na praia e avisaram. Nós mostramos a foto de seu homem e eles têm certeza de que é a mesma pessoa.

AF: Seus policiais não tentaram falar com ele?

GS: Não. Não havia nenhum sinal de vida esta manhã, mas vamos ficar de olho até seu pessoal chegar aqui. Isso, para começar, vai deixar a papelada muito mais fácil.

AF: Está bem, vamos chegar aí o mais depressa possível. E obrigado.

GS: Não se preocupe. Temos dois policiais estacionados na rua caso ele tente fugir. Embora não tenha como ele sair por nenhum outro lugar. Pelo menos, não sem um barco. Vou enviar um link para a câmera no painel para você poder ver com seus próprios olhos.

AF: Como é a área?

GS: Calshot? Para ser honesto, o lugar é um nada. O Spit fica movimentado no verão, mas, nesta época do ano, está tão sem vida quanto um dodô. Quatro vezes na semana passada eu era a única pessoa na praia.

AF: Caminhando?

GS: Nadando.

AF: Meu Deus, com esse tempo?

GS: [*ri*]

Não tem jeito melhor de limpar a cabeça. Vou quase todas as manhãs, fica só a oito quilômetros de onde moro. É irônico, na verdade.

AF: Irônico?

GS: Onde eu moro... se chama Fawley.

***

Volto para a sala de situação para dizer a eles que parece que finalmente encontramos Esmond, e há um momento de silêncio, seguido por uma torrente de perguntas.

— Calshot? O que ele está fazendo lá?

— Então o filho da mãe matou a família inteira e fugiu para a droga da praia?

— Ele devia saber que o encontraríamos...

— Acreditem em mim, o homem enlouqueceu, vai ser trabalho para os jalecos brancos, esperem só...

Mas por baixo da raiva há uma onda palpável de alívio. E não posso culpá-los. Estávamos começando a nos perguntar se estávamos perseguindo um fantasma. Alguns detetives dão tapinhas nas costas de Somer, que fica corada e tenta minimizar isso. O que ela não devia fazer, é claro, mas saber a diferença entre ser uma pessoa de trato fácil ou que não precisa de ajuda é perversamente difícil nesse emprego. Em especial para mulheres. Não é preciso dizer que digo que deve ser ela a ir até Calshot com Gislingham e, depois que eles saem, volto para meu escritório e me sento por um momento olhando fixo para o link da câmera no painel que Saumarez me enviou.

Uma área ampla e plana de arbustos baixos e grama achatada pelo vento de um lado, e do outro uma fileira de cabanas em cores primárias fortes. Um latão de lixo. Uma sacola de compras presa em uma árvore. Fora isso, nenhum movimento, nenhum carro, nenhuma pessoa, nada. Só as gaivotas mergulhando e o plástico soprado pelo vento provam que é mesmo uma imagem ao vivo.

***

Às 2h30 Gislingham para na rua principal que leva na direção de Calshot Spit. Nuvens cinzentas rápidas, sal no ar e um vento cortante vindo da água. Há um carro da polícia sem identificação estacionado a alguns metros de distância e um Land Rover um tanto velho logo atrás dele. A porta do motorista se abre. O homem que sai está à paisana. Deve ter uns quarenta e tantos anos, mas parece muito mais jovem. Magro, atlético e com o bronzeado de alguém que vive perto do mar. Gislingham capta a expressão no rosto de Somer e quando desce do próprio carro, reconhece com algum incômodo estar encolhendo a barriga.

— Inspetor-detetive Saumarez — diz o homem, se aproximando e apertando a mão deles. — Falei com Adam Fawley mais cedo.

— Sargento-detetive Gislingham, detetive Somer. Alguma notícia de Esmond?

— Não vi nenhum movimento desde que cheguei aqui, embora os rapazes tenham me dito que ouviram alguém ali dentro mais cedo. Por isso, ele ainda deve estar lá.

Saumarez se vira e aponta.

— É a vermelha, no meio do caminho. Não há janelas deste lado, então duvido que ele saiba que estamos aqui.

Gislingham sai andando na direção da cabana e percebe que Saumarez não está se mexendo.

— Você não vem?

— Cada qual com seu cada qual, como dizem os americanos.

Gislingham o encara com olhos estreitos; ele está começando a se perguntar se está entrando na pilha. O físico dele com certeza está. Gislingham apruma os ombros e segue pela lateral até a frente da cabana. A porta está fechada, mas com certeza foi arrombada. A madeira está muito lascada e a maçaneta está pendurada.

Gislingham bate, então fica ali parado, a cabeça contra a porta, esforçando-se para ouvir acima do vento. Ele torna a bater. E agora sem dúvida há movimento no interior. Um som arrastado, então a porta se abre alguns centímetros.

— Quem é?

— Sr. Esmond?

— Não, vocês vieram ao endereço errado. Eu sou uma pessoa completamente diferente.

O homem ri. É uma risada um pouco louca, e sua voz está arrastada. Gislingham pode sentir o cheiro de álcool.

Ele pega seu cartão de visita e o enfia pela fresta da porta.

— Sargento-detetive Chris Gislingham, Polícia de Thames Valley. Podemos entrar?

— Vá se foder... Eu disse a você... Eu não sou quem quer que seja o nome dele.

A porta começa a se fechar e Gislingham enfia o pé contra ela.

— Nós sabemos que é você, sr. Esmond, pessoas o identificaram.

Somer olha ao redor; apesar do que disse, Saumarez os seguiu. E atrás dele há um policial uniformizado. Com um cassetete em uma das mãos.

Gislingham pode sentir a força contra a porta.

— Sr. Esmond, eu não quero forçar para abrir.

Ele bate outra vez. Silêncio, agora. Ele se vira e gesticula para Somer — por que ela não tem uma chance de tentar? Ela se aproxima da porta, com vergonha por tudo aquilo estar sendo observado por Saumarez.

— Sr. Esmond, meu nome é detetive Erica Somer. O senhor pode abrir a porta por um instante? Tenho certeza de que podemos resolver isso tudo.

Há um momento em que todos parecem estar prendendo a respiração. Então de repente a porta se abre.

Uma mesa e duas cadeiras dobráveis antigas; o homem está encolhido em uma delas. Ele está usando um paletó de veludo e calça *chino*, mas eles estão amarrotados e sujos. Há uma vela presa a uma garrafa de Coca, embalagens de salgadinhos espalhadas e uma garrafa de whisky vazia virada no chão. O pequeno aposento fede a suor, urina e bebida.

O homem está olhando para eles, tentando manter o olhar firme.

— Eu disse para vocês, vão se foder.

Somer dá um passo à frente. Agora que seus olhos se ajustaram ao escuro ela consegue vê-lo direito. Ele é da idade certa, da altura certa, da cor certa. Mas não é Michael Esmond. Eles foram até lá por nada, e tudo por causa dela. Ela morde o lábio, tentando pensar no jeito menos pior de dizer isso para Gislingham quando o homem de repente se projeta para a frente, com o corpo dobrado.

— Ah, merda — diz Somer enquanto ele vomita em cima dela.

***

12 de maio de 2017, 11h49
237 dias antes do incêndio
Southey Road, 23, Oxford

Michael Esmond chuta e abre a porta da frente e deixa duas sacolas de compras no corredor do vestíbulo, então volta ao carro, deixa que Matty saia do banco de trás e faz a volta até o outro lado para soltar Zachary da cadeirinha. O garotinho estava chorando o tempo inteiro desde o supermercado.

— Matty, você pode voltar e carregar uma dessas sacolas? — chama Michael, tirando o filho caçula de dentro do carro. Sua pele está quente ao toque.

Matty torna a sair de casa, arrastando os pés.

— Sua mãe está acordada? — pergunta Michael.

Matty sacode a cabeça.

— Está bem, leve só uma dessas sacolas, está bem? A verde não está muito pesada.

Cinco minutos depois ele está com as compras empilhadas no chão da cozinha e Zachary equilibrado em um braço enquanto ele enfia macarrão com queijo no forno para o almoço.

— Posso levar Mollie para passear, pai?

— Você sabe que não pode levá-la sozinho, Matty. Ela é muito grande. Ela pode puxar você para a rua.

— Então você vem comigo.

— Não posso — diz Michael, desesperado. — Preciso desembalar isso tudo, depois servir o almoço, e esta tarde eu *tenho* de trabalhar um pouco.

— Po-or favo-or, pai!

— Eu disse que NÃO, Matty — responde Michael com rispidez.

Ele acabou de perceber que um dos potes de iogurte se abriu dentro da sacola. Tem uma gosma branca se espalhando pelo chão.

Ele contém um palavrão. Ele nunca fala palavrão. E com certeza não na frente das crianças.

— Você está *sempre* dizendo isso — lamenta Matty. — Eu nunca consigo fazer *nada*.

— Você sabe que isso não é verdade.

— É, *sim*. Você disse que nós íamos ao zoológico, mas nós não fomos porque Zachary estava doente, e depois você disse que ia jogar futebol comigo e não jogou. Não é *justo*, você só se importa com Zachary. *Ninguém* se importa comigo.

Michael enrubesce.

— Olhe — diz ele, agora com mais delicadeza. — Nós conversamos sobre isso, não foi? Eu disse a você que a mamãe não anda muito bem e que você e eu teríamos de fazer a nossa parte para cuidar dela e manter as coisas funcionando até ela melhorar. Isso significa ser um homenzinho e me ajudar com coisas como arrumar seu quarto e não fazer muito barulho quando ela está tentando dormir.

Zachary está chorando agora em um som contínuo embotado e cansado como se ele não tivesse energia para gritar. Michael o ergue um pouco mais.

— Olhe, por que você não vai brincar um pouco com seu Xbox enquanto eu acalmo Zachary? E se ele estiver se sentindo melhor mais tarde talvez possamos levar o cachorro para passear. Nós dois.

— Promete? — diz Michael, cético.

— Prometo.

Michael carrega Zachary escada acima até o quarto, onde ele tira sua roupa e tenta achar o pijama do ursinho Pooh. Há uma erupção de pele na barriga do garotinho de cujo aspecto ele não gosta. Zachary se enrosca embaixo do edredom e Michael fica sentado por um momento, acariciando seu cabelo, antes de se levantar e ir até o patamar da escada para ver sua mulher. Ela está de robe, deitada sobre as cobertas de olhos fechados. Seu cabelo parece fino e liso, e ele se pergunta se ela sequer se deu ao trabalho de tomar banho hoje. Ele está se virando para ir embora quando ela o detém.

— Os meninos estão bem? — Sua voz está pesada, como se ela estivesse meio dormindo.

— Eles estão bem. Você quer almoçar?

Ela se vira lentamente, de costas para ele.

— Não estou com fome — murmura ela.

Michael puxa a porta e está prestes a tornar a descer a escada quando escuta algo que o detém. Está vindo do quarto de brincar. Michael franze o cenho, então volta pelo patamar da escada. Ele agora pode ouvir exatamente o que é. Matty falando com o irmão com um tom de voz irritado e impaciente mais alto que os gritos do garotinho.

— Você *tem* de comer um pouco porque, se não comer, eu não posso levar Mollie para passear.

Michael faz a curva e entra no quarto. Matty está sentado na cama. Ele está com um braço em torno do irmão e, com o outro, está empurrando uma colher em sua boca. Algo rosado e grudento. Há grandes manchas daquilo espalhadas por todo o rosto de Zachary, e ele está gritando e se retorcendo para escapar, com o corpo rígido.

— Meu Deus! — grita Michael. — Que merda você está fazendo?

Ele afasta Matty e pega Zachary no colo.

— Quanto você deu a ele?

Matty se encolhe contra a parede.

— Não muito.

Michael olha para ele: seu coração está batendo forte com ambulâncias, ligações para a emergência, lavagens estomacais.

— Quanto é "não muito"?

Matty dá de ombros.

Michael move-se bruscamente e segura Matty pelos dois ombros.

— *Quanto?* Isso é *importante*, você não consegue entender isso?

Matty está se contorcendo.

— Você está me machucando.

— Vou machucar ainda mais se você não me disser a verdade — grita Michael, sacudindo o filho. — *Quanto você deu a ele?*

— Só uma colher — murmura Matty, agora emburrado.

— Você tem *certeza absoluta*?

O menino confirma. Ele não está olhando para o pai.

Michael o solta lentamente. Ele não tinha percebido que sua pegada estava tão apertada.

Ele volta até Zachary e o pega no colo. O menino está choramingando e esfregando os olhos com os punhos. Há cheiro de urina.

— Que barulho é esse?

Michael se vira. Sam está parada na porta, se apoiando no batente.

— Nada — diz Michael rapidamente. — Eu derramei um pouco de paracetamol, só isso.

Ela olha para Matty, depois para o marido, e franze levemente a testa.

— Tem certeza?

— Absoluta — diz Michael com um sorriso tranquilizador. — Não há nada com que se preocupar. Estamos todos bem, não estamos, Matty?

Dá para ver que Matty não está nada bem, mas sua mãe não parece ter forças para discutir.

— Está bem — diz ela e volta para seu quarto.

Michael bota Zachary de volta na cama e se volta para o filho mais velho.

— Eu não quis gritar com você, mas você precisa entender que paracetamol não é como suco, é *remédio*. Você não pode dar a ele, *nunca*. Só a mamãe e eu podemos fazer isso. Está claro?

Matty lança um olhar rápido para o pai, então assente brevemente. Sua expressão está tensa e fechada.

Só muito mais tarde, quando finalmente chega à sua mesa de trabalho e consegue começar a trabalhar no rascunho que ele devia ter entregado a seu editor três meses antes, Michael se dá conta. Em todo o caos e o pânico, Matty nunca se desculpou. Nem uma vez.

Ele nunca se desculpou pelo que tinha feito.

***

Há uma pequena multidão agora reunida na praia. Os carros da polícia estão com as luzes piscando. Dois homens estão tentando levar o homem da cabana para o banco traseiro de um dos carros, e Somer está apoiada na lixeira fazendo o possível para tirar o vômito das roupas. Embora isso, como diz Gislingham com sua eloquência característica, seja como mijar numa fornalha acesa.

Saumarez se aproxima vindo do outro lado da rua.

— Não tenho certeza se esse lenço de papel está ajudando muito — diz ele olhando para ela.

Ela faz uma careta.

— É, bom, isso vai me ensinar.

Gislingham termina de falar com um dos policiais e volta na direção deles.

— Parece que nosso homem é um conhecido sem-teto local. Parece que o nome dele é Tristram.

Saumarez sorri.

— É, bem, temos uma classe de vagabundo melhor por aqui.

Gislingham o ignora.

—Você vem? — pergunta ele a Somer, de forma talvez um pouco evidente.

— Vou lhe dizer uma coisa — diz Saumarez, voltando-se para Somer. — Por que você não vem comigo e podemos parar na minha casa. Vocês vão passar pela porta de qualquer jeito, então não é fora de seu caminho. Com isso você podia se limpar um pouco.

Somer olha para Gislingham.

— Está tudo bem com você, sargento? Para ser honesta, duvido que você queira ficar sentado no carro comigo por todo o caminho até Oxford fedendo desse jeito.

— Está bem — diz Gislingham com relutância, embora nem ele possa discutir isso. Ele está quase vomitando a um metro de distância. — Eu sigo vocês. Desde que isso não demore muito. Já perdemos tempo demais hoje.

Ao contrário do exterior, o interior do Land Rover de Saumarez é impecavelmente limpo. O que, pela experiência de Somer, deve ser uma primeira vez. Não apenas para policiais homens, mas homens em geral. Até Fawley tem lixo no carro. Dez minutos depois de deixarem a praia, eles estão reduzindo e entrando no que parece apenas uma trilha de fazenda. Árvores baixas, um campo arado, cerca de arame. Não há sinal de nenhuma habitação.

— É por isso que tenho este carro — diz Saumarez enquanto eles caem em um sulco. — É preciso um quatro por quatro para subir e descer por aqui no inverno.

É um caminho íngreme e tosco pelos primeiros cem metros. De repente as árvores se abrem, e Somer pode ver uma área de cascalho e uma fileira de casas brancas de um andar. Uma inclinação arborizada descendo até a água de um lado; do outro, e muito mais perto, o gerador de energia: blocos duros e grandes de concreto com uma chaminé se erguendo no topo. Depois disso, a distância, a refinaria de petróleo, grande como uma cidade pequena. Chaminés de metal cheias de luzes e pontes rolantes. Recipientes de gás brancos e baixos se espalhavam como um tabuleiro de xadrez gigante.

Saumarez desce e vai se juntar a ela.

— O que você acha?

— Não consigo dizer se é bonito ou obsceno.

Ele ri.

— Nem eu. Essa é uma razão para eu morar aqui. Impede que eu fique complacente. E, claro, é barato. A maior parte das pessoas não considera essa uma grande vista.

Quando ele abre a porta da frente, se abaixando para entrar, ela percebe que o que pareciam três ou quatro casas na verdade é uma. Alguém — Saumarez? — tinha juntado todas elas em um enorme espaço aberto. Lareiras de pedra, troncos empilhados, pisos nus, paredes revestidas de madeira. Branco e com tons de cinza. Listras claras, espelhos com molduras de madeira trazida pelas marés.

— Eu gosto — diz ela, de repente consciente de como está imunda.

Saumarez está ocupado acendendo as luzes.

— O banheiro é nos fundos — diz ele, apontando. — Se você quiser tomar um banho, tem toalhas, e posso encontrar alguma coisa para você vestir.

É tudo um pouco clichê — quantas comédias românticas ela viu com uma cena igual àquela —, mas dez minutos depois ela abre devagar a porta do banheiro e encontra uma camiseta dobrada no chão ali fora. Não uma das dele, isso é certo. Ela faz o possível com o cabelo e se arrisca a sair outra vez. Por uma das janelas, consegue ver Gislingham parado junto ao carro, falando no telefone. Deve estar contando a Fawley a merda que ela fizera mandando-os em uma viagem de mais de 300 quilômetros de ida e volta para nada.

— Tudo pronto? — pergunta Saumarez do outro lado do salão.

— Obrigada pela camiseta.

— Não é minha, como você deve ter percebido.

— Agradeça, então, à sua namorada.

Ele sorri.

— Minha filha. Minha filha mais velha, para ser preciso. Olivia só tem dez anos, mas Claudia está quase tão alta quanto você. Ou estava, na última vez em que a vi.

— Nomes bonitos.

Ele dá um sorriso sardônico.

— Escolha da minha mulher. Ela disse que eu as chamaria de Garota A e Garota B se tivesse uma chance.

— Elas moram longe? — diz ela, perguntando-se sobre aquela "última vez".

— Vancouver é longe o bastante para você?

Tem algo no rosto dele, e ela se contém.

— Desculpe... eu não quis...

— Não é problema. Pelo menos não para mim. Sinto saudade delas, mas é uma oportunidade fabulosa. Eu cresci em uma ilha com 20 quilômetros de extensão. Eu queria horizontes mais amplos para minhas meninas.

Ele vê os olhos dela seguirem na direção da janela e ri.

— Todo mundo faz isso, supõem que devo estar falando da ilha de Wight, mas na verdade foi Guernsey. Muito menor e muito mais longe.

— Com que frequência você vê suas filhas?

Ele dá de ombros.

— Nós conversamos por Skype toda semana e sou o pai herói uma vez por ano quando elas visitam. Funciona. Está bem, não era exatamente o que eu tinha em mente quando elas nasceram, mas funciona.

Então há uma batida na porta. Saumarez a abre para Gislingham, que faz um grande show para olhar para seu relógio.

— Podemos ir agora?

Ele fica olhando para a camiseta que Somer vestiu, com *Beyoncé* escrito em lantejoulas rosa e azuis. Ela fica ruborizada.

— O inspetor foi simpático e me emprestou isso.

— De uma de minhas filhas — diz Saumarez de modo afável.

O que deixa Gislingham imediatamente desconfiado. Porque, como ele observou há mais de uma hora, o inspetor-detetive não está usando aliança.

Há uma pausa que ameaça se tornar embaraçosa, então Saumarez limpa a garganta.

— Se tiver mais alguma coisa com que eu possa ajudar, vocês sabem onde me encontrar.

— Ele é meio arrogante — diz Gislingham enquanto caminham na direção do carro dele.

Somer fica um pouco vermelha.

— Ah, não sei. Ele me pareceu legal.

Está na ponta da língua de Gislingham perguntar o que Fawley ia pensar de ela sendo simpática com outro inspetor-detetive, mas ele se detém bem a tempo. Afinal, ele na verdade não *sabe* se tem alguma coisa acontecendo entre ela e o chefe. E o que ela faz em sua vida particular é problema dela. *Obviamente.* Mas, mesmo assim, não há como evitar o fato de que ele está puto, e está puto por estar puto, e duplamente puto por ela saber que ele está puto e provavelmente pensa que é tudo por tê-lo levado naquela maldita busca infrutífera.

A viagem de volta foi quase toda em silêncio.

***

Entrevista por telefone com Stacey Gunn
9 de janeiro de 2018, 9h11
Na ligação, detetive E. Somer

SG: Alô. Quem é?

ES: É a detetive Erica Somer. A telefonista a transferiu para mim. Sou parte da equipe que está investigando o incêndio na Southey Road.

SG: Certo. Bom. Eu vi o apelo que vocês fizeram. No noticiário local. É por isso que estou ligando.

ES: A senhora conhecia os Esmond, sra. Gunn?

SG: Só ela. Samantha. Nós fazíamos pilates juntas. Eu nunca soube onde ela morava, por isso não percebi que era a casa dela naquele incêndio terrível. Mas eu o vi uma vez, o marido. Ele a pegou depois de uma aula. Por isso eu o reconheci na TV.

ES: Quando a senhora viu a sra. Esmond pela última vez?

SG: Recentemente ela não estava indo muito. Quer dizer, às aulas. Ela parou quando ficou grávida e na verdade não voltou depois disso.

ES: Então a senhora não a vê há mais de três anos?

SG: Desculpe, não estou sendo muito clara. Eu a vi na médica, a que fica na Woodstock Road. Deve ter sido há uns dois meses. Ela estava com os dois filhos. Mas, para ser honesta, eu quase não a reconheci. Ela parecia horrível. Seu cabelo estava todo despenteado, sem maquiagem. Ela estava sempre tão arrumada antes. Mesmo para uma aula de pilates. Eu acho que o marido dela gostava assim.

ES: O que faz a senhora dizer isso?

SG: No dia em que ele apareceu. Ele a ajudou a vestir o casaco, depois deu um passo para trás e olhou para ela, e pôs um fio de cabelo atrás de sua orelha. Para ser honesta, foi um pouco assustador.

ES: Ela alguma vez falou com a senhora sobre o marido?

SG: Na verdade, não. Nada além de coisas genéricas. Mas agora, olhando para trás, era como se ela estivesse tomando muito cuidado com o que dizia sobre ele. Assegurava-se de não dizer nada descabido.

ES: Entendo. A senhora disse que viu a sra. Esmond na médica. Ela disse por que estava lá?

SG: Bom, eu sei que não era por causa das crianças. Quando ela entrou, foi seu nome que chamaram. Mas se você me perguntar, era bem óbvio.

ES: Era?

SG: Depressão pós-parto. Uma prima minha teve. Ela parecia exatamente igual. Como se a luz tivesse se apagado de seus olhos.

**

Somer desliga o telefone e fica ali sentada por um momento. Em seguida se levanta depressa e sai da sala. Cinco minutos depois, Everett empurra e abre a porta do banheiro das mulheres e a encontra imóvel, encarando o espelho.

— Você está bem?

Somer dá um suspiro.

— Estava tão óbvio assim?

Everett dá um sorriso seco.

— Provavelmente não para a maioria dos homens. Mas se você ainda está preocupada com o que houve em Calshot, honestamente, não fique. Foi uma boa chamada. Imagine o que poderia ter acontecido se ele estivesse mesmo lá e nós não nos déssemos ao trabalho de verificar...

— Não é isso — diz Somer rapidamente. — Eu há pouco estava falando com uma das amigas de Samantha Esmond. Ou o que desconfio ser o mais perto que ela tinha de uma "amiga".

Everett se move para se juntar a ela, apoiando-se na pia.

— Você tem razão. Eu não tinha pensado nisso antes, mas mais ninguém que a conhecia se apresentou, não é?

— Tenho a impressão de que seu marido não "aprova" muito amizades.

— Então o que essa mulher disse?

Somer se vira para olhar para Everett.

— Ela a viu numa consulta médica. Samantha não disse por que estava lá, mas a amiga acha que podia ser depressão pós-parto. Ela reconheceu os sinais, conhecia alguém que tinha passado pela mesma coisa.

As duas mulheres ficam em silêncio por um momento. Somer virou o rosto outra vez, mas Everett ainda a está observando. De repente, várias observações soltas que ela fez sobre Somer desde que elas se tornaram amigas se encaixam.

— Você também. Não é? Quero dizer, conhece alguém.

Somer ergue os olhos.

— Minha irmã. Ela é três anos mais velha que eu.

— O que aconteceu? — pergunta Everett com delicadeza.

Somer dá um suspiro.

— Foi horrível. Kath sempre foi uma daquelas pessoas que você se esforça para acompanhar. Para começar, absolutamente maravilhosa de se ver.

O que também pode explicar algo sobre Somer, pensa Everett. Para alguém tão atraente, Somer nunca pareceu ter fixação por sua aparência. Mas se ela tem uma irmã maravilhosa, talvez isso explique.

— Kath sempre esteve no topo na escola. Ela se formou em uma boa faculdade, arrumou emprego em um importante escritório de advocacia, se casou com um cara que a adorava. Então ela fez 30 anos e decidiu que, se era para ter um bebê, estava na hora de levar isso adiante. Ela tinha todos esses planos. Ela ia contratar uma jovem para morar com eles e ia voltar a trabalhar, ela ia ter tudo. E a bebê era linda, a garotinha mais maravilhosa que alguém já viu. E Kath mal suportava olhar para ela.

Everett estende a mão e toca Somer de leve no ombro. Ela sabe o quanto ela não está dizendo; como deve ter sido difícil.

— Qual a idade da bebê agora?

— Um ano e meio. E Kath levou quase esse tempo todo para voltar a ser quem costumava ser. Mas ela ainda não voltou a trabalhar. Eles tiveram de liberá-la em uma licença médica de longo prazo. A maioria das pessoas não tem ideia de quanto tempo a depressão pós--parto pode durar.

Everett faz uma careta.

— Deve ter sido muito difícil. Em especial para o marido.

— Stuart? Ele é um herói. Tenho medo de pensar em como ela teria lidado com a mesma coisa sem um parceiro como ele.

As duas, então, ficam em silêncio, mas ambas estão pensando a mesma coisa: que tipo de parceiro tinha Samantha Esmond?

A porta torna a se abrir, e uma das policiais uniformizadas entra. Ela e Somer trocam um aceno de cabeça.

— Está bem — diz Everett mais animada quando a porta do cubículo se fecha. — E agora?

— Amanhã cedo vou falar com a médica dela — diz Somer. — Ver o que ela pode nos dizer.

— É um pouco estranho, não é, que os pais de Samantha nunca tenham dito nada?

Somer sacode a cabeça.

— Demorou meses antes que Stu contasse aos meus pais. Às vezes um problema compartilhado deixa as coisas duas vezes pior, sobretudo se as pessoas moram longe e não podem fazer nada prático para ajudar.

Há uma região de dor ali que Everett sabe que não deve cruzar. Pelo menos não agora.

***

Estou no carro, na fila para pegar o anel viário, quando o telefone toca. Não importa de que lado você tente entrar na cidade na hora do *rush* matinal (e, acredite, eu tentei todos eles), você sempre acaba esperando na fila. Não estou no melhor estado de ânimo, e penso duas vezes antes de atender o maldito telefone. Até que eu vejo quem é.

— Alex? É fantástico saber de você. Como você está? Como está sua irmã?

Demais, Fawley, demais.

Há uma pausa. Isso não é bom.

— Quem é ela, Adam?

Não tenho certeza do que mais congela meu coração: a pergunta ou o tom de voz com que ela é feita.

— Quem é quem? Desculpe, eu não estou entendendo.

— Ah, não me venha com essa. Você é um péssimo mentiroso, sempre foi.

— Sério. Não tenho ideia do que você está falando.

Eu a ouço respirar fundo. Uma respiração áspera, raivosa.

— Passei em casa de manhã para pegar minha correspondência.

— Você devia ter avisado, eu teria esperado. Por que você não avisou?

— E quando estava saindo, vi a sra. Barrett.

Que mora na casa em frente à nossa e é uma velha enxerida com tempo demais disponível. Isso também não é bom.

— Ela disse que viu você... com *ela*.

— *Quem?* Olhe, Alex, não estou mentindo, eu não sei do que você está falando. Sério. E por que você acredita na sra. Barrett em vez de em mim...

— Porque *ela* não tem nenhuma razão para mentir.

Minha vez de respirar fundo. Precisamos desacelerar isso. Remover um pouco da emoção.

— Alex, eu juro. *Eu. Não. Sei.* E sobre ver outra mulher, você acha que tenho tempo para isso?

Mas sei antes mesmo que as palavras saiam que foi a coisa errada a ser dita.

— Por favor... não desligue. Nós não nos falamos em semanas, e agora isso? Eu juro para você, eu *não* estou vendo mais ninguém. Eu amo *você*. Quero que você volte para casa. De quantas maneiras mais eu posso dizer isso? O que posso fazer para você acreditar em mim?

Silêncio.

— Olhe, sei que temos alguns problemas. Sei que você quer adotar, e eu desejava *de todo coração* sentir o mesmo em relação a isso que você, mas eu não sinto. E não posso deixar que nós construamos uma família sobre uma falha geológica dessas. Não é justo com você, e não é justo, acima de tudo, com nenhuma criança que pudéssemos adotar.

Eu não preciso dizer isso. Eu já disse, e ela já ouviu, muito tempo atrás. Em novembro, ela me fez ouvir uma série no rádio sobre encontrar pais adotivos para um irmão e uma irmã de dois e três anos. O responsável pelo lar provisório, a assistente social cuidadosa, os novos pais que estavam ao mesmo tempo felicíssimos por dar um lar para aquelas crianças pequeninas que eles não conheciam e com medo de que pudessem nem gostar delas, e o episódio final, gravado meses depois, quando os quatro tinham se transformado em uma família, com o mesmo amor e confusão e vamos resolver as coisas pelo caminho que toda família tem. Eu sabia por que Alex queria que eu escutasse o programa; claro que eu sabia. Ela queria me provar que nem todo mundo se sente como eu em relação a ser adotado. Que é possível encontrar amor, pertencimento e aceitação. A prova estava ali, naquele episódio: todas as pessoas que escreveram porque tinham ficado tocadas e emocionadas, e aqueles que se sentiam defendidos em sua própria decisão de adotar, independentemente dos desafios. Mas então, no fim, havia uma mulher na casa dos 50 que descreveu a adoção como uma prisão perpétua, descreveu a culpa de se sentir sempre diferente "como uma espécie assustadora de intruso", a sensação de desligamento, e a dor que só fica pior, não mais fácil, quanto mais velho você fica. Alex ficou imóvel no lugar. Eu não conseguia olhar para ela, então fui até a janela e olhei para baixo para o jardim que estava escuro demais para ser visto. Três dias depois, ela me disse que estava de partida.

E agora há silêncio do outro lado da linha.

— Alex...

— Era domingo. — A voz dela estava gelada. — A sra. Barrett estava jogando o lixo fora e viu uma mulher saindo da casa. Ela disse que vocês dois pareciam muito "chegados". — Agora há amargura. — Loura. Menos de 30. *Muito atraente* — acrescenta ela. — Dava para ver.

E agora eu sei. Tanto quem era quanto por que isso está causando tanto sofrimento em Alex. Ela acha que eu estou tentando substituí-la. Por alguém jovem o bastante para me dar um filho.

— Essa era Somer. Erica Somer. Ela é da equipe. Você sabe disso.

Mas Alex nunca a conheceu. Ela não estava nos drinques do meu aniversário.

— A sra. Barrett não falou nada sobre um uniforme.

— Isso porque Somer agora é da Divisão de Investigação Criminal. Eu contei a você.

— Então o que ela estava fazendo lá? Em *nossa casa*? Em um *domingo*? Às *dez horas da noite*? — Mas agora há uma hesitação. Ela quer acreditar em mim. Ou pelo menos, eu quero acreditar que sim.

— Ela queria verificar uma coisa comigo. E o lugar estava uma bagunça, e ela se ofereceu para me ajudar a arrumar um pouco. Foi só isso. Sério.

Silêncio outra vez.

— Ele estava mais arrumado do que eu esperava — diz ela por fim. — Esta manhã.

— Não posso levar crédito por isso. Eu ia, é claro, mas agora você me desmascarou. E como você disse, sou um péssimo mentiroso.

Tento botar um riso em minha voz. Para atraí-la.

À minha frente, de repente o trânsito está em movimento, e o carro atrás de mim está tocando sua buzina.

— Olhe, por que você não vai lá em casa mais tarde. Posso pedir comida. Uma garrafa de vinho. Nós podemos conversar direito.

Ela dá um suspiro.

— Não sei, Adam.

— Mas você acredita em mim? Sobre Somer.

Sua voz está baça, infeliz.

— É, acredito em você. Mas ainda não estou pronta para voltar. Ainda não. Desculpe.

E a linha fica muda.

***

A sala de espera está lotada. E com tosses. Tosses irritantes, fungadas que escorrem. Germes de janeiro. O consultório é uma casa convertida na Woodstock Road. Uma daquelas casas vitorianas geminadas que vistas da rua parecem muito estreitas, mas se estendem muito para os fundos. A sala de espera fica atrás, dando para um jardim que deve ser muito bonito no verão, mas está até os tornozelos de folhas mortas apodrecendo. A árvore grande no fundo está circundada por cinco centímetros de folhas desbotadas cor de ferrugem. Qual o sentido de ter uma conífera, pensa Somer, se você ainda tem de varrer todo o lixo?

Embora chegue antes que as consultas comecem, ela ainda tem de esperar meia hora até que a dra. Miller esteja livre. A mulher está nitidamente exausta. Ela tem um cabelo grisalho cor de ardósia em um coque severo e um par de óculos empoleirado no alto da cabeça. Somer está preparara para apostar que ela se esquece de onde os botou pelo menos duas vezes por dia.

— Desculpe, policial — diz ela, mexendo de forma distraída em coisas sobre a mesa. — A semana depois das festas é sempre um pouco assim. O que posso fazer pela senhora?

— É sobre Samantha Esmond.

Ela para de mexer nas coisas.

— Ah, sim, isso é realmente horrível. — A agonia em seus olhos verde-claros é autêntica.

— Nós falamos com uma das amigas de Samantha, que acha que ela podia estar sofrendo de depressão pós-parto. Isso é verdade?

A médica começa a tamborilar com a caneta sobre a mesa.

— Isso é, claro, informação médica confidencial. Imagino que a senhora obteve a autorização apropriada.

Ela não espera que a médica acredite em sua palavra, mas a médica estende a mão. Ela pega a folha dentro da bolsa. Miller abaixa os óculos, puxando seu cabelo ao fazer isso. Ela lê a página uma vez, depois novamente, então a põe sobre a mesa e tira os óculos.

— É — diz ela com um suspiro. — Samantha tinha depressão pós--parto. E não foi a primeira vez. Ela tinha tido os mesmos problemas depois que Matty nasceu, embora pelo que percebi em suas observações, tenha sido muito pior com Zachary. E durou muito mais tempo.

— Como isso se manifestava?

— Os sintomas habituais. Indiferença, sentimento de inadequação, choro sem motivo, problemas para dormir.

— Ela estava tomando medicação?

— Estava. Recentemente fiz com que ela começasse a tomar temazepam para ajudá-la a dormir, e ela também estava tomando sertralina para ajudar com a ansiedade.

— Então a senhora considerou isso grave o bastante para precisar de antidepressivos?

A dra. Miller olha para ela.

— É, infelizmente era. Tentamos várias alternativas antes de decidir que era a mais apropriada para ela.

Somer hesita, mas isso tem de ser perguntado.

— A senhora já achou que ela pudesse machucar a si mesma? Ou ao bebê?

A dra. Miller se encosta.

— Para ser honesta, *estávamos* começando a ficar preocupadas com Zachary, mas não por esse motivo, tenho de acrescentar. Ele estava tendo muitos problemas estomacais. Estávamos tentando descobrir por quê.

— Entendo...

— Mas não havia nenhuma sugestão de que ele estivesse sendo abusado, se é isso o que você está pensando. Quanto a Samantha, ela estava apenas... assoberbada. Ela também tinha de cuidar de Matty, lembre-se. Isso tudo era demais para ela.

— Ela tinha o marido para ajudar, não tinha?

— Michael? Ele era exemplar. Nada era suficiente no que ele fazia. Compras, lavar a roupa, limpar a casa, levar Matty para a escola. Ele fazia tudo. Ele foi de um apoio extraordinário.

Ou extraordinariamente controlador, pensa Somer.

— Não sei como ele conseguia fazer isso tudo e ainda ter um emprego tão responsável — diz a médica, um pouco concisamente. Talvez ela tenha sentido o ceticismo de Somer. — Isso teria acabado com qualquer pessoa. Inclusive comigo.

— Ele demonstrava sinais de estar sob estresse?

Os olhos da dra. Miller se estreitam.

— O dr. Esmond não estava tomando remédios para estresse, depressão ou qualquer condição semelhante. Quanto a Matty, ele era uma criança um tanto nervosa, mas sem dúvida amado e bem cuidado. O que mais você quer que eu diga?

Isso é novidade.

— A senhora diz que Matty era nervoso... Como isso se manifestava?

Miller começa a tamborilar com a caneta outra vez.

— Ele estava um pouco aflito. Levava as coisas um pouco a sério demais. Impressionável e, imagino, facilmente intimidado.

— Intimidado? A senhora quer dizer que ele estava sofrendo bullying?

Ela sacode a cabeça.

— Não, estou certa de que esse não era o caso. A enfermeira da escola entrou em contato comigo no ano passado, e tenho certeza de que ela teria mencionado isso se fosse algum tipo de problema.

— Então se não era isso, por que ela quis falar com a senhora?

Miller suspira outra vez.

— Matty estava preocupado com a mãe. Ele contou à professora que ela estava vendo fantasmas.

***

Gislingham está a caminho do distrito quando seu telefone toca. Uma olhada para a tela e ele sabe que tem de atender a ligação. Ele para e pega o telefone.

— Sargento-detetive Gislingham.
— Chris? É Paul Rigby. Estou na Southey Road. Onde está você?
— Estou no carro. Mas posso estar aí em 20 minutos.
— Ótimo. Porque acho que você vai querer ver isso o quanto antes.

***

13 de junho de 2017, 14h13
205 dias antes do incêndio
Southey Road, 23, Oxford

Quando Sam volta do parque com os meninos, Michael está no jardim. Depois de um início nublado, o sol apareceu, e está tão quente que ela precisou levar as crianças mais cedo para casa. Ela dá um suco para cada um deles e só quando vai até a pia para lavar os copos percebe que o marido não está sozinho. Há um jovem com ele que ela nunca viu antes. Ele é alto e bonito, com bermuda cargo e mocassins. Mesmo àquela distância, ele parece à vontade consigo mesmo. Intrigada, ela encoraja que os meninos saiam e os segue até o jardim.

— Eu sou Harry — diz ele quando ela se aproxima, estendendo a mão. Ela já viu aquele sorriso várias vezes nessa cidade. O tipo de sorriso que emana de muita atitude — de suposições arraigadas sobre o próprio valor e seu lugar no mundo, e a recepção que você acha que vai ter.

— Harry respondeu ao anúncio — diz o marido. — O que eu botei no jornaleiro para conseguir ajuda com o jardim.

— Você nunca me contou que tinha feito isso — diz Sam, incrédula. Seu marido nunca botou um cartão em um quadro de avisos de loja na vida. Ele sempre dizia que não dava para saber em que problema indesejado podia se meter.

— O sr. Esmond esperava que eu pudesse cortar a grama antes que a senhora chegasse em casa — intervém Harry. — Como uma surpresa. Mas o cortador ficou sem gasolina.

— Eu disse a você que devíamos manter uma lata extra — comenta Sam, mantendo o tom de voz leve. Ela não quer que Michael ache que ela está reclamando. Em especial não na frente de outra pessoa. — Então você é estudante, não é, Harry? — diz ela, voltando-se para ele.

Ele confirma.

— Só de graduação, por isso preciso de dinheiro — conta ele com uma expressão sentida.

Matty se aproxima dos adultos. Ele está com a bola embaixo do braço e começa a puxar a manga do pai.

— *Pai.*

Michael se volta para ele.

— Estou ocupado, Matty. Estamos conversando.

— Você gosta de futebol, Matt? — diz Harry, e Sam vê seu marido conter um tremor. Ninguém chama seu filho de Matt. Eles trabalharam muito duro para garantir isso.

Harry estende as mãos à frente e pega a bola, afasta-se alguns passos e começa a fazer truques. Controla a bola no joelho e depois entre as omoplatas. Matty está entusiasmado.

— Você pode me ensinar a fazer isso? — pergunta ele, quase ofegante.

Harry pega a bola.

— Claro. Que tal agora?

Sam vê o marido abrir a boca para dizer não, mas Matty já está pulando para cima e para baixo, puxando-o, gritando.

— Posso, pai? Posso?

Zachary corre na direção deles e começa a gritar.

— Eu também! Eu também!

Sam se volta para Harry.

— Tem certeza de que está disposto a isso?

Aquele sorriso outra vez.

— Claro. Sem problema. Eu não tinha mais nada planejado. E sempre quis um irmão quando estava crescendo.

Uma hora mais tarde, os meninos estão exaustos e Michael se retirou para seu escritório. Na cozinha, Sam serve uma cerveja para Harry.

— Lugar legal — diz ele, andando pela sala de estar e olhando para os móveis, o relógio de pêndulo, o piano com seus porta-retratos.

— É a casa da família de Michael — diz ela, se perguntando por que sente necessidade de se desculpar. — Pouca coisa mudou aqui desde que sua avó morreu.

Harry levanta a tampa do piano e toca algumas notas, então faz uma careta.

— Precisa de afinação.

Ela dá um suspiro.

— Eu sei. Nós sempre pensamos em deixá-lo preparado, mas sabe como é. Matty, porém, quer aprender.

Harry ergue os olhos.

— É mesmo? A senhora devia encorajá-lo. É uma ótima idade para começar.

Ele fecha a tampa e pega uma foto do filho dela brincando numa caixa de areia com o tio. Matty devia ter uns 4 anos, sorrindo de orelha a orelha. Sam percebe com um nó repentino na garganta que Matty praticamente não sorri mais daquele jeito. Pelo menos, até aquela tarde.

— Então você vai mesmo voltar? — diz ela rapidamente. — Para o jardim?

***

A escola primária Bishop Christopher's Church of England ainda está com uma aparência cansada pós-Natal. As latas de lixo repletas de decorações recicladas não estão ajudando, e há pedaços de decoração brilhante presos com fita adesiva em algumas janelas. Somer e Everett descem do carro. Somer nunca esteve ali, mas Everett, sim. Por isso Somer pediu que ela fosse.

— Ela mudou muito?

Everett sacode a cabeça.

— Não. Suponho que algumas crianças serão novas, mas o lugar continua igual.

Igual a quando Daisy Mason desapareceu e Everett e Gislingham foram até ali para interrogar seus professores e colegas de turma. E agora a escola perde outra criança, e as perguntas vão começar outra vez.

Everett entra primeiro: é um labirinto de corredores, mas ela sabe exatamente aonde está indo. E elas são — nitidamente — esperadas. Alison Stevens está inquieta na área de recepção em frente ao gabinete da diretora.

— Detetive Everett — diz ela, aproximando-se delas com a mão estendida. — É bom vê-la mais uma vez, apesar das circunstâncias.

— Essa é minha colega, a detetive Somer.

Somer aperta a mão da mulher, percebendo como sua pele está fria e seu sorriso, ansioso.

— Por favor, entrem. Pedi à professora de Matty para também se juntar a nós.

Everett não reconhece a mulher esperando lá dentro. Ela usa óculos grandes redondos, um vestido com estampas florais chamativas e um cardigã, com sapatos baixos e sem graça, em forte contraste com a elegante e contida Stevens.

— Essa é Emily West — diz Stevens. — Ela se juntou a nós no ano passado.

Então ela não conheceu Daisy Mason. Stevens não diz isso, mas não precisa. Depois se volta para a mesa e começa a ocupar sua ansiedade servindo chá. Há uma foto de sua filha ao lado do computador, com o cabelo penteado com tranças elaboradas. A menina devia ter mais ou menos a mesma idade de Matty Esmond.

Everett e Somer se sentam. Emily West parece muito menos ansiosa que a diretora.

— Vocês queriam saber sobre Matty? — pergunta ela.

— Vi a médica dele esta manhã — diz Somer. — Ela disse que vocês estavam preocupados com ele. Preocupados o bastante para a enfermeira da escola ligar para ela.

Somer deixou de fora de forma deliberada a parte sobre os fantasmas. Ela está intrigada para ver como, e se, elas abordam o assunto.

West sorri.

— Sei que vocês devem estar pensando que tinha alguma coisa a ver com bullying — começa a dizer ela, e Everett vê ansiedade tremeluzir no rosto de Stevens, embora não diga nada. — Mas, honestamente, não teve nada a ver com isso. Ele estava preocupado com a mãe. Disse que ela não estava muito bem. Que parecia que alguém a havia "enfeitiçado". Mas o que o estava realmente preocupando foi que ela disse a ele que achava haver um fantasma na casa.

— Ele disse por que ela achava isso?

West faz que sim.

— Ao que parece, ela tinha ouvido barulhos.

— Isso foi tudo?

West sacode a cabeça.

— Não. Ela o tinha visto, também.

Everett chega para a frente.

— Onde, exatamente?

— Uma vez no jardim, eu acho. E ela achava que o tinha ouvido dentro de casa.

Somer e Everett trocam um olhar.

— Então era com certeza um "ele"?

Ela torna a sacudir a cabeça.

— Não, não necessariamente. Parece que ela não tinha conseguido ver direito. Pelo que entendi, foi mais como um vislumbre no canto do olho.

— Ela foi a única pessoa que o viu?

West faz uma pausa.

— Essa é uma boa pergunta. É possível que Matty tenha visto, ou achado ter visto. É difícil lembrar exatamente das palavras que ele usou, mas eu senti que ele achava ter visto alguma coisa.

Mas na verdade, pensa Somer, esse é um menino descrito como "impressionável". Se a mãe disse a ele que havia um fantasma, é bem possível que sua imaginação tenha feito o resto.

— Vocês falaram com algum dos pais sobre isso? — pergunta Everett.

West confirma.

— Uma manhã eu falei com o dr. Esmond. — Ela olha para Stevens. — Nós queríamos que os dois pais de Matty viessem para uma reunião específica, mas ele disse que estava muito ocupado e que Samantha não estava bem. E disse que ela estava tomando remédios e às vezes isso a deixava um pouco desorientada, mas estava tudo sob controle e não havia nada com que nos preocupar. Mas ele prometeu falar com Matty. Ele foi um pouco breve comigo, para ser honesta, mas, afinal de contas, ele é um cientista. Imagino que histórias de fantasmas e monstros estejam um pouco abaixo dele.

Com certeza, não para um antropólogo, pensa Somer. Ele teria entendido o que "histórias" como aquela podem significar.

— Ele mesmo não tinha visto nada estranho?

West responde rápido.

— Não, com certeza não. A coisa toda era nitidamente novidade para ele. Na verdade, acho que essa foi a razão para ele ter ficado irritado, por sabermos algo sobre sua família que ele não sabia.

Everett pega o caderno.

— E quando foi que você falou com ele?

— No último verão, acho. É, com certeza foi perto disso.

— E como estava Matty quando ele voltou para a escola no outono?

— Na verdade — interrompe a chefe —, ele parecia muito mais feliz. Ele tinha se esforçado para fazer amigos antes, mas parecia muito mais confiante.

— Havia alguma razão em particular para isso? — pergunta Somer, olhando de uma mulher para a outra.

— Não — diz West. — Mas pode acontecer assim. Em especial com meninos. Eles podem crescer de forma irregular.

— Ou não crescer, se alguns de nossos colegas servem como modelo — murmura Everett, o que provoca um sorriso divertido de Stevens.

Somer respira fundo; era hora de terminar com aquilo.

— E Matty se dava bem com o pai? — Ela mantém a voz leve, não quer influenciar a resposta.

West sorri.

— O dr. Esmond era obviamente muito rígido, mas Matty sem dúvida o idolatrava. Ele estava *sempre* falando sobre ele. Como ele era inteligente e como tinha um emprego importante. No ano passado, ele era a única criança na turma com um pai acadêmico.

— *O emprego do meu pai é maior que o do seu pai* — diz Everett. West sorri.

— Alguma coisa assim. Você sabe como crianças podem ser competitivas.

Alguma coisa não está batendo, pensa Somer. Mas não tenho a menor ideia do que seja.

— Então vocês não sabiam de nada que o estivesse aborrecendo no fim do semestre no Natal? — continua ela com calma. — Nenhum problema em casa?

West fica inexpressiva.

— Não, nada. Ele estava só empolgado com as festas. Como estavam todas as crianças. Desculpe, eu não sei o que mais posso dizer.

Everett e Somer se levantam. Ninguém tocou no chá.

***

Rigby está esperando no fim da entrada de carros na Southey Road quando Gislingham chega. Ele está usando um macacão preto e um capacete de segurança, e tem uma máscara pendurada no pescoço.

— Nós só encontramos isso há uma hora — diz ele enquanto eles caminham na direção da casa, passando por uma equipe de três pessoas que estão de joelhos examinando uma pilha de escombros chamuscados. — Mas, para ser honesto, tínhamos outras prioridades.

Eles param em frente à garagem. Ela fica a vários metros da casa, tão distante das marcas de fuligem e das bolhas na pintura que está praticamente intocada. Há um cadeado pendurado na porta, mas, como Gis vê logo de cara, ela não foi fechada direito.

— E antes que você pergunte — diz Rigby enquanto empurra e abre a porta —, isso já estava nesse estado quando cheguei aqui. E eu estava usando luvas. Se houver digitais, elas estarão intactas.

Ele leva a mão ao interruptor no interior e a faixa de néon estala e acende. Ela podia ter sido construída como garagem, mas estava sendo usada como barracão. Latões de lixo, duas pás velhas, caixas de detritos domésticos variados, um carrinho de mão, bicicletas, uma mesa de jardim com cadeiras e um guarda-sol coberto de teias de aranha.

— Parece que é verdade o que dizem — diz Gislingham, olhando ao redor. — O lixo de fato se expande para encher o espaço disponível.

Mas, mesmo ao dizer isso, ele sabe que não é por essa razão que eles estão ali: encostado em um canto há um cortador de grama. Um cortador a motor.

— A julgar pelas marcas no chão — comenta Rigby em voz baixa —, havia uma lata extra de gasolina aqui para esse cortador. Uma lata extra que, com certeza, não está mais aqui.

Gislingham aparenta ficar tenso.

— Mas aposto que sei onde vamos encontrá-la.

Rigby assente.

— E não é só isso. Tem mais uma coisa. — Ele começa a abrir caminho através do lixo e gesticula para que Gislingham o siga. Há uma porta na parede dos fundos. Uma porta que se abre para um tipo de espaço diferente. Paredes pálidas cobertas por desenhos de criança, tapetes turcos coloridos no chão revestido de lajotas e portas de vidro que se abriam para o jardim.

— Nós nem percebemos que isso estava aqui — conta Rigby. — Eles têm persianas de enrolar nas portas, então, até onde podíamos ver, isso era apenas os fundos da garagem. — Ele olha ao redor. — Belo cantinho masculino, hein?

Gislingham está olhando fixamente: para a mesa, os arquivos, as prateleiras de livros didáticos.

Não é um cantinho masculino. É o escritório de Michael Esmond.

***

Quando Gis me liga da Southey Road, posso dizer pelo eco que ele está dentro de algum lugar.

— Encontramos o computador de mesa dele e um carregador de laptop, mas o aparelho não está aqui. E há uma pilha de papéis. E estou falando em uma *pilha*.

Eu respiro fundo.

— Está bem, traga o computador para darmos uma olhada. E infelizmente vamos ter de examinar todos os malditos papéis também.

— Certo, chefe. Vou organizar isso.

Eu me pergunto, *en passant*, para quem ele vai passar aquilo. Se eu fosse um homem que apostasse, poria meu dinheiro em Quinn.

— Tem mais uma coisa, chefe. Finalmente localizamos o carro de Jurjen Kuiper nas câmeras do sistema de controle de placas naquela noite. Ele estava na saída de Littlemore do anel viário à meia-noite e dez. Isso deve ter sido logo depois que o incêndio começou, então acho que ele não pode ter feito isso. Levaria quinze minutos de lá até a Southey Road, mesmo àquela hora da noite, e o carro com certeza não estava correndo.

Ainda acho difícil entender por que Kuiper saiu dirigindo tão tarde sob condições tão ruins, mas isso parece outra história cujo fim nunca vamos saber.

***

Everett e Somer chegam bem a tempo da reunião da equipe às 16h30. Somer deixa Everett estacionando o carro e segue para o distrito. Começa a chover outra vez, e Everett tem dificuldade para encontrar uma vaga; quando ela desliga o motor e ergue os olhos, pode ver Somer falando com alguém na entrada. Na obscuridade e com a chuva caindo, ela leva mais cinco segundos até perceber quem é.

Fawley.

Everett não é enxerida por natureza. Ela não está interessada em fofocas e tenta viver e deixar viver. Mas não consegue parar de olhar. Ele e Somer estão parados perto um do outro, mas é impossível dizer se isso é apenas para ficar fora da chuva. A luz sobre suas cabeças projeta sombras profundas e pronunciadas, e Fawley está curvando a cabeça, falando com Somer de um jeito urgente e íntimo que ela não se lembra de ter visto antes. Ele em geral fica afastado, mantém a distância em todos os sentidos. Mas não dessa vez.

Ela abre a porta e sai lentamente do carro. Então pega o guarda-chuva no banco de trás, que abre da forma mais extravagante possível. Ela quer dar a eles toda a chance possível para a verem chegar. Coisa que eles, evidentemente, fazem, porque quando ela chega à porta, Somer está sozinha.

— Quem era? — pergunta de forma tranquila Everett, sacudindo o guarda-chuva.

— Ah, só um dos uniformizados. Ele queria saber como estava indo o caso.

Everett fica apreensiva. Como qualquer policial que se preza minimamente sabe, as pessoas não se dão ao trabalho de mentir se não têm nada a esconder.

***

Enviado: Quarta-feira 10/01/2018, 15h45 **Importância: Alta**
De: Colin.Boddie@ouh.nhs.uj
Para: InspetorDetetiveAdamFawley@ThamesValley.police.uk, DivisãodeinvestigaçãoCriminal@ThamesValley.police.uk, AlanChallowCSI@ThavesValley.police.uk

Assunto: Exame de sangue e toxicologia: Caso nº 556432/12 Felix House, Southey Road, 23

Acabei de receber os resultados toxicológicos das três vítimas. Para resumir: não havia nenhuma descoberta desfavorável em relação a Matthew Esmond. O sangue de Zachary mostrou um nível relativamente alto de acetaminofem (paracetamol), mas em um nível que ainda seria consistente com uma dose terapêutica de remédio pediátrico como o Calpol.

Exame de sangue de Samantha Esmond detectou a presença de desmetilsertralina (isto é, o antidepressivo sertralina) em uma concentração consistente com uso terapêutico. Entretanto, também havia níveis muito significativos tanto de álcool (uma concentração de 0,10%) quanto de benzodiazepínico (temazepam). Para evitar dúvidas, o segundo não é inconsistente com uma dose terapêutica, mas em combinação com o álcool teria rapidamente deixado uma mulher de sua altura e peso sonolenta. Ainda há um exame pendente de Samantha, que vou enviar para você assim que recebê-lo.

Também tenho o resultado do exame de sangue de Zachary Esmond. O nível de monóxido de carbono detectado é significativamente mais baixo do que eu esperava. Não posso, portanto, excluir a possibilidade de que Zachary já estivesse morto antes de o incêndio se alastrar. Não havendo outros sinais óbvios de ferimentos, a causa mais provável de morte nesse caso teria sido sufocação.

***

É justo dizer que não estou em minha melhor forma na reunião da equipe. A ligação de Alex ainda está me distraindo. Tentei ligar para ela de volta três vezes hoje e só caiu na caixa-postal. Então parei porque sabia que isso só ia fazer com que eu parecesse desesperado. Embora eu esteja. Embora parte de mim queira que ela saiba que estou.

Então, se eu perco o fio da discussão algumas vezes, é por isso. Não é desculpa. Mas é uma explicação. E eu só consigo passar por isso porque não há muita coisa para discutir. Apesar do apelo, dos posts no Twitter, das batidas mal-agradecidas de porta em porta, apesar das centenas de telefonemas recebidos e de um total de horas-homem em que não quero nem pensar, ainda não temos a menor ideia de onde está Esmond. E eu digo isso. Uma ou duas vezes percebo que Everett está me olhando. Especialmente quando Somer relata as reuniões na escola e com a médica da família.

— Então — diz ela, resumindo —, agora sabemos que Samantha Esmond estava sofrendo de depressão pós-parto. Mas a médica insiste em que ela não era um risco para si mesma nem para os filhos.

Ela não diz isso de forma explícita, mas todos sabemos o que ela quer dizer: se alguém estava pensando em apontar Samantha como uma possível suspeita, até onde Somer sabe, pode esquecer. Não foi ela que provocou aquele incêndio.

— Tem certeza disso? — diz Baxter, fazendo uma busca no Google em seu telefone. — Diz aqui que casos graves podem levar a paranoia e alucinações, e que, se não forem tratadas, até quatro por cento das mães cometem infanticídio.

Há certo desconforto pela sala em relação a isso. Eles estão se lembrando do que Boddie disse: Zachary podia estar morto antes mesmo que o incêndio começasse. E sufocamento é um dos jeitos mais comuns com que mulheres matam seus filhos.

— Você está falando de *psicose* pós-parto — diz Somer de forma um pouco abrupta. — Não *depressão* pós-parto. Samantha nunca foi diagnosticada com psicose pós-parto.

— Mesmo assim... — começa a dizer Baxter, mas ela não o deixa terminar.

— A psicose pós-parto quase sempre começa em até duas semanas após a mãe ter o bebê. Zachary tinha *3 anos*. O número de casos em que a PPP surge sem avisar tanto tempo depois do parto é extremamente baixo.

Baxter olha de mim para Somer.

— A depressão pós-parto dela pode ter se transformado em PPP? Isso é possível?

Ela sacode a cabeça.

— Não. Elas são completamente diferentes. E uma não leva à outra.

— Então se Samantha estava mesmo vendo coisas, não era por isso?

— Não, por isso não. Acho que os remédios que ela estava tomando podem ter sido um fator. Mas mesmo que isso fosse verdade, há uma grande distância entre ver fantasmas e matar de forma deliberada a família inteira.

Há alguma coisa no rosto dela, no jeito como ela diz isso, que reprime novas discordâncias. Eu gostaria de ter a certeza dela.

***

25 de junho de 2017, 16h30
193 dias antes do incêndio
Southey Road, 23, Oxford

Sam pode dizer *imediatamente* que alguma coisa está acontecendo.

— Trouxe uma cerveja para você — diz ela com cuidado, botando a bebida na beira da mesa.

O escritório é um belo espaço nessa época do ano, as portas de vidro se abrem para o jardim, a luz e o cheiro de grama cortada. Uma borboleta almirante-vermelho pousa na impressora e está abrindo e fechando as asas no calor. Mas Michael está de cenho franzido.

— O que foi?

Ele faz uma careta.

— Só Philip. Ele me enviou um e-mail para dizer que vai estar aqui no dia 13 de julho.

— Quanto tempo ele vai ficar?

— Ele diz dois dias, mas você o conhece. Isso pode facilmente significar duas semanas.

— Bem, nós não podemos dizer não, porque...

— Eu sei, eu sei — concorda Michael mal-humorado.

Sam se contém. Ela sabe que não deve oferecer nenhuma defesa de Philip. A última vez que tentou se viu do lado errado de um discurso de 20 minutos sobre como ele não presta, vive vagabundeando pelo mundo de uma praia tropical para outra e nunca está por perto para fazer nada do trabalho duro. Como o funeral do pai. Como levar a mãe para um lar de idosos. A primeira vez em que Michael realmente se abriu com ela tinha sido sobre Philip. Eles só estavam juntos havia seis semanas e até então toda a sua *persona* tinha sido montada de forma tão cuidadosa que ela estava começando a achar que ele era bom demais para ser de verdade. *Sempre* cortês, *sempre* paciente, *sempre* atencioso. Então ela chegou cedo ao apartamento dele uma noite e o encontrou falando com o pai no telefone. Ele tinha ligado para casa para contar que estava prestes a publicar seu primeiro artigo em um periódico acadêmico, mas quando terminou a ligação estava quase chorando.

— O que eu preciso fazer? — dissera ele. — É Philip que não conseguiu nem *entrar* em Oxford. É Philip que nunca se incomodou em trabalhar um dia na vida porque está vivendo do dinheiro deixado para ele pelo meu avô. *Philip* devia ser a decepção. Mesmo assim, ouvir meu pai faz qualquer um pensar que eu estava dormindo na rua abrigado na estação Charing Cross.

Ela protesta, sentando-se perto com o braço ao seu redor.

— Ele tem muito orgulho de você. Você sabe que ele não tem a intenção.

Ele olha para ela, com raiva através das lágrimas.

— Ah, tem. É sempre *Philip* isso e *Philip* aquilo. Durante toda a minha infância meu pai o chamava de Pip. Ele despenteava seu cabelo e dizia que tinha "grandes expectativas". Levou anos até que eu percebesse o que ele estava fazendo, e por todo esse tempo eu achei que isso significava que ele depositava mais esperanças em Philip do que em mim. Não acho que ele tinha a menor ideia do impacto que uma coisa dessas pode ter.

Ela ficou comovida, então, com o garotinho triste que ele tinha sido e pelo homem furiosamente ambicioso no qual ele se transformara. E ela sentiu, como nunca havia sentido com Michael antes, que ela era a forte — era ela quem tinha alguma coisa a dar, aquela a proteger, não ser protegida. Foi a primeira vez que ela sentiu isso e seria a última.

***

Somer para em sua mesa para pegar a sacola de compras que deixara ali na hora do almoço. Algumas das frutas tinham rolado para baixo da cadeira, e ela precisa ficar de joelhos para recuperá-las. Quando ela se levanta, surpreende-se ao ver Quinn ali parado. Por um momento, ela fica aturdida, consciente de estar com o rosto vermelho e de seu cabelo ter se soltado.

— Posso ajudá-la?

Ele parece tímido. Uma palavra que ela nunca associou a ele antes.

— Eu só queria ver se você estava bem.

Ela fica olhando para ele, sem saber ao certo se o ouviu direito.

— Por que eu não estaria?

Ele dá de ombros.

— Foi só que, bem, o que você estava dizendo lá. Parecia estar vindo de algum lugar... pessoal.

Ela hesita, sem saber ao certo se quer se abrir sobre isso. Ainda mais com ele. Mas tem alguma coisa na expressão de Quinn.

— Minha irmã teve, *tem* — diz ela por fim. — Depressão pós-parto, quero dizer. Tem sido difícil. Para todos nós.

Ele sinaliza entender.

— E tem um estigma terrível ligado a isso, mesmo agora. Muitas mulheres não assumem isso e não conseguem ajuda porque têm medo do que as pessoas vão dizer. Elas têm medo de ser rotuladas como mães ruins ou "histéricas", ou uma dessas outras palavras que homens usam apenas sobre mulheres e nunca sobre outros homens.

Ela se detém, consciente de que agora está com o rosto ainda mais vermelho.

— Eu sei — diz ele em voz baixa. — Sobre depressão pós-parto. Minha mãe teve.

Isso a deixa sem reação. Ela abre a boca, em seguida torna a fechá-la.

— Você nunca mencionou isso. Quando nós...

Ele dá de ombros.

— Como você disse. Ainda há muito preconceito. E ignorância.

E devia ser ainda pior uma geração atrás.

— Eles acabaram internando minha mãe — conta ele, lendo os pensamentos dela. — Meu pai teve de lidar por seis meses com um bebê recém-nascido e uma criança de 8 anos. Ele não sabia o que o havia atingido.

Ele ergue o rosto, encontrando os olhos dela de maneira adequada pela primeira vez.

— Você só tinha 8 anos?

Ele dá um sorriso débil.

— Meu pai sempre me dizia que eu tinha de ser um homenzinho. Que ele já tinha o suficiente com que se preocupar sem que eu me comportasse mal. Ninguém na família nunca falou sobre isso. Era como se minha mãe tivesse feito alguma coisa vergonhosa. Ou criminosa. Demorou anos até eu saber o que tinha realmente acontecido.

Ela aquiesce, se esforçando para encontrar a coisa certa a dizer. Mas isso explica muito sobre Quinn. Sua autossuficiência arrogante, sua intolerância à fraqueza, sua incapacidade de admitir qualquer vulnerabilidade.

— Enfim — diz ele, aprumando um pouco os ombros. — Eu só queria saber.

Ele começa a sair, mas ela o chama de volta.

— Quinn?

Ele se vira.

— O quê?

— Obrigada. Por me contar. Isso deve ter sido difícil.

Ele dá de ombros.

— Não se preocupe.

Então ele vai embora.

***

11 de julho de 2017, 10h23
177 dias antes do incêndio
Southey Road, 23, Oxford

— Oi — diz Philip quando ela abre a porta. — Cheguei a Poole um pouco antes do que eu esperava.

Ela o havia visto apenas uma ou duas vezes desde o casamento, em que ele foi, para a surpresa dela, considerando as reservas ruidosas e frequentes de Michael, um padrinho exemplar.

Ele está mais magro do que da última vez em que ela o viu, mas isso cai bem nele. Cabelo descolorido pelo sol, um forte bronzeado, a camisa aberta apenas um pouco demais. Há uma pilha de mochilas e bolsas empoeiradas aos seus pés. Um táxi preto está deixando a rua e entrando na Banbury Road.

Ele vê o rosto dela e parece encabulado.

— Desculpe, sei que cheguei alguns dias antes. Mas se é um problema posso deixar toda essa tralha aqui e desaparecer por uma ou duas horas.

Ela sorri.

— Não, está bem. Você só me pegou de surpresa, só isso.

— Eu tentei o celular de Michael, mas ele não está atendendo.

Ela faz uma careta.

— Ele faz isso. Desliga para economizar bateria e depois esquece e se pergunta por que ninguém liga para ele.

Philip sorri.

— Ele sempre foi um pouco antiquado. De um jeito agradável, é claro — acrescenta ele rapidamente.

Uma das vizinhas parou do outro lado da rua. Ela está fingindo mexer no sapato, mas Sam pode ver que ela está examinando Philip e fazendo as contas mentais que somam dois mais dois e resultam em um caso extraconjugal.

Ela sai do caminho.

— Entre — diz ela rapidamente. — Você precisa de ajuda com isso tudo?

— De jeito nenhum — responde ele com firmeza. — Meu pai sempre dizia: só viaje com as malas que você possa carregar.

Quando Michael chega em casa, eles estão sentados no jardim com a garrafa de Chablis que Philip trouxe com ele. Zachary está sentado a seus pés, brincando com o caminhão de bombeiros de brinquedo. Harry também devia ter passado por lá, porque a grama tinha sido aparada e o que fora cortado estava em um saco ao lado do latão de lixo. Michael franze o cenho, depois vai até a geladeira para pegar uma cerveja antes de seguir lá para fora. De forma deliberada ou não, Philip posicionou sua cadeira de modo a poder ver a casa. Ele fica de pé imediatamente.

— Mike! Desculpe aparecer sem avisar desse jeito — diz ele, estendendo os braços para abraçar o irmão.

— Não tem problema — diz Michael, um pouco rígido no abraço.

Samantha ergue os olhos, alerta para a aspereza. Mas há cor no rosto dela. Michael não via aquilo em semanas.

— Nós trouxemos uma cadeira para você — diz ela gesticulando. Sorrindo.

Ele põe a cerveja sobre a mesa.

— Onde está Matty?

Philip faz uma careta.

— Com seu Xbox. Tentei convencê-lo a parar, mas ele parecia completamente absorto.

— É, bem — diz Michael —, não seria a primeira vez. — Ele se volta para a mulher. — O que vamos fazer em relação ao jantar?

— Está tudo resolvido — diz Philip sem demora. — Vou pedir no Brown's. É o mínimo que posso fazer.

Duas horas depois, o sol está se pondo, e as cadeiras são movidas para o lado para que Philip possa jogar futebol com Matty.

Michael está na pia, enxaguando os pratos antes que eles fossem para a lava-louça.

— Eles não se divertem tanto assim há séculos — comenta Sam, chegando com uma bandeja de copos e um Zachary sonolento apoiado em um quadril. — Parece até que Philip é Ronaldo e Matty é Messi.

Há um grito vindo do jardim: Philip acabou de fazer um gol e está correndo pelo gramado com a camiseta sobre o rosto.

— Idiota — diz Michael, mas não em voz alta.

— Ele vai nos levar para andar de barco amanhã — diz Sam de forma tranquila.

Michael olha para ela.

— Sério? Tem certeza de que ele sabe fazer isso? Deve ter anos desde que ele fez isso pela última vez.

Ela dá de ombros.

— Ele diz que sabe. Achei que você ia ficar satisfeito. Isso vai dar a você paz e sossego para trabalhar.

E, é claro, vai dar.

— Você precisa que eu faça alguma compra? — pergunta ele, fazendo mais um esforço. — Posso comprar coisas para piquenique na M&S de manhã.

— Não se preocupe. Phil disse que ia fazer isso. Você se concentre apenas no livro.

Ela toca seu braço delicadamente, então torna a sair. Os sons de risos florescem no ar.

***

Na Southey Road, Quinn empurra e abre a porta do escritório de Esmond e fica ali parado olhando ao redor. A julgar pelo que sobrou do resto da casa, ele estava esperando uma escrivaninha fechada pomposa, uma cadeira antiga de couro e uma daqueles abajures de leitura com cúpula verde. Não podia estar mais errado. Tudo ali é leve, moderno e bem projetado, até o elegante aquecedor Dyson, o CD player Bose e a reluzente máquina de Nespresso. Completa com suprimentos. Ele pendura o paletó nas costas da cadeira e liga o aquecedor no máximo. Talvez aquele não seja um trabalho tão ruim assim, afinal de contas.

***

Enviado: Quarta-feira 10/01/2018, 18h45   **Importância: Alta**
De: Colin.Boddie@ouh.nhs.uk
Para: InspetorDetetiveAdamFawley@ThamesValley.police.uk, DivisãodeInvestigaçãoCriminal@ThamesVallew.police.uk, AlanChallowCSI@ThamesValley.police.uk

Assunto: Exame de sangue e toxicológico: Caso nº 556432/12 Felix House, Southey Road, 23

Recebi aquele teste final de Samantha Esmond. Seu sangue revelou níveis levemente elevados de gonadotrofina coriônica humana (GCh). Isso pode ser produzido por tumores cancerosos, mas na ausência de anormalidades como essa, não vejo razão para desviar da explicação clínica mais simples: Samantha Esmond estava grávida.

Considerando o nível detectado e o fato de nada ter sido descoberto no útero, eu estimaria uma gestação de não mais de quatro semanas. Nesse estágio, o feto não seria mais que um aglomerado de células.

***

— Então você acha que ela sabia? Sobre o bebê?

É Gislingham, na sala de situação. E perceba isso ou não, ele está olhando para Ev e Somer.

Everett dá de ombros.

— Não perguntem para mim. Eu nunca fiquei grávida.

Somer fica um pouco vermelha, e eu de repente me pergunto se ela ficou, em algum momento de seu passado.

— É impossível dizer — diz ela. — Mas acho que a médica teria me contado se ela tivesse feito o teste apropriado.

Porém, isso não significa nada. Alex só chegou a esse estágio uma vez em todos os anos que tentamos. Todos aqueles dias de esperança, mês após mês. Dias em que ela comprava um daqueles *kits* e se trancava. Dias em que eu a ouvia chorar. Dias — os piores dias — quando ela emergia, de rosto seco e em silêncio, as mãos frias e o corpo rígido em meus braços. Então houve o traço azul que era Jake e uma esperança nova e mais desesperada e uma cautela feroz e pactos com um deus em que não acredito. Desde então, sempre me perguntei se foi aí que as coisas deram errado. Eu só implorava para ter Jake, mas nunca implorei para preservá-lo.

— Mas isso podia dar a ela uma razão — diz Baxter, irrompendo em meus pensamentos. Ele está olhando para Somer. — Quero dizer, sei que você disse que ela não podia ter causado o incêndio, mas isso foi antes de descobrirmos que ela estava no clube outra vez. Se ela teve uma experiência ruim com os dois anteriores, poderia não querer passar por aquilo uma terceira vez.

Somer lança um olhar gélido em sua direção.

— Isso não é razão para se matar. E *com certeza* não é razão para matar aquelas crianças.

Baxter ergue as duas mãos.

— Está bem, está bem, eu só estava dizendo.

Somer abre a boca para responder, mas Everett intervém. No modo pacificadora.

— Não faz sentido discutirmos isso. O fato é que não temos como saber se ela sequer sabia da gravidez.

— Podemos fazer um teste de DNA? — pergunta Asante.

Eu sacudo a cabeça.

— Boa tentativa, mas não. Cedo demais.

— Então nós não sabemos se Michael era o pai — prossegue ele. — Quer dizer, se era de outra pessoa e o marido dela descobriu...

— Mas ele estava em Londres, não estava? — diz Gislingham em voz baixa.

— E também não descobrimos nenhum outro homem em sua vida — digo. — E até onde vejo ela mal conseguia sair de casa, muito menos manter um caso secreto.

Asante recua. Ele nitidamente sabe quando parar de cavar. Mas ele está certo sobre uma coisa. A gravidez é um fator que não tínhamos considerado. E está me incomodando como uma pedra no sapato.

A porta se abre, e o policial de plantão olha para dentro, examinando a sala.

— Detetive Somer? Tem uma pessoa na recepção para você. Um sr. Philip Esmond.

***

12 de julho de 2017, 16h43
176 dias antes do incêndio
Southey Road, 23, Oxford

Philip e Matty estão no terceiro refrão da canção popular que fala de um marinheiro bêbado "What shall we do with the drunken sailor?" quando Michael desiste de tentar trabalhar e volta para a casa na cozinha. Philip está com Zachary nos ombros e Sam está na pia raspando restos de comida dos pratos para a lixeira. O que sobrou do piquenique está espalhado por toda a cozinha.

— *"Way! Hey! and up she rises, Way! Hey! and up she rises, Way! Hay! and up she rises. Ear-ly in the morning"* — berra Philip antes de se virar e ver o irmão na porta.

— De novo! De novo! — grita Zachary, batendo as mãos na cabeça de Philip. — Eu quero ouvir de novo!

Philip o põe sobre a mesa e sorri para Michael.

— Desculpe, nós incomodamos você? Entramos um pouco no espírito náutico, se é que você me entende.

Sam ergue os olhos da pia e sorri.

— Foi fabuloso, não consigo imaginar por que não fazemos isso com mais frequência. É só uma caminhada de dez minutos.

Michael olha para o irmão. Sua camiseta está escorrendo água.

— Você caiu na água?

Philip faz uma expressão triste.

— Bem, você sabe o que dizem: quem vai para a chuva é para se molhar.

— Tio Philip foi *muito* bom — diz Matty. — Nós fomos mais rápido que todo mundo. E teve um homem gordo que caiu e espirrou água para todo lado, e outra pessoa prendeu a vara na água.

Michael assente.

— Parece que todos vocês...

Mas Matty não terminou.

— E então teve a raposa. Isso foi *espantoso*.

Michael franze o cenho.

— Deve haver uma palavra melhor para isso, Matty.

— Na verdade — diz Philip —, foi bem espantoso. No sentido literal, quero dizer. Tínhamos acabado de fazer a curva depois de Vicky Arms e estávamos voltando quando de repente aparece uma raposa se afogando na água. Ela deve ter caído no rio literalmente um ou dois minutos antes.

— Foi *sinistro* — diz Matty com os olhos arregalados. — Foi como se um feiticeiro a tivesse transformado em pedra.

Sam se vira, enxugando a mão em um pano de prato.

— Eu nunca vi nada como aquilo. Na verdade, foi bem assustador o jeito como ela estava se agarrando. Como se o rio tivesse se transformado em gelo.

Michael franze o cenho.

— Até onde eu sei, raposas sabem nadar.

Philip dá de ombros e põe o barulhento Zachary novamente em seus ombros.

— Bom, tudo o que sei — diz ele — é que essa com certeza não sabia.

Nas semanas que se seguiram, Michael pensa muito sobre essa raposa. Ela tinha mergulhado na água? Ela estava correndo atrás de alguma coisa ou fugindo de alguma coisa? Ele até sonhou uma vez com ela. Ele estava no barco com Philip; estava frio, as árvores pendiam próximas, e fiapos de névoa erguiam-se da água. Tudo estava sem graça em preto e cinza. Exceto a raposa. Ela estava ardendo em cores. E tão perto do barco que ele podia estender a mão e tocá-la. Ele podia ver os bigodes, a aspereza do pelo, as bolhas de ar presas em sua boca e nos olhos. Completamente abertos e encarando a morte.

***

Há quatro pessoas na área da recepção, e Somer não precisa que lhe digam qual delas é Philip Esmond. Um idoso com um galgo, um jovem negro de moletom jogando no celular, a perna se agitando para cima e para baixo, uma jornalista que ela reconhece do *Oxford Mail* e um homem na casa dos quarenta, andando de um lado para outro. A distância, a semelhança com Giles Saumarez é marcante. A mesma estatura, o mesmo bronzeado, a mesma autoconfiança. Mas o rosto de Philip Esmond está vincado com ansiedade. Quando se vira e a vê, ele se aproxima imediatamente.

— Detetive Somer? Eu sou Philip Esmond. Eu vim direto para cá.

Somer olha ao redor.

— Olhe, vamos sair para tomar um café ou alguma coisa assim? Pode ser mais fácil.

— E Michael? Vocês o encontraram?

Ela sacode a cabeça.

— Infelizmente não. — Ela percebe a jornalista olhando para eles com interesse e abaixa a voz. — Sério, seria melhor falar sobre isso em outro lugar.

O café fica a apenas alguns metros de distância na direção de Carfax e está praticamente vazio. Eles estão prestes a fechar. Somer compra os cafés, dispensando com um aceno a oferta de Esmond para pagar, e eles pegam uma mesa junto da janela, olhando na direção da catedral de Christ Church, iluminada contra o céu cinza e pálido. Há chuva no ar.

— Então — diz Esmond, sentado na ponta da cadeira, com o rosto ansioso. — O que você pode me contar?

Ela dá um suspiro.

— Infelizmente, muito pouco. Fizemos todos os esforços possíveis para encontrar seu irmão, mas não estamos chegando a lugar nenhum. Tem *alguma coisa* que você possa pensar, alguma coisa que lhe tenha ocorrido desde a última vez que conversamos, qualquer coisa que possa nos ajudar?

Ele sacode a cabeça.

— Estou revirando meu cérebro, mas, na verdade, não tem nada. Nós não éramos exatamente próximos. Quer dizer, eu o amava, ele era meu irmão mais novo, mas passou muita água por baixo da ponte por muitas razões.

A porta do café se abre e uma mãe se esforça para entrar com um bebê no carrinho e um garotinho agarrado apertado a seu casaco, com um dedo na boca. As crianças são mais novas que as de Michael Esmond, mas não muito. Philip fecha brevemente os olhos, em seguida se volta para encarar Somer.

— O que eu posso fazer? Eu devo ser capaz de fazer *alguma coisa*.

— Talvez você possa conversar com sua mãe? Nós tentamos, mas tenho certeza de que funcionaria melhor se fosse com alguém que ela conhece.

Philip assente.

— Está bem. Tenho certeza de que você tem razão. Amanhã de manhã vou lá na primeira hora. — Ele pega sua colher e começa a mexer com ela. — Eu preciso mesmo ir. Não apenas para vê-la. Tenho de falar com ela sobre os funerais. Embora duvide que ela esteja em condições de ir.

Somer aquiesce. Isso foi mais ou menos o que Ev disse.

— Imagino que eu precise ver os Gifford também.

— Vocês não se dão bem?

Ele deixa a colher cair com estrépito.

— Ah, não é bem assim. Para ser honesto, eu mal os conheço. Mas Michael sempre os achou um pouco arrogantes. Bom, *o sogro*, de qualquer forma. Acho que ele se dava bem com Laura. — Ele ergue os olhos e vê o rosto dela. — Não se preocupe, não pretendo tornar as coisas piores do que já estão. Para eles e para mim.

* * *

Quando chego em casa, ela parece duplamente vazia. Não devia fazer diferença, mas faz: saber que Alex esteve ali tão recentemente, mas não está agora. Posso até sentir o cheiro de seu perfume. Ou talvez isso seja apenas minha mente me pregando peças. A manifestação de um desejo.

Tem meia pizza no *freezer* e meia garrafa de tinto na geladeira, então minha noite está resolvida. Ponho a pizza no micro-ondas e saio fechando as cortinas. Fico desconfortavelmente consciente de estar me transformando em meu pai. Ele nos deixava loucos no inverno — toda a manhã, como um relógio, ele ia de aposento em aposento com um pano enxugando a condensação das janelas. Embora eu diga a mim mesmo que não estou tão programado. Ainda não.

Na sala de estar, paro por um momento, consciente de que alguma coisa está fora do lugar. Não entro nessa sala há alguns dias — não desde que Somer esteve aqui. E deve ter sido isso. Quando ela estava limpando, deve ter tirado as coisas do lugar. Não muito, mas o suficiente para que eu perceba. E agora é óbvio: as fotografias sobre a lareira estão em uma ordem diferente. Estou agora, olhando para as fotos, vendo a parte privada de minha vida pela primeira vez. Nosso casamento: Alex em um vestido longo de cetim marfim que literalmente me deixou sem fôlego quando me voltei para vê-la na extremidade da nave. Nossa lua de mel na Sicília: bronzeados, felizes, dividindo uma garrafa de champanhe contra o pôr do sol em Agrigento. E Jake, é claro. Quando bebê; no primeiro; dia na escola; na praia com um castelo de areia que ele levou o dia inteiro para construir. Ele teria 12 anos, agora. No segundo ciclo do ensino fundamental. Ele não estaria construindo mais castelos de areia. Estaria começando a se interessar por garotas.

Temos um desses softwares na Divisão de Investigação Criminal — dos que eles usam para envelhecer fotos de crianças desaparecidas. Alex uma vez me pediu para que passasse uma foto de Jake pelo programa, mas eu disse que não podia fazer isso — que eles registram cada uso e, de qualquer forma, não seria ético. O que não contei a ela foi que já tinha feito isso. Uma noite, depois que todo mundo tinha ido para casa. Usei a foto que tirei dele duas semanas antes de sua morte. Tão de perto que você pode ver a penugem fina acima do lábio superior. Um momento antes ele estava franzindo o cenho, e a câmera capturou seu espírito: a sombra de um sulco entre suas sobrancelhas, os olhos escuros ainda pensativos. Eu me perguntei, desde então, se ele já estava planejando aquilo, se ele àquela altura já sabia o que ia fazer. Os médicos nos disseram que era improvável, que crianças que tiram a própria vida tão novas raramente pensam nisso com muita antecedência. Mesmo assim, a foto ainda me faz sofrer. Talvez seja por isso que eu a escolhi para passar pelo software. E foi assustador, ficar ali sentado na sala vazia e escurecida observando aquele rosto precioso se alongar, os contornos suaves endurecerem. Eu o vi com 15, 20, 35. Vi como ele teria ficado quando se tornasse homem, quando me transformasse em avô. Eu o vi na idade que tenho agora. O menino verdadeiro pode estar congelado no tempo, mas em minha mente ele e eu estamos envelhecendo juntos, de mãos dadas.

***

A reunião da manhã seguinte não dura mais que dez minutos. O caso está virando uma tediosa rotina. E seguimos sem muito progresso. Becos sem saída, largadas falsas. Papelada, bater perna, fazer ligações, ainda que tenhamos um novo ângulo: finalmente chegaram os registros financeiros de Esmond. E como Gislingham sempre diz, se não é amor, é dinheiro, embora infelizmente para Baxter dinheiro seja muito menos interessante de se investigar. Quando olho para o interior da sala de situação, ele está com queixo apoiado em uma das mãos e olhando fixo para a tela do computador. E ao lado dele há um café e uma daquelas barras de chocolate que sua mulher não sabe que ele ainda está comendo. Mas eu é que não vou contar para ela.

***

Às 9h45, Quinn abre com o pé a porta do escritório de Esmond e larga sua bolsa no chão. Dessa vez ele está preparado. Não só mais cápsulas para a cafeteira, mas um *croissant* de amêndoas da confeitaria francesa em Summertown e um sanduíche caso ele fique com fome. Enquanto ele prepara o *espresso*, pode ouvir o ruído dos escombros enquanto os investigadores botam o entulho em carrinhos de mão e o levam dali. O céu está limpo e há até alguns brotos condenados nas árvores, mas ele está muito satisfeito por estar ali no calor e não lá fora congelando e com lixo até os joelhos. A única coisa que ele vai ter de suportar é o tédio: Esmond obviamente era uma daquelas pessoas que arquiva todo papel que passa por suas mãos. Há recibos de caixa registradora e faturas de cartão em prendedores de papel, organizados por mês, e contas da casa e o imposto predial arrumados por ano. Há até uma caixa com álbuns de fotos de família e alguns dos velhos ensaios de Esmond e boletins escolares do Griffin. Segundo sua professora de história do quarto ano, ele já era "motivado e determinado" quando tinha 14 anos, e quando ele só tirava notas A, a mulher que lhe ensinava geografia se referia a ele como "se esforçando um pouco demais". O que bate muito bem com o homem descrito por Annabel Jordan.

Quinn remexe mais fundo na caixa e encontra um fichário do que devia ter sido o primeiro ano de Esmond na escola. A primeira página está intitulada como "Minha família". Intrigado, Quinn a pega, se encosta em sua cadeira e começa a ler.

***

Minha família

Acho que a família é muito importante. É importante saber de onde você vem. Eu tenho muito orgulho dela. Ela vem dos tempos vitorianos. Meu bisavô veio para a Inglaterra da Polônia. O nome dele era ZACHARJASZ ELSZTEJN. Ele veio para cá porque queria ser bem-sucedido. O sonho dele era ter a própria empresa e ganhar muito dinheiro. Ele abriu uma ~~joateria~~ joalheria no East End de Londres. Ela se chamava Zachary Esmond e Filho. Ele precisou mudar o nome porque ninguém na Inglaterra sabia escrever o outro. Ele comprou mais duas lojas para começar e depois comprou outra em ~~Nightsbridge~~ Knightsbridge. Era perto da Harrods. Era muito pequena, mas ficava em um bom lugar. Depois disso ele teve muito sucesso. Meu pai tem um relógio de ouro que pertenceu a meu bisavô. É um relógio grande com uma corrente. Você não usa no pulso como agora. Tem um lema escrito em polonês, que diz: "Blizsa koszula ciatu". Em inglês, isso significa "o corpo está mais perto da camisa". Meu pai diz que isso significa que as coisas mais próximas de nós são as mais importantes, e a família é a mais importante de todas.

Minha família vive em Oxford desde 1909. Meu bisavô fez uma visita à cidade e a achou muito bonita. Na época havia casas em construção na Southey Road. Foi ele que deu a ela seu nome. Ela se chama Felix House, o que significa "com sorte" em latim. Isso foi porque ele se sentia com sorte por morar nela. Não acho que há outras casas como ela por aqui. Meu avô também trabalhou na empresa e meu pai trabalha agora. Acho que meu irmão mais velho, Philip, também vai fazer isso. Quando eu crescer, quero ir para a Universidade de Oxford. Esse é o MEU sonho.

***

Diante da juíza investigadora Oriana Pound
Corte da juíza de Oxford.
Prefeitura Municipal, New Road, Oxford

Inquéritos conduzidos: Quarta-feira, 10 de janeiro de 2018, 11h — Samantha Esmond, 33 anos, e Zachary Esmond, 3 anos, mortos em 04/01/2018 em Oxford; e Matthew Esmond, 10 anos, morto em 07/01/2018 em Oxford

Após representações do Serviço de Promotoria da Coroa, o juízo foi adiado para mais investigações da polícia. Levando-se em conta a possibilidade de acusações criminais, a dra. Pound ordenou uma segunda autópsia nos três mortos, antes que seus corpos sejam liberados para a família enterrá-los.

***

Entrevista por telefone com Jason Morrell, Walton Manor Motors, Knatchbull Road, Oxford
11 de janeiro de 2018, 11h50
Na ligação, detetive A. Asante

AA: Aqui é o detetive Asante. A telefonista disse que o senhor tem alguma informação para nós, algo relacionado com o incêndio na Southey Road?

JM: É, é sobre o carro. Se vocês estão procurando
por ele, ele está aqui. Na garagem. Nós fizemos
a inspeção anual na semana passada e ele está
aqui no pátio desde então. Tive de trocar um
dos pneus, mas fora isso não houve problemas.
Está estacionado na frente, pronto para ir
embora.

AA: Entendo. Quando o sr. Esmond levou o carro?

JM: Deve ter sido em alguma hora de terça-feira.
Foi Mick quem o registrou, espere um instante.

[*ruídos abafados*]
É, com certeza na terça-feira, dia 2. Por volta
das 9h15 da manhã.

AA: Algum de vocês falou com ele depois disso?

JM: Eu deixei algumas mensagens sobre o pneu no
fim da semana passada. Só para dizer que isso
tinha de ser feito para o carro ser aprovado,
para ele me ligar caso houvesse um problema, do
contrário eu ia em frente. Ele não retornou.

AA: Seu colega, Mick, ele se lembra de alguma coisa
incomum no sr. Esmond naquela manhã? Alguma
coisa que tenha chamado sua atenção?

JM: Nossa, agora que você está perguntando. Espere
aí.

[*mais ruídos abafados*]
Ele disse só que estava com pressa. Um pouco
mal-educado. Mas eles são todos assim por aqui,
parceiro. É normal.

***

15 de julho de 2017, 15h12

173 dias antes do incêndio
Southey Road, 23, Oxford

Michael se recosta em sua espreguiçadeira e fecha os olhos, o sol quente em sua pele. Depois do churrasco e daquelas cervejas, ele não está com muita vontade de trabalhar. Ele não estava ansioso com a perspectiva da visita de Philip, mas na verdade foram dias bons. Sam parecia melhor do que estava em semanas, e Matty passava mais tempo ao ar livre e menos tempo naquele maldito Xbox.

Ele pode ouvir o zumbido de verão do cortador de grama mais à frente no jardim e, mais perto, os gritos e barulho de água e empolgação vindos da piscina infantil. Philip está ensinando Matty a pegar jacaré. Com sucesso bem limitado, até onde Michael pode ver. Ele abre brevemente os olhos, vê Philip na torneira tornando a encher a piscina, então se recosta novamente. Ele deve ter cochilado, porque quando percebe, pode ouvir sua mulher e Philip conversando a alguns metros de distância. Eles estão falando baixo, então devem estar achando que ele está dormindo. Ele ia abrir os olhos, mas alguma coisa faz com que mude de ideia. No início, a conversa são apenas coisas triviais. Aonde Philip está planejando levar seu barco no outono. Como sua mãe está. Então, de repente, o clima muda.

— Olhe — diz ele com hesitação —, você pode mandar eu me ferrar e cuidar da minha própria vida, se quiser, mas está tudo bem?

Há um rangido na cadeira; ele deve estar se inclinando na direção dela.

— O que faz você dizer isso? — pergunta ela com cautela.

— Não sei... só tenho a impressão de que você tem alguma coisa na cabeça. Você parece infeliz. Pelo menos para mim.

Há um silêncio. Sam deve ter gesticulado na direção do marido porque Philip diz:

— Não se preocupe, ele não pode ouvir você. Toda aquela Stella... ele está apagado há meia hora.

A mão de Michael aperta a lateral da espreguiçadeira, mas ele não se mexe. Todos os seus outros sentidos estão aguçados. A abelha voando perto. O cachorro latindo na casa ao lado. O cheiro de grama cortada.

— A propósito, há quanto tempo isso está acontecendo? — continua Philip. — Quero dizer, a bebida.

— Não é tanta *bebida* assim...

— É, sim, em comparação com o que ele costumava beber. Antigamente, ele quase não bebia nada.

— Ele está com muitas coisas na cabeça, sabe? — Ela respira fundo. — Ele contou a você, não contou, sobre os problemas que eu tive?

— A depressão? — pergunta ele com voz mais delicada. — É, ele me contou. Mas eu achei que, bem, depois de todo esse tempo...

— É por isso que eu nunca conto a ninguém — interrompe ela de um jeito triste. — Eles só supõem que a essa altura eu já devia ter superado isso. "Me aprumado". Que Zachary tem mais de 2 anos e o problema deve ter passado. Mas não passou. — Agora há lágrimas em sua voz. — Estou começando a me perguntar se um dia vai passar.

— O que o médico diz?

— Ela me medicou, mas eu *odeio* isso, Philip, odeio. É como se eu estivesse vivendo em um nevoeiro, não consigo pensar direito, não consigo *fazer* nada. E aí Michael tem de cuidar das crianças, além de fazer seu trabalho e sua pesquisa, e isso não é justo. É demais, cozinhar, levar para a escola, a casa...

— É, certo — diz Philip pesadamente. — A maldita casa.

— Então eu parei...

— Você parou de tomar os remédios sem contar à sua médica?

Michael para de respirar. É a primeira vez que ele soube que a mulher não está tomando sua medicação.

— Eu estava desesperada... só que não tomar o remédio foi ainda pior.

— Não estou surpreso.

— Não — diz ela de forma infeliz —, você não entende. Foi quando começou. A... outra coisa.

A cadeira range novamente. Ela está chorando, e ele deve ter passado o braço ao seu redor.

— Você pode me contar — sussurra ele.

— Eu sempre perco coisas. Guardo-as em um lugar e as encontro em outro lugar diferente de onde já procurei.

— Isso pode ser qualquer coisa... *Eu* faço isso.

— Não é só isso. Eu também comecei a ouvir coisas na casa. Como se houvesse alguém. E, na semana passada, senti cheiro de queimado, mas nada estava pegando fogo.

— O churrasco de alguém? É a época do ano.

— Não, como eu disse, estava *dentro* de casa.

Ele começa a dizer algo sobre os possíveis efeitos colaterais de parar com os remédios, mas ela está chorando muito agora.

— Você falou com Mike sobre isso? — indaga ele delicadamente. — Ou com a médica?

— Estou com muito medo.

— Medo? Medo de quê?

— Eu entrei no Google — diz ela com a voz embargada —, e encontrei todos esses *sites* dizendo que alucinações podem ser um sintoma de psicose pós-parto, e fiquei com medo que levassem Zachary embora se soubessem. Que achassem que eu podia fazer mal a ele e que ele não estaria seguro comigo, e você sabe que isso não é verdade, não sabe? Eu nunca faria mal a meus filhos...

Ela, então, desmorona, e Michael pode ouvir Philip tentando acalmá-la, dizendo que está tudo bem.

Então o barulho de uma bola de futebol quicando na terra seca. Mais perto. Ainda mais perto.

— Por que a mamãe está chorando? — pergunta Matty.

— Ela só está um pouco triste — diz Philip. — Nada com que se preocupar, Matt.

— Podemos brincar de Ronaldo e Messi outra vez?

— Em um minuto. Eu só preciso falar com a mamãe primeiro. Por que você não vai pegar um suco na geladeira e traz um para Zachary também?

Matty choraminga um pouco, mas por fim Michael ouve seus passos retornando na direção da casa.

— Desculpe por isso — diz Sam. — É que não estou conseguindo lidar com tudo.

— Você não precisa se desculpar. Sério. Mas acho que você devia voltar a tomar os remédios.

— Eu voltei. Eu fui à médica. Eu não contei a ela, sabe, o que tinha acontecido. Só disse que os comprimidos não estavam combinando comigo. Ela me receitou algo diferente.

— E eles são melhores?

Uma pausa. Ela deve ter assentido.

— E não aconteceu nada desde então, nada daquelas coisas esquisitas?

Outra pausa.

— Bom, isso deve ser um bom sinal, não é, se só aconteceu quando você não estava tomando os remédios?

— Eu acho que sim.

— Mas eu acho que você devia falar com sua médica sobre isso, sobre tudo. Só por garantia. Você não precisa se preocupar. Nada ruim vai acontecer.

— Você promete? — sussurra ela.

Michael já ouviu o suficiente; ele se remexe um pouco na espreguiçadeira, fingindo despertar. E quando ele abre os olhos, ele vê o irmão segurando a mão de sua mulher.

— Prometo — diz Philip.

***

No John Rad, a assistente de Alan Challow, Nina Mukerjee, está vestindo um uniforme cirúrgico novo. Ray Goodwin, o patologista indicado, acabou de chegar para conduzir a segunda autópsia, e mandaram que ela estivesse presente para observar, caso alguma coisa surgisse. Ninguém está esperando nada, é só procedimento-padrão caso haja um julgamento. Mas, nesse momento, qualquer tipo de julgamento está muito distante, e Nina está se preparando para uma tarde horrenda que os levará exatamente a lugar nenhum.

A porta se abre.

— Srta. Mukerjee?

Ele é mais jovem do que ela esperava, muito mais jovem. E com certeza não era o tipo tradicional. Mais rebelde que conservador, pela aparência, com sua barba *hipster* e brinco. Na verdade, ela tem quase certeza de ver uma tatuagem.

— Você está pronta?

Ela acena que sim.

— Então vamos começar essa festa.

***

Às cinco, Baxter está bem satisfeito consigo mesmo. Ele não é contador, mas fez alguns cursos e ficou muito bom em números, com o passar dos anos. O suficiente, pelo menos, para se virar. Se é alguma coisa grande, como fraude ou lavagem de dinheiro, aí eles chamam os especialistas, mas normalmente trata-se apenas de obter um retrato claro do dinheiro. Os ricos, os pobres e os desesperadamente necessitados. E com esse cara, Esmond, levou apenas uma tarde para ter uma boa ideia, embora "boa" dificilmente seja a palavra, nas circunstâncias. Ele pega o telefone e liga para Fawley, e alguns minutos depois o inspetor-detetive abre a porta e vai em sua direção. Ele parece exausto, o que parece estar de acordo com o curso daqueles dias. Baxter ouviu os mesmos boatos que o resto do distrito, e mesmo que ele tenha a tendência de ser cético em relação a fofocas do escritório, é difícil não ver os nervos em frangalhos de Fawley como evidência de que alguma coisa está muito errada no *front* doméstico.

Gis se levanta da mesa e vai se juntar a eles.

— Está bem — diz Fawley. — O que nós temos?

Baxter aponta para o computador.

— A última vez em que o cartão de crédito de Esmond foi usado foi na tarde de 31 de dezembro. No supermercado Tesco de Summertown. Nenhuma transação incomum recentemente até onde posso ver, embora ele estivesse perto de seu limite de crédito e só pagasse o mínimo na maior parte dos meses. — Ele muda a página. — E essa é a conta-corrente de Esmond. Como podem ver, tem apenas poucas centenas de libras nela. — Ele desce a tela. — Nada errado em termos de entradas ou saídas até aproximadamente dois meses atrás, quando há uma transferência de 2 mil libras de sua conta-poupança que são sacadas três dias depois, em *dinheiro*.

— Quem precisa desse tipo de dinheiro hoje em dia? — se pergunta Gislingham.

— E essa — diz Baxter, indo para outra página — é a conta-poupança. Depois da última retirada, tudo o que resta nela são — ele se inclina para a frente para ler — seis libras e 54 *pence*. Há dezoito meses havia mais de 15 mil nela, mas em outubro passado tudo tinha sido retirado, exceto aqueles 2 mil restantes.

— No que ele estava gastando isso? — pergunta Fawley.

— Examinei as transações individuais e a maior parte delas foi para pagar os custos de um lar de idosos. Aquele lugar onde mora a mãe dele? É um dos mais caros por aqui. — E deve ser por isso, pensa Baxter, que Everett não se deu ao trabalho de conferi-lo. Ela ainda não disse nada sobre o pai, mas tinha visto os folhetos na gaveta da mesa dela e sabe que o velho está com problemas.

Fawley, enquanto isso, estava estudando os números.

— Então se o dinheiro acabou em outubro, como ele está pagando a mensalidade desde então?

Fawley é preciso, sem dúvida. Mesmo quando está distraído.

Baxter se encosta e junta as pontas dos dedos.

— Resposta curta? Ele não está. Eu falei com a contadora do lar de idosos e há dois meses de contas em aberto. Eles chamaram Esmond para conversar em dezembro, e ele disse que estava "se organizando", mas nenhum pagamento foi feito.

— Achei que a família era rica — diz Gislingham.

Baxter olha para ele.

— Você e eu. Então investiguei um pouco mais. Eu não consegui todos os registros financeiros do negócio da família porque foi uma venda particular, mas a julgar pelo preço baixo que o pai de Esmond o vendeu, ele devia estar com muitos problemas. E ele viveu com esse dinheiro pelo resto da vida. Ao morrer, o dinheiro já tinha secado muito.

— Ele faz uma careta. — Vocês conhecem o ditado: a primeira geração ganha, a segunda geração gasta e a terceira geração acaba com tudo. Parece que o pai de Esmond acabou mesmo com tudo.

— Então por que não vender a casa? — diz Gislingham. — Quero dizer, sei que é a herança da família e tudo mais, mas se sua mãe precisa de cuidados...

— Ele não pode.

É Quinn na porta, ainda de casaco. Ele carrega um maço de papéis.

— Encontrei isso na casa.

Ele se aproxima e entrega os papéis a Fawley, que lê com calma a primeira folha, depois olha para Quinn.

— Bom trabalho — diz ele. — Muito bom trabalho.

***

Testamento

Este é o testamento de Horace Zachary Esmond, da Felix House, Southey Road, 23, Oxford.

1. Nomeio como executores e curadores deste meu testamento ("os curadores") os sócios na firma Rotherham Fleming & Co. de Cornwallis Mews, 67, Oxford.
2. Neste testamento, onde o contexto permite:
    i. Beneficiários são meu filho, Richard Zachary Esmond, seus filhos e descendentes;
    ii. "Beneficiário da propriedade" significa meu filho Richard e, após sua morte, seu filho mais velho sobrevivente (se não houver nenhum, filha), e assim por diante pelas gerações posteriores;
    iii. "Propriedade" significa a Felix House, Southey Road, 23, Oxford;

iv. "Propriedade residual" significa todas as minhas propriedades e ativos, pessoais e comerciais, com a exceção da Propriedade.
3. Os curadores devem manter a Propriedade sob sua guarda para o Beneficiário da Propriedade pela duração de sua vida e permitir que ele a ocupe sem pagar aluguel, desde que ele (i) pague todas as despesas da propriedade; (ii) mantenha a Propriedade em boas condições e (iii) mantenha a Propriedade assegurada em nome dos curadores de modo que os satisfaça.
4. A menos como especificado na cláusula 5 abaixo, os curadores não podem vender a Propriedade.
5. Em circunstâncias em que (i) o Beneficiário da Propriedade morra sem deixar descendentes, ou (ii) seja necessário demolir a propriedade (seja devido a incêndio, inundação, afundamento, ato de Deus ou uma desapropriação por parte das autoridades locais ou outro órgão do governo de acordo com a lei ou de outra maneira), os curadores devem vender a Propriedade e dividir os proventos em partes iguais entre os Beneficiários.
6. Os curadores devem, depois de pagar todas as dívidas, despesas funerárias e testamentais e imposto sobre herança em toda Propriedade sob sua responsabilidade, distribuir a Propriedade Residual para meu filho, Richard Zachary Esmond.

Testemunho e dou fé
Neste dia 14 de abril de 1965
Assinado pelo supracitado Horace Zachary Esmond como seu último testamento em nossa presença.

H Z Esmond

Peter Clarence
Peter Clarence
Sócio, Rotherham Fleming & Co.

N H Dennis
Norman Dennis
Sócio, Rotherham Fleming & Co.

Primeira cláusula adicional
Eu, Horace Zachary Esmond, da Felix House, Southey Road, 23, Oxford, DECLARO que esta é a primeira alteração em meu testamento datado de 14 de abril de 1965 ("meu Testamento").

> MEU TESTAMENTO deve ser mantido e efetivado como se contivesse a seguinte cláusula: eu dou, livre de imposto sobre herança, para: Philip Zachary Esmond, meu neto, nascido em 11 de outubro de 1975, a soma de cem mil libras (£ 100.000,00).

Em todos outros aspectos, confirmo meu testamento datado de 14 de abril de 1965, no qual pus as mãos neste dia 27 de novembro de 1975.

H Z Esmond

E como primeira cláusula deste testamento em nossa presença, testemunhado conjuntamente por nós dois em sua presença:

N H Dennis
Norman Dennis
Sócio, Rotherham Fleming & Co.

Benjamin Turner
Benjamin Turner
Sócio, Rotherham Fleming & Co.

***

Muito tempo depois que a família voltou para casa, ainda estou à minha mesa, olhando para o testamento e me perguntando sobre o homem que o rascunhou. Que tipo de mente você devia ter para conceber uma coisa assim — fazer tanto esforço para garantir que gerações que você não vai nem ver se conformem à sua própria concepção de família, à sua própria ideia de seu legado e sua posição? E, sim, nitidamente ainda havia bastante dinheiro nos anos 1960 — na época, 100 mil seriam uma fortuna — e Horace Esmond provavelmente nem podia pensar em um momento em que seus descendentes pudessem na verdade precisar vender a casa, mas isso não é desculpa. Eu me encosto em minha cadeira, sentindo, pela primeira vez, realmente pena de Michael Esmond. Então estendo a mão e pego o telefone. Porque de repente tenho uma desculpa para ligar. Uma razão para falar com minha mulher sem ser sobre ela, sobre mim ou sobre algum filho impossível, mas sobre o que ela *faz*. Porque em momentos como esse, em casos como esse, eu sempre converso com minha mulher. Não apenas por sua formação em direito, mas porque ela tem uma das mentes mais aguçadas que eu já conheci. Uma habilidade impressionante de ir direto ao ponto em fatos-chave, tanto aqueles que compreendemos, quanto os que não compreendemos. E se estou hesitando para ligar para ela agora, não é por não ter certeza de conseguir encará-la aplicando aquele intelecto implacável no convencimento de que deve abandonar o que resta de nosso casamento.

— Alex, sou eu. Você podia me ligar? Não é sobre... é sobre um caso. Só preciso de alguém que me diga que um documento significa o que acho que ele significa. E, sim, eu sei que podia perguntar ao pessoal do jurídico daqui, mas prefiro perguntar a você. Eu *sempre* prefiro perguntar a você.

***

No John Rad, as segundas autópsias terminaram. A de Zachary foi especialmente horrível, mas sempre ia ser. Ainda assim, diante de tamanho horror, Ray Goodwin tinha modos inesperadamente tranquilizadores. E dessa vez não se tratava de CDs de quartetos de cordas ou o canto amplificado de baleias. Apenas modos tranquilos e contidos que conseguiam ser ao mesmo tempo delicados e profissionais. Nina teve de admitir que ficou impressionada.

Mais tarde, quando estavam removendo os uniformes cirúrgicos, ele pergunta há quanto tempo ela era perita forense, e descobrem que têm conhecidos em comum, e de um jeito ou de outro acabam tomando um drinque na cidade. Nina não percebe, mas Gislingham e Everett estão do outro lado do mesmo bar. Ele com uma *lager* e ela com uma taça de Chardonnay. Mas as bebidas estavam ali paradas há mais de uma hora. E, diferente do de Nina, seu dia não transcorreu inesperadamente bem.

***

— Então o que você acha que está acontecendo? — pergunta Gislingham.

Ev olha para ele.

— O que você quer dizer com "acontecendo"?

— Você sabe. Com o chefe. Não me diga que você não percebeu.

Everett dá um suspiro.

— Claro que percebi. Só que parece um pouco escroto falar pelas costas dele.

— As pessoas só estão preocupadas, Ev.

— Eu sei. E eu também. Mas não vamos resolver isso, vamos? Seja lá o que for.

Gislingham pega o copo.

— Baxter acha que a mulher dele o deixou. Disse ter escutado Fawley mandando uma mensagem para ela.

— Isso não significa que algo aconteceu... Sempre que eu os via juntos, nunca achei que eles estivessem tendo problemas. Embora, para ser justa, eu não a veja há um bom tempo.

Ela tenta se lembrar. Deve ter sido nos drinques de aniversário de Fawley. Em outubro passado, uns vinte ou mais deles se reuniram sob o teto baixo da Turf Tavern, o ar denso com a fumaça dos braseiros lá fora. A mulher de Fawley chegou meia hora antes do fim, dizendo que tinha ficado presa no trabalho. Ela estava linda, como sempre. Salto alto, terno vermelho, cabelo comprido escuro em um daqueles penteados presos no alto e que caem que Everett não conseguiria fazer mesmo se tivesse cabelo para isso. Ou o tempo. Alex Fawley tinha bebido meia taça de *prosecco* quente, provocou Gislingham em relação à sua promoção e sorriu para o marido quando eles fizeram um brinde, e ele olhou para ela de um jeito que ninguém nunca tinha olhado para Everett em toda a sua vida. Então eles foram embora. Ninguém que os visse juntos teria dito que havia alguma coisa errada. Mas, na verdade, qualquer um pode manter uma fachada se só precisa fazer isso por meia hora.

— Olhe, pode não ser nada — comenta Everett. Mas a expressão em seu rosto diz o contrário. O sistema de som agora está tocando "Saving all my love for you". Ela sempre detestou essa música, e nesse momento, a letra se tornou horrivelmente apropriada.

Gislingham faz uma careta.

— Bom, eu nunca achei que Fawley fosse um mentiroso. E depois daquele acidente de carro com Quinn, achei que Somer teria tido bastante merda em sua própria porta. — Ele olha para Everett. — Vocês duas são amigas, ela contou alguma coisa?

Eles ficam em silêncio por um momento. Everett faz círculos sobre a mesa com sua taça.

— Olhe — diz Gislingham por fim. — Eu tenho de ir. Eu disse a Janet que não ia me atrasar. — Ele se levanta e pega o casaco nas costas da cadeira. — E Ev? Não comente nada, está bem? Já tem fofoca suficiente no distrito.

Ela lança para ele um olhar "que tipo de pessoa você acha que eu sou" e enxuga sua taça.

— Eu vou com você.

***

Enviado: Quinta-feira, 11/01/2018 **Importância: Alta**
De: Alexandra.Fawley@HHHadvogados.co.uk
Para: InspetorDetetiveAdamFawley@ThamesValley.police.uk

Assunto: Seu e-mail

Dei uma olhada nele. Não é o tipo de esquema que recomendaríamos hoje em dia, é restritivo demais. Mas basicamente suas suposições estão certas.

- A posse da casa para o filho mais velho de cada geração e, na ausência dele, para a filha mais velha.
- Ele (ou ela) tem o direito de morar na casa, mas não pode vendê-la (pois é propriedade do fundo).
- Entretanto, de acordo com a cláusula 5, se a casa precisar ser demolida por circunstâncias fora do controle dos curadores (como uma enchente catastrófica), a casa e o terreno devem ser vendidos, e os proventos distribuídos entre todos os herdeiros vivos na época.

Se é da casa da Southey Road que estamos falando, as condições da cláusula 5 estão plenamente atendidas.

Espero que isso ajude.

A

Alexandra Fawley | Sócia | Escritório de Oxford | Harlowe Hickman Howe LLP

Nem um "bj" no fim. Algo que ela mandaria sem pensar mesmo para amigos, mas devia ter se impedido de fazer para mim.

Acho que nunca me senti tão infeliz.

***

20 de julho de 2017, 11h45
168 dias antes do incêndio
Southey Road, 23, Oxford

O homem na porta está de macacão, com uma escada e uma caixa de ferramentas.

— Sra. Esmond?

— Sim — diz ela cautelosamente. Tem uma van estacionada junto do meio-fio com "D&S Segurança" pintado na lateral.

— Seu marido marcou conosco — avisa ele, vendo a expressão no rosto dela. Ele leva a mão ao bolso e pega uma folha de papel. — Portão lateral, sistema de alarme, novas trancas nas janelas e nas portas externas.

— Ele nunca me falou sobre nada disso.

Pelo menos, ela não se lembra de ele ter falado.

Ele ergue os olhos e sorri.

— Fique à vontade para verificar com ele. Cautela nunca é demais, é o que eu sempre digo.

— Se não se importar, vou fazer isso.

Ela fecha a porta e vai até a sala de estar. Ela pode ver o homem pela janela da frente. Mas, como sempre, o celular do marido está desligado.

— Michael, você pode me ligar? Tem um homem aqui para fazer alguma coisa com as fechaduras. Você não disse que ele vinha.

Ela desliga o telefone e volta até a porta.

— Ah, está tudo bem? — pergunta o homem, animado.

— Não consegui falar com ele. Você se importa de me mostrar aquela folha de papel?

— O escritório disse que chegou no início da semana — conta ele, entregando-a a ela. — Acho que foi na terça-feira.

No dia seguinte à partida de Philip. Dois dias depois de confessar a ele que achava que alguém tinha estado na casa. Só que Michael não sabia disso, sabia?

— Está vendo? — diz o homem. — Essa aí é a assinatura dele.

Ela olha para o papel. E ele tem razão. É a assinatura de Michael.

— O que mesmo você disse que ia fazer?

— Um sistema de alarme ultramoderno no portão lateral e fechaduras novas para a porta e as janelas. — Ele olha para o lado da casa. — Quero dizer, do jeito que está, qualquer um pode entrar, não pode?

E, nesta época do ano, a pessoa pode estar no andar de cima com a porta dos fundos aberta e qualquer Tom, Dick ou um assassino do machado pode entrar direto. Com uma casa tão grande, a pessoa pode nem se dar conta. Na verdade, seu marido não disse que houve uma invasão?

Ela fica vermelha.

— Não uma invasão, não, não exatamente...

— Dá no mesmo. Como eu disse, sra. Esmond, cautela nunca é demais. Não hoje em dia. Alguns desses malucos não estão interessados em roubar coisas. Eles só querem sentir a emoção de saber que estão onde não deviam estar.

***

— Então por que ele não nos contou essa merda?

Não há prêmios para quem adivinhar quem é: Quinn, querendo arranjar problema.

— Sério — continua ele, olhando ao redor para o resto da equipe. — Philip Esmond sabe desse testamento desde o começo e nem o mencionou. Não disse uma palavra.

— Mas como isso pode ser relevante? — pergunta Ev. — Philip não pode ter ateado fogo à casa porque ele estava no meio da droga do Atlântico.

— Nós *realmente* sabemos disso? — É Quinn novamente.

Ev fica vermelha.

— Bom, não...

— Então — diz ele.

Eu me viro para Somer.

— Sabe aquele dia em que você falou com Philip pela primeira vez?

— Na tarde de quinta-feira, senhor. Algumas horas depois do incêndio.

— Certo. Você podia conferir as coordenadas exatas daquela ligação por satélite, por favor? Só por garantia.

Enquanto isso, Ev faz uma segunda pergunta.

— De qualquer forma, por que Philip ia querer destruir o lugar? Não parece que ele esteja precisando de dinheiro.

— Mesmo cem mil com juros compostos uma hora acabam — comenta Asante. — Especialmente com seu ritmo de gastos.

Ele não está errado — não é só o barco novinho, é o estilo de vida livre, e tudo sem nenhum meio visível de sustento.

— Pode ser — diz Baxter de modo sombrio. — Mas com certeza dá um motivo para *Michael*, não dá? E ele também tem razão: atear fogo àquela casa teria resolvido seus problemas financeiros para sempre. Mas ele iria tão longe a ponto de incendiá-la? Uma construção tão intimamente ligada à sua identidade e seu lugar, bem literalmente, no mundo? Se querem minha opinião, isso é ir longe demais. Mesmo que sua família não estivesse lá dentro. Mesmo que eu não soubesse que ele estava a 80 quilômetros de distância na hora.

— Por que eu não pergunto a ele sobre isso — diz Somer por fim. — Quer dizer, a Philip. Eu posso telefonar para ele.

— Não — digo. — Vá falar com ele pessoalmente. Quero saber como ele reage. E antes de ir, faça uma ligação para a Rotherham Fleming & Co. Quero saber tudo o que eles estão dispostos a nos contar sobre os Esmond.

Ela parece em dúvida.

— Eles provavelmente vão dizer que é confidencial...

— Eu sei. Mas não há nada que nos impeça de perguntar. — Eu olho ao redor da sala. — Mais alguém tem alguma coisa nova e/ou útil?

— Challow ligou — conta Gislingham. — Sobre as impressões digitais que eles pegaram na porta da garagem. A maior parte delas era de Michael, e isso bate com o estúdio, mas o resto eram apenas parciais. E, para registro, nenhuma era sequer parecida com a de Jurjen Kuiper.

— Recebi uma ligação daquele amigo de Michael de Oxford com quem estávamos tentando falar — comenta Everett. — Ele até podia me encontrar hoje mais tarde, mas por sorte vai estar por aí amanhã de manhã também.

Ela não se dá ao trabalho de dizer por que não poder ser essa tarde, porque todos sabemos. Vou ter de procurar e encontrar minha gravata-borboleta na gaveta.

***

— Posso ajudá-la? Veio ver algum residente?

A atendente no lar de idosos dá um sorriso simples e profissional que não abrange totalmente o seu rosto.

Somer pega seu cartão de visita.

— Detetive Erica Somer, polícia de Thames Valley. Acredito que o sr. Esmond esteja aqui no momento, com sua mãe.

A mulher assente.

— Eles estão na sala lateral.

Ela segue pelo corredor. Seus sapatos de plástico rangem no chão de madeira. O lugar todo tem um ar de um hotel campestre um pouco envelhecido. A entrada de carros de cascalho, a escadaria de madeira um pouco grande demais, as cortinas de brocados com seus amarradores ornados com borlas e a mobília pesada que não teria ficado deslocada na casa da Southey Road. Somer se pergunta por um momento se esse era o objetivo — se Michael Esmond queria que sua mãe passasse seus últimos dias em um lugar tão parecido com sua velha casa quanto possível. A única diferença é que todas as cadeiras ali têm protetores plásticos de assento, e o cheiro pesado de aromatizador artificial de ambiente está mascarando algo pior.

Os Esmond estão sentados junto a uma janela de sacada curva com vista para o jardim. No terraço externo, há vasos de crócus-de-outono colocados perto da janela para que os residentes possam vê-los, e diante deles há um bule de chá e duas xícaras. Com pires. Somer percebe, embora ele esteja de costas para ela, que Philip já está usando seu terno de enterro.

Ele fica nitidamente satisfeito ao vê-la.

— Detetive Somer, Erica, obrigado por vir.

Ela dá um sorriso.

— Sem problema. Sei que você tem muitas preocupações no momento.

— Essa é minha mãe, Alice.

A sra. Esmond ergue os olhos para ela. Ela deve ser uma das residentes mais novas ali. Não mais de 70, talvez algo próximo de 65. Mas seus olhos são olhos de uma mulher velha.

— Olá, sra. Esmond — diz Somer, estendendo a mão.

— Essa é sua namorada? — pergunta a sra. Esmond, ignorando o cumprimento e voltando-se rigidamente para o filho.

— Ela é bonita, não é?

— Não, mãe — responde ele rapidamente, corando e lançando um olhar na direção de Somer. — Essa é uma moça da polícia.

A boca da sra. Esmond se abre, e ela parece prestes a dizer alguma coisa, mas eles são interrompidos pela atendente perguntando a Somer se ela quer chá.

— Ainda deve ter no bule.

— Está bem, obrigada. Por que não?

A atendente sai à procura de louça extra, e Philip se volta para encará-la.

— Sobre o que queria falar comigo, detetive Somer? Deve ser alguma coisa importante.

— Encontramos uma cópia do testamento de seu avô na casa.

Os ombros de Philip se curvam um pouco.

— Ah, isso.

— O senhor não nos contou sobre ele. — Ela mantém o tom leve e o sorriso no lugar. — Houve alguma razão para isso?

Ele parece confuso.

— Isso não tinha nenhuma relevância. Como poderia?

— Para ficar claro, os termos do testamento estipulam que a casa deve passar para o filho mais velho. Isso quer dizer o senhor, não é? Mas o senhor não estava morando lá.

Philip dá um suspiro.

— Bom, como eu comentei, eu me mudo muito de lugar. Ela teria ficado vazia metade do tempo. E Michael precisava mais do lugar que eu. É ele quem tem filhos.

Ele de repente parece se dar conta do que acabou de falar.

— Meu Deus — diz ele, abaixando a cabeça entre as mãos. — Que merda de pesadelo. Desculpe. Eu normalmente não uso esses termos. Estou só me esforçando para processar tudo isso.

— Não se importe comigo. Já escutei coisa muito pior. Eu costumava lecionar em uma escola do ensino médio.

Ele ergue os olhos com um sorriso triste e desventurado. Ela não tinha percebido antes como seus olhos são azuis.

— Então o senhor concordou que seu irmão e sua família fossem morar na casa?

— Não foi oficial nem nada, mas concordei. Fazia todo o sentido, com ele também trabalhando em Oxford.

— E a cláusula sobre a demolição da casa?

— Eu sei que parece um pouco estranho, mas aquele testamento foi feito nos anos 1960. Por volta da época em que o governo estava planejando o anel viário. Uma das rotas que eles estavam considerando teria passado direto pela Southey Road, a casa teria sido desapropriada. Os advogados disseram a meu avô que ele devia ter uma cláusula para uma possibilidade dessas, algo fora do controle de qualquer pessoa. Olhe, é isso, policial? Eu tenho um funeral para ir...

— Mais uma pergunta, senhor. Presume-se que, com o incêndio, a cláusula 5 agora se aplica. A casa vai ter de ser demolida, não vai?

— Acho que vai. Eu na verdade não tinha pensado nisso.

Mas ela não está desistindo.

— Então isso significa que ela vai ser vendida. Ou melhor, o terreno. Ele deve valer muito dinheiro naquela parte de Oxford, um lote edificável daquele tamanho.

Philip dá de ombros.

— É provável. Mas, como eu disse, isso na verdade não é minha maior prioridade no momento.

— O senhor não falou com sua seguradora? Deve ser uma apólice enorme. Com certeza eles vão querer enviar um investigador...

— Olhe, eu só quero encontrar meu irmão. O que, se não se importa com o que eu diga, é o que a polícia também devia estar fazendo.

— A polícia? — pergunta a sra. Esmond de repente. — Você é da polícia?

— Eu já disse a você, mãe — responde ele com paciência.

— É Michael?

Somer e Philip trocam um olhar.

— É, mãe — confirma ele em voz baixa. — É sobre Michael.

— Eu achei que seu pai tinha resolvido tudo — comenta ela, agarrando o braço do filho.

— Desculpe — diz Philip em um tom mais baixo. — É isso o que acontece. Ela parece bem, então começa a confundir o passado com o presente. Ou ela simplesmente começa a ficar totalmente confusa.

— Ele me disse que tinha falado com o médico — continua a sra. Esmond, agora mais alto. — Aquele dr. Taverner. — Depois *ele* falou com a polícia e foi tudo resolvido.

— Aqui está — diz a atendente com alegria, curvando-se para abrir espaço na bandeja. — E eu trouxe alguns biscoitos, também. Só biscoitos com geleia, mas a cavalo dado não se olha os dentes, não é, sra. E?

— Eu disse a ele, ao médico, que Michael nunca tinha feito nada daquele jeito antes — conta a sra. Esmond. — Ele sempre foi um garotinho tão honesto. Sempre assume quando se comporta mal. Só a ideia de que ele pudesse fazer algo assim e simplesmente sair correndo...

Somer franze o cenho. Isso não é confusão, é algo específico. Ela se volta para Philip.

— Você sabe ao que ela está se referindo?

— Sério, não tenho a menor ideia.

— Pode ser importante.

A atendente olha para Philip e depois para Somer.

— Bom, se ajudar, eu sei o que ela está querendo dizer. Alice me contou essa história há algum tempo. — Ela se apruma. — Foi quando seu irmão ainda estava na escola, não foi?

Há um silêncio sem graça. Philip Esmond afasta o olhar.

A atendente olha para ele e depois para Somer.

— Isso só mostra o que entrar no privado pode fazer — diz ela com gravidade, antes de se virar e se afastar rapidamente.

Philip não olha Somer nos olhos.

— Sr. Esmond, o senhor ainda está me pedindo para acreditar que não sabia nada disso?

Ele sacode a cabeça, então respira fundo.

— Não. Mas não podemos falar sobre isso aqui. Não onde minha mãe consiga ouvir.

***

Com a ida de Fawley, Everett e Somer ao funeral, Baxter tem uma tarde inusitadamente tranquila. Ele está com uma xícara de chá (chá de verdade trazido da cantina) e uma barra de cereais meio comida. É uma daquelas coisas de proteína, e para ele isso conta como comida saudável e não chocolate, o que significa que não precisa ser confessado para a mulher e anotado naquele maldito diário dos Vigilantes do Peso que ela está fazendo para ele. Ele está de dieta há dois meses, e sabe que sua mulher está decepcionada porque os quilos não estão diminuindo. Ela pergunta a ele, alguns dias, se ele tem certeza de que se lembrou de tudo o que comeu no trabalho, e ele sempre a olha direto nos olhos. Todos aqueles anos interrogando mentirosos profissionais finalmente se revelaram úteis.

Ele termina o chá e se volta novamente para tentar descobrir a senha do computador que eles encontraram no escritório de Michael Esmond.

***

— Está bem, então fale comigo.

Do lado de fora, no jardim, o dia está claro mas frio. Aqui e ali, manchas de neve resistem nos cantos sombreados das bordaduras. Há galantos e os primeiros brotos suculentos de jacintos.

Philip enfia as mãos nos bolsos. Está frio demais para se sentar, então eles continuam andando. Somer vê a mãe dele olhando para eles do interior. Pensa que ela provavelmente ainda acha que ela é a namorada de seu filho.

— Quando eu disse que não sabia nada sobre aquilo, eu não estava mentindo, não exatamente

— Não *exatamente*? O que isso significa?

— Significa que eu estava na Austrália na época. Tirando um ano sabático antes da faculdade. Só que na verdade foi apenas um "ano", pois eu nunca fui para a universidade.

— Então o que aconteceu?

— Minha mãe e meu pai sempre foram muito cautelosos em relação à coisa toda, mas Michael me contou no fim. Não tudo de uma vez. Tudo saiu aos poucos, em fragmentos. — Ele respira fundo. — Basicamente meu pai o pegou com outro garoto.

— Outro *garoto*? — O que quer que ela achasse estar esperando, não era aquilo.

— Eles estavam no quiosque sombreado. O que fica no fundo do jardim. Eu não acho que fosse, você sabe, *sexo* de verdade. Olhe, ele tinha 17 anos, eles provavelmente estavam apenas experimentando. Mas meu pai surtou. Expulsou o outro garoto, começou a gritar e a vociferar e a dizer a Michael que ele não tinha sido criado para ser um pervertido, que ele era uma vergonha para o nome da família, merdas assim. Tenho certeza de que a senhora consegue preencher as lacunas.

E ela consegue. Da mesma forma que consegue imaginar o quanto essas palavras podiam ter magoado.

— Então o que aconteceu?

— Mike voltou correndo para casa, pegou as chaves do carro e foi embora. Cinco minutos depois, atropelou uma garotinha de bicicleta na Banbury Road.

— Meu Deus.

— Eu sei. Coitado.

— E ela ficou bem? A garotinha?

— Ficou bem, sim, apenas algumas escoriações. Mas ficou inconsciente por alguns minutos. Michael achou que a havia matado. Ele entrou em pânico. Simplesmente tornou a entrar no carro e foi embora. Levaram três dias para encontrá-lo. E, quando o encontraram, ele não se lembrava de nada daquilo.

E de repente tudo se encaixa.

— Ele estava em Calshot Spit, certo?

Philip fica vermelho, então assente.

— Por que o senhor não me contou tudo isso quando lhe perguntei sobre a cabana?

Ele faz uma expressão arrependida.

— Desculpe, eu devia ter sido mais aberto em relação a isso, agora percebo. Mas acabou há vinte anos, eu não via como desencavar isso tudo de novo fosse ajudar alguém. Muito menos Michael. Isso não me pareceu nem um pouco relevante.

— Isso cabe a nós decidir, sr. Esmond, não ao senhor.

Ele para de andar e se volta para olhar para ela.

— Desculpe. Sério. Eu não sou mentiroso. Eu não sou assim. Se me conhecesse melhor, ia saber disso.

Ela decide ignorar a mensagem oculta e segue em frente outra vez.

— E o médico que sua mãe mencionou?

— Meus pais estavam em pânico em relação à coisa toda acabar com as chances de Mike entrar para Oxford, então eles pagaram para que ele se consultasse com alguém na Harley Street. Assim isso ficou fora de seu registro no Serviço Nacional de Saúde. Ele disse que Mike estava em um estado de extremo distúrbio emocional na época do acidente, depois teve algum tipo de amnésia traumática, "fuga dissociativa", acho que era essa a expressão. Ele escreveu uma carta para a polícia e eles a aceitaram. E, como a garotinha tinha saído praticamente ilesa, meus pais conseguiram fazer com que tudo desaparecesse.

Ele capta o olhar dela.

— E, sim, desconfio que a última parte tenha envolvido um cheque bem polpudo.

— E depois?

— Mike viu o psiquiatra pelo resto do verão e fez seus exames de admissão naquele outono. O resto você sabe.

— E o outro garoto...

Philip dá um riso irônico.

— Totalmente apagado. Eu não sei nem o nome do pobre coitado. E o jeito como Mike se comportou depois, bom, digamos apenas que era o menos gay possível. Ele tinha tido apenas uma namorada até então. Janey, Jenny, alguma coisa assim. Mas de repente ele começou a se relacionar com moças de todos os estilos. Bom, "se relacionar" talvez seja um exagero. Era apenas sexo, até onde eu sabia. — Ele dá um sorriso tímido. — Eu fiquei com muita inveja, se quer saber.

— Então nessa época o senhor havia voltado da Austrália?

Ele acena que sim.

— E como seu irmão lhe pareceu?

— O mesmo... e diferente. Eu nunca teria adivinhado o que tinha acontecido só de olhar para ele.

— Não entendo.

— Bom, uma coisa assim... é de se esperar que derrube uma pessoa, não é? Mas com Mike foi o contrário. Não era só dormir com várias. Ele estava mais confiante, mais positivo. Sabe, simplesmente mais *enfático*.

"Assim como nos últimos seis meses", pensa Somer. Coincidência? Ou a história estava se repetindo?

***

Por mais diferentes que sejam as nossas vidas, o jeito como as vivemos não varia muito. Não hoje em dia. Crematórios são como McDonald's. Idênticos em todas as cidades. A mesma planta, as mesmas cadeiras, as mesmas cortinas de aspecto acrílico. E, na maior parte dos casos, a mesma sensação embaraçosa de um grupo de enlutados ser conduzido pelos fundos quando o grupo seguinte está entrando pela porta da frente. Mas não dessa vez. O funeral dos Esmond vai estar em todos os noticiários a essa hora de amanhã, e o crematório claramente reservou a tarde inteira. Eu chego lá cedo, antes de Everett e Somer, mas o vestíbulo ainda está lotado, e examino a multidão e me pergunto quem são aquelas diversas pessoas. O grupo de mulheres bem-vestidas na casa dos trinta provavelmente são mães da escola de Matty, mas percebo que a maior parte dos outros são jornalistas com roupas pretas surradas e expressões de pesar muito ensaiadas.

Estou fazendo o máximo para me misturar ao fundo, deixando que Everett e Somer cuidem da presença oficial. E elas fazem isso bem, de seus jeitos diferentes. Somer é mais disposta a abordar pessoas, e eu a vejo iniciar conversas, fazer perguntas. Vejo homens que a subestimam porque ela é atraente e está de uniforme, e observo quando ela registra o fato e o usa para seu proveito. Everett, em contrapartida, é externamente mais passiva, assim como muito menos confortável no uniforme, que ela fica puxando de minutos em minutos. Ela escuta mais que fala, faz com que as pessoas sintam que são elas que controlam o fluxo da informação. Mas ela a está reunindo mesmo assim.

Quando os três carros funerários chegam, há um empurra-empurra inconveniente conforme os repórteres fotográficos correm para pegar o melhor ângulo. O caixão de Samantha está coberto de lírios rosa e florezinhas brancas diminutas. Flores do campo. No segundo carro, Matty está envolto em uma bandeira do Arsenal, com uma coroa de rosas vermelhas. Disseram que ela foi enviada pelo clube. Aparentemente, eles vão usar faixas negras nos braços no jogo seguinte. Isso gera mídia social. E, por fim, o de Zachary, o caixão pequenino coberto por seu nome escrito em ramos de margaridas.

Há chuva no ar, mas as nuvens se afastam momentaneamente, e um facho de luz do sol cai sobre a grama e as plantas murchas de inverno. Há um melro-preto solitário na borda do cascalho, voando sobre as lascas de casca de árvore do chão e remexendo nos pedaços de madeira. Eu me vejo olhando para ele enquanto as pessoas se movem adiante, então escuto mais que vejo um aumento da emoção quando Gregory Gifford se aproxima para carregar o caixão do neto. É Zachary que leva as mulheres às lágrimas, mas é Matty que está me perturbando mais. Qualquer pai que tenha perdido um filho vai dizer a mesma coisa. Viúvas, órfãos... há nomes para pessoas que perderam mulheres, perderam maridos, perderam pais. Mas não há nome para um pai que tenha perdido um filho. Por isso evito funerais sempre que posso, e de criança ainda mais. Já é ruim o bastante, quando você está meio atordoado com a destruição de sua vida, mas reviver isso na crueza da dor de outra pessoa é praticamente insuportável. Não quero pensar sobre aquele dia, não quero me lembrar do rosto pálido e sem lágrimas de Alex, meus pais abraçados um ao outro, e as flores, coroas e mais coroas enviadas por aquelas pessoas que pedimos que não fossem — pessoas que pedimos para não mandar flores. E elas mandaram flores mesmo assim, porque tinham de fazer *alguma coisa*. Porque elas se sentiam tão impotentes quanto nós diante de uma dor tão inconcebível.

O cortejo se forma agora; os carregadores dos caixões se ajustam sob o peso e o padre se aproxima. Eu permaneço nos fundos, deixando que os últimos retardatários passem à minha frente, evitando o olhar de uma ou duas pessoas que reconheço. A música que estão tocando é clássica. Bach, eu acho, mas algo mais rico, menos austero do que eu normalmente acho que ele é. Nós tivemos Handel para Jake. Handel e Oasis. O Handel foi escolha de Alex. "Lascia ch'io pianga", "Deixe-me chorar por meu destino cruel". Eu a adorava, mas não consigo mais ouvi-la. O Oasis foi por minha causa. "Wonderwall". Jake escutava isso o tempo todo. Sempre achei que ele a tocasse tanto porque estava agarrado à ideia de que iríamos salvá-lo. Mas não conseguimos. *Eu* não consegui. Eu não fui nem um tipo de protetor para meu filho. No fim, quando ele precisou de mim, eu não estava lá.

Eu ocupo um assento na última fileira. Um assento com visão para a entrada e o entorno. Porque essa é a principal razão de eu estar ali. Toda a família de Michael Esmond está sendo cremada hoje, e fizemos o possível para que, esteja onde estiver, ele saiba disso. Sua mulher, seus dois filhos — é preciso um tipo especial de frieza para dar as costas para isso: mesmo assassinos endurecidos que conheci não conseguiam fazer isso. Então eu me posiciono onde posso examinar a longa entrada de carros e o estacionamento plano e desolado que cerca esse lugar de morte e o separa da vida comum, movimentada e absorta em si mesma lá fora.

As palavras da cerimônia fúnebre abrem caminho em meu cérebro — *mãe e esposa devotada... querido por todos os colegas de turma... levado tão tragicamente cedo* —, mas tudo o que consigo ver é o melro-preto. Com seu olhar vítreo e atento e seu bico que espeta brutalmente.

***

Oxford Mail online

Sexta-feira, 12 de janeiro de 2018
Atualizado pela última vez às 17h08

Realizados funerais do incêndio de Oxford

Os funerais de Samantha Esmond e de seus dois filhos, Matty, 10, e Zachary, 3, foram realizados no crematório de Oxford nesta tarde. Moradores permaneceram em silêncio nas ruas quando o cortejo passou, e o grande grupo presente ao funeral incluía família, amigos e colegas, além de representantes da escola Bishop Christopher's, onde Matty estudava. Também havia uma presença significativa, embora discreta, da polícia. Entretanto, se os policiais esperavam que Michael Esmond pudesse aparecer, eles ficaram decepcionados.

Apesar dos apelos da polícia para que ele se apresente, o acadêmico da universidade de Oxford não é visto desde a noite de 3 de janeiro, em uma conferência acadêmica em Londres. No início da semana, ele teria se encontrado com a chefe de seu departamento, fontes próximas dos membros da faculdade sugeriram que o dr. Esmond foi acusado de assédio sexual

Medo pelo futuro do mercado coberto

Comerciantes no mercado histórico estão preocupados com seu futuro depois que diversos fechamentos distintos... /ver mais

Futebol: Oxford Mail Youth League, resumos completos e resultados... /ver mais

Homem detido após alegação de estupro

Um professor de 45 anos foi preso depois que uma de suas alunas fez uma acusação de estupro. A garota, cujo nome não pode ser citado por razões jurídicas... /ver mais

Novo centro comunitário vai ser aberto em Littlemore

O novo centro comunitário de 3,4 milhões de libras de Littlemore vai ser inaugurado oficialmente em abril, oferecendo uma série de instalações para os moradores locais... /ver mais por uma aluna, e podia encarar uma advertência severa, senão a demissão.

92 comentários

GarotaCallydonian0099
É de partir o coração, coitadas daquelas crianças

MedoraMelborne
O pai os matou. Matou e se matou. Esperem só, eu sei que estou certa

5656extra-habilidosa
Estou com você. Acho que o maldito FDP matou todos eles.

Caipira_889
Quanto mais se sabe sobre o caso, pior fica. Agora o cara é uma praga sexual? Não se pode inventar isso.

* * *

Eu espero junto do carro, fumando. Everett e Somer estão vendo os últimos presentes ao funeral, e o estacionamento está quase vazio. O vento está ficando mais forte, e vejo Somer segurar o quepe enquanto elas contornam prédio e vêm em minha direção.

— Conseguiu alguma coisa, senhor? — pergunta Everett quando elas me alcançam. — Porque acho que nós não conseguimos. — Ela torna a puxar a jaqueta, baixando-a outra vez.

Eu nego com a cabeça.

— Nada concreto. E você, Somer?

— Na verdade, não, senhor.

— Vocês falaram com os advogados?

Ela assente.

— Infelizmente, não adiantou nada. Eles disseram que não podem divulgar nada sobre os negócios de seus clientes. Mesmo que eles quisessem.

Não estou surpreso, embora tenha valido a pena tentar.

— Mas eu tive uma conversa muito interessante com Philip Esmond. Não aqui — acrescenta ela rapidamente. — Esta manhã, no lar de idosos.

O que pode explicar uma observação despreocupada que fiz mais de uma vez durante a última hora e meia. O jeito como Esmond estava olhando para ela, e o jeito como ela não estava olhando para ele.

Não demora muito para me dar a essência daquilo. O incidente com o garoto, o acidente na Banbury Road e a fuga em pânico para Calshot, o único lugar em que Michael Esmond se sentia seguro. E, no fim, ela não é a única que está começando a ver um padrão.

— Sei que dessa vez ele não foi para Calshot — termina ela, corando um pouco com a lembrança —, mas o resto... o senhor acha que ele viu a notícia sobre o incêndio e entrou em outro estado de fuga? Deve ser uma possibilidade, sem dúvida. Embora eu suponha que devêssemos conversar com um psiquiatra para ter certeza...

— Posso ligar para Bryan Gow. Lembre-me: quando Annabel Jordan disse que tinha percebido uma mudança em Esmond?

— No último verão, chefe — diz Ev com um olhar significativo. — Que foi exatamente a mesma época em que os professores na Bishop Christopher's perceberam uma mudança em Matty.

Michael, Matty... aí tem alguma coisa, tenho certeza, só que está fora de meu alcance.

— Está bem, vamos investigar mais. Alguma coisa aconteceu naquela família no verão e eu quero saber o que foi.

***

Entrevista com James Beresford, realizada na
Feverel Close, 12, Wolvercote, Oxford
13 de janeiro de 2018, 11h16
Presente, detetive V. Everett

VE: Obrigada por separar um tempo para falar comigo em um sábado, sr. Beresford.

JB: Sem problema. Estou feliz em ajudar. Embora não tenha certeza se posso ser útil de alguma maneira. Não vejo muito Michael. Quer dizer, estudamos juntos, mas isso faz muito tempo. Nós nunca fomos exatamente "amigos".

VE: Quando o senhor o viu pela última vez?

JB: Estive pensando sobre isso desde que vi as notícias. Faz cerca de três meses. Ele me enviou um e-mail do nada. Devia fazer quatro ou cinco anos que eu não tinha notícias dele antes disso.

VE: Então teve alguma razão em especial para ele ter entrado em contato com o senhor dessa vez?

JB: No começo, parecia que não. Nós nos encontramos em um daqueles bares da South Parade. Tivemos de nos sentar do lado de fora, porque ele queria fumar. Achei que ele tinha largado anos atrás, mas, enfim, devemos ter ficado ali por cerca de uma hora falando sobre o nada até que ele finalmente falou. Disse que queria se aproveitar de meu cérebro. Profissionalmente, quero dizer.

VE: Ele queria seu conselho?

JB: É, bem, ele não apresentou as coisas assim, é claro. Michael nunca ia querer que você achasse saber mais que ele.

VE: Mas ele queria sua ajuda?

JB: Eu fiquei pasmo, se quer mesmo saber. Ele nunca tinha feito segredo do fato de que achava o que eu fazia uma grande bobagem. Não uma disciplina acadêmica "adequada". Não como a dele.

VE: O que o senhor faz?

JB: Sou psicoterapeuta.

VE: Entendi. Então ele queria... o quê? Uma recomendação de alguém que ele pudesse ver?

JB: Basicamente, sim. Embora ele não parasse de dizer que era para alguém da família, não para ele. Mas ele diria isso, não diria?

VE: Na verdade, nós agora confirmamos que a mulher dele estava sofrendo de depressão pós-parto. O senhor acha que podia ser ela quem ele tinha em mente?

JB: Certo, eu não sabia disso. Nesse caso, acho, ele podia mesmo estar pensando nela.

VE: O senhor pode me dar o nome? Da pessoa que recomendou?

JB: Eu na verdade dei a ele uma lista, seis ou sete pessoas da área. Posso conseguir isso para a senhora.

VE: O senhor sabe se ele chegou a entrar em contato com alguma delas?

JB: Elas não teriam me contado, mesmo que ele tivesse feito isso. Confidencialidade. E, como eu disse, não tenho notícias dele desde então.

VE: E como ele parecia, no geral, naquela noite em South Parade?

JB: Ele parecia péssimo, na verdade. Não tinha se barbeado, tinha suor nas axilas. Esse tipo de coisa.

VE: E isso era incomum para ele?

JB: [*faz uma careta*] Devo dizer que sim. Tudo sempre se resumia a aparências para Michael.

>   Ele tinha de ser a pessoa com as melhores notas
>   nas provas, o melhor emprego, a casa mais
>   bonita, a mulher mais bonita. A senhora entende
>   o quadro. Na verdade...
>
> VE: Sim?
>
> JB: A primeira coisa em que pensei quando soube da
>   notícia foi que ele mesmo tinha feito aquilo.
>   Sabe, escolhendo a saída definitiva. Para ser
>   honesto, se eu não soubesse que ele estava em
>   Londres na época, eu ainda pensaria isso. Ele
>   sempre foi uma bomba-relógio.

***

28 de julho de 2017, 10h45
160 dias antes do incêndio
Southey Road, 23, Oxford

Michael Esmond abre a porta do escritório e fica parado por um momento, olhando para o jardim. É um dos dias mais quentes do ano, mas ele teve de manter as portas fechadas enquanto a grama estava sendo cortada porque estava barulhento demais. Mas, agora que Harry está de quatro aparando as bordaduras, ele pode deixar algum ar entrar na sala. E o rapaz está fazendo um bom trabalho, sem dúvida: o jardim está com uma aparência melhor do que tinha em anos. Quase valeria a pena fazer outra festa para o departamento. Quase, mas não exatamente. Ele sabe por experiência própria que eventos como esse dão sempre muito mais trabalho do que se espera, e Sam provavelmente ainda não está pronta para isso. Sem falar no custo. Ele se vira e volta para sua mesa, e por uma hora a única coisa que ele consegue ouvir é o ruído da tesoura de poda, o canto dos pássaros e um latido eventual do cachorro da casa ao lado. Ele está tão absorto que não percebe que os barulhos no jardim pararam: ele nem ergue os olhos até que uma sombra cai sobre a página a sua frente. Ele olha para cima.

— Presente de Sam.

Harry está parado à frente dele, segurando uma lata de cerveja. E um copo. Ele está com sua própria lata na outra mão.

— Obrigado — diz Michael, se encostando na cadeira. — Você está indo bem... com o jardim, quero dizer.

Harry sorri.

— A maior parte do trabalho pesado agora está feito, mas você tem de cuidar sempre dele nessa época do ano. Ele passa a lata gelada pela testa como se fosse um modelo em um anúncio de refrigerante. E ser modelo poderia ser uma opção viável para ele, se ele resolvesse fazer isso. Ele tem a beleza, a altura e a barriga de tanquinho. O bronzeado. Há um filete de suor sobre seu lábio superior e ele passa a mão sobre a boca. Michael afasta os olhos depressa, quando percebe que está encarando. Ele se sente enrubescer.

— Eu não sabia que você tinha tatuagens — comenta ele, desesperado por alguma coisa para encher o silêncio.

Harry olha para onde sua camisa está aberta. Há uma pequena tatuagem quase invisível sobre o peitoral esquerdo.

— Só uma — diz ele, tocando-a. — É para a mulher da minha vida. — Ele pisca.

Mais tarde, quando sua mulher lhe leva um sanduíche, Michael pergunta a ela se Harry tem namorada.

— Não que eu saiba — responde ela, olhando para o jardim onde Harry está ensacando a grama cortada. Ele agora tira a camisa. — Por quê?

— Por nada. Foi só uma coisa que ele disse. Sobre aquela tatuagem dele. Ele disse que era para a mulher da sua vida.

— Ah, *isso* — diz ela com um sorriso. — Ele me contou sobre isso. É para sua mãe. É uma referência a seu nome. Ela o criou sozinha, então eles são muito próximos. Tem um pouco mais de classe que "Eu amo minha mãe" em letras grandes, não acha?

Harry está vindo pelo jardim, agora com o saco no obro. A tatuagem é nitidamente visível. Um pequenino ornamento de frutas vermelhas sobre ramos escuros.

— Não se preocupe — diz Samantha, vendo o rosto do marido. — Não vou deixar que Matty faça uma.

— Não — diz ele, sem se virar para olhar para ela. — Eu espero que não.

***

Entrevista por telefone com Belinda Bolton
14 de janeiro de 2018, 14h55
Na ligação, detetive V. Everett

VE: Alô? Aqui quem fala é a detetive Everett.

BB: Ah, alô, é Belinda Bolton. Eu falei com você no funeral na sexta-feira. Você me deu seu cartão, lembra? Meu filho Jack está na turma de Matty.

VE: Ah, sim, eu me lembro. A senhora disse que eles eram bons amigos.

BB: Só no último período, na verdade, mas sim, nós vimos Matty várias vezes.

VE: Então como posso ajudá-la?

BB: Você disse, no funeral, que era possível que Jack pudesse se lembrar de alguma coisa. Que ele podia ter ouvido ou visto alguma coisa sem se dar conta de como era importante.

VE: Isso frequentemente acontece com crianças. Às vezes é melhor não forçar, deixar que elas ponham isso para fora no seu próprio tempo.

BB: É, bom, é exatamente isso. Eu acabei de deixá-lo na casa de um de seus amigos e, quando ele estava saindo do carro, disse uma coisa muito estranha. Eu estava um pouco distraída porque estava estacionada em local proibido e queria que ele fosse logo.

VE: O que ele disse?

BB: Acho que ele estava conversando sobre um de seus videogames. Para ser honesta, eu em geral desligo quando ele começa a falar dessas coisas, então ele já estava de saída do carro.

VE: Sra. Bolton... o que ele disse?

BB: Parece loucura dizer isso agora, mas tenho certeza de que ele falou alguma coisa sobre Matty querer matar Zachary.

***

— Foi só uma brincadeira. Não é *real*.

Os quatro estão sentados em um banco no *playground* da escola Bishop Christopher's. Everett, Somer, Alison Stevens e Jack Bolton, amigo de Matty Esmond. Eles ouvem vozes das salas de aula e, em algum lugar, música de piano e crianças cantando. Houve uma geada forte à noite e a cerca-viva mal aparada do perímetro se transformou em uma fortificação reluzente digna de um castelo de contos de fadas. Um sol fraco acabou de emergir das nuvens, mas ainda está frio. O garoto está envolto em um casaco acolchoado azul brilhante, arrastando os tênis sobre o asfalto.

— Você gosta de jogar videogames online, não gosta, Jack? — pergunta Everett.

— Às vezes — responde ele de forma cautelosa.

— De qual você gosta mais?

Agora, um pouco mais de energia.

— *Fortnite*. Mas *Minecraft* também é legal.

— Esse era o favorito de Matty, não era? O pai dele me disse alguma coisa sobre isso.

Jack ainda está arrastando os pés sobre o asfalto.

— Matty era muito bom nele.

— Você falou uma coisa para sua mãe ontem, algo sobre matar Zachary — comenta Everett. Ela diz isso com leveza, como se não fosse tão importante.

Jack ergue os olhos brevemente.

— *Attack Zack.*

— O que é isso então?

— Matty fez isso para o *Minecraft*. Era *incrível*.

— Você jogou com ele?

Jack dá de ombros.

— Algumas vezes.

— Ele contou a você por que usou o nome do irmão? — pergunta Everett.

Jack ergue os olhos; ele está obviamente perplexo pela pergunta.

— Era só um nome. Não *significava* nada.

Ele, agora, está se fechando, e a presença da diretora provavelmente não está ajudando. Everett decide tentar uma abordagem diferente.

— A sra. Stevens disse que você também tem um irmãozinho, Jack. É verdade?

Ele assente. Está evitando os olhos dela.

— Tenho certeza de que você o ama, não ama?

Uma pausa.

— Bebês são estúpidos. Eles são muito *chatos*.

— Mas, mesmo assim, você o ama, não ama?

Ele dá de ombros.

— Ele só fica lá deitado. E chora. O tempo todo. É muito *chato*.

Somer esfrega as mãos juntas contra o frio. As luvas não parecem estar ajudando muito. Um de seus antigos namorados disse que ela precisava de luvas mais grossas e com dedos juntos. Ele fazia esportes de aventura e disse que esse tipo de luva é melhor porque permite que seus dedos se toquem. Aparentemente, conserva seu calor corporal. Mas como uma mulher adulta pode se virar usando esse tipo de luva. Muito menos a droga de uma policial. Ela se pergunta, *en passant*, surpresa apenas por pensar nisso, se Giles Saumarez teria uma opinião sobre esse tipo de luva.

— Matty falava com você sobre o irmão? — pergunta Everett.

Jack assente.

— Não muito. Às vezes.

— O que ele dizia?

Ele dá de ombros outra vez.

— Ele dizia que a mãe cuidava mais de Zachary do que dele.

— Mas Zachary era muito pequeno — conta Somer. — Ele precisava de alguém para cuidar dele. Assim como Matty precisou quando era pequeno.

Nenhuma resposta dessa vez. Jack ainda está esfregando os pés no chão. Alison Stevens está nitidamente ansiosa para pedir que ele pare.

— Eu *disse* a você — insiste ele por fim. — Não é *real*. Ninguém *morre*.

Quinze minutos depois, as três mulheres estão andando na direção do gabinete da diretora. Everett para por um momento e olha para onde Jack agora está jogando futebol com quatro ou cinco colegas de turma. Eles parecem iguais a todas as outras crianças que chutaram uma bola nesse *playground* ao longo dos anos. Mas eles são mesmo? Será que houve uma geração tão endurecida pela violência, tão habituada a brutalidade casual? Todos aqueles especialistas sobre os quais ela lê nos jornais, com seus alertas terríveis sobre o impacto de jogar videogames e a erosão da empatia — a julgar pelo que ela acabou de ver, eles não sabem nem da metade.

***

5 de setembro de 2017, 19h15
121 dias antes do incêndio
Southey Road, 23, Oxford

A cozinha está cheia com uma cachorra excessivamente entusiasmada. A golden retriever velha pula como um filhote enquanto Matty joga petiscos para ela pegar no ar. Zachary ri e dá gritinhos, e Samantha está na pia, virando-se e sorrindo de vez em quando.

Michael põe a bolsa do laptop em cima da mesa e se junta à mulher.

— Eu acho que os Youngs disseram sim.

— Eles disseram que podemos fazer de novo se funcionar dessa vez.

— Podemos, pai? — pergunta Matty imediatamente. — Podemos?

— Vamos primeiro ver como vai ser esta noite.

Matty se ajoelha e envolve os braços em torno do pescoço da cachorra, apoiando o rosto contra o focinho gentil do animal.

— Você se lembra das regras, não é, Matty? — questiona Michael.

O menino assente.

— Diga para mim.

— Mollie não pode subir nos móveis e eu tenho de ficar responsável por alimentá-la.

— Isso mesmo. E ela tem de dormir aqui embaixo, no cesto, não no seu quarto.

Matty parece prestes a dizer alguma coisa, mas nitidamente acha que é melhor não fazer isso.

— Está bem, pai.

Duas horas depois, Michael sobe para ver o filho e encontra Mollie enroscada no pé da cama. Ela abre um olho, então se instala com um suspiro canino.

— Não o acorde — sussurra Sam, aparecendo ao lado do marido. — Ele parece tão feliz.

— Aquele edredom vai ficar imundo.

— Está tudo bem — diz ela com delicadeza. — Há coisas mais importantes na vida que um pouco de pelo de cachorro.

***

— Aquele garoto não estava apenas jogando jogos online — diz Baxter.
— Ele estava *seriamente* envolvido com isso.

Estou parado atrás dele, olhando para seu computador. Everett e Somer estão do outro lado.

— Ele também usava o próprio nome para seu perfil — continua Baxter —, por isso foi tão fácil de achar.

Olho para ele de cenho franzido.

— Mas você não precisa de cartão de crédito para jogar online? Uma assinatura ou algo assim?

— Não com o *Minecraft*. Depois que compra o jogo, você pode jogar online de graça, sem problema — diz Baxter, ainda olhando o tempo todo para a tela. — A maior parte dos pais acha que é bem inócuo. E é, pelo menos comparado com algo como *Call of Duty* ou *Mortal Kombat*. Ele na verdade pode ser bem educativo. As pessoas criaram versões em 3D de lugares como o Louvre, especialmente para o *Minecraft*. E também tem uma coisa bem legal do Escher.

Ele abre uma tela e lá está: uma de minhas ilusões de ótica favoritas recriada em pequenos tijolos semelhantes a Legos. Escadas impossíveis, paredes insolúveis. Eu não tinha ideia de que se podia fazer algo assim em um videogame e penso com tristeza em o quanto eu teria amado que Jake o visse. Eu tentei entrar nessa — toda a ideia me deixava gélido, mas Alex disse que eu tinha de fazer um esforço, que era algo que Jake e eu podíamos fazer juntos. Mas isso na verdade nunca funcionou. Alex diz que o problema é que eu não consigo suspender minha descrença. Talvez essa seja uma razão para eu ser um bom policial: eu me recuso a perder o contato com a realidade. Eu não consigo fazer isso, não completamente. Mesmo quando era criança eu não conseguia não ver os fios nos *Thunderbirds*. Mas olhando para o monitor de Baxter agora, para algo que sempre amei e não sabia que existia, eu me pergunto se Jake e eu podíamos ter compartilhado isso, no fim das contas, exatamente como Alex queria. Mas então me ocorre que talvez Jake sempre soubesse disso. Ele apenas não me contou. Ele não achou que eu ficaria interessado.

— Incrível, hein? — diz Baxter, normalmente distraído. — Como isso funciona. De um jeito um tanto diferente.

Ele muda a tela. O avatar que agora estou olhando se parece exatamente com Matty. Ainda é feito de tijolos, mas dá para ver que é ele. Na verdade, estou impressionado com a maneira como ele solucionou com inteligência seu rosto em blocos quadrados de cor. Uma caricatura um tanto afetuosa. Os óculos, o cabelo, o nariz. A semelhança é um pouco inquietante.

— É fácil fazer uma coisa dessas? — pergunta Everett.

— É complicado — admite Baxter. — Mas estava na cara que ele tinha muito talento. Mas provavelmente o pai dele não tivesse muito tempo para isso. A mim parece que ele era um cara interessado apenas em matérias escolares.

— E essa coisa de "*Attack Zack*"? — pergunto. — Onde isso entra?

Ele gira a cadeira para ficar de frente para mim.

— O quanto você sabe sobre como o *Minecraft* funciona?

— Eu acho que é um pouco como *O senhor dos anéis* com ácido?

Somer contém um sorriso.

— Certo — diz Baxter. — Criaturas esquisitas por toda parte. Algumas delas são perigosas, como aranhas e zumbis. E *creepers*. Eles são o pior tipo de *Mob*...

— *Mob*?

— Desculpe, é uma abreviatura de *Mobile*. Basicamente qualquer coisa que seja supostamente uma criatura viva. Como animais de fazenda, que você pode matar e comer, ou usar para fazer armas e outras coisas.

Meu entusiasmo recém-descoberto por videogames já está diminuindo.

— E daí?

Ele torna a se voltar para o computador, então se encosta na cadeira e aponta.

— Olhe.

A criatura na tela está identificada como "bebê porco".

E tem o rosto do irmão de Matty.

***

6 de setembro de 2017, 8h11
120 dias antes do incêndio
Southey Road, 23, Oxford

Ele devia ter percebido que havia alguma coisa errada pelo silêncio. Ele confere seu relógio. Passa das oito. As crianças estão sempre acordadas a essa hora, e com um cachorro em casa, ele está surpreso por não estar uma confusão no andar de baixo a essa altura. Ele dá um suspiro, rola para o lado e se levanta da cama. Ao seu lado, Samantha se remexe, mas não acorda, alheia ao mundo. Está começando a ficar frio pelas manhãs, e ele veste seu robe, amarrado enquanto segue pelo patamar da escada. Há barulhos vindos do quarto de brincar. Zachary falando consigo mesmo como um bebê. Ele hesita no topo da escada, se perguntando se fazia um chá para Samantha primeiro, mas algo faz com que ele mude de ideia e siga até a porta do quarto de brincar. Seu filho está sentado no chão cercado de pedaços de papel-alumínio. Seu rosto está sujo de chocolate, e a cachorra está deitada ao seu lado. Ao primeiro olhar, Michael supõe que ela esteja dormindo, até que percebe as marcas de vômito em torno de sua boca e os olhos congelados meio vidrados.

— Acorde ela, pai! — grita Zachary, levantando os braços na direção do pai. — Acorde a cachorra!

Michael se ajoelha imediatamente, tocando o corpo da cachorra à procura de uma pulsação, mas não há nada. Ele se volta para Zachary.

— Você deu à cachorra seu chocolate?

Zachary assente, com olhos arregalados.

— Ela gostou. Comeu bastante.

— E quando foi isso, você se lembra?

Zachary põe o dedo na boca. Seu rosto começa a se franzir.

— Não se preocupe — diz Michael rapidamente, ficando de pé com o coração batendo forte. Tem apenas uma coisa que importa nesse momento e é levar a maldita cachorra para fora dali. Antes que todo mundo acorde. Antes que Matty a veja e perceba o que aconteceu.

Ele põe Zachary de volta na cama, então se abaixa para pegar a cachorra. Seu corpo está ficando rígido e começando a esfriar. Ele cambaleia um pouco com o peso, então se vira na direção da porta.

É Matty. Em seu pijama do Arsenal. Seu rosto está pálido e fechado, e ele está com as mãos fechadas com tanta força que a pele sobre os nós dos dedos está branca. Michael não tem ideia de há quanto tempo ele está ali parado.

***

Ainda estou olhando para a tela. Não tenho certeza se quero saber a resposta para a próxima pergunta, mas vou ter de fazê-la.

— Baxter, esses animais no *Minecraft*, você disse que as pessoas os matam?

— É — diz ele, agora parecendo levemente desconfortável. — Você ganha costeletas de porco se mata um porco.

Costeletas de porco. Como na vida real. Só que, de algum modo, isso é muito pior.

— Então se eu quisesse matar aquele porco bebê, o que estava na tela, como eu faria isso?

— Bom, você pode esfaqueá-lo, afogá-lo ou explodi-lo. — Ele respira fundo. — E tem ainda outro jeito.

É como se eu tivesse de arrancar isso dele, palavra por palavra.

— Que outro jeito, Baxter?

Ele parece embaraçado.

— Você pode incendiá-los.

— *Incendiá-los*?

Ele fica vermelho.

— Assim você já fica com suas costeletas de porco prontinhas e assadas. — Ele torna a olhar para mim. Quer que eu mostre "*Attack Zack*" para você?

— Não — digo, engolindo em seco. Parece que estou com pó de pedra na garganta. Reúna primeiro o resto da equipe. Todos precisamos ver isso.

***

Os *Mobs* do Minecraft de Milo
Publicado em 11 de dezembro de 2017

tenha medo do creeper...

Todos sabemos que os *Creepers* são o *Mobs* mais assustadores que existem, certo? Mas quanto você realmente sabe sobre esse ícone do *Minecraft*? Não se preocupe – aqui tem tudo o que você precisa saber...

Os *Creepers* são megaprovocadores de medo, mas na verdade surgiram por acidente (legal, hein?). Ao que parece, Notch, criador do *Minecraft*, na verdade estava tentando criar um porco 🐖, só que, minha nossa, algo deu errado e o resultado foi alto e magro em vez de comprido e gordo. E VERDE! Esse deve ter sido o acidente mais feliz de <u>todos os tempos</u>.

Os *Creepers* são piores do que quase todos os *Mobs* hostis porque, ao contrário de zumbis e esqueletos, 💀 eles podem operar à luz do dia (eles, porém, se reproduzem à noite). Pior que isso, eles são bem silenciosos também, então podem se aproximar muito antes que você sequer saiba que eles estão ali, e se eles chegam perto o bastante, eles EXPLODEM! Isso mesmo, eles não atacam você, eles simplesmente ✴ explodem ✴. O único alerta que você recebe é esse ruído sibilante assustador, então eles começam a piscar e a inchar e BUM!

O incrível é que os *Creepers* podem subir escadas e atravessar poços de lava, embora não atravessem portas e tenham medo de gatos (Dica: arranje um gato 🐱).

A melhor maneira de matar um *Creeper*? Acenda um 🔥 fogo 🔥 e o atraia para ele...

KABOOM!

Próxima postagem: Matando zumbis

***

Baxter leva dez minutos para conectar seu computador ao projetor da sala de situação. Dez minutos enquanto eu ando para cima e para baixo como um daqueles malditos *Creepers*. Primeira regra da tecnologia: se ela pode explodir na sua cara, vai tentar de tudo para fazer isso. Então finalmente o conteúdo do computador de Baxter aparece na tela, e ele começa a abrir as imagens. O avatar de Matty, que faz as pessoas olharem umas para as outras e sorrirem com tristeza. Em seguida o leitão mutante com o rosto de Zachary, com o cabelo cacheado de Zachary. E nesse momento não há sorriso nenhum.

— E ele criou esse porco sozinho? Sem ajuda? — diz Gislingham, que está se esforçando para entender aquilo tudo.

— Personalização — responde Asante. — Todos esses jogos fazem isso.

— Nesse caso, é um pouco mais que isso — acrescenta Baxter. — É relativamente fácil mudar o próprio avatar, mas, para fazer aquele porquinho, ele teve de fazer sua própria *Mod*.

Mobs? Mods? Estou começando a me perder.

— *Mod*? Que droga é essa?

— Significa modificação. Em resumo, coisas do *Minecraft* feitas pelos próprios jogadores, que permitem que outras pessoas usem.

Ele vai para uma página na internet e exibe toda uma lista de acréscimos personalizados. Tudo, desde machados de batalha de luxo a criaturas híbridas novas e especialmente perversas. No pé da página, Baxter para. É o link "*Attack Zack*".

Agora é possível ouvir um alfinete caindo na sala.

Baxter olha para mim, então clica no link e abre um vídeo. É uma espécie de fazenda. Celeiros, barracões e currais. No primeiro plano, o porquinho Zachary está olhando direto para fora da tela, movimentando a cabeça e agitando sua cauda pequena. Então o jogo começa. No fundo, uma voz estridente e horrível está cantando uma cantiga infantil.

Esse porquinho foi ao mercado
Esse porquinho ficou em casa

Esse porquinho comeu rosbife
Esse porquinho não comeu nada

Nós observamos o porquinho ser perseguido pelo labirinto de construções da fazenda até ficar encurralado, sem conseguir escapar. É uma animação, nada mais que blocos pixelados cor-de-rosa, mas os gritos, o pânico, são horrendamente realistas. E, quando estamos chegando ao ponto em que não conseguimos assistir mais, o jogador joga algo no porquinho, que é consumido pelas chamas. Chamas nas quais até eu acredito.

A voz aguda está rindo, agora.

Esse porquinho fez BUM!

— Meu Deus — diz Gislingham, virando o rosto. — Deus sabe como os pais mantêm seus filhos em segurança com toda essa merda que tem aí fora. — Ele dá um suspiro. — Acho que tudo o que você pode fazer é amá-los. Amá-los e torcer para que eles conversem com você. Sabe, antes de fazerem alguma coisa muito idiota...

Ele para, petrificado, ao perceber o que disse.

— Merda, desculpe, chefe. Não foi minha intenção...

Eu engulo em seco e aceno com a mão.

— Não se preocupe, eu sei que não.

Ninguém nunca tem intenção. Mas fazem isso mesmo assim.

Everett continua olhando para a tela.

— Sei que crianças podem ficar ressentidas com bebês novos, mas isso? Isso... isso... é horrível.

— Mas pode fazer sentido, não pode? — pergunta Somer, olhando ao redor. — Como motivo, quero dizer. Boddie disse que era possível que Zachary tivesse sido sufocado antes mesmo do início do incêndio, não disse? E se *Matty* fez isso?

Silêncio.

— Eu acredito — diz Baxter com firmeza. — Ele está com raiva, está ressentido. Não precisava de muito para detoná-lo. E, quando percebe o que fez, entra em pânico e inicia o fogo para encobrir isso.

— Ele não seria a primeira pessoa a fazer isso — continua Somer. — E também não teria sido muito difícil. Ele devia saber onde estava a gasolina. E quando a árvore de Natal pegou fogo...

— Será que uma criança como ele seria mesmo capaz disso? — pergunta Gislingham. Ele não quer acreditar que Matty fez aquilo, mas ele é um bom policial. Ele vai acreditar nas provas, mesmo que isso na verdade nos leve a um lugar muito sombrio.

— E o terapeuta? — sugere Baxter. — Esmond disse que era para alguém da família e todos supusemos que fosse para a mulher. Mas e se fosse para o *filho*?

— Você quer dizer que ele *sabia*? — questiona Ev, arregalando os olhos. — Esmond na verdade *sabia* de toda essa coisa de *Attack Zack*?

— Esperem — diz Gislingham de repente. — Matty não estava do lado errado das chamas? Se elas começaram na sala como os bombeiros disseram, o que ele fazia descendo a escada? Isso não faz nenhum sentido...

Mas Asante tem uma resposta.

— Talvez ele tenha subestimado a velocidade com que o fogo ia se alastrar? Talvez ele achasse que tinha tempo de subir e acordar a mãe ou pegar o Xbox ou alguma outra coisa. Mas de repente há uma conflagração.

Baxter, enquanto isso, estava passando por vídeos no YouTube. Ele abre um na tela cheia: um jogador de *Minecraft* andando por uma enorme mansão virtual disparando fogo em todas as direções — pisos, paredes, tetos — subindo as escadas, descendo, entrando e saindo sem esforço. O fogo parece surpreendentemente realista, mas não há calor nem dano.

— Talvez ele achasse que escapar de um incêndio real seria fácil assim também — diz Gislingham, soturno.

— Mas a distância ainda é *muito* grande — comenta Everett. — E, se vamos montar todo esse caso em cima da teoria de que um *menino de dez anos* começou aquele incêndio, vamos precisar de muito mais do que suposições loucas sem nenhuma prova.

Eu fico de pé e começo a andar novamente. Às minhas costas, o silêncio se estende. Eu preciso pensar. Todos precisamos. Porque, mesmo que aquela criança não tivesse nada a ver com o incêndio, havia algo muito errado naquela casa. Havia mesmo algo muito errado.

— Está bem — digo eu por fim. — Peçam a Challow para verificar de novo o resultado da perícia forense. Se Matty realmente iniciou aquele incêndio, deve haver algum tipo de indício. Um menino daquela idade, ele devia ter gasolina derramada no corpo.

Como Jake costumava fazer. Milk-shake, suco, refrigerante. Você escolhe, ele se molhava.

Há um sinal de mensagem de texto no telefone de Gislingham. Ele a lê, então olha para mim, com o rosto repentinamente alerta.

— É da unidade de tecnologia, chefe. O celular de Esmond acabou de ser ligado.

***

25 de setembro de 2017, 17h49
101 dias antes do incêndio
Southey Road, 23, Oxford

Quando Michael chega em casa, sua mulher está na cozinha fazendo um espaguete à bolonhesa.

— Você chegou cedo — diz ela. — Eu não esperava você em menos de uma hora.

A noite está começando a cair, mas ainda há luz o suficiente para Matty continuar no jardim. Ele está jogando futebol com Harry. Michael os observa por um momento, depois se vira para a mulher.

— Quanto tempo ele está passando aqui?

Ela ergue os olhos, um pouco confusa.

— Harry? Ele vem duas vezes por semana. Como nós combinamos.

— Não. Quis dizer quanto tempo extra ele está passando aqui. É que, ele deve ter terminado com o jardim há horas.

Ela fica vermelha.

— Bom, ele tem feito algumas daquelas tarefas que você não encontra tempo para fazer. A torneira lá em cima, a manutenção...

— Eu não estava falando da manutenção.

— E uma ou duas vezes ele jogou futebol com Matty.

Há um grito no jardim e o som de Matty berrando.

— *Gol! Gol!*

Michael se encosta na bancada da cozinha e cruza os braços.

— Para mim, parece que foram muito mais que uma ou duas vezes.

Ela franze o cenho.

— Eu não estou entendendo.

— Quando deixei Matty na escola esta manhã, a professora dele veio me contar como eles estão satisfeitos com ele no momento. Ele está tirando notas melhores, fazendo novos amigos e sendo convidado para sair depois da escola.

— Isso é bom, não é?

— Claro que é. Só que ela pareceu condicionar essa transformação espetacular a todas as atividades que tenho feito com ele em casa. As experiências de ciências que mostrei a ele e os truques de mágica que ensinei e os jogos educativos que criei para nós dois jogarmos.

O rubor dela ficou mais forte.

— Ah, entendo.

— Então isso foi Harry? Todas essas coisas têm a ver com Harry?

Ela assente.

— Ele disse que gostaria mesmo de fazer isso, e não me pareceu haver nenhum mal nisso, e, claro, Matty ficou felicíssimo. — Ela morde o lábio. — Desculpe, eu devia ter contado.

— Então o maravilhoso modelo em escala do sistema solar com um saco de maçãs, um melão e um rolo de barbante foi coisa de Harry? O que eles copiaram em sala de aula porque era tão "inventivo e cheio de imaginação"?

Ela assente.

— E o truque com a vela para fazer a água ferver dentro de um balão, isso também foi Harry?

Ela não diz nada.

Michael respira fundo.

— Eu sou o pai dele, não Harry.

— Eu sei, mas você está tão ocupado e tem tanta coisa para fazer, e Harry pareceu realmente estar se divertindo com isso e, como eu disse, não vi mal nenhum. — Tudo sai de uma vez. Então ela para. — E, de qualquer forma, você e Harry são tão próximos que achei que ele tivesse contado a você. Achei que podia até ter sido ideia sua.

— O que você quer dizer com "somos tão próximos"?

Ela se volta para a panela e acrescenta sal ao molho.

— Vocês são, não são? Eu já vi vocês.

— Nos viu o quê?

Ela continua olhando para a panela.

— Você sabe, conversando. Rindo.

— Sam, o que você está falando não faz nenhum sentido. Ele é o *jardineiro*, não a droga do meu melhor amigo.

Ela pega uma colher.

— Mas foi exatamente isso o que eu quis dizer. Você na verdade não tem nenhum amigo, tem? Na verdade, não, então eu achei que você e ele... que podia ser como...

— Como o que, exatamente?

— Aquele garoto que você conhecia. Na escola?

O rosto dele ficou petrificado.

— Quem contou isso a você?

— Philip. Quando ele estava aqui. Ele disse que era uma pena que você nunca tivesse um amigo próximo, e eu perguntei se tinha sido sempre assim, e ele disse que sim, exceto pelo amigo que você tinha na escola. Olhe, eu não quis...

— E o que mais ele disse? — Sua voz está perigosamente baixa.

As bochechas dela agora estão ardendo.

— Nada. Foi só isso. Ele nem se lembrava do nome do garoto. — Ela se vira, fingindo fazer alguma coisa com a massa. — E, de qualquer forma — diz ela, fingindo naturalidade —, que diferença isso faz?

Seu marido fica em silêncio por tanto tempo que, quando ela se volta para ele, Matty já entrou pulando pela cozinha e gritando:

— *Eu ganhei! Eu ganhei!*

— Está tudo bem? — diz Harry da porta.

— É claro — diz Michael em voz baixa, sem olhar para ele. — Está tudo bem.

***

Gislingham pega o telefone e olha para mim.

— Está bem?

— Vá logo em frente com isso — murmura Quinn.

Estamos todos parados em torno da mesa de Gislingham; ele está discando o número do celular de Michael Esmond.

— Segundo a unidade de tecnologia, ele ainda está em Londres — comenta ele cobrindo o bocal e olhando para mim. — Em algum lugar perto da Regent Street.

— Ah, alô — diz ele de repente. Começamos a olhar uns para os outros. Depois de todo esse tempo Esmond realmente *atendeu*?

— É o dr. Esmond? Há uma pausa, então Gis franze o cenho. — Aqui é o sargento-detetive Chris Gislingham da polícia de Thames Valley. Estamos tentando localizar o dr. Esmond. Isso mesmo, ele é o dono do telefone. — Há uma pausa. — É, é o mesmo homem dos noticiários.

Ele pega uma caneta e faz algumas anotações rápidas.

— Você tem o número dele? Ótimo, obrigado. Eu mantenho contato.

Ele desliga o telefone e olha ao redor.

— Vocês *nunca* vão adivinhar quem era.

— Ah, pelo amor de Deus — começa a dizer Quinn, até que ele capta meu olhar e cala a boca.

— O nome dele é Andy Weltch — diz Gislingham. — Ou melhor, policial Andy Weltch. Ele faz trabalho burocrático. No distrito policial central do West End.

***

25 de setembro de 2017, 20h48
101 dias antes do incêndio
Southey Road, 23, Oxford

— Não, você não pode ficar acordado para ver o final.

— Mas, *pai*...

— Pare de choramingar, Matty. Combinamos que você podia ver o primeiro tempo, mas agora você tem de ir para a cama. Amanhã tem aula. Você conhece as regras.

Michael Esmond está enchendo a lava-louça. Seu filho está parado na porta da cozinha. Ele está com seu pijama do Arsenal: nessa noite, o time está jogando contra o West Bromwich Albion.

— Mas nós estamos ganhando!

Michael se apruma.

— Essa não é a questão, Matty. Nós temos um acordo e agora você está tentando mudá-lo. A vida não é assim. Você não pode ter todas as coisas sempre do seu jeito.

— Mas ontem você disse a Zachary que ele não podia brincar na caixa de areia e depois mudou de ideia.

Michael respira fundo: as crianças sempre conseguem dar um xeque-mate em você de um jeito ou de outro.

— Isso foi diferente.

— *Como? Como* isso foi diferente?

— Porque originalmente eu disse não porque achei que ia chover, mas não choveu. Então as circunstâncias mudaram. — Ele fica um pouco vermelho; a verdadeira razão foi porque Zachary estava botando a casa abaixo de tanto berrar, mas ele não pretende admitir isso para Matty. — E, de qualquer forma, Zachary é pequeno demais para entender. Não é como você.

— Isso é o que você *sempre* diz — lamenta Matty com o rosto vermelho. — Você sempre diz que eu tenho de ser um homenzinho, mas ele é criança demais e consegue *tudo*. Não é justo, não é *justo*!

Ele fica olhando para o pai. Michael está esperando que ele mencione o cachorro. Ele nunca fez isso, nem uma vez, em todas aquelas semanas. Nem uma vez desde aquela manhã horrível quando ele permaneceu com os olhos secos escutando seu pai mentir.

Eles se encaram por outro momento longo, então Matty faz a volta e sai correndo pelo corredor sem dizer palavra.

***

— Ao que parece, um motorista de táxi entregou o telefone lá há algumas horas — conta Gislingham. — Weltch o ligou para ver se alguém telefonava, para o caso de eles poderem localizar o dono desse jeito.

— Bom, isso funcionou muito bem, não é? — diz Quinn de forma irônica.

— Quanto tempo o telefone ficou com o motorista de táxi? — pergunto, ignorando Quinn.

— Ah — diz Gis. — Essa é a questão. Ele o achou na noite de *3 de janeiro*. — Ele nos observa enquanto juntamos as peças. Três de janeiro, a noite do incêndio. A noite em que houve um sinal do telefone de Esmond nas vizinhanças da Tottenham Court Road, e nós supusemos que era onde ele estava.

— Então não foi Esmond que ligou o celular naquela noite, foi o motorista de táxi?

— Exato, chefe. Ele deve ter tentado a mesma coisa que Weltch, só que também não teve nenhuma sorte.

— Então é isso, ele simplesmente circula com o aparelho por aí por dez dias?

Gis dá de ombros.

— Ele passou uma semana em Las Vegas e não conseguiu entregá-lo antes de ir. E, para ser justo, ele não tinha ideia de que era importante e já estava nos Estados Unidos quando fizemos o apelo. Aparentemente, o telefone caiu do lado de um dos bancos traseiros, e Weltch não tinha ideia de por quanto tempo o aparelho estava lá.

Eu assinto. Isso é o que atrapalha a maior parte das investigações. Não as mentiras descaradas e as evasivas deliberadas, apenas o relaxamento inadvertido do dia a dia.

— Mas eu tenho o celular do motorista de táxi — continua Gislingham. — Vou ligar para ele e enviar uma foto de Esmond. Se tivermos sorte, ele vai se lembrar da corrida.

É alguma coisa. Talvez mais que alguma coisa.

— E a polícia metropolitana está enviando o telefone para cá esta noite — acrescenta Gis, nitidamente tentando ser o mais positivo possível. — Isso pode nos ajudar no trabalho. Lembram-se do número do celular pré-pago de que Esmond estava ligando? Se ele o guardou com um nome, podemos ser capazes de rastreá-lo. Sempre supondo que Baxter consiga entrar na droga da coisa.

Baxter faz um gesto de falsa modéstia e há uma onda de riso contido. Mas eu não estou ouvindo. Eu vou até o quadro branco e olho para nossa linha de tempo, com a dúvida me atormentando pela primeira vez. É possível que tenhamos entendido isso tudo errado? Que tivéssemos tudo ao contrário, desde o começo?

Eu me volto para Ev.

— Aquela testemunha que viu Esmond no *pub* na noite do incêndio, a mulher produtora? Foi você que falou com ela, não foi?

Ev franze o cenho.

— Sim, chefe. O que tem ela?

— Ela tinha *certeza absoluta* de que era ele.

Ev ficou um pouco pálida.

— Ela parecia ter. Mas posso falar com ela outra vez se você quiser.

— É, eu quero, sim. E o quanto antes, por favor.

***

Entrevista por telefone com Tony Farlow, 15 de janeiro de 2018, 18h55
Na ligação, sargento-detetive em exercício C. Gislingham

CG: Sr. Farlow? Estou ligando da polícia de Thames Valley. É sobre o telefone que o senhor entregou no distrito policial de Savile Row.

TF: Thames Valley? Está um pouco longe de sua área, não?

CG: Isso é importante. Vou enviar para o senhor uma foto. Esse é o dono daquele telefone. O senhor podia olhar a foto e me dizer quando acha que o apanhou?

TF: Parece muita coisa por um telefone sem importância, mas tudo bem, isso é com você.

[*pausa — som de mensagem chegando*]
Ah, é, eu me lembro desse homem. Eu o peguei em um desses hotéis perto daqui.

CG: Quando foi isso?

TF: Agora que está perguntando, foi com certeza duas semanas atrás, com o feriado e tudo mais.

CG: Terça-feira 2? Quarta-feira 3?

TF: Deve ter sido na quarta-feira. Eu lembro agora. Eu tive uma consulta médica no início da manhã, então comecei mais tarde que o normal. Ele foi uma de minhas primeiras corridas.

CG: Então o senhor o apanhou quando?

TF: Na hora do almoço. Por volta do meio-dia.

CG: E se lembra de onde o deixou?

TF: Victoria Station. Trem, não ônibus.

CG: Ele disse para onde estava indo?

TF: Não. Ele não falou nada comigo. Ele estava vendo alguma coisa no telefone quase o tempo inteiro. Deve ter sido aí que ele o deixou cair.

CG: Ele carregava bagagem?

TF: Não. Só uma daquelas bolsas elegantes de laptop. Achei que, aonde quer que ele estivesse indo, ele não estava planejando ficar.

***

— Quando soubemos onde procurar, nós o encontramos quase imediatamente.

É Baxter na reunião matinal. Ele projetou uma imagem na tela: câmeras de segurança da Victoria Station na tarde de 3 de janeiro. É a qualidade granulada habitual, mas não há dúvida: é Esmond.

— É ele embarcando no trem das 14h30 para Brighton. — Ele exibe outra imagem. — E isso é ele na estação de Brighton às 15h24, depois de desembarcar daquele trem. Ele fica duas horas, depois volta para a estação às 17h40 para pegar o trem das 17h46 para Londres.

— Brighton? — pergunta Quinn. — Que merda ele estava fazendo em Brighton?

— Não tenho ideia — responde Baxter. — Nós não descobrimos nenhum tipo de conexão com Brighton até agora. Não tem nada no Facebook, isso é certo.

— E temos certeza de que ele voltou para Londres? Ele não desembarcou em algum lugar pelo caminho?

— Como a droga de Gatwick, por exemplo — murmura Quinn. Que sabe muito bem que verificamos todos os portos e aeroportos e diz isso mesmo assim.

— Bem, nós ainda não o vimos na Victoria naquela noite — diz Baxter. — Houve um descarrilamento perto de Haywards Heath. Eles precisaram levar luzes, equipamento para erguê-lo e sabe Deus o que mais. Tudo ficou parado por duas horas. O trem só chegou a Londres depois das nove, e a essa altura o lugar inteiro estava um caos. Ainda estamos examinando as imagens.

— Está bem — digo. — Continue com isso. Precisamos saber exatamente aonde Michael Esmond foi naquela noite. Mesmo que tenha sido apenas voltar para aquele *pub*.

Eu me viro para olhar para Ev, e ela está com a face levemente ruborizada.

— Acabei de falar com a produtora outra vez, chefe. Infelizmente ela foi falha conosco. Ela ainda *acha* que era Esmond, mas ele estava de costas para ela, e ela não pode ter certeza absoluta. Aparentemente, ela reconheceu mais o paletó que qualquer coisa, ela na verdade nunca viu seu rosto.

— Ah, pelo amor de Deus — reclama Quinn. — Quem se dá ao trabalho de olhar para a droga de um *paletó*.

Somer lança para ele um olhar que diz *Isso é ótimo vindo de você*, mas ninguém diz nada.

— Uma coisa nós sabemos — continuo. — Que Michael Esmond fez essa viagem misteriosa a Brighton apenas algumas horas antes de sua casa ser devorada pelas chamas. Não estou prestes a atribuir isso a uma coincidência até provarmos que realmente foi coincidência.

Uma onda de meneios de cabeça e trocas de olhares enviesados; eles sabem o que eu penso de coincidências.

— Precisamos falar com a polícia de Sussex para verificar táxis e ônibus, ver se conseguimos determinar aonde Esmond foi depois que deixou a estação. Por que você não faz isso, Quinn? Nada como o ar marinho para espantar essas bobagens. — Com isso, houve alguns sorrisos maliciosos, mas ele merece, ele tem sido um chato a manhã inteira. — Melhor ainda, você vai poder dirigir aquele seu belo carro novo.

***

Enviado: Terça-feira 16/01/2018 **Importância: Alta**
De: TimothyBrownUnidadeTecnológica@ThamesValley.police.uk
Para: DetetiveEricaSomer@ThamesValley.police.uk

Assunto: Caso n° 556432/12 Felix House, Southey Road, 23 — rastreamento de telefone por satélite

Oi, Erica,

Conseguimos localizar a ligação sobre a qual você perguntou. O telefone em questão estava com certeza em alto-mar quando ocorreu a ligação. Não vou aborrecê-la com os detalhes técnicos, mas o *Liberdade* 2 estava a vinte milhas da costa portuguesa na hora.

Me informe se precisar de mais alguma coisa, sempre feliz em ajudar.

Abraço,
Tim

***

Ter assentos aquecidos no carro tem seus problemas. Isso torna a viagem mais confortável, mas com toda a certeza a pessoa percebe a diferença quando sai do carro. E com a temperatura abaixo do congelamento e o vento vindo do mar, Brighton está fria demais.

Quinn tranca o carro e caminha até o distrito policial. Em termos de arquitetura, ele podia ter sido separado no nascimento do QG de Thames Valley. Baixo, quadrado, funcional. E também é muito semelhante no interior. Quinn assina o registro de entrada e fica esperando por quinze minutos; ele está prestes a ir até a recepção outra vez quando aparece um policial uniformizado.

— Detetive Quinn? Policial Alok Kumar. Seu sargento avisou que você estava vindo.

Quinn leva um momento para entender que o homem deve estar falando de Gislingham. Suposições antigas são resistentes. Enquanto eles caminham pela área do escritório, as pessoas erguem os olhos de seus computadores. A maioria faz pouco mais que registrar um estranho. Duas mulheres olham por um pouco mais de tempo. Uma delas sorri. O dia de Quinn começa a melhorar um pouco, embora ele ainda esteja congelando. A sala é gelada, todas as outras pessoas estão usando pulôver.

— Desculpe pelo frio — diz Kumar animadamente. — O aquecedor está com defeito outra vez. — Ele puxa uma cadeira vazia para Quinn, depois se senta em frente ao computador e navega para o player

de vídeo. — Aqui está. A empresa de ônibus enviou as imagens de câmeras de segurança de todos os seus veículos naquele dia.
— Ótimo, obrigado.
— E quando você estiver pronto, podemos ir até a estação e conversar com alguns motoristas de táxi.
Ele sorri. Ele tem dentes incríveis.
— Café?
Quinn ergue os olhos.
— Seria ótimo...
— A máquina fica na cozinha. Segunda porta à esquerda.

***

Em Oxford, Gislingham estacionou perto do fim da Botley Road. Ele também tem café — dois cafés, na verdade, comprados para viagem em um café no shopping. Ele volta para o carro; e entrega para Everett a bandeja de papelão. Ela pega um dos copos e o envolve com as mãos. Gislingham fecha a porta, e os vidros começam a embaçar.
— Seu nariz ficou cor-de-rosa.
Ela faz uma careta para ele.
— *Ei, Eddie* — diz ela com um sotaque americano esganiçado. — *Como você pode fazer tanto sucesso com as garotas?*
— Isso revela sua idade, Ev. — Ele sorri. — Esse anúncio deve ter trinta anos.
— Mais para quarenta — corrige ela com uma careta. — Não que *eu* seja tão velha, é claro. E vou perdoar você por sua falta de cavalheirismo por causa do café. — Ela bebe um gole. — Então, agora para onde?
Gislingham se volta para seu caderno. O celular de Esmond chegou por entrega especial da polícia metropolitana naquela manhã, e dessa vez eles deram um pouco de sorte: a senha foi quase a primeira combinação tentada por Baxter. 1978, o ano do nascimento de Michael Esmond. Como Baxter observou severamente: "Nunca subestime a burrice de pessoas supostamente inteligentes."

O telefone os levou às mensagens de texto de Esmond (sem nenhum resultado), a sua conta de e-mail particular (outra senha, ainda não descoberta) e, finalmente, a sua lista de contatos, que incluía o misterioso celular descartável para o qual ele estava ligando desde o verão anterior. Ele estava identificado no telefone como "Harry", um nome que os deixou olhando uns para os outros de forma inexpressiva quando Baxter o leu em voz alta. Não havia nenhum Harry em lugar nenhum, não na lista de seus colegas, entre seus atuais alunos ou nos contatos do Facebook. E quando Somer ligou para Philip Esmond para perguntar a ele, ele também não sabia de nada. E isso só aumentou seu interesse. Às vezes a ausência é tão reveladora quanto a descoberta. Portanto, pelas duas horas seguintes, eles estavam verificando os locais onde "Harry" estava quando Michael Esmond ligou para ele, mas até agora eles não obtiveram nenhum resultado: ninguém sabe nada sobre um Harry. E agora resta apenas um local para verificar. Gis olha para as casas à sua frente.

— Acho que deve ser uma dessas.

— Está bem, deixe só eu terminar com isso.

Eles ficam ali sentados por um momento, observando um bando de adolescentes passar, rindo, aparentemente indiferentes em relação ao frio.

— Deve ser bom ser estudante — diz Gislingham.

Ev olha através do vidro.

— Eles não são estudantes. Bom, pelo menos não daqui. Eles são do *hostel* para jovens. — Ela o cutuca e sussurra: — *As mochilas os entregaram.*

Gislingham finge assombro.

— Ei, você já pensou em uma carreira de detetive? Porque, sabe, acho que você pode ter talento para isso.

Ela o cutuca nas costelas e eles ficam em silêncio outra vez. Algumas gotas de chuva começam a cair sobre o para-brisa.

Everett termina o café.

— Certo, você está pronto?

***

Às quatro horas, Quinn dá um basta. Chove muito, e ele tem quase certeza de que vai ficar resfriado. Ele falou com dezessete motoristas de táxi e quatro funcionários da estação, e nenhum deles reconheceu Michael Esmond ou demonstrou ter a mínima ideia de para onde ele foi depois que as câmeras de segurança o mostraram deixando a estação, carregando sua bolsa no ombro e se dirigindo para a saída. Quando Quinn volta até o QG da polícia para pegar seu carro, seus sapatos estão encharcados e seu estado de ânimo é péssimo. E a visão de um sorridente (e muito seco) policial Kumar vindo em sua direção não faz nada para melhorar isso.

— Detetive Quinn... Teve alguma sorte?

Quinn olha para ele.

— Não, eu não tive sorte nenhuma.

O sorriso de Kumar vacila.

— Ah, lamento ouvir isso. Você quer entrar e se secar?

— Se estiver tudo bem com você, prefiro apenas ir andando.

Kumar hesita.

— Eu tive uma ideia...

— Ah é? Qual foi essa ideia, então?

— Eu vi as imagens outra vez. Há duas câmeras na estação, uma dentro e uma fora. Às 3h26 a câmera interna o mostra caminhando na direção da saída e sumindo de vista.

— Sim, e daí?

O tom de voz de Quinn estava um pouco mais ríspido do que era sua intenção. Kumar parece um pouco aborrecido.

— É que ele leva mais dois minutos e quinze segundos para aparecer na câmera externa. Então eu estava tentando descobrir o que ele podia estar fazendo durante esse período.

— Foi ao banheiro?

Kumar sacode a cabeça.

— Os banheiros da estação ficam na outra direção.

— Está bem, então qual é a resposta?

— Acho que ele estava vendo um mapa da área. Ele fica perto das portas, fora do alcance da câmera. Acho que ele não sabia exatamente aonde estava indo. Era um lugar onde ele não tinha estado antes.

Quinn abre a boca e torna a fechá-la. Ele subestimou esse cara.

— Está bem, então digamos que você esteja certo. Aonde isso nos leva?

Kumar se anima.

— Bom, acho que isso exclui visitar um amigo. E, considerando que não conseguimos encontrar um ônibus ou táxi que o tenha pegado, acho que precisamos supor que ele estava a pé. — Kumar pega um mapa em sua jaqueta. Há um círculo marcado com caneta vermelha no mapa, com a estação ferroviária no centro. — Isso é o mais longe que ele poderia ter ido a pé em um ritmo razoável em trinta minutos.

Quinn pega o mapa.

— Com base em que ele teria andado por volta de meia hora, passado uma hora onde quer que seja e depois caminhado de volta?

Kumar balança a cabeça.

— Parece um bom ponto de partida. E provavelmente podemos conseguir imagens de câmeras da maior parte dos caminhos óbvios. Ao menos pelo primeiro quilômetro ou mais. O que é alguma coisa.

Quinn ainda fica olhando para o mapa.

— E, claro, nós temos uma coisa do nosso lado.

Kumar franze o cenho.

— O que quer dizer com isso?

Quinn ergue os olhos e olha para ele.

— Metade desse círculo está na droga do mar.

***

Enviado: Terça-feira 16/01/2018, 19h35 **Importância: Alta**
De: AlanChallowCSI@ThamesValley.police.uk
Para: InspetorDetetiveAdamFawley@ThamesValley.police.uk, DivisaodeInvestigacaoCriminal@ThamesValley.police.uk

Assunto: Caso n° 556432/12 Felix House, Southey Road, 23 — exames adicionais

Fiz os exames adicionais que vocês pediram nas roupas de Matthew Esmond. Não havia traço de nenhum tipo de acelerante. Nem se descobriu nada em suas mãos durante a necropsia. É possível, claro, que ele tenha sido muito cuidadoso e/ou usado luvas, mas, para um menino daquela idade, desconfio que esse grau de planejamento/previsão seja muito improvável.

***

— O último endereço não deu em nada — diz Everett. — Ninguém nunca ouviu falar em um "Harry", muito menos de Michael Esmond. Embora seja óbvio que o homem com quem falamos tenha reconhecido a foto. Mas ele disse que devia ter sido dos noticiários.

São 8h15 da manhã. Gis está em cima do aquecedor de meu escritório, tentando se esquentar. Lá fora, a luz está apenas começando a surgir. As pedras ficam laranja sob as luzes da rua.

— Você acreditou nele, nesse homem?

Gis pensa sobre isso.

— Ele me pareceu correto.

— Mais alguma coisa útil no celular de Esmond?

Ele nega com a cabeça.

— Baxter o examinou. Infelizmente, não deu em nada. O último registro é uma mensagem da mulher na caixa postal dele no dia 3. Tudo o que ela diz são desculpas por não ter ligado na noite anterior, ela estava cansada demais e estava em casa, e Zachary estava doente, depois se ele podia ligar para ela. Coisa que, é claro, ele nunca fez.

— Porque a essa altura ele já tinha perdido o telefone.

— Isso.

— E o ângulo de Brighton?

Ele me lança um olhar grave.

— Você vai ter que perguntar isso ao detetive Quinn. Quando *e se* ele nos honrar com a sua presença.

***

Na Southey Road, Paul Rigby organiza as tarefas para o dia à sua frente. Depois de quase duas semanas no local, a equipe de investigação está finalmente conseguindo atingir um filão rico. Ainda que essa seja uma expressão inconveniente sob as circunstâncias. O entulho dos dois andares superiores foi examinado, documentado e removido cuidadosamente, e agora eles estão chegando à sala de estar: a sala de estar onde o incêndio deve ter começado. A combinação do calor do fogo e do peso que caiu deixou quase tudo preto e em pedaços. Mas eles sabem o que estão procurando e vão saber como interpretar quando o encontrarem.

— Está bem — diz Rigby, repassando a lista em sua prancheta uma última vez. — Vamos dividir essa área e começar a trabalhar.

***

Gareth Quinn está se sentindo muito melhor. Não apenas em relação a seu trabalho, mas em relação à vida em geral. Fawley estava certo: sair do escritório foi uma boa ideia. Deu a ele uma perspectiva renovada. Sem mencionar o número do telefone daquela policial que estava olhando para ele. E quanto a Alok Kumar, ele vai ser muito útil: mais do que satisfeito em fazer o trabalho chato e muito distante para saber que não está ganhando nenhum crédito por isso. Então há um pouco do velho ar de superioridade quando ele entra na sala de situação às nove e meia.

Gislingham ergue os olhos de sua mesa. Ele conhece bem aquela expressão.

— Que bom que você apareceu — diz ele.

Quinn joga as chaves do carro sobre a mesa.

— Fiquei preso no trânsito.

— Bom, agora que você *está* aqui, quer me contar o que você conseguiu em Brighton?

Quinn dá um sorriso.

— Claro. Deixe-me só pegar um café.

Dez minutos depois, Quinn entra na sala de reuniões, puxa uma cadeira e põe o tablet e o café em cima da mesa. Então ele abre um saco de papel e começa a comer um *croissant*. Um *croissant* de chocolate. Gislingham sabe que ele andava nervoso e preocupado, mas saber é uma coisa; erguer-se acima disso é outra bem diferente.

— Achei que você tinha ficado preso no trânsito — comenta ele, olhando para o *croissant*. O cheiro faz seu estômago roncar.

— É, bem... — diz Quinn com a boca cheia.

— Então comece. O que você descobriu?

Quinn larga o saco de papel e liga o tablet.

— Não tive sorte com taxistas nem com motoristas de ônibus — conta ele, espalhando farelos —, por isso a conclusão é que Esmond saiu a pé da estação. Considerando que ele só ficou lá por duas horas, isso nos dá um raio de alcance de no máximo cinco quilômetros.

Ele gira o tablet na direção de Gislingham e dá outra mordida. Farelos de amêndoas caem sobre a mesa.

Gislingham se força a olhar para o mapa na tela do tablet.

— O que significam as marcas amarelas? — pergunta ele após um momento.

— Câmeras — responde Quinn, terminando o *croissant* e limpando as mãos. — Em sua maioria, lojas. Sussex está coletando as imagens para os horários relevantes, mas pode levar alguns dias para conseguir tudo.

— Quanto você tem até agora?

Quinn pensa sobre isso.

— Cerca de metade. Talvez um pouco menos. Nenhum sinal de Esmond até agora.

Gislingham torna a olhar para o mapa. Quinn fez um trabalho decente, não há dúvida disso. Trabalho policial bom e sólido.

— Está bem — diz Gislingham, ficando de pé e se dirigindo à porta.
— Me mantenha informado.

Assim que ele desaparece de vista, Quinn sorri consigo mesmo, amassa o saco de papel em uma bola e a arremessa na papeleira.

— *Yesss*! — comemora ele quando a bola de papel cai bem no centro. — Eu ainda tenho a manha.

***

Estou no meio de uma entediante ligação de atualização com o superintendente quando Baxter aparece na minha porta gesticulando com urgência.

Eu peço desculpas a Harrison e me levanto.

— O que é?

— Senhor — diz ele meio sem fôlego. — Acho que devia ver isso.

Eu o sigo até a sala de situação no ritmo mais próximo de uma corrida que já vi Baxter fazer. Na verdade, eu nunca o vi tão animado. Ele me chama até seu monitor e fica ali de pé, apontando. Mas é apenas mais uma foto de uma estação de trem. Pessoas com cachecóis e luvas, mochilas, bolsas, malas. Uma coleção de decorações de Natal baratas.

— Espere, isso não é Brighton.

Baxter concorda.

— Não, chefe, é *Oxford*. Na *noite de 3 de janeiro*. E aquele homem ali — diz ele apontando — É *Michael Esmond*. Ele não ficou em Londres naquela noite como pensamos. Por alguma razão que ainda desconhecemos, ele *voltou para casa*. E eu acho que o que quer que ele tenha feito em Brighton tem a ver com isso. Tem de ter.

Eu olho para o horário ao pé da tela.

23h15.

Menos de uma hora depois, sua casa estava em chamas.

***

Enviado: Quarta-feira 17/01/2018 **Importância: Alta**
De: PRigby@Oxford.bombeiros.uk
Para: InspetorDetetiveAdamFawley@ThamesValley.police.uk,
AlanChallowCSI@ThamesValley.police.uk,
DivisaodeInvestigacaoCriminal@ThamesValley.police.uk

Assunto: Caso n° 556432/12 Felix House, Southey Road, 23

Só para dizer que acabamos de localizar a porta de entrada da casa. Os quatro vidros dela estão quebrados, mas não há nenhum sinal óbvio de arrombamento — nenhum dano que esperaríamos na madeira, e a porta tinha trancas de alta qualidade. A pergunta, portanto, se reduz aos vidros e se alguém podia tê-los quebrado e acessado a casa por ali. Vamos fazer mais testes, mas o padrão dos fragmentos sugere que o vidro foi quebrado de dentro para fora (ou seja, ele explodiu como resultado do incêndio) e não de fora para dentro. Acrescente a isso o alarme de segurança e a altura do portão lateral e eu acho improvável que alguém tenha arrombado e entrado na casa. Quem quer que tenha começado esse incêndio, tinha seus próprios meios para entrar.

***

Bryan Gow se encontra comigo no café da esquina do departamento de psicologia da universidade. Ele me conta que está trabalhando em uma série de seminários sobre perfis de personalidade e psicopatologia, embora eu desconfie que o perfil em que ele está realmente interessado na verdade é o dele mesmo. Minha teoria particular é que todas as coisas acadêmicas que ele faz são apenas para seu próprio progresso. O que ele deseja mesmo é a TV. Um crédito no fim de *Line of Duty*, dar uma entrevista para o *British Darkest Taboos*. Ele criticou romancistas ao longo dos anos, reforçando os conceitos equivocados, minimizando improbabilidades, mas não há dinheiro de verdade nisso. Eu me lembro de ele me dizer uma vez o quanto o divertia o fato de os livros mais sangrentos serem sempre escritos pelos autores mais brandos. Mulheres de meia-idade tímidas, mães bonitas e endinheiradas afundadas até os cotovelos vestidos nas lojas Boden em fluidos de decomposição. Eu digo a ele que também havia uma série de seminários sobre isso, mas ele acha apenas que eu estou brincando.

— Não tenho muito tempo — avisa ele quando nos sentamos. — Fiquei enrolado com coisas de família durante o Natal e não consegui fazer tudo que planejava. — Ele puxa o açucareiro. — Como está Alex?

Ele normalmente não pergunta. Na verdade, nem sequer a conheceu. Ele ergue os olhos, sentindo a hesitação.

— Está tudo bem?

— Está, sim. Só estou um pouco estressado. Esse caso, sabe?

— O incêndio? Na Southey Road?

Na rua, dois estudantes estão andando na direção do New College. Rindo, bem protegidos contra o frio, com casacos e cachecóis e aqueles gorros com proteção de ouvido e pompons. Eles chegam sob a luz de um poste e param, como se respondendo a um sinal silencioso, e o garoto inclina a cabeça e toma o rosto da garota nas mãos, guiando a sua boca para se encontrar com a dele. O movimento é tão belo quanto um balé.

Gow segue meu olhar e ergue as sobrancelhas.

— Pessoalmente, não consigo pensar em nada pior do que ter 21 anos outra vez. Enfim, aquele incêndio, era sobre isso que você queria falar comigo?

Eu confirmo.

— Alguma coisa nele não está batendo. — Eu conto a ele o que descobrimos até então, sobre Esmond, a família, as alegações, o dinheiro. Ou a falta dele.

— Achei que ele tinha sido visto em Londres naquela noite.

— Nós também. Mas, quando tornamos a falar com a testemunha, ela começou a recuar e agora não tem certeza se era ele, no fim das contas.

— Entendo. Então durante todo esse tempo você esteve procurando no lugar totalmente errado.

Ele diz isso de forma bastante neutra, mas ainda assim me irrita. E não só porque o superintendente disse quase a mesma coisa menos de meia hora atrás.

Gow ainda está pensando nisso.

— É com certeza incêndio criminoso?

— Ainda estamos esperando provas definitivas. Mas estamos trabalhando com essa suposição.

— E você tem certeza de que toda a família estava viva quando o fogo começou?

Pode parecer uma pergunta estranha, mas, se estou certo, não seria uma conclusão implausível.

— A mãe e o menino mais velho, com certeza. A autópsia não foi tão conclusiva com o garoto menor.

Gow se encosta em sua cadeira.

— Eu precisava saber muito mais sobre esse homem, Esmond, antes de poder ter certeza...

— Mas?

— Mas a hipótese com a qual eu começaria a trabalhar é a do aniquilador de família.

Que é exatamente o que eu esperava que ele dissesse. Tudo se encaixa. Isso está na minha cabeça há dias, mas toda vez que eu revisava o caso, não conseguia superar o fato de que Esmond estava em Londres. O telefone, a testemunha, as provas pareciam conclusivas. Só que agora sabemos que não eram.

— Ele parece, em teoria, um candidato padrão — continua Gow. — Na verdade, quase perfeito demais. Extremamente educado, bem-sucedido, muito consciente de como o mundo o percebe, de repente se vê à beira da falência e de um processo ou outra perda cataclísmica de posição social ou profissional. Até o fato de ter acabado de fazer quarenta anos. Você ficaria surpreso com o impacto que isso pode ter. Especialmente em homens cuja autoestima está baseada em status e sucesso. Eles começam a perguntar a si próprios: isso é mesmo tudo o que eu consegui? Isso é mesmo tudo o que há?

Já passei por isso, fiz isso, fiquei desencantado.

— O ato real de familicídio — continua Gow — é em geral precedido de uma mudança perceptível de comportamento nos meses anteriores: o sujeito em questão se torna impulsivo, errático, agressivo, sexualmente promíscuo, exatamente como seu homem...

— Embora Esmond na verdade negasse a acusação.

— Exato. Embora negasse isso. Pelo que você diz, todo o mundo dele estava prestes a desmoronar.

— O mundo *dele*. Não de sua família. Mesmo que ele quisesse acabar com a própria vida, não precisava levar todos com ele.

Gow dá de ombros.

— Alguns desses homens dizem a si mesmos que na verdade estão fazendo um favor para a família, poupando-a da vergonha pública ou da perda de seu estilo de vida confortável.

— E os outros?

— Pode haver motivos bem mais sombrios. Alguns parecem ter a visão de que, "se não os posso ter, ninguém mais vai poder". É por isso que muitos deles ateiam fogo à casa da família, é tanto um ato simbólico quanto real de destruição. Um jeito de recuperar o controle da situação que havia sido completamente perdido.

— Mas como eles racionalizam fazer uma coisa dessas?

— Eles não racionalizam, pelo menos não do jeito que você pensa. Depois que eles se decidem pelo suicídio, as regras normais simplesmente deixam de ser aplicadas. Mesmo quando é um tabu profundamente arraigado como matar os próprios filhos.

— Mas Esmond não cometeu suicídio. Não até onde sabemos.

Gow ergue uma sobrancelha.

— Talvez vocês apenas ainda não tenham encontrado o corpo.

Não é impossível. Há florestas por aqui onde cadáveres podem passar despercebidos por meses.

— Mas, se ele queria acabar com tudo — prossigo —, por que chegar ao ponto de matar a família e não encarar a mesma saída para si?

Gow pega sua xícara.

— Na verdade, só cerca de 70% dos aniquiladores de família cometem suicídio. Poucas pessoas sabem disso. Alguns tentam, ou falham ou perdem a coragem no último instante. Pesquise por Jean-Claude

Romand no Google, um caso absolutamente fascinante, que está prestes a virar um filme.

— Mas, se não morrem, o que eles fazem?

Ele para e olha para mim por cima dos óculos.

— Eles fogem — responde. — Geralmente. E se são pegos alegam responsabilidade reduzida, algum tipo de surto psicótico ou um momento repentino e avassalador de insanidade.

Não preciso lembrar que Esmond já teve um episódio dissociativo na adolescência. Será que Somer estava certa quando me perguntou se isso podia acontecer outra vez? Quando conto a história para Gow, ele concorda.

— Eu não posso descartar isso. Não sem falar com ele pessoalmente. Algum tipo de reação pós-traumática pode ter ocorrido. Depois do acontecimento, é claro.

— E antes ele podia ter tido algum tipo de colapso, um surto psicótico, como você acabou de cogitar?

Gow faz uma expressão fechada.

— Para citar Jack Levin, um dos especialistas nesse campo em particular, "essas mortes são execuções. Elas nunca são espontâneas". — Ele termina o café. — Por isso, perguntei se a mulher e os filhos estavam realmente mortos quando o incêndio começou. Um aniquilador de família não costuma correr o risco de alguém sobreviver. O mesmo se aplica ao incêndio. Alguns montam barricadas para garantir que não haja chance de serem encontrados a tempo pelos bombeiros. E em geral há quantidades enormes de acelerante. Uma matança clássica.

E isso também parece verdade: é exatamente o que Paul Rigby está tentando encontrar.

Gow pega o telefone e examina algumas páginas.

— Vou enviar um link para você. Você provavelmente se lembra do caso, mas pode ser informação útil. — Ele põe o telefone sobre a mesa. — Você recebeu os resultados toxicológicos?

— A mulher tomava antidepressivos e tinha bebido. Torcemos para que ela não tenha sabido nada disso. Ela também estava grávida.

Gow assente.

— A gota que faltava. Supondo que Esmond soubesse, é claro. E aquela discussão com Jordan sobre o assédio pode ter sido o gatilho final. Depois disso, as coisas devem ter andado bem depressa.

Ficamos sentados em silêncio por um momento. O casal à nossa frente vai embora. Seu hálito os segue pela rua em uma nuvem branca suave.

— Outra coisa a lembrar — diz Gow, afastando a xícara vazia — é que esses assassinatos são quase sempre meticulosamente planejados, às vezes com meses de antecedência. Especialmente se o criminoso está procurando uma saída em vez de um jeito para acabar com tudo. — Ele começa a recolher suas coisas. — Se eu fosse você, dava uma conferida com atenção nas movimentações financeiras de Esmond, para ver se ele estava movimentando dinheiro. Isso seria um grande sinal de alerta; se ele estava planejando uma vida nova boa e bonita, pode ter tentado esconder algum dinheiro antes que tudo fosse para o cacete. — Ele olha para mim. — Isso, é claro, é um termo técnico.

— Baxter examinou isso. Esmond retirou dois mil em dinheiro há algumas semanas. Mas isso não duraria muito.

Gow reflete sobre o que ouviu.

— Tempo suficiente para reagrupar, arranjar uma identidade nova? Não me pergunte, eu sou apenas um psicólogo. Você é o detetive.

Touché.

— Tem mais alguma coisa que devêssemos estar procurando? Além dele, é claro.

— Pode ter havido registro de abuso doméstico. Possivelmente do tipo que não se pode ver, e que a mulher quase certamente nunca denunciou. Mas ela pode ter contado a uma pessoa de quem fosse próxima. Uma amiga, uma irmã?

— Os pais dela não disseram nada. O pai dela nitidamente não tinha muito tempo para Esmond, mas receio que ele teria escondido se desconfiasse que alguma coisa assim estivesse acontecendo.

— Então pergunte à mãe. Quando o pai não estiver presente.

Eu mesmo devia ter pensado nisso.

— Vou ligar para Everett. Ela está responsável pela ligação com a família. Embora, para ser honesto, os Giffords não pareçam muito nos querer por perto.

Gow se levanta.

— Vou estar ao alcance no celular se você precisar de mim.

Quando chego em casa, ponho uma refeição congelada no forno, ligo o laptop na bancada central da cozinha e abro o link que Gow me enviou. É um episódio de *Crimes That Shook Britain* [Crimes que abalaram a Grã-Bretanha]. Eu me permito um sorriso: não é surpresa que ele esteja estudando programas como esse. Mas ele tem razão em relação ao caso: foi há dez anos, mas eu lembro. Christopher Foster, o milionário que tinha uma mansão em Shropshire, uma garagem cheia de carros velozes, um conjunto de celeiros e estábulos e uma bela coleção de espingardas. E foi isso que ele usou. Primeiro em seus animais, depois na mulher e na filha. Há imagens de câmeras de segurança assustadoras de ele andando em silêncio pelo jardim às três da manhã matando os cavalos, carregando latas de gasolina, ligando o trailer de transporte de cavalos para poder bloquear a entrada de carros. Uma figura calma e determinada, seu rosto branco descolorido de todos os seus traços devido à baixa qualidade das imagens. Alguns minutos depois, a casa e as construções externas estão em chamas, e Foster está deitado na cama, ainda vivo, esperando pelo fogo.

O alarme do forno toca e vou pegar minha lasanha de aspecto anêmico. Então ligo o vídeo outra vez. São as pessoas que conheciam Foster que eu acho mais interessantes. O assistente pessoal que o chama de competitivo e controlador, o irmão que disse ter sido abusado por ele na infância. Então surge um psicólogo falando sobre se não foi apenas a ruína financeira iminente que levou Foster a fazer aquilo — se não havia outro lado de sua personalidade que ele nunca conseguiu revelar e foi repentinamente ameaçado de exposição pública...

Então a campainha toca, e quando abro a porta, fico momentaneamente surpreso. Agasalho amarelo fluorescente impermeável, *legging* preta, pochete, capacete de ciclista. Ele parece um daqueles caras do serviço de entregas Deliveroo.

— Desculpe, você deve estar na casa errada. Eu não pedi nada.
— Inspetor-detetive Fawley? — diz ele. — É Paul Rigby. O oficial de investigação de incêndios?
— Merda, desculpe. Não reconheci você.
— Espero que você não se importe de eu aparecer sem avisar. Eu moro a menos de dois quilômetros daqui, então foi mais fácil que telefonar.
— É claro — digo, afastando-me para abrir a porta. — Entre.

Ele alcança a soleira e limpa os pés no capacho.

— Não posso ficar muito — avisa ele. — Minha mulher saiu esta noite, então eu tenho de voltar por causa das crianças. Mas tivemos alguns resultados que eu acho que você vai querer conhecer.

Aponto na direção da cozinha e sigo atrás dele. Ele recusa se juntar a mim para uma taça de vinho, mas aceita a solitária cerveja sem álcool que encontro no fundo da geladeira.

Ele olha para o laptop e para a tela pausada em uma imagem da casa de Foster depois do incêndio; o telhado desmoronado, toda a casa uma concha fumegante, e uma tenda da perícia sobre onde os corpos foram encontrados.

— Isso não é a Southey Road, é?
— É a casa de Christopher Foster.

Evidentemente não preciso dizer mais nada. Ele faz um sinal positivo.

— Parece que minha equipe não é a única que acha que foi um trabalho interno. Vocês também chegaram a isso, não?

Entrego a ele o abridor de garrafas.

— Acabamos de descobrir que Esmond voltou para Oxford naquela noite. Com tempo o bastante para iniciar o incêndio.
— Com a mulher e os filhos dentro. — Mas isso é uma afirmação, não uma pergunta. Rigby faz esse trabalho há muito tempo.

Eu respiro fundo.

— Então, sobre o que você queria conversar comigo?

Ele leva a mão às costas, tira o telefone da pochete e abre o aplicativo de fotos.

— Nós encontramos isto.

É um isqueiro. Enegrecido, como todo o resto naquela casa, mas por baixo metálico, dourado.

— Feito em 1954, segundo o selo — diz Rigby.

Eu ergo os olhos com uma pergunta e ele assente.

— Ouro puro. Deve valer uma fortuna.

— E vocês encontraram isso onde?

— Na sala de estar. Ainda não limpamos a área inteira, mas imaginei que você fosse querer saber isso imediatamente. Nós não percebemos o que era até rasparmos os detritos.

— Imagino que seja demais perguntar se há alguma digital.

Ele nega com a cabeça.

— O fogo acabaria com todas elas. Mas tem mais uma coisa.

Ele encontra outra foto e me entrega o telefone. Um lado do isqueiro tem uma gravação.

Para Michael, em seu aniversário de 18 anos. Com amor, mamãe e papai.

Eu olho para Rigby, e ele dá de ombros.

— Claro, não há como saber onde ele estava antes que o teto desabasse. Ele podia estar em um dos quartos nos andares de cima, em uma mesa de centro, em qualquer lugar.

— Mas ele o estaria carregando, não estaria, como fumante?

— Você não faz isso?

— Claro que faço. É uma das coisas que verifico automaticamente, sem nem pensar: chaves, telefone, isqueiro.

— Mas, se ele ateou o fogo, não teria deixado o isqueiro para trás, com certeza. Ele devia saber que nós iríamos encontrá-lo.

Rigby faz que não.

— Eu já vi isso antes. As pessoas subestimam completamente a velocidade que um acelerante pode queimar. É como um coice, o calor o atinge tão rápido que você provavelmente deixa cair qualquer coisa que esteja segurando. E, se você fizer isso, não há como pegar de volta. — Ele faz uma careta. — Mesmo que seja uma maldita peça de herança.

***

— Então ele incendiou sua vida — diz Baxter — e fugiu para começar uma nova em algum outro lugar? Simples assim?

É a reunião matinal, e acabo de passar a última meia hora explicando o que Gow me contou e o que Rigby descobriu.

— Bom, *eu* não estou acreditando nisso — comenta Quinn. — Se Esmond queria recomeçar, ele ia precisar de dinheiro. De *muito* dinheiro. E, está bem, ele pegou aquelas duas mil libras em dinheiro, mas isso não seria nem de longe o bastante. *De jeito nenhum*. E por que fazer isso no dia em que seu carro está na oficina?

Everett balança a cabeça.

— Ele não teria usado mesmo o próprio carro. Fácil demais de localizar.

No silêncio que se segue, Gislingham pega o marcador e vai até o quadro branco para anotar a nova prova. A nova hipótese, as novas perguntas que temos de responder. Enquanto ele escreve a palavra "Fuga" e adiciona um ponto de interrogação, Somer fala rompendo o silêncio.

— Ele não precisava ter matado a família, se tudo o que queria era começar de novo.

Eu olho para ela.

— Não, não precisava. Mas o quadro que todos estão pintando é de um homem sob muita pressão. Lembrem, ele já fugiu antes.

— Aquela vez não envolveu atear fogo e matar seus próprios filhos — murmura Everett em um tom baixo e gelado.

— Muitos homens que deixam suas vidas na verdade estão deixando suas *mulheres* — diz Somer.

— Verdade — concorda Gislingham. — A maior parte dos homens não quer viver por conta própria, eles são péssimos nisso.

— Já aprendeu a usar a máquina de lavar roupa, sargento? — pergunta alguém no fundo para o riso de todos.

Gislingham dá um sorriso. Um vislumbre do velho Gis.

— Ei, eu sei até para que serve a posição "Delicadas". Estão vendo?

Eu espero que o barulho termine.

— Não encontramos sugestão de que Esmond tivesse uma namorada.

— E esse "Harry"? — questiona Ev, lançando um olhar significativo em minha direção. — Estamos presumindo que ele deve ser o encanador ou algo assim...

— É improvável — diz Baxter com seriedade. — Esmond ligava para ele com muita frequência para isso.

— Mas e se ele for o amante? E se Esmond for gay?

Quinn cruza os braços, nitidamente cético.

— Enquanto o tempo todo ele se passava pelo homem com um casamento feliz em público?

Ev dá de ombros.

— Bem, não é de todo impossível, é?

— Teve aquele incidente quando ele ainda estava na escola — lembra Somer em voz baixa. — Seu irmão acha que era apenas experiência adolescente, mas e se Philip estiver errado? E se Esmond teve esses sentimentos por toda a vida? Só que agora, finalmente, não consegue mais escondê-los.

— Certo — diz Ev. — E, se ele tinha um amante gay, ele me parece o tipo que não ia querer que as pessoas soubessem.

— Encontramos mais alguma comunicação entre ele e Harry? — pergunto, olhando ao redor. — Redes sociais? E-mails?

— Ainda estou esperando pelo acesso de sua conta na universidade — responde Baxter. — Mas provavelmente não vai haver, não é? Não se o que Ev diz for verdade.

— E o particular?

Baxter fica um pouco vermelho.

— Ainda não descobri a senha dele, chefe. Desculpe, não me parecia uma prioridade.

— Bem, agora é.

Ele assente.

— Vou ficar em cima, senhor.

Eu me volto para o resto da sala.

— Se Michael Esmond ainda está em Oxford, com ou sem esse personagem "Harry", então onde ele está? E, se ele *não* está aqui, como viajou? Ele não usou os cartões de crédito, então deve estar pagando as despesas em dinheiro.

— Aquelas duas mil libras podem finalmente estar sendo úteis — concorda Ev, enquanto olha séria para Quinn.

— Vamos começar verificando trens e ônibus — diz Gislingham.

— Ou melhor, o detetive Quinn vai fazer isso.

Quinn revira os olhos, o que finjo não perceber.

— E, Ev, fale outra vez com a sra. Gifford, está bem? Veja se Gow tinha razão quando disse que pode ter havido abuso doméstico. Se ela confidenciou para alguém, pode muito bem ter sido para a mãe.

Eu olho ao redor da sala.

— Está bem, é isso. Mas por enquanto mantemos as notícias sobre Esmond dentro dessas quatro paredes, certo? Não quero que isso saia daqui até estarmos prontos para anunciar. — Eu olho para Everett. — E isso inclui os Giffords. Pelo menos por enquanto.

Ela assente.

— Está bem, chefe.

O telefone toca, Asante o atende, depois olha para mim.

— Mensagem para o senhor. O senhor está sendo solicitado, o senhor e o sargento. Na Southey Road.

***

Entrevista por telefone com Laura Gifford
18 de janeiro de 2018, 11h45
Na ligação, detetive V. Everett

```
VE: Sinto muito por incomodá-la outra vez, sra.
    Gifford. As coisas devem estar horríveis para a
    senhora no momento.

LG: Eu não sei o que faria sem Greg. Ainda não
    consegui assimilar tudo. A gente nunca acha que
```

vai ter de fazer isso, não é? Lidar com a morte de sua própria filha. Sem falar nos netos. Era com Greg que você queria falar?

VE: Na verdade, eu esperava encontrá-la sozinha, sei que pode ser difícil falar sobre essas coisas, mas a maior parte das garotas confia na mãe.

LG: Desculpe, não sei do que você está falando.

VE: Era um casamento feliz, não era? Algumas das coisas que vocês dois disseram me deram a impressão de que podia haver algumas dificuldades.

LG: Não mais que todo mundo. Michael era um marido muito amoroso e muito bom pai. Sei que Greg foi um pouco duro quando conversamos antes, mas você sabe como os pais podem ser, especialmente em relação a suas garotinhas.

VE: Samantha nunca disse nada para a senhora que pudesse sugerir que Michael tenha sido... Desculpe, não há jeito fácil de perguntar isso.

LG: Tenha abusado dela? Batido nela? É isso o que você quer dizer? De jeito nenhum, o que lhe deu essa ideia?

VE: Eu não quis aborrecê-la, sra. Gifford, sério. Mas a violência não é a única forma com que os problemas em um relacionamento se manifestam. A senhora diria que Michael era controlador? Samantha alguma vez disse que ele estava tentando ditar como ela devia se comportar?

LG: *Claro que não*. Vocês são todos iguais, procurando problemas onde não há nenhum.

VE: O sr. Esmond ainda está desaparecido, sra. Gifford. Só estamos tentando eliminá-lo de nossas investigações. Tenho certeza de que a senhora consegue entender.

LG: Não, não entendo. Por que vocês não estão concentrados em descobrir quem fez isso? É isso o que eu quero saber. Minha filha está morta, meus netos estão mortos, e vocês não têm a menor ideia de quem é o responsável.

VE: Sra. Gifford...

[*a linha fica muda*]

***

Quando Gis estaciona na Southey Road, não há praticamente ninguém por perto, só um senhor de idade andando em um sobretudo pesado de *tweed* e uma mulher empurrando um carrinho de bebê com um menino louro dentro. Ele está usando um boné de beisebol com "anti-herói" impresso na frente. Ele deve ter aproximadamente a mesma idade de Zachary Esmond. Está garoando agora, e eu levanto a gola enquanto avanço pelo cascalho atrás de Gislingham. A casa parece ainda pior que da última vez em que estive aqui, as janelas escorrendo manchas negras como olhos chorosos de palhaço. Você consegue sentir a fuligem molhada na garganta.

Rigby vem em nossa direção através dos escombros, suas botas triturando a cada passo.

— Desculpe por arrastá-los até aqui, mas acho que vocês vão ficar satisfeitos por eu ter feito isso.

Ele entrega capacetes de segurança para nós dois.

— Ninguém tem permissão de entrar no local sem um desses. — Ele espera até que nós os coloquemos, então se vira. — Por aqui.

O único acesso é pelos fundos, e seguimos nosso caminho até a sala de estar sobre um chão ainda coberto de cinzas, entulho e fragmentos de reboco, com encerados estendidos aqui e ali sobre as últimas áreas que eles ainda não limparam. Rigby para e se agacha, apontando para o que restava de tábuas enegrecidas.

— Estão vendo aquilo? É padrão de derramamento. Quando você sabe o que está procurando, pode vê-lo por toda parte aqui. Encharcaram o lugar com a coisa.

— Gasolina? — pergunta Gislingham, tomando notas.

Rigby confirma.

— É quase certo. Nós enviamos amostras para o laboratório para ver se são iguais ao usado no cortador de grama. Também encontramos a lata. Duvido que haja impressões digitais, considerando o estado em que ela se encontra, mas vale a pena tentar. — Ele torna a se levantar. — O que o padrão de derramamento nos diz é que o incendiário estava no meio da sala e começou a recuar na direção daquela porta ali, jogando gasolina de um lado para outro. —- Ele começa a imitar o gesto, balançando os braços de um lado para outro enquanto recua. — Mas aqui — diz ele, se detendo — foi onde ele parou.

Gis franze o cenho.

— Como você sabe?

Rigby aponta para o encerado aos seus pés, então se abaixa para levantá-lo. Por baixo há uma viga pesada de madeira, e o que resta de um espelho vitoriano ornamentado, o dourado ainda brilhando através da fuligem. Meu reflexo rachado olha para mim do vidro quebrado.

E não é o único rosto que vejo.

***

Oxford Mail online

Quinta-feira 18 de janeiro de 2018
Atualizado pela última vez às 13h11

URGENTE Incêndio em Oxford: investigadores dos bombeiros descobrem uma quarta vítima

Em uma reviravolta chocante, a equipe de investigação dos bombeiros na Southey

Milhões serão investidos nas estradas de Oxfordshire

O governo vai fazer investimentos significativos nas estradas do país ao longo dos próximos cinco anos como parte de.../ver mais

Road descobriu uma quarta vítima nos restos queimados da casa eduardiana. Vizinhos dizem ter visto uma van funerária e um saco preto sendo removido em uma maca. A equipe dos bombeiros está no local desde o início do incêndio nas primeiras horas da madrugada de 4 de janeiro e tem examinado exaustivamente as ruínas desmoronadas de um lado da casa, procurando pistas sobre a possível causa do incêndio. A sra. Samantha Esmond, 33, e seu filho mais novo, Zachary, morreram nas chamas, e o filho mais velho, Matty, 10, morreu depois no hospital John Radcliffe em razão dos ferimentos.

Crescem as especulações de que a quarta vítima seja Michael Esmond, 40, um acadêmico no departamento de antropologia da universidade, que não é visto desde antes do incêndio, apesar de um apelo nacional da polícia para que ele se apresentasse. Pessoas com conhecimento dos procedimentos de investigação sugeriram que o corpo recém-descoberto devia estar na sala de estar no térreo, levando-se em conta o tempo que levou para localizarem seus restos. Também se acredita que o incêndio começou nessa parte da casa.

A polícia de Thames Valley até agora se recusou a fazer um pronunciamento, e ninguém foi encontrado nos gabinetes universitários na Wellington Square para comentar.

Moradora de Headington comemora 100 anos

Amigos e vizinhos se reuniram para comemorar o centenário de Hester Ainsworth, de Carberry Close, Headington... /*ver mais*

Escolas locais vão arrecadar dinheiro para caridade

Diversas escolas e faculdades locais estão planejando eventos especiais para levantar dinheiro para a caridade nesta primavera.../ *ver mais*

670 comentários

WendydeWittenham66
Estou deixando passar alguma coisa aqui ou na verdade eles estão sugerindo que foi o pai – botar fogo na casa com os filhos pequenos dormindo no segundo andar? Isso é difícil de acreditar – que tipo de monstro faz uma coisa dessas com os próprios filhos?

Turner_Rolland
Eles são chamados de "Aniquiladores de famílias". Se você visse muitas séries americanas vagabundas sobre crimes como minha mulher, ia saber tudo sobre eles.

Metaxa88
Há um bom artigo sobre isso – com base em uma pesquisa feita por uma equipe da universidade de Birmingham. Aparentemente há quatro tipos: os "hipócritas", que geralmente estão passando por um divórcio e culpam a mãe por destruir a família e que normalmente ligam para ela para provocá-la com o que eles estão prestes a fazer (simpático); os "decepcionados", que acham que todo mundo os traiu; os "paranoicos", que acham que estão sob algum tipo de ameaça; e os "anômicos" (não, eu também não sabia o que isso significava), que veem a família como símbolo de seu próprio sucesso, mas então entram em falência ou lhes acontece alguma coisa e tudo desmorona ao seu redor. Aqui está o link http://www.wired.co.uk/article/assassinos-de-familias

EveSpan1985
E eles são todos homens. Agora, isso é uma surpresa.

***

— Eu teria vendido ingressos — diz Boddie, olhando para a galeria e depois novamente para mim —, se soubesse que você estava trazendo um bando.

Eu diria algo sombriamente irônico em resposta, só que agora estou concentrado em não vomitar diante de toda a minha equipe. Eu devia ter me esquivado e ficado no andar de cima com o resto deles, mas às vezes a liderança é uma pressão sobre você.

O corpo sobre a mesa à minha frente está negro-azulado e carbonizado, mas aqui e ali a pele se abriu em cortes compridos como os de uma fruta rompida. É possível ver o cinza-pálido do osso do crânio, as serpentinas amarelas do intestino.

— Como podemos ver — diz Boddie, com a voz abafada pela máscara —, o corpo exibe a posição clássica de pugilista tipicamente observada em vítimas graves de queimaduras. Posição de supino, punhos cerrados, joelhos erguidos e assim por diante. — Ele ergue os olhos e levanta a voz. — E, para os ingênuos entre vocês, ele não estava disputando um último *round* com a Ceifadora. O calor extremo faz com que as proteínas nos músculos coagulem e se contraiam, resultando nessa aparência combativa um tanto singular.

Ele faz a volta e vai até a cabeceira da mesa.

— Posso confirmar que o corpo é de um homem, mas não vou poder dar uma estimativa precisa de peso ou altura considerando o encolhimento resultante do dano provocado pelo fogo. Da mesma forma, com esse nível de carbonização, duvido que encontre qualquer marca externa característica digna do nome. Além talvez disso — ele aponta para uma das mãos cerradas —, como os mais observadores entre vocês já terão visto, há um anel no quinto dedo da mão esquerda. — Ele olha para a galeria. — O que imagino que o sargento-detetive Gislingham chamaria de seu "mindinho".

Não consigo ouvir, mas posso ver os risos. Ev cutuca Gislingham, que consegue sorrir.

— Vamos torcer para que Alan Challow descubra alguma marca identificadora nele com uma inscrição — continua Boddie, debruçando-se sobre o crânio —, porque nosso amigo parece ter perdido a maior parte de sua mandíbula.

— Uma das vigas caiu em cima dele — conto entre dentes cerrados.

— Entendo — diz Boddie secamente. — Isso é muito azar. Temo que haja dano demais aqui para tentar uma identificação confiável com os registros dentários. Eu vou, é claro, fazer os raios-X de rotina para ver se há ossos com fraturas consolidadas que possam ajudar com a identificação, mas nossa melhor aposta é provavelmente o DNA. Há um irmão vivo, creio eu.

Eu confirmo.

Ele se curva outra vez, inspecionando o crânio de ângulos diferentes.

— Interessante. Desconfio que podemos ter uma fratura significativa na área temporal direita. — Ele levanta a voz outra vez. — Para vocês que estão nos lugares baratos, ossos frequentemente se quebram sob o calor intenso, o que pode tornar difícil determinar se um ferimento em uma vítima de queimadura foi antes ou depois da morte. Muitos policiais competentes se enganaram redondamente com isso.

— Você está dizendo que alguém pode ter batido nele?

— Estou dizendo que é *possível*. Tão *possível* quanto ele ter batido com a cabeça quando foi envolvido pela fumaça. — Ele pega o bisturi. — Vamos dar uma olhada?

Quando a lâmina perfura a carne enegrecida, eu ergo os olhos e vejo que quase todos viraram de costas ou sentiram uma necessidade urgente de verificar o telefone. Com uma exceção: o detetive Asante. Ele toma notas.

EXAME DE CENA DE INCÊNDIO – ESCAVAÇÃO
CONFIDENCIAL QUANDO PREENCHIDO
Rascunhos extraídos de relatório completo

Ocorrência nº	87/1434	Data da ocorrência	04/01/2018	Horário da ligação sobre a ocorrência	00:47 HRS
Endereço	Southey Road, 23, Oxford OX2				
Finalidade da propriedade	Doméstica/residencial				
Nome do ocupante	Michael Esmond				

Oficial de investigação do incêndio

Nome	Gerente de vigia Paul Rigby	Nº de serviço	667	Bombeiros	Oxfordshire

RESUMO DA OCORRÊNCIA E DA INVESTIGAÇÃO/ VISÃO GERAL

Data/horário da mobilização da investigação	00:52 HRS 04/01/2018		Data/horário da chegada dos investigadores	1:15 HRS 03/01/2018	
Cordão estabelecido	S	Sim	Cordão estabelecido por	X	Bombeiros
		Não			Polícia
Cena protegida	S	Bombeiros	Registro de ocorrência policial iniciado em:		
	S	Polícia			
Comandante dos bombeiros na ocorrência	Gerente de estação G. Lowe				
Comandante policial da ocorrência	Sargento-detetive C. Gislingham		Razão para investigação	Fatalidades/ possível incêndio criminoso	
Nome do oficial da polícia na investigação	Challow		Local de trabalho	St. Aldate's	
Caminhões usados	Caminhões de Oxford Caminhões de Slade		Códigos de rádio e horário da chegada	21P1 à 00h55 21P2 à 01h01 30P1 à 01h15 30P2 à 01h30	

Primeira testemunha – antes da chegada dos bombeiros			
Nome da pessoa que descobriu o incêndio	Sra. Beverly Draper	Endereço de contato	Southey Road, 21 OX2
Telefone de contato	01865003425	Como o incêndio foi descoberto	Visível pela janela
Estava tocando algum alarme?	Não	Hora da descoberta	00h45
Quem ligou para os bombeiros?	Sra. Draper	Alguma ação foi tomada antes da chegada dos bombeiros?	Não

Descrição da ocorrência

A ligação para a emergência da casa ao lado indicava que podia haver quatro pessoas presentes na propriedade, incluindo duas crianças. O primeiro caminhão chegou à 0h55 com uma mensagem de primeira impressão da fumaça saindo do lado direito do primeiro e do segundo andar da propriedade, com chamas visíveis no térreo. O gerente Lowe instruiu sua equipe a desenrolar uma mangueira, e os bombeiros 354 Fletcher, 143 Evans, 176 Jones e 233 Waites a se prepararem com equipamento de respiração. Esses bombeiros subiram imediatamente até o primeiro andar por uma escada, entrando por uma janela. Zachary Esmond foi encontrado por 354 Fletcher em um quarto identificado como um quarto de brincar e foi imediatamente removido e entregue aos cuidados dos socorristas. Pouco depois, Matthew Esmond foi encontrado no térreo, na escada. Zachary Esmond foi declarado morto no local. A equipe da ambulância administrou os primeiros socorros a Matthew Esmond antes de transferi-lo para a emergência do hospital John Radcliffe. Durante esse tempo, outros bombeiros com equipamento de respiração foram mandados para a propriedade para combater o incêndio no térreo. O acesso só era possível pelo lado esquerdo nos fundos (cozinha) devido ao fogo severo no vestíbulo e na entrada da frente.

À 1h15 o gerente de vigia Rigby foi indicado como oficial de investigação do incêndio. Às 2h45 o gerente Lowe relatou ao controle o seguinte: "Incêndio severo no lado direito do térreo, levando a desabamento estrutural significativo acima. Danos de fumaça e chamas no resto da propriedade. Uma criança morta e uma ferida. Um bombeiro sofreu com leve inalação de fumaça e foi tratado no local. Oito pessoas vestindo equipamento de respiração, quatro mangueiras e um ventilador de pressão em uso. O incidente permanece ofensivo e deve ser mantido aberto — causa atualmente desconhecida — aguardando investigação."

Informação sobre mortos/feridos		
Nome	Idade	Tipo de ferimento/ tratamento na cena/ recebendo tratamento hospitalar ou *check-up*
Zachary Esmond	3	Morto
Matthew Esmond	10	Ferido, internado no JR. Posteriormente morto.

DETALHES DA CONSTRUÇÃO E DA OCUPAÇÃO			
Tipo de propriedade	Casa de ocupação única	Utilização da propriedade	Residência familiar
Construção – paredes externas	Tijolos	Construção – telhado	Telhas alcatroadas
Paredes internas	Tijolos		
Número de andares	3	Idade da construção	1909
Ocupada no momento do incêndio	X Sim	Por quem e por quantos? Duas crianças descobertas durante o curso do incêndio, uma morta. Restos de dois adultos descobertos durante escavações	

Estilo de vida do ocupante	Indícios de		Detalhes
	X	Fumante	Hora do último cigarro: desconhecida
		Não fumante	
	X	Consumo de álcool	
		Uso de drogas	
Endereço do(s) ocupante(s) de conhecimento da polícia			Não

EXAME INTERNO: PLANTAS DOS PISOS – NÃO EM ESCALA

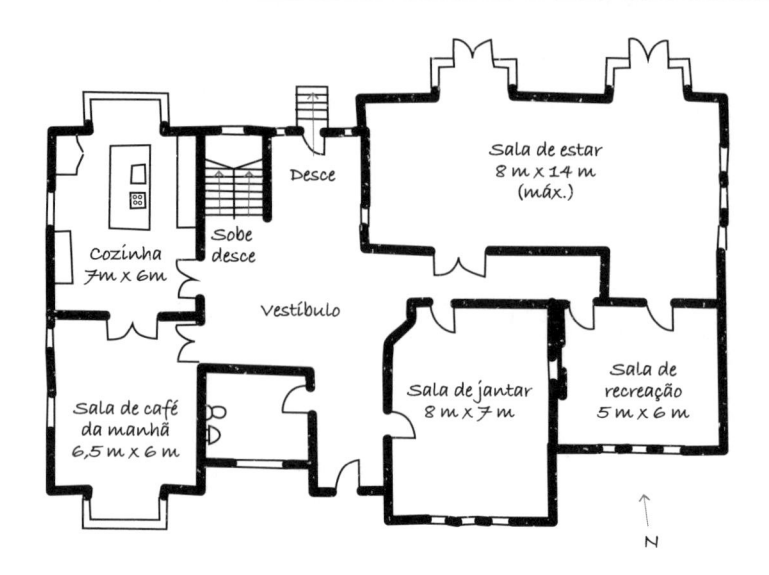

Térreo:
- Cozinha 7 m x 6 m
- Desce
- Sobe desce
- Sala de estar 8 m x 14 m (máx.)
- Vestíbulo
- Sala de café da manhã 6,5 m x 6 m
- Sala de jantar 8 m x 7 m
- Sala de recreação 5 m x 6 m
- N

TÉRREO

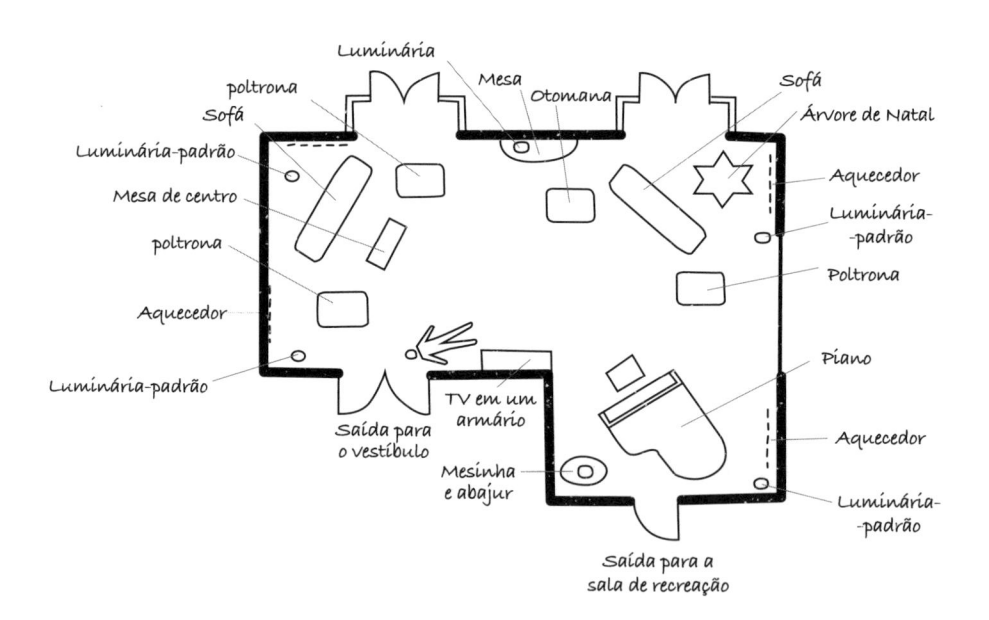

Sala de estar:
- Luminária
- poltrona
- Sofá
- Mesa
- Otomana
- Sofá
- Árvore de Natal
- Luminária-padrão
- Mesa de centro
- Aquecedor
- Luminária-padrão
- poltrona
- Aquecedor
- Luminária-padrão
- Poltrona
- Saída para o vestíbulo
- TV em um armário
- Mesinha e abajur
- Piano
- Aquecedor
- Luminária-padrão
- Saída para a sala de recreação

SALA DE ESTAR (não em escala)

EXAME DA CENA DO INCÊNDIO – ESCAVAÇÃO

Data e horário do início		Data e horário do fim	
Presentes (acrescentar nomes)	Oficial de investigação Paul Rigby	Peritos/oficiais na cena do crime M. Paice, D. Thatcher (FRS), C. Conway (TVP)	

Descrição da escavação

O processo de escavação começou aproximadamente 32 horas depois que o local foi declarado seguro. Dois andares tinham desabado no lado direito da construção, o que exigiu a remoção cuidadosa dos escombros e de material de construção para preservar provas forenses. O corpo da sra. Samantha Esmond foi descoberto aproximadamente às 16h30 do dia 05/01/2018. A posição do corpo sugere que ela estava dormindo em um dos quartos menores no último (2º) andar, imediatamente acima do foco do incêndio. Na manhã de 18/01/2018, os restos de um homem adulto foram descobertos na sala de estar (ver planta do andar). O corpo estava muito carbonizado e a identificação visual na cena não foi possível. Posterior escavação e investigação nessa sala revelaram provas de acelerante e a presença de um isqueiro pertencente ao sr. Michael Esmond. Os padrões de queima detectados no piso e no que restava dos móveis da sala indicam que o acelerante foi utilizado por uma única pessoa, atravessando a sala na direção da porta para o vestíbulo. Não foi possível determinar por que o indivíduo encontrado nessa sala não conseguiu sair em segurança. Quando a porta principal foi localizada não havia sinais de entrada forçada (como também foi o caso no resto da casa).

Como o fogo se espalhou

<u>Ignição</u>

O incêndio começou com a ignição deliberada de acelerante gasolina no chão, tapete e móveis adjacentes na sala de estar do térreo.

<u>Desenrolar</u>

Devido ao tapete combustível no chão e à decoração de Natal seca e altamente inflamável na sala, o desenrolar do incêndio deve ter sido rápido e significativo. O fogo se espalhou rapidamente pelo térreo e subiu a escada, ganhando em energia com as guirlandas de Natal usadas para decorar os corrimões da escada de madeira.

Não havia detector de fumaça instalado em lugar nenhum da casa

Assinado: Paul J. Rigby   **Data:** 18/01/2018

Cópias para: Superintendente J. Harrison (Thames Valley)
Inspetor-detetive A. Fawley

***

Baxter é o único que não estava na autópsia, mas ele tinha uma boa desculpa.

— Descobri aquela senha, chefe — diz ele assim que eu entro na sala de incidentes. — A da conta de e-mail. E a do computador da casa.

Um viva se ergue às minhas costas, e Baxter fica vermelho, mas mesmo assim ele está satisfeito.

— Falei com os caras da TI do departamento de antropologia e eles acabaram me dando a senha que ele estava usando para seus e-mails da universidade. Essa era Xfile9781. A da conta particular é uma variação exatamente das mesmas letras e números.

— E então, ele era algum tipo de fã de ficção científica? — pergunta um dos detetives.

— Mais provavelmente fã de Gillian Anderson — sugere outro, com um cutucão — Quer dizer, não somos todos?

— Boa tentativa, rapazes — Baxter sorri. — Mas na verdade é um anagrama. Xfile é um anagrama de Felix. O nome da casa.

— E o número? — pergunto.

— Acho que se refere a 1978 — diz Baxter. O ano em que ele nasceu. Assim como em seu telefone.

A casa e eles, totalmente unidos. Senhas podem ser reveladoras.

— Mas a má notícia — prossegue Baxter — é que também não havia nada nos e-mails pessoais. Nenhum indício de um relacionamento irregular, com mulher *ou* homem.

— Sem mensagens para Harry? Nenhuma?

Ele nega com a cabeça.

— Não. Esmond parecia usá-lo principalmente para comprar coisas na Amazon e fazer seu pedido no supermercado.

Nossa, esse homem é sem graça. Nada em sua vida era tão interessante quanto sua partida dela.

Mas Baxter ainda não terminou.

— Eu voltei e pesquisei suas senhas antigas e é sempre o mesmo, uma combinação diferente de Felix e 1978. Embora ele só tenha botado senha no computador de casa pela primeira vez em novembro. A última vez que ele a atualizou foi 2 de janeiro. A julgar pela hora, deve ter sido pouco antes de sair de casa naquela manhã.

A caminho da reunião com Jordan e da conferência em Londres e, como sabemos agora, alguém ou alguma *coisa* em Brighton. O momento não pode ser insignificante.

— Então qual é a senha agora?

— Xlife9718. Tipo "*ex-life*", ex-vida. Tipo morto.

Podia ser apenas coincidência. Mas tenho certeza de que você a essa altura já sabe, eu não acredito em coincidências.

***

29 de outubro de 2017, 14h48
67 dias antes do incêndio
Southey Road, 23, Oxford

— Está tudo bem?

É Sam, parada na porta do escritório. Atrás dela, o vento sopra através dos galhos nus. Um está roçando o telhado como um violino enferrujado.

Michael ergue os olhos e franze o cenho.

— É a conta do lar de idosos.

Sam entra mais e vai parar ao lado dele, olhando para a tela.

— São os extras que estão fazendo isso — diz ele. — Cabeleireiro, podólogo, exames de vista. Onde isso termina?

— Talvez devamos pensar em algum lugar mais barato — sugere ela hesitantemente. — Philip disse...

— Philip disse o quê?

Ela fica vermelha.

— Só que ela provavelmente seria feliz em qualquer lugar onde as pessoas sejam gentis e ela fique aquecida e bem alimentada. Ela na verdade não sabe onde está.

Ela espera que ele estoure com isso, mas ele simplesmente fica sentado, olhando para a tela.

— Sei que ela está bem instalada lá, mas se isso está se tornando um problema...

Seu marido se encosta na cadeira. Há círculos escuros embaixo de seus olhos. Ela se pergunta, de repente, o quanto ele tem dormido.

— Tem o suficiente na poupança para este mês, mas depois disso...

Ele ergue os olhos; ela está mordendo o lábio.

— Eu ia contar a você — diz ela.

— Você ia me contar o quê?

— Eu tirei um dinheiro da poupança. Desculpe, eu devia ter falado.

Ele está novamente de cenho franzido.

— Quanto, exatamente?

Ela fica muito vermelha.

— Duas mil libras.

Ele olha para ela.

— Mas por que você precisou dessa quantia em dinheiro?

— Não foi para mim. Foi só um empréstimo. Eu vou receber de volta.

— Um empréstimo? Para quem? Com certeza seus pais...

— Não foi para os meus pais. Harry. Eu emprestei o dinheiro para Harry.

— *Harry?*

— A mãe dele anda doente, e ele tem enviado dinheiro para ela.

— Você tinha que dar a ele tanto assim?

— Desculpe, Michael, eu não percebi que ia ser um problema. É que, você nunca disse... eu nunca vi os extratos.

— É porque eu não quero que você se preocupe.

O coração dela se aperta. Ele está sob muita pressão. Não só a mãe, mas o emprego e o livro dele, que ela sabe que está pelo menos seis meses atrasado.

Ela o envolve com os braços, sentindo a tensão em seus ombros, a pulsação em seu pescoço.

— Por favor, não se preocupe. Ele disse que com certeza ia pagar até o fim do mês. Nós vamos receber a tempo para o Natal. Ele prometeu.

***

— Chefe? Tem uma coisa que você devia ver.

É Baxter. Eu nem tinha percebido que ele ainda estava ali. Eu estava prestes a ir embora, mas ele claramente encontrou alguma coisa. Embora contar para mim não esteja lhe dando nenhum prazer.

— O que é?

— É o computador de Esmond.

A sala de situação está deserta, e eu evito fazer qualquer referência ao saco de salgadinhos e à barra de chocolate na mesa de Baxter.

Ele se senta em frente à máquina. Não é muito nova e já foi muito usada, se considerarmos os arranhões na tela. Há um adesivo azul desbotado que diz "O melhor pai do mundo", e outro com o nome de uma empresa de manutenção de computadores: "Ajuda honesta e prática para todos os seus problemas de TI".

Baxter abre uma página do YouTube.

— Isso estava enterrado em seu histórico de navegação — diz ele em voz baixa. — Aperte o play.

A trilha sonora é uma batida disco pesada, e o filme não passa de um vídeo doméstico com legendas na primitiva Comic Sans e transições saltadas de um *frame* para o seguinte. Mas passa a mensagem mesmo assim.

5 truques incríveis para iniciar um incêndio!

Dispositivos de ignição feitos de caixas de fósforos, dispositivos de retardamento de tempo usando pavios de fogos de artifício, balões cheios de gasolina pendurados acima de velas. Duas mãos em *close* como uma espécie de programa infantil *Blue Peter* enquanto uma narração estridente com sotaque americano fornece dicas úteis ("*Cuidado, gente: combustível demais no balão e você na verdade pode apagar a vela!*"), em seguida três emoticons sorridentes entram em chamas e nós seguimos para o próximo Truque Realmente Incrível.

Só então eu percebo que a música pulsante é "Burn Baby Burn".

— Meu Deus.

Baxter faz uma careta.

— Eu sei.

— E Esmond com certeza assistiu a isso?

Baxter confirma.

— Em novembro. No dia 4, para ser mais preciso.

Eu afasto o teclado. O adesivo ainda está ali.

"O melhor pai do mundo."

***

— Levei um tempo para limpar, mas ele não está em más condições, considerando tudo.

Alan Challow me entrega o saco plástico de prova e uma lente de aumento.

— Dê uma olhada.

O anel é de prata, ou talvez de ouro branco, com um centro azul liso. Ele está amassado e arranhado, mas a inscrição no esmalte é clara: duas iniciais gravadas de forma ornamental e sobrepostas uma à outra. Um M e um E.

— Acho que isso é bem conclusivo, não acha?

Eu olho para ele.

— Vou mostrar para o irmão. Se isso for de Esmond, ele deve ter visto antes.

Challow concorda.

— Boa ideia. Na verdade, você pode fazer isso agora mesmo. Ele está lá fora, esperando para retirar uma amostra de DNA.

***

Depois de três dias, Quinn está prestes a desistir de todo o ângulo de Brighton. O policial Kumar estava se esforçando para encontrar tempo para revisar as imagens das câmeras, e Quinn não pretende se oferecer para fazer isso. Mas, quando ele volta do almoço, tem um Post-it grudado na tela de seu computador. Kumar ligou. Tem um e-mail na sua caixa de entrada. Quinn se senta e abre a tela. O trecho de imagem das câmeras tem apenas 35 segundos de duração e não é exatamente definitivo. A qualidade é bem ruim. E o rosto do homem está parcialmente oculto por um guarda-chuva, mas a bolsa de laptop se parece com a que Esmond estava carregando quando saiu da estação de Brighton. Quinn pega o telefone.

— Kumar? É Quinn. Você acha que é o nosso suspeito?

— O horário bate. Ele teria chegado tão longe se estivesse andando em um passo normal.

— Então para onde ele estava indo, tem alguma ideia?

Ele ouve Kumar exalar.

— Isso é um pouco mais complicado. Essa câmera está em uma loja de esquina em uma área residencial no noroeste da cidade. Quanto a para onde ele estava indo, para ser honesto poderia ser qualquer lugar. Eu verifiquei e não há mais câmeras naquele trecho da rua por mais uns três quilômetros, e em nenhuma delas tem nada.

Quinn dá um suspiro. Alto.

— Olhe, vou investigar um pouco mais — diz Kumar. — Mas eu acho que minha sorte pode ter se esgotado.

Não só a sua, pensa Quinn.

**

— Onde o senhor encontrou isso?

Philip Esmond está olhando para o anel de sinete que está na palma da minha mão. Ele ficou muito pálido.

— Ele estava naquele corpo, não estava? Naquele do qual estão falando no noticiário.

— Infelizmente, sim.

Ele engole em seco.

— Então ele está morto. Meu irmão está morto.

— O senhor quer um copo de água? Isso deve ser um choque e tanto.

Ele balança a cabeça; então há lágrimas em seus olhos.

— Então, eu estava esperando por isso, especialmente depois de ver a notícia, mas... — Sua voz fica embargada e ele desvia o olhar.

E eu sei o que ele quer dizer. Desconfiar é uma coisa, saber é outra. A gente se agarra à esperança mais débil e frágil, porque esperança é tudo o que a gente tem

— Então ele os matou. Ele realmente os matou. E depois se matou.

Sinto meu próprio coração se apertar com sua dor.

— Eu sinto muito. Mas, sim, parece muito que foi isso o que aconteceu.

E, como os resultados da autópsia acabaram de confirmar, ele ainda estava vivo quando o incêndio começou. Mas não estou prestes a dizer isso a seu irmão. As coisas já estão difíceis o bastante para ele.

— Desculpe por mencionar isso agora, mas o senhor ainda precisa nos dar uma amostra de DNA. Só para termos certeza. Está em condições de fazer isso agora? É só um cotonete grande na boca.

Ele pisca para conter as lágrimas.

— Claro. Sem problema.

Ele se levanta da cadeira.

— Acho que agora posso pelo menos dar a ele um funeral decente.

— Tenho certeza de que a legista vai fazer todo o possível para acelerar o inquérito. Embora... — Eu paro, sem saber ao certo como abordar isso. — O senhor pode precisar pensar em onde... o funeral, quero dizer. Não tenho certeza de como os Giffords iam se sentir se...

— Se eu pusesse Mike ao lado da filha e dos netos que ele matou? Não se preocupe, não pretendo tornar as coisas dez vezes piores.

Ele estende a mão, meio sem jeito.

— Obrigado. Por tudo o que o senhor fez.

— É meu trabalho. E vamos garantir que o anel seja devolvido ao senhor o mais rápido possível.

Ele dá um sorriso triste e cansado.

— Obrigado. Eu agradeço por isso.

Dez minutos mais tarde eu o observo atravessar o estacionamento. Ele para no carro e remexe o bolso para pegar as chaves. É alugado, eu suponho, porque ele leva tempo demais para encontrar aquela de que precisa e abrir a porta. Então ele fica ali parado, com a mão apoiada no teto, os ombros curvados. Eu só espero que ele tenha o bom senso de optar por um funeral privado e bem longe. As redes sociais estão detonando seu irmão.

***

4 de novembro de 2017, 19h14
61 dias antes do incêndio
Southey Road, 23, Oxford

Michael Esmond está voltando tarde, então ele não se surpreende ao encontrar a casa na escuridão. Sam disse que ia levar os filhos para ver o novo filme da Lego. Ele fica parado no vestíbulo por um momento, deixando suas chaves. Ele ainda consegue sentir o cheiro químico leve do novo sinteco. Sinteco e agora mais alguma coisa.

Queimado.

No andar de cima.

Ele sobe a escada sem sequer pensar, correndo apenas por reflexo. Está vindo do quarto de Matty. Meu Deus, pensa ele, o que ele está fazendo, nós falamos com ele cem vezes sobre brincar com fogo. E, quando ele entra no quarto do filho, o menino está ali, sentado no chão de pernas cruzadas.

Suas mãos estão em chamas.

— Cacete! — grita ele. Mas ele nunca fala palavrão. Não na frente das crianças. Nunca.

Então ele percebe que Harry também está no quarto. Harry, que está olhando para ele com toda a calma do mundo.

— Oi, Mike — diz ele, sorrindo.

Matty está deixando que a chama azul e pálida caia de uma palma da mão para a outra, e Michael percebe que o fogo está vindo de algo do tamanho de uma bola de pingue-pongue. E que sua pele está totalmente ilesa.

— Não é incrível? — diz Matty. — É como os carregadores de chamas do *Minecraft*.

— Legal, hein? — diz Harry. — Uma coisa para as crianças na Noite das Fogueiras. Nós encontramos na internet, não foi, Matty? Se você embeber uma bola de pano em fluido de isqueiro você na verdade pode segurar o fogo em suas mãos.

— Dá para sentir o cheiro de queimado desde lá debaixo.

— É, desculpe por isso. Nós erramos algumas vezes antes de acertar.

— Vocês podiam ter incendiado a merda da casa inteira.

Harry sorri outra vez, agora um pouco mais calmamente.

— A casa está perfeitamente segura. Eu sei o que estou fazendo.

— Você acabou de dizer que encontrou isso na droga da internet.

Harry estende a mão e pega a bola de fogo de Matty, então fecha a mão como um mágico e o fogo se apaga.

— Vá lá para baixo, Matty — diz Michael sem olhar para ele.

— Mas, pai... — começa ele.

— Faça o que eu digo. E feche a porta. Eu quero conversar com Harry.

Matty se levanta devagar e vai arrastando os pés até a porta. Harry olha para ele.

— Está tudo bem, Matt. Eu vou descer em um minuto.

A porta se fecha atrás dele, e eles escutam o menino descendo a escada devagar.

— Você nunca mais ponha meu filho em perigo desse jeito.

— Sério? — diz Harry, erguendo uma sobrancelha. — Do jeito que você falou parecia que estava preocupado só com a casa.

— Você sabe exatamente o que estou querendo dizer. O que você estava fazendo é impensado e completamente irresponsável. E se ele tentar fazer isso sozinho, e aí?

Harry descruza as pernas e se levanta.

— Ele não vai fazer — responde. — Ele não é burro.

— Eu sei disso. Mas ele ainda é uma criança. *Uma criança de dez anos.*

— Eu disse a ele para não fazer isso sozinho. Que só podia fazer isso quando eu estivesse com ele para que eu pudesse garantir que nós estávamos fazendo isso de forma segura. Com as coisas certas.

— Ah, certo, então tudo bem.

— Você se preocupa demais — diz Harry, botando as mãos nos bolsos. — Fique tranquilo. Está tudo sob controle.

— E o que você quis dizer com "nós"?

— Desculpe, não com você.

— Você disse "Nós encontramos isso na internet".

Harry não se abala.

— Ah, certo, fui eu e Matt. Nós fizemos isso juntos.

— No seu celular?

Ele franze o cenho.

— Não, no computador.

— *Meu* computador. No *meu* escritório.

Michael se esforça visivelmente para não perder a calma.

— Qual o problema? Matt disse que você não ia se importar.

— Não cabe a Matty decidir isso.

Harry dá de ombros.

— Se isso o incomoda tanto, você devia usar a droga de uma senha. Mas, pelo que eu pude ver, você não tem nada interessante nele.

Michael dá um passo na direção dele.

— Você estava examinando meus arquivos... meus *documentos*.

— Examinando, não. Por acaso eu vi isso. Olhe, Mike...

Eles estão a centímetros de distância, agora. Olhos nos olhos.

— Eu já avisei, não me chame de Mike.

— Por mim, tudo bem — diz Harry sem se abalar. — Tem mais alguma coisa que você queira dizer?

***

Quinn está no café na St. Aldate's olhando para seu tablet. Mas não é sua página do Facebook (embora ele tenha iniciado uma conexão bem promissora com uma das detetives de Brighton). Ele está fazendo outra coisa. Talvez até descobrindo algo.

Ele fica olhando para a imagem, aumenta o *zoom* ao máximo e volta a olhar.

***

— Eu só preciso de um pouco mais de tempo, Adam. É complicado. Tem uma coisa... de que eu preciso ter certeza.

De todos os dias que ela escolhe para ligar, é um dia horrível como aquele. E, embora eu tenha consciência disso, estou começando a perder a calma.

— Certeza sobre o que, Alex? Sobre mim? Sobre nós? Como você pode ter certeza de alguma coisa se você nem fala comigo?

— Por favor. — A voz dela agora está suplicante. — Não estou fazendo isso para magoar você.

— É mesmo? Você devia tentar estar do outro lado para variar.

Então eu acabo fazendo uma coisa que nunca faço. Não com ninguém. E com certeza não com Alex.

Eu bato o telefone.

Porque, de repente, eu já aguentei o bastante. Desse caso, desse lugar, dessa situação absurda com Alex. Eu me levanto e me dirijo à porta, quase colidindo com Quinn, que nitidamente quer conversar comigo.

— Chefe?

— Agora não. Estou de saída.

Ele fica olhando para mim. Para o paletó que eu não estou usando.

— Está congelando lá fora... só estou dizendo...

— Não me importa.

Saio para a calçada e paro, ainda respirando com esforço, e desconfortavelmente consciente de que aquela é uma ideia burra. Todas as outras pessoas estão de gorros, cachecóis e luvas. Incluindo o homem parado do outro lado da rua, que olha o tempo todo para o prédio. Ele é jovem, provavelmente não muito mais de vinte anos. Corte de cabelo militar, lábios finos, e seu cachecol está amarrado com um nó que chamam de "parisiense" (agradeço a Quinn por essa informação, como se você não pudesse adivinhar). Ele olha para o celular, depois novamente para o distrito policial. Atravesso rapidamente a rua, quase acertando uma bicicleta, e sigo na direção dele. Pelo menos eu não estou de uniforme para assustá-lo. Mas eu não o culparia se ele achasse que eu era algum tipo de maluco, em mangas de camisa em um clima como aquele. De perto, ele parece nervoso. Está mordendo o lábio enquanto olha para o telefone. E está usando esmalte de unhas preto.

— Posso ajudá-lo?

Ele ergue os olhos, que se arregalam.

— Eu trabalho ali. No distrito policial. Tem alguma coisa que você queria falar conosco?

Ele fica vermelho.

— Não quero desperdiçar seu tempo. Pode não ser nada.

— Você está preocupado o suficiente para estar aqui fora congelando se perguntando o que fazer. Isso não parece ser nada para mim.

Ele abre a boca e torna a fechá-la.

— Venha. Pelo menos está aquecido lá dentro. E se não for nada, bem, não é nada. — Eu tento um sorriso. Ele parece funcionar.

— Está bem — diz ele.

**

12 de dezembro de 2017, 15h54
23 dias antes do incêndio
Southey Road, 23, Oxford

— Ei, cuidado, não quero que você caia!

Sam está no alto da escada, com Harry a segurando com firmeza embaixo dela. Ela está decorando a árvore de Natal. Quando ela atendeu a porta da frente uma hora atrás, Harry estava ali parado com uma das maiores árvores que ela já tinha visto. Devia ter dois metros e meio.

— Bom — disse ele depois que eles a arrastaram para dentro. — Esse pé-direito alto tem de ser aproveitado.

— Ela é maravilhosa, Harry. Mal posso agradecer você.

— Mais tarde vou levar Matty para procurar azevinho. Nós podemos fazer alguma coisa para o vestíbulo. Você acha que ele vai gostar disso?

— Ele vai amar, claro que vai.

Ela fica parada e o observa enquanto ele coloca a árvore de pé na sala de estar, mordendo o lábio e se lembrando do Natal anterior quando mal se levantou da cama por três dias, e Michael teve de assar uma galinha tirada do *freezer*. Mas este ano, disse ela a si mesma, tudo ia ser diferente. Ela ia fazer um peru e tortinhas de carne moída e um bolo. E um rocambole de Natal de chocolate. Michael sempre dizia que preferia o rocambole ao bolo de Natal, mas, se eles também tivessem um bolo, ela podia decorá-lo com os meninos como sua mãe costumava fazer. Ela podia comprar enfeites de bolo, deixar que os meninos o decorassem como ela fazia quando era pequena.

E agora ela está na escada, cercada pelas decorações que Harry pegou no sótão. Ela nunca gostou de como aquela casa era mobiliada e quis fazer uma troca completa quando eles se mudaram para lá, mas Michael nem quis ouvir falar no assunto. Mas, pelo menos dessa vez, sua mania de manter tudo igual a como seus avós deixaram tinha rendido frutos. As decorações são primorosas. Nada de brilhos ou plástico reluzentes cafonas, mas figuras de porcelana pintadas à mão de homens de neve e Papais Noéis, anjos e flocos de neve de papel dobrado, sapatos pequeninos ornamentados com renda e pérolas falsas, sinos dourados que tocam. Algumas delas são tão delicadas que ela tem medo de tocá-las.

— Elas vão ficar bem — disse Harry. — Só as ponha mais para o alto. Fora do alcance de Zachary.

Ela então pendura um passarinho amarelo emplumado e se afasta para ver o efeito.

— Essas coisas são tão bonitas, não? Nós só tínhamos uns vagabundos de plástico laminado quando eu era criança. Isso e um saco de castanha-do-pará que meu pai sempre insistia em comprar e ninguém nunca comia.

— Pelo menos você *tinha* um pai — diz Harry, entregando a ela outro pássaro emplumado.

Ela fica vermelha.

— Desculpe... Não foi minha intenção.

Ele acena com a mão, desdenhando.

— Você não sente falta do que nunca teve. E minha mãe fez o máximo para compensar isso. Ela sempre fazia uma tonelada de doces, receitas tradicionais e coisas que ela aprendeu com a avó dela. Eu sempre era a criança mais bem relacionada da turma.

— Parece legal. Eu sempre me senti inadequada por não fazer eu mesma bolos para os garotos. Parece trabalho muito duro.

Ele ri.

— Ponha-os para ajudar, eles iam amar. Eu me lembro de fazer uns sonhos pequenos que nós fritávamos e polvilhávamos de açúcar. Tinha farinha por toda parte, mas minha mãe nunca parecia se importar.

Isso ainda parece trabalho duro demais para Sam, mas ela não quer dizer isso.

— Por falar nisso, obrigada — diz ela tentando mudar de assunto. — Sabe aquele show de piratas que você viu na internet? Eu liguei para eles e descobri que eles têm ingressos para depois do Natal. Eu vou fazer uma surpresa para o aniversário de Matty. Podemos passar a noite, ir àquela tal base espacial da qual ele sempre fala. Vai ser legal voltar a Liverpool, eu não volto lá desde que partimos.

— Ah — diz ela de repente. — Michael... você chegou cedo! Isso não é fabuloso?

O marido dela está parado na porta. Ela não tem ideia de há quanto tempo ele está ali. Ou de por que ele está com uma expressão tão estranha no rosto.

***

Eu podia deixar o rapaz com o policial de plantão, mas algo me mantém ali, ouvindo.

— Então é seu namorado que desapareceu? — pergunta Woods, sério.

O rapaz franze o cenho.

— Não é meu *namorado*. Eu disse a vocês, nós só nos encontramos três ou quatro vezes. Eu só queria verificar se deram queixa de seu desaparecimento. Ele não tem nenhuma família, então achei...

— Quando você o viu pela última vez?

— No Ano-Novo. Ele foi à minha casa. Nós combinamos de nos encontrar no fim de semana seguinte, mas ele nunca apareceu.

— Então isso teria sido no dia 6?

O rapaz confirma. O nome dele é Davy. Davy Jones. Eu perguntei se a mãe dele gostava dos Monkees e ele olhou para mim como se eu estivesse louco. Eu me sinto como se tivesse 104 anos.

— E ele não está atendendo o telefone? — continua Woods.

— Não, há dias que não.

— Você tem certeza de que ele não quer apenas — Woods parece atrapalhado —, sabe, terminar com você?

Davy fica vermelho.

— Não havia nada para terminar. Eu já falei. Era só um caso.

— Você tem uma foto? — pergunto.

Ele se volta para mim obviamente aliviado e abre uma em seu telefone. O jovem na tela é extraordinariamente bonito. Cabelo escuro, olhos azul-violeta claros, um sorriso largo e confiante.

Eu gesticulo com a cabeça para Woods.

— Você tem a lista de pessoas desaparecidas das últimas duas semanas?

POLÍCIA DE THAMES VALLEY
Relatório de pessoa desaparecida

Data:	2 de janeiro de 2018
Nome:	Robert "Bobby" Bell (Morador de rua)
Data de nascimento:	1956?
Endereço:	sem endereço
Descrição:	Cerca de 1,65 m, magro, vários dentes faltando, cicatriz embaixo do olho esquerdo
Visto pela última vez vestindo:	Calça e jaqueta, tênis, gorro de lã

Visto pela última vez por:	Adrian Close, gerente, Albergue Noturno de Oxford
Visto pela última vez em data/local:	23/12/2017, Albergue Noturno de Oxford aproximadamente às 15 horas

O sr. Bell é um morador de rua conhecido com problemas com bebida e drogas. O sr. Close está preocupado porque o sr. Bell não apareceu como esperado para o almoço de Natal do albergue. Ele não foi visto em nenhum dos locais onde normalmente dorme e não estava bem de saúde.

Registrado por:	Policial Sandy Wilson

POLÍCIA DE THAMES VALLEY
Relatório de pessoa desaparecida

Data:	3 de janeiro de 2018
Nome:	Jonathan Eldridge
Data de nascimento:	18/04/1976
Endereço:	Moffat Way, 88, Kidlington
Descrição:	Estatura e porte medianos, cabelo escuro (ficando careca), olhos castanhos
Visto pela última vez vestindo:	Agasalho esportivo, tênis, pochete
Visto pela última vez por:	Jenny Eldridge (esposa)
Visto pela última vez em data/local:	03/01/2018, Moffat Way, Kidlington, 10h30

O sr. Eldridge é um marido e pai com emprego fixo e nenhuma dificuldade financeira premente. Sua saúde é boa. Ele é um corredor dedicado e foi visto pela última vez saindo de casa na manhã de 3 de janeiro. Depois que ele não voltou até o meio-dia, sua mulher ficou preocupada. Ele só estava com o telefone e as chaves de casa com ele. Sua carteira, as chaves do carro e o passaporte permanecem em casa. Hospitais locais foram checados.

Registrado por:	Policial Anne Shields

> ## POLÍCIA DE THAMES VALLEY
> ### Relatório de pessoa desaparecida
>
> | | |
> |---|---|
> | Data: | 5 de janeiro de 2018 |
> | Nome: | Ben Perrie |
> | Data de nascimento: | 02/10/1998 |
> | Endereço: | St. Peter's College |
> | Descrição: | 1,87 m, porte atlético, cabelo louro, olhos azul-esverdeados |
> | Visto pela última vez vestindo: | Jeans escuro, jaqueta de cor clara, cachecol vermelho |
> | Visto pela última vez por: | Maurice Jennings (porteiro, St. Peter's) |
> | Visto pela última vez em data/local: | 02/01/2018, alojamento do St. Peter's, aproximadamente às 13 horas |
>
> O sr. Perrie é um estudante do primeiro ano. Ele voltou para a faculdade imediatamente após o Natal para estudar para provas que faria. Ele não estava tendo nenhum problema acadêmico e seu tutor diz que ele não demonstrava nenhum sinal de ansiedade. Ele, porém, recentemente tinha terminado com sua namorada. Seus pais foram informados, assim como a polícia em Hartlepool (endereço de sua casa).
>
> **Registrado por:** Policial Sandy Wilson

Eu leio rapidamente as três folhas, depois torno a lê-las só por garantia, mas é bem óbvio. O amigo ausente de Davy não é uma pessoa desaparecida. Pelo menos, não oficialmente. O estudante tem características diferentes, e eu não dou ao sem-teto muito boas chances com esse clima. Ontem à noite fez −20°C. O homem bem casado é um enigma maior. Parece que ele saiu correndo. Literalmente. Mas é provável que não saibamos nunca. Esse trabalho é assim. Como eu disse antes, não se torne policial se você não quer saber O Que Aconteceu No Fim.

— Então ele não está aí? — diz Davy, lendo minha expressão.

— Não, mas muita gente ainda está fora. Pode demorar um pouco até ficar claro que alguém não está onde deveria estar.

E sim. Tenho total consciência de que acabei de descrever minha própria esposa.

Eu devolvo as folhas para Woods.

— Acho que devíamos registrar esse, sargento. Você pode pegar os detalhes com o sr. Jones?

Woods dá um suspiro.

— Se o senhor está dizendo.

A porta se abre às minhas costas e, de repente, a recepção fica cheia de gente — metade de um ônibus de turistas americanos em busca de orientações. Mas eu devia agradecer a eles, porque o tempo extra que eu levo para atravessar o grupo significa que ainda estou ao alcance da voz quando Woods faz sua próxima pergunta.

— Então, como se chama esse seu amigo, sr. Jones?

***

23 de dezembro de 2017, 15h12
12 dias antes do incêndio
Southey Road, 23, Oxford

No térreo, Sam ouve o som de vozes. Seus filhos e Harry, que está encarando a luta de sempre para fazer com que vistam os casacos, os gorros e as luvas. Eles vão à cerimônia de Natal na igreja St. Margaret's. Ela perguntou a Michael se ele também queria ir, mas ele disse que seria hipocrisia. Ele não acredita em Deus.

— Pelo menos não em um deus que se comporta como esse.

Ele estava com uma expressão estranha nos olhos ao dizer isso, e ela não insistiu, embora não tenha ideia do que ele quis dizer. Ele estava assim há dias. Não apenas preocupado, mas vigilante. Observando. Mas agora, pelo menos, ele não pode fazer isso. Ela está sozinha. Ela precisa estar. Para isso. Ela não quer que ele tenha o menor conhecimento disso.

Ela tranca a porta do banheiro e pega o pacote onde ela o escondeu embaixo das toalhas limpas. Seu ciclo estava desregulado havia alguns meses, e ela na verdade não acha que haja qualquer possibilidade. Afinal, ela e Michael raramente...

Ela põe a haste de plástico na prateleira e se vira, forçando-se a não se fixar nela. Ela lava as mãos e aplica creme para as mãos, então confere a maquiagem no espelho.

Há o som de passos no patamar fora do banheiro, e Zachary começa a bater na porta.

— *Mamãe! Mamãe!* Cadê você?

Ela pega a haste.

— Vou sair em um segundo, doçura.

Quando ela desce a escada dez minutos depois, seu rosto está tão branco que Harry pergunta se ela viu um fantasma. Ela dá um risinho amargo.

— Você se refere ao fantasma do Natal futuro?

— Você tem certeza de que está bem? — diz ele então, preocupado com seu tom de voz.

— Eu posso levá-los sozinho, se você não estiver com disposição.

Ela nega com a cabeça.

— Não, estou bem. É só uma coisa que preciso resolver.

***

Vinte minutos depois estou de volta à sala de situação no primeiro andar.

— Então esse cara que aquele Davy seja lá qual for o sobrenome estava vendo é o mesmo para quem Michael Esmond estava telefonando no fim do ano passado? — É Gislingham, ainda processando o que acabei de contar a ele.

— O que Esmond registrou em seu celular como "Harry". Isso mesmo. O nome completo dele é Harry Brown.

— E eles são sem dúvida a mesma pessoa?

— Com certeza. O número do celular é o mesmo.

— Na verdade, eu queria conversar com você sobre o telefone, chefe — diz Quinn rapidamente. — Andei olhando para aquelas imagens outra vez, as das câmeras de segurança da estação de Brighton. Eu não percebi isso antes, mas, quando Esmond volta para pegar o trem pouco antes das seis, ele está com uma coisa com a qual não estava quando chegou.

— Que era?

— Uma bolsa. De uma loja de celulares.

Ele para, esperando pela reação que sabe que virá.

— O quê? — diz Baxter. — Esmond comprou outro celular? *Naquela tarde?*

Quinn confirma.

— Então eu dei outra olhada nos registros telefônicos de Harry. Ele recebeu uma ligação na noite do incêndio de outro celular pré-pago. Foi logo depois das nove horas. E, enquanto *ele* estava em Oxford, a *pessoa que ligou* estava em algum lugar perto de Haywards Heath.

Ele não precisa soletrar. Era Esmond, preso em um trem atrás do descarrilamento. Desesperado, por razões que ainda não entendemos para falar com Harry. Tão desesperado, na verdade, que comprou outro telefone em vez de esperar para ver se o seu seria devolvido. E quaisquer que tenham sido as razões, elas estão conectadas com aquela visita a Brighton. Porque ele podia ter comprado outro telefone em Londres quando percebeu que tinha perdido o seu, mas não fez isso. Foi só depois daquelas duas horas que passou em Brighton que a necessidade de fazer a ligação ficou tão urgente.

— Esmond usou esse telefone depois?

Quinn faz que não.

— Nada desde aquela ligação.

— Esse tal de Davy, chefe, ele sabe onde Harry estava morando? — pergunta Gislingham.

Eu balanço a cabeça.

— Eles nunca foram para a casa dele. Davy diz que ficou com a impressão de que havia mais alguém em sua vida, e essa era provavelmente a razão. Um amante com quem vivia ou talvez mesmo um marido.

— Ou o de outra pessoa — cogita Ev de modo sombrio. — O de Samantha Esmond, por exemplo.

— Tem mais uma coisa — continuo. — Davy afirma que conheceu Harry no bar onde ele estava trabalhando em Summertown. Mas depois ele lhe contou que também fazia um pouco de jardinagem por fora para ganhar um dinheiro extra.

O entendimento revela-se para eles, primeiro para Somer, depois para os outros.

— Então *essa* é a ligação — diz Ev. — Harry estava cuidando do jardim dos Esmond. Os vizinhos disseram que havia alguém. Nós só não fizemos a conexão.

Eu concordo.

— Certo. Mas podemos facilmente confirmar uma coisa ou a outra. — Eu vou até o quadro e prendo uma foto de Harry Brown, em seguida me volto para Gis. — Fale com os Youngs outra vez. Pergunte a eles se reconhecem esse homem. Ev, você pode ficar com o bar em Summertown, é o Volterra, na South Parade. Veja o que os funcionários podem nos contar sobre ele. E Quinn?

— Chefe?

— Isso foi um excelente trabalho de detetive com pensamento lateral. Continue assim.

***

2 de janeiro de 2018
Dois dias antes do incêndio
Southey Road, 23, Oxford

— Nesse ritmo você vai perder aquele trem — chama Michael, olhando para seu relógio. Ele está parado no pé da escada, cercado de bolsas e sacolas grandes. Matty estava esperando havia pelo menos dez minutos. Eles podem ouvir Zachary choramingando no andar de cima.

— Minha mãe disse que não devo usar meu cachecol do Arsenal — diz ele emburrado.

— Bom, pode não ser uma boa ideia, não em Liverpool. Eles têm muito orgulho do próprio time por lá.

— Chegamos — diz Sam, descendo a escada com Zachary no colo, ainda chorando baixo.

— Está tudo bem? Você ficou séculos lá em cima.

Ele examina o rosto dela, se perguntando quando ela vai contar a ele. *Se* ela vai contar a ele. Ela tinha embrulhado o teste de gravidez em um bolo de papel higiênico e posto isso no fundo da lata de lixo, mas ele o encontrou mesmo assim. Porque ele consegue lê-la como um livro e sabia que havia alguma coisa. Alguma coisa que ela estava escondendo dele.

— Tem coisa aqui suficiente para meia dúzia de crianças — diz ele olhando para a bagagem. — Felizmente você só tem duas. — Ele mantém a voz leve, mas ela não o olha nos olhos, não morde a isca.

— Você sabe como é — responde ela meio distraída. — Você sempre precisa de três vezes mais do que pensa. Bem — diz ela, voltando-se para Matty —, estamos todos prontos para nossa aventura de piratas?

Michael põe a bagagem no carro enquanto ela prende Zachary na cadeirinha de criança.

— Lembre que você vai ter de pegar um táxi para voltar para casa. Duvido que eu esteja de volta antes de vocês e, de qualquer modo, o carro ainda vai estar na oficina.

— Está tudo bem — diz ela, fechando a porta e entrando no banco da frente. — Nós gostamos de táxis pretos, não é, Matty?

— Eles fazem um barulho engraçado — responde ele. — Como um dalek.

Michael entra e põe a chave na ignição.

— Você tem tudo para sua apresentação? — pergunta ela, animada, olhando para o marido.

— Tenho, está tudo pronto.

— E aquela reunião com a professora Jordan, quando era isso mesmo?

— Às dez e quinze. Mas não é nada. Só coisas administrativas de rotina.

— Tenho certeza de que sua palestra vai ser brilhante. Elas sempre são. Me dê uma ligada para me contar como foi.

— Ah, eu queria falar uma coisa: quanto a isso, não se preocupe se você não conseguir me encontrar no celular. Provavelmente vou passar muito tempo na biblioteca.

Ela franze o cenho.

— Achei que você tinha dito que estava tudo pronto.

— E está — diz ele ligando o motor. — Isso é outra coisa. É algo que tenho de conferir.

***

No geral, diz Quinn a si mesmo enquanto anda pelo corredor, aquilo correu tão bem quanto deveria. E pelo menos ele demonstrou alguma iniciativa. Alguma inteligência. O que é mais do que ele pode dizer, agora, sobre o resto deles. Quem sabe ele consiga voltar a ser sargento no fim das contas.

Quando seu celular toca, dez minutos depois, ele fica na dúvida se atende ou não. Ele olha para o aparelho durante quatro toques, então dá um grande suspiro e se encosta na cadeira.

— Quinn falando.

— Detetive Quinn? É o policial Kumar.

— Sim, eu sei — diz Quinn fazendo uma careta ao telefone.

— Eu tinha meia hora livre e dei mais uma olhada naquela área onde vimos seu suspeito pela última vez.

Quinn começa a rabiscar em seu bloco.

— Achei que você tinha dito que ela era apenas residencial.

— Ah, mas a questão é exatamente essa.

— Desculpe, não estou entendendo.

— Um dos prédios mais adiante naquela rua é um lar para idosos. Ele se chama Fair Lawns.

— Então você acha...

A empolgação de Kumar agora é óbvia.

— Eu não acho. Eu *sei*.

***

Enviado: Sexta-feira 19/01/2018, 13h28   **Importância: Alta**
De: AlanChallowCSI@ThamesValley.police.uk
Para: InspetorDetetiveAdamFawley@ThamesValley.police.uk, DivisaodeInvestigacaoCriminal@ThamesValley.police.uk

Assunto: Resultados de DNA: Caso nº 556432/12 Felix House, Southey Road, 23

Aqueles resultados de DNA que você queria com urgência: nós comparamos a amostra de Philip Esmond com o DNA extraído do corpo de homem na Southey Road. Como você sabe, a identificação familiar não é tão clara e simples como um sim ou não, mas neste caso os resultados são totalmente consistentes para os dois homens serem irmãos.

***

A *persona* cuidadosamente elaborada de Quinn é suave demais para ser urgente, então, quando ele entra correndo em meu escritório sem sequer bater, eu sei que alguma coisa aconteceu.

— Eu sei aonde Esmond foi — diz ele, quase sem fôlego. — Em Brighton. Era um lar de idosos. Fair Lawns. O nome dele não está no registro de visitantes daquele dia, mas, quando enviamos por e-mail uma fotografia dele, os funcionários o identificaram imediatamente. Ele estava visitando uma idosa chamada Muriel Fraser. Disse ser sobrinho dela ou algo assim, mas sabemos com certeza que não era.

— Então, se ela não é tia dele, o que ele estava fazendo lá?

— Ainda não descobri nenhuma conexão. Mas os funcionários do lar de idosos dizem que ela com certeza o conhecia.

Eu já estou de pé.

— Diga a Asante para telefonar. Diga a eles que estamos a caminho.

***

2 de janeiro de 2018, 10h45
Dois dias antes do incêndio
Serviço de trens CrossCountry, nas cercanias de Birmingham

— Tem alguma coisa que eu possa fazer para ajudar?

A mulher de casaco xadrez está bem-intencionada, mas nesse momento a última coisa que Samantha quer é mais atenção. Zachary passou os últimos vinte minutos berrando a plenos pulmões e o vagão está cheio. Os olhares sub-reptícios se tornaram abertamente hostis. Várias pessoas puseram fones de ouvido. Ela pode ouvir suas vozes na cabeça. *Ela não consegue controlar esse pirralho? Você não devia trazer crianças para o trem a menos que elas saibam se comportar.*

— Desculpe — diz ela para a mulher de xadrez, levantando a voz o suficiente para que os demais passageiros ouvissem. — Ele está com dor de estômago e eu não me lembro em que bolsa botei o paracetamol. — Há uma bolsa aberta a seus pés e outra espremida ao seu lado, mas com sua sorte, não está em nenhuma delas. — Deve estar na que eu botei no bagageiro.

Matty está curvado no assento da janela, olhando para a paisagem sem graça. Ele parece estar terrivelmente envergonhado, como só crianças de dez anos conseguem ficar.

— Você quer suco, Zachary? — pergunta Sam. Ele está se contorcendo, com o rosto manchado de vermelho. Ele faz que não veementemente, apertando os olhos fechados.

— Eu vou desembarcar em Birmingham — comenta a mulher —, mas você quer que eu o segure por um minuto enquanto você pega o remédio dele?

— Ah, você faria isso? — diz Sam com uma torrente de alívio. — Vai ser muito rápido.

Ela ergue Zachary gritando e consegue botá-lo no colo da mulher, embora receba um chute no pescoço ao fazer isso.

— Ah, querido — diz a mulher, esforçando-se para segurar o garotinho. — Você está bem?

— Não é nada — responde apressadamente Sam. — Acontece o tempo inteiro.

Ela pega a bolsa no alto e a põe sobre a própria poltrona, em seguida começa a procurar em seu interior. O trem sofre solavancos ao começar a reduzir, e de repente a mulher em frente solta um grito contido.

Zachary vomitou sobre ela toda.

***

A julgar pelo que Somer me contou, o Fair Lawns é completamente diferente do lar onde Michael Esmond botou a mãe. Você podia processá-los pela descrição de produto só pelos Gramados do nome, para começar: toda superfície plana é asfaltada. A arquitetura batida dos anos 1970, e aquele vidro texturizado terrível na porta da frente. Ele me lembra horrivelmente do lugar onde minha avó foi parar. Eu costumava temer ser arrastado até lá uma vez por mês quando criança, e ficava sentado pela mesma hora e meia de sempre enquanto meu pai dizia as mesmas coisas que tinha dito na vez anterior, em uma voz animada e feliz aterrorizante. Mesmo agora eu não suporto o cheiro de desinfetante.

Quinn tranca a porta do carro e se dirige à recepção. Ele parece ter a intenção de provar para mim o quanto pode ser eficiente e, ei, eu não estou reclamando.

A jovem na recepção tem um forte sotaque do Leste Europeu. Romena, se eu tivesse de dar um palpite. Ela também tem pele perfeita e traços delicados e bonitos que devem deixar as senhoras idosas sonhando com a juventude passada, mas Quinn parece determinado a ser o sr. Profissional. Ele nem sorri quando se apresenta.

— Detive Quinn e inspetor-detetive Fawley, polícia de Thames Valley. Para ver Muriel Fraser?

— Ah, sim — diz ela. — Nós falamos com seu escritório. Por favor, venham por aqui.

A sra. Fraser está em um de seus dias bons, ela nos conta enquanto a seguimos pelo corredor, mas ainda assim não devíamos esperar demais.

— Afinal de contas, ela tem 97 anos.

Ela nos deixa na sala de estar com a cuidadora assistente, que está servindo chá de um carrinho que eu não via desde que eu era apenas policial. Ela é muito mais velha que a recepcionista, um daqueles tipos maternais e competentes a quem todos devíamos agradecer por estarem preparadas para trabalhar por um salário mínimo em um lugar como aquele. O *talk-show Jeremy Kyle* está a todo volume no canto, e os jornais permanecem intocados na mesa de centro. Um senhor de idade tem um tabuleiro de xadrez à sua frente e um livro sobre o campeonato mundial Spassky X Fischer aberto em uma das mãos. Eu não quero pensar sobre como anda sua vida interior.

— A memória de longo prazo da sra. Fraser ainda é muito boa — diz a assistente. — Embora ela tenha dificuldade com coisas mais cotidianas. Mas ela é uma senhora simpática. — Ela dá um sorriso. — Uma das fáceis, nunca reclama.

Muriel está em uma cadeira perto da janela, curvada sobre uma almofada, os braços magros encolhidos em um cardigã largo cor-de-rosa.

— Você mesma fez esse cardigã, não foi, Muriel? — diz a assistente com simpatia, vendo-me olhar para ele. — Embora seus dias de tricô estejam muito no passado, infelizmente.

Ela estende a mão para acariciar as mãos curvadas da senhora, que sorri para ela.

— Você tem visita, Muriel. Dois senhores simpáticos da polícia.

Os olhos da senhora se arregalam, e ela olha primeiro para Quinn, depois para mim.

— Não é nada com que se preocupar, querida. Eles só querem conferir algumas coisas com você. — Então ela acaricia outra vez a mão de Muriel. — Eu vou buscar chá para vocês.

Puxamos as cadeiras de plástico dos visitantes e nos sentamos.

— Acho que uma pessoa veio visitá-la recentemente, não foi, sra. Fraser? — pergunta Quinn.

Ela sorri para ele. Acho que há até uma sombra de piscadela.

— Eu não estou totalmente gagá, sabiam? Foi aquele garoto Esmond.

Ao fundo, Jeremy Kyle está perdendo a paciência.

— É uma pergunta simples. Você dormiu ou não dormiu com ela?

Quinn chega para a frente na cadeira, nitidamente surpreso por ter chegado tão longe tão rápido.

— Isso mesmo — diz ele. — Como a senhora o reconheceu?

— Ele é namorado de Jenny. — Ela entrelaça as mãos, então diz com reprovação: — Ou *era*.

Quinn e eu trocamos um olhar. Jenny. A namorada que Philip mencionou, a que Michael Esmond deixou quando entrou em sua onda de sexo.

— A senhora me lembra quem é Jenny?

— Minha neta, é claro. A filha de Ella. Embora eu nunca vá saber por que ela botou na cabeça a ideia de se casar com aquele homem horrível.

— Jenny?

— Não — diz ela, nitidamente impaciente com minha estupidez.

— Jenny foi para a escola em Oxford, não foi?

O queixo dela se ergue.

— Isso mesmo. Ela frequenta a Griffin. Supostamente é uma escola muito boa. É muito cara, isso eu sei.

Eu já vi isso antes. Com minha avó, com outras pessoas idosas frágeis como ela. O passado se mistura com o presente: Jenny não podia mais estar naquela escola havia mais de vinte anos.

— Eles falam que é um castigo — diz ela de repente. Em voz alta. A assistente ergue os olhos do outro lado da sala. — Eles sempre falam para ela que ela *merece* isso. Até chamaram a merda de um *padre* para dizer isso a ela.

Quinn olha para mim, mas eu dou de ombros: não tenho mais ideia do que se trata do que ele.

— O que ela fez, sra. Fraser? Por que ela precisa ser castigada?

Muriel não faz nenhuma tentativa de conter seu desdém.

— *Ela* não fez nada. Não é culpa *dela*, independentemente do que digam.

Quinn agita o dedo na direção da orelha e diz sem emitir som: "*Gagá.*" Muriel não o vê fazer isso, mas a assistente vê. Ele recolhe os papéis e se movimenta para se levantar, mas capto seu olhar e o detenho. Tem alguma coisa ali, tenho certeza disso.

— Então de quem foi a culpa, sra. Fraser?

— *Dele*, é claro. Aquele rapaz, Esmond. — E imediatamente as peças se encaixam.

Posso sentir o suor escorrendo pelas minhas costas. Tenho camadas demais para aquele lugar. O aquecimento está no máximo. Na TV, os ânimos estão acirrados.

— *Eu não sou o pai daquela criança, podem fazer qualquer teste, ela não é minha.*

Muriel se encosta outra vez, os lábios parecem colados.

— Claro, ele *diz* que não sabia nada sobre isso. Bom, ele tinha de dizer isso, não tinha? O merdinha ordinário.

Quinn não consegue conter um sorriso.

Eu seguro uma de suas mãos agitadas e a obrigo a olhar para mim.

— Foi isso o que Michael disse, não foi, quando ele veio visitar a senhora? Que ele não sabia da gravidez?

— Mas eu sei que ela escreveu e contou a ele.

Quinn está tomando notas furiosamente.

— Então ela teve a criança. Ela vai criá-la sozinha?

— Não ela. *Ele*. — Ela sorri, imersa em lembranças. — Uma criança tão bonita. Ele tem os olhos dela. Eu disse a ela, ele vai ser um pão quando crescer, esperem só para ver.

— Como estão indo? — diz a cuidadora assistente, aproximando-se com xícaras de chá. — O senhor acha que vai demorar muito mais, inspetor? Eu acho que agora Muriel está ficando um pouco cansada. Nós não queremos exagerar, não é?

***

2 de janeiro de 2018, 11h16
Dois dias antes do incêndio
Banheiro feminino, estação de New Street, Birmingham

— Mas eu quero ver os piratas! Você prometeu! Pelo meu *aniversário*!

— Por favor, fique quieto, Matty. Eu estou tentando limpar essa pobre mulher.

Ela pega outro lenço umedecido e tenta limpar a mancha de vômito no casaco xadrez, mas tudo o que ela parece conseguir é espalhá-la ainda mais. A mulher se exaspera.

— Está tudo bem, sério, você não precisa se dar a todo esse trabalho, você precisa continuar sua viagem.

— Precisamos, mãe — diz Matty apressadamente. — Se não embarcarmos no trem, vamos perder os piratas!

Sam olha para Zachary. Ele está sentado ao lado da pia, encostado nos azulejos. Ele agora está em silêncio, mas parece péssimo. Vomitou duas vezes desde que eles desceram do trem.

Ela se volta para Matty e se abaixa até ficar de sua altura.

— Infelizmente não vamos poder ir aos piratas, Matty. Zachary está passando muito mal. Precisamos levá-lo para casa.

O rosto de Matty se enruga em um lamento.

— Mas *você prometeu*! — protesta ele.

— Ele não está doente de propósito, Matty — começa a dizer ela, mas ele está batendo o pé.

— Você disse que era *meu* presente, para *mim*. Pelo meu *aniversário*. Não para Zachary, para *mim*!

— Acho que agora eu vou andando — diz a mulher, seguindo lentamente na direção da porta. — Você já está ocupada demais sem ter de se preocupar comigo.

— Desculpe outra vez — começa Sam, dando um passo na direção dela. — Na verdade ele não teve intenção.

— É isso o que você *sempre* diz — reclama Matty quando a porta bate às costas dela. — Você *sempre* diz que Zachary não quer que coisas ruins aconteçam, mas elas *sempre* acontecem. Como ele não tinha a intenção de matar Mollie, mas mesmo assim *matou*.

— Pst — diz ela rapidamente, se perguntando se alguém podia estar ouvindo. Ouvindo e interpretando de forma equivocada.

— Nós podemos brincar de piratas quando chegarmos em casa. Só você e eu. Você ia gostar disso, não ia?

— Você disse que ia me levar aos piratas *de verdade*. Eu agora nunca mais vou vê-los. Nunca. Não é *justo*.

Ela fica de coração partido, ele parece muito infeliz. E ele tem razão. Não é justo. É seu presente de aniversário, e ela queria que fosse especial, e agora está tudo estragado. Ela sabe como a injustiça arde forte. Porque não há nada a fazer para repará-la.

Ela estende os braços outra vez e tenta abraçá-lo, mas ele a empurra violentamente.

— *Me deixe em paz!* Eu odeio você! Odeio Zachary e odeio *você*. Não me importa que ele esteja doente, eu queria que ele estivesse *morto*!

***

No carro, percebo que tenho uma mensagem de Baxter.

> Ainda não consegui encontrar um Harry ou Harold Brown. Não ajuda o fato de Brown ser um nome tão comum. Mas vou continuar procurando.

> O nome da mãe é Jennifer, se isso ajuda.

Envio a mensagem e me volto para Quinn. Ele está no telefone. Com a escola Griffin.

— Melhor que sejam três anos para os dois lados, só por garantia — diz ele. — Você pode mandar agora? Fabuloso. Obrigado. — Ele encerra a ligação. — Eles vão me mandar a lista de alunos de quando Esmond estava no fim do Ensino Médio. — Ele muda de posição na cadeira para olhar para mim com maior facilidade. — Então Michael engravidou a namorada.

Eu assinto.

— E Harry foi o resultado. Isso se encaixa. Ele é da mesma idade e tem as mesmas características físicas.

— Então qual é a teoria? Ele aparece na porta no verão passado, anuncia que é o filho há muito perdido, e Michael dá a ele um emprego para cuidar do jardim?

Ele tem razão em estar cético. Eu também acho que isso não bate.

— Não — digo devagar. — Não acho nem que Michael soubesse que tinha outro filho. Pelo que Muriel disse, ele deve ter sabido que Jenny estava grávida, mas ele pode ter achado que ela ia fazer um aborto. Ela pode até ter contado isso para ele.

— E você acha que esse Harry também não contou a ele quem era? Sério?

— O que você faria se alguém aparecesse do nada dizendo ser seu filho?

Com o histórico sexual que tem Quinn, isso podia ser um dia muito mais que hipotético, o que pode responder pela velocidade de sua resposta.

— Faria um teste de DNA — responde ele imediatamente.

— Certo. Só que não há nada remotamente como isso nos registros de cartão de crédito e e-mails de Esmond.

Ele pensa sobre isso.

— Esses sites sempre afirmam que são 100% discretos.

— É, mas não se pode pagar a eles em dinheiro, pode? Deveria haver *alguma coisa* no cartão de crédito, mesmo que fosse para algum tipo de empresa com nome disfarçado.

Ele assente.

— E, se houvesse, Baxter teria encontrado. Então o quê? Harry o estava apenas checando? Descobrindo qual era a situação antes de fazer sua grande revelação?

— É possível. Só que alguma coisa deve ter acontecido, algo que fez com que Michael desconfiasse de quem ele realmente era. Foi por isso que ele veio até aqui. Ele sabia que, se Jenny tivesse mesmo ido em frente com a gravidez, a avó dela saberia.

Quinn se vira para olhar novamente para o prédio.

— Mas eu me pergunto por que ele procurou a avó maluca. Devia haver outra pessoa na família para quem ele pudesse ter perguntado.

Quinn é um gênio quando se trata de me irritar. Mas ele disse algo que deve ser levado em conta.

Seu tablet emite um sinal, e ele abre o e-mail.

— É a lista da Griffin.

Ele desce a lista, depois torna a subi-la.

— Nenhuma Jennifer. Nenhuma Jenny. Droga. — Ele se encosta em sua cadeira. Nós devíamos voltar e perguntar qual o sobrenome para a velhinha. Ela não me parecia assim tão cansada.

Eu estendo a mão.

— Posso ver?

Ele me passa o tablet, nitidamente irritado por eu não ter confiado que ele tivesse verificado direito. Mas havia algo no que ele acabou de falar, algo que Muriel mencionou. Eu posso estar errado...

Mas não estou. Isso vai me ensinar a ouvir o que as pessoas realmente *dizem*. Não só o que estou esperando ouvir. Eu aponto para a tela.

— Essa garota aqui... eu acho que é ela. Ginevra Marrone. Não era *Jenny* que Michael estava namorando, era *Ginny*.

Quinn pega o tablet.

— Certo — diz ele após um momento. — E ela está na lista em 1995, mas desaparece depois disso.

— Porque ela engravidou. Porque ela teve o bebê de Michael Esmond.

— Então ela é o quê? Espanhola?

— Italiana seria meu palpite. É um nome italiano.

Ele concorda.

— Então isso explica por que Michael veio até aqui. Porque o resto da família...

— Voltou para a Itália. Certo. Supostamente é por isso que Ginevra nunca voltou para a escola. E lembre o que Muriel falou sobre um padre. Posso imaginar muito bem como uma família italiana tradicional teria reagido com sua filha adolescente solteira ficando grávida. E isso foi há vinte anos, lembre-se.

— Não apenas adolescente, chefe — diz Quinn, olhando novamente para a lista. — Ginevra Marrone estava no 11º ano em 1995.

Não vamos saber ao certo até localizarmos a certidão de nascimento de Harry, mas eu acho que ela podia ter até quinze anos.

Então não apenas solteira, mas menor de idade.

Quinn se encosta na cadeira.

— Meu Deus, primeiro a alegação de assédio e agora isso. Não é surpresa que Esmond estivesse com medo. — Ele se vira para mim. — Você acha que os dois mil eram para isso? Esse Harry o estava chantageando? Ameaçando vir a público se ele não pagasse? Isso explicaria por que ele pegou o dinheiro em espécie.

Eu não tenho tanta certeza.

— A sequência está errada, não? Ele teria falado com Muriel antes de dar qualquer dinheiro. *E* feito um exame de DNA.

Mas Quinn também tem razão: o dinheiro ainda não se encaixa.

— Embora tenha uma coisa que isso tudo explica — digo, pegando meu celular outra vez —, e é por isso que Baxter não consegue encontrar ninguém chamado Harold Brown. Eu não acho que esse seja o nome verdadeiro de Harry. — Porque eu lembrei agora como Gislingham rastreou Jurjen Kuiper na internet. E Alex não brincou uma vez comigo dizendo que Giuseppe Verdi pareceria muito menos glamoroso se tivesse um nome simples inglês como Joe Green?

Leva menos de um nanossegundo no Google para provar que estou certo. Todas aquelas viagens à Itália — eu devia ter percebido alguma coisa, no fim das contas. Eu abro a tela do telefone e digito o número.

— Baxter? É Fawley. O homem que você está procurando não se chama Brown, o nome da mãe dele é *Marrone*. É a palavra italiana para Brown. Ele está usando a versão inglesa de seu nome italiano, e aposto que está fazendo exatamente a mesma coisa com seu primeiro nome, também. Se eu estiver certo, a pessoa que você precisa procurar se chama *Araldo Marrone*.

***

Embora fique a apenas cinco minutos da porta de sua casa, Everett na verdade nunca entrou no bar Volterra. Ela não tem roupas que poderia usar ali, para começar, e até onde sabe, gim é apenas gim e lhe dá dor de cabeça, assim como a ideia de tentar escolher entre 57 variedades artesanais.

A essa hora do dia não há praticamente ninguém ali dentro. De acordo com o quadro-negro na calçada, eles servem café o dia inteiro, mas as paredes azul-escuras com lustres ornamentados têm uma sensação de horário noturno em comparação com os cafés saudáveis e confeitarias bem iluminadas virando a esquina. Ela vai até o balcão e olha para o fundo, onde um homem com uma grande barba castanho-clara, camisa e calça pretas está empilhando copos.

— Posso ajudar? — pergunta ele.

— Detetive Everett. Polícia de Thames Valley.

O jovem pega um pano de prato e vai até a frente do bar.

— Do que se trata, então?

Ela mostra a ele o celular.

— Acho que vocês empregaram este homem?

Ele olha para a foto e em seguida confirma.

— Esse é o Harry. Ele está trabalhando aqui há nove meses.

— Quando foi a última vez que você o viu?

O jovem franze o cenho.

— Por quê? O que está acontecendo?

— Só responda à pergunta, por favor.

Ele pensa sobre isso.

— Acho que no Ano-Novo. É, acho que foi isso.

— Ele devia ter trabalhado depois disso?

— Não tenho certeza. Eu não faço a escala de serviço. Mas você pode perguntar a Josh. Ele é o gerente.

Everett pega o número de celular.

— Como é esse Harry? — pergunta ela, fechando o caderno.

O jovem dá de ombros.

— Ele é um bom *barman*. Conhece seus drinques, conhece seus clientes.

Os olhos de Ev se estreitam.

— O que você quer dizer com isso?

— Ah, você sabe. Ele consegue decifrar as pessoas. Aquelas que querem ser deixadas em paz. As que querem um ombro onde chorar. As que querem paquerar.

— Ele faz muito isso, não faz? Paquerar?

Um sorriso seco.

— Ah, faz. As mulheres se jogam em cima dele. Sujeito de sorte. É que, com a aparência dele, ele pode escolher.

Ev franze o cenho.

— Eu achava que ele fosse gay.

O jovem dá uma risada alta.

— Gay? Harry não é gay. De onde você tirou isso?

— Desculpe, eu devo ter feito alguma confusão.

Ele continua sorrindo.

— Escute o que eu digo, ele *não* é gay. Eu o peguei com uma garota uma vez na sala dos fundos. Uma das clientes. E acredite em mim, eles não estavam conversando sobre o tempo.

— Certo — diz Everett, mais que um pouco confusa, mas se esforçando para não demonstrar isso.

— E você sabe se tem alguém especial, uma namorada de verdade?

— Não que ele tenha comentado; pelo menos, nunca mencionou um nome. Embora eu tenha a impressão de que pode ter havido alguém no último mês. Mas ele era bem cauteloso em relação a isso.

— E esse Josh, o gerente. Ele vai ter o endereço dele, não vai?

O jovem dá de ombros.

— *Um* endereço, sim, mas Harry vive se mudando, então pode não estar atualizado. Sei que ele estava ficando na casa de um amigo por um tempo, e depois disso foi para aquele *hostel* na Botley Road.

Idiotas, pensa Ev. Por que não pensamos nisso? Estávamos estacionados praticamente em cima do lugar.

A porta se abre e duas garotas entram, rindo e olhando alguma coisa em seus telefones. O rapaz olha para elas, depois para Everett.

— Como eu disse, tenho quase certeza de que ele não está mais lá. Na última vez que eu o vi ele disse que ia se mudar.

— Você não sabe para onde?

— Não — diz ele, pegando cartas de drinques no balcão. — Mas acho que era para algum lugar perto daqui. Um lugar decente, também. Acho que alguém deve ter morrido.

Ev fica olhando para ele.

— Repita isso.

Ele fica um pouco vermelho.

— Sabe, ele ia receber algum tipo de herança. Ele com certeza disse alguma coisa sobre "receber o que me é devido". Acho que foi por isso que não me surpreendi de não vê-lo. Ele provavelmente não precisa mais fazer este trabalho horrível de bar, o filho da mãe sortudo.

***

2 de janeiro de 2018, 15h09
Dois dias antes do incêndio
Southey Road, 23, Oxford

Samantha fecha a porta da frente às suas costas e deixa as bolsas onde está. Ela de repente ficou extremamente cansada. Ela ouve Zachary correndo no andar de cima, gritando a plenos pulmões. Você não podia imaginar que houvesse tido nada de errado com ele. Ele passou a última meia hora da viagem de volta pulando para cima e para baixo em seu colo dizendo que queria brincar de pirata. Ela sabe que ele não tinha a intenção de ser indelicado, mas isso era a última coisa que o irmão precisava ouvir. Matty, em contraste, permaneceu sentado em silêncio e pálido por todo o caminho, olhando pela janela. Toda vez que ela tentou falar com ele, ele apenas a ignorou. Ela já o vira mal-humorado antes, mas agora era diferente. Ele nunca ficou tão emburrado, tão trancado em si mesmo. E foi a primeira vez que falou sobre o que tinha acontecido com a cachorra.

Ela vai até a cozinha e o vê pegando um suco na geladeira. Ele bate e fecha a porta e desvia dela, de cabeça baixa, sem a olhar nos olhos.

— Harry deve vir amanhã — diz ela rapidamente quando ele chega à porta, dolorosamente consciente do quanto parece desesperada.

— Eu pedi a ele para passar aqui enquanto estivéssemos fora. Ele ia consertar aquela pia no banheiro, mas, se você quiser, em vez disso ele pode ajudar você em seu projeto do vulcão.

Matty ainda está de costas para ela.

— Você ia gostar disso, não ia?

Ela permanece ali parada, desejando que ele se virasse, desejando que ele dissesse alguma coisa.

Então Zachary chega correndo. Ele tem uma espada de plástico na mão e um tapa-olho torto em cima de um dos olhos.

— Nyah, nyah, nyah! — grita ele, batendo a espada nas pernas de Sam. — Eu sou o pirata malvado, eu sou o pirata malvado!

Quando ela ergue os olhos, Matty não está mais ali.

***

Enviado: Sexta-feira 19/01/2018, 17h12 **Importância: Alta**
De: DetetiveEricaSomer@ThamesValley.police.uk
Para: InspetorDetetiveAdamFawley@ThamesValley.police.uk, DivisaodeInvestigacaoCriminal@ThamesValley.police.uk

Assunto: Caso n° 556432/12 Felix House, Southey Road, 23

Baxter manda dizer a você que ainda não há atividade no celular de Harry, e o endereço que Ev conseguiu no bar também não deu em nada — eles não o veem há algumas semanas. Estamos vendo se conseguimos encontrar outro jeito de localizá-lo.

E eu falei com a Rotherham Fleming outra vez, e eles ainda estão se recusando a divulgar qualquer coisa sobre os Esmond sem um mandado judicial. Porém, eles confirmaram que não há nada na redação do testamento que impeça que filhos ilegítimos herdem. Se Harry puder provar que é sem dúvida filho de Michael, ele vai ter direito à sua parte no resultado da venda da propriedade e qualquer dinheiro de seguro. Mas isso só porque a cláusula cinco foi preenchida. Se a casa permanecesse de pé, como filho do filho mais novo ele não teria direito a nada.

***

— Merda — diz Quinn quando leio o e-mail para ele. Acabamos de entrar na M25, e o trânsito está engarrafado. Sexta-feira à noitinha; nós devíamos saber.

— Isso dá a ele um motivo enorme, não é? Quer dizer, não apenas incendiar a casa, mas se livrar de Michael *e* de seus filhos ao mesmo tempo. Com eles fora do caminho, tem muito mais dinheiro para ele.

O trânsito anda, mas para novamente.

— Então ele combina de se encontrar com Esmond na casa naquela noite, o apaga e depois ateia fogo na casa. Então, vamos encarar os fatos. Se alguém sabia onde estava aquela maldita gasolina era ele. Ele passou o verão inteiro cortando a droga da grama.

Alguém atrás de nós está buzinando.

— *E* ele provavelmente sabia que Esmond estava sob pressão. Não teria sido difícil perceber isso se ele estava lá o tempo inteiro. Ele devia saber que provavelmente todo mundo ia supor que o próprio Esmond tinha iniciado o incêndio, que as coisas tinham se tornado demais para ele. Quer dizer, até *nós* pensamos isso, não foi?

Ele olha para mim, se perguntando por que não digo nada. Mas estou tentando pensar. Porque, sim, o que Quinn está dizendo funciona na teoria, mas meu instinto de policial não chegou até aí. Pelo menos, ainda não. Você teria de ser um canalha muito calculista só de pensar em fazer uma coisa daquelas, muito menos levá-la a cabo, mas na verdade não sabemos se ele não é. Nós não sabemos nada sobre ele.

Eu respiro fundo.

— Foi Esmond que ligou para Harry naquela noite, não o contrário.

Quinn dá de ombros.

— E daí?

— E sua teoria só funciona se Harry soubesse do testamento. Ele precisaria saber que só teria direito ao dinheiro se a casa tivesse de ser demolida. Do contrário, o incêndio criminoso não faz sentido.

— É — diz Quinn, sinalizando e pegando a faixa de alta velocidade. Que mal está se movendo mais rápido do que nós, mas paciência nunca foi uma de suas principais competências pessoais. — E, se quer saber minha opinião, ele *sabia*. Como eu disse, ele passou meses entrando e saindo daquela casa; ele podia até mesmo ter uma chave. Ele podia facilmente ter entrado naquele escritório e encontrado o testamento, como eu encontrei.

Eu pego meu telefone.

— Para quem você está ligando?

— Philip Esmond. Se Michael sabia quem Harry realmente era, seu irmão é a pessoa para quem ele podia ter contado.

— E Philip não pensou em *nos* contar?

— Bom, você sabe como é — digo seriamente. — Famílias. Famílias e segredos.

***

Entrevista por telefone com Philip Esmond, 19 de janeiro de 2018, 17h45
Na ligação, inspetor-detetive A. Fawley

AF: Sr. Esmond? Desculpe por incomodá-lo outra vez. Tem um minuto?

PE: Claro. O que é?

AF: Infelizmente não tem jeito fácil de perguntar isso, mas o senhor sabia que seu irmão engravidou uma menina quando ele ainda estava na escola Griffin?

PE: Não sabia, não. É claro que não. Eu teria contado a vocês.

AF: Não é possível que o senhor estivesse na Austrália na época?

PE: Eu ainda teria sabido. Para começar, meus pais teriam ficado furiosos, eles não teriam mantido isso em segredo.

AF: O senhor disse que se lembrava de uma namorada dele chamada Jenny.

PE: É, eu contei isso a vocês.

AF: Parece que era Ginny, não Jenny. O pai dela era italiano.

PE: Se você diz. Eu não me lembro dela com algum tipo de sotaque. Mas, como você disse, eu passei a maior parte daquele ano na Austrália. Então foi ela, não foi, foi ela que ficou grávida?

AF: Acreditamos que ela levou a gravidez até o fim, embora seu irmão possa ter achado que ela a interrompeu. Ele tinha outro filho. Um do qual nada sabia.

PE: Merda.

AF: Acreditamos que esse filho veio para Oxford no verão passado e conheceu seu irmão. O que *não* sabemos é se ele contou a Michael quem realmente era. Achamos que ele podia ter falado com o senhor sobre isso. Se isso tivesse acontecido.

PE: De jeito nenhum. Como eu disse, isso é novidade para mim. Mike não falou uma palavra. Quer dizer, ele estava um pouco estressado, mas, merda, eu não tinha ideia...

AF: Acha que ele teria feito isso? Se ele estivesse diante de uma situação como essa, se alguém tivesse aparecido dizendo ser seu filho, ele teria falado com o senhor sobre isso?

PE: [*suspira*]

Para ser honesto, não sei. Prefiro pensar que sim, mas, como eu disse antes, nós não éramos muito próximos. Não desde que éramos crianças.

AF: Obrigado, sr. Esmond. Acho que por enquanto é tudo. Imagino que o senhor vai querer falar com seu advogado.

PE: Meu *advogado*?

AF: Esse filho há muito perdido. Ele tem uma parte da propriedade, de acordo com os termos do testamento. Supondo que ele possa provar quem é.

PE: [*pausa*]

Merda. É claro. Eu não pensei.

AF: Como eu disse, não vou mais tomar seu tempo.

PE: Espere um minuto. Esse filho, isso não significa que ele tem um motivo? Sabe, para incendiar a casa? Meu Deus, até mesmo...

AF: Para assassinato? Sim, nós certamente vamos investigar isso.

PE: [*rapidamente*]

Mas isso significa que, no fim das contas, Mike pode não os ter matado, certo? Sam e as crianças? Pode ter sido, em vez disso, essa, essa pessoa. *Ele* pode tê-los matado, ele pode ter matado *Mike*.

AF: Como eu disse, precisamos examinar essa informação nova e decidir se podemos eliminar essa pessoa de nossas investigações. Nós ainda não conseguimos falar com ele, então no momento são apenas conjecturas. Mas, por favor, não tenha muita esperança. Eu sei por que o sr.

PE: gostaria de inocentar seu irmão, mas ainda
      temos um longo caminho a percorrer.

PE: Sim, sim, eu sei. Mas é *possível*, não é? É isso
     o que o senhor está dizendo?

AF: [*pausa*]

     Sim. É possível.

***

Quando o telefone toca, Gislingham e Baxter são os únicos que continuam na sala de situação, e Gis está de pé com um braço no casaco.

— Divisão de Investigação Criminal — diz ele, prendendo o telefone embaixo da orelha.

— A detetive Somer está?

Gis conhece a voz, mas não consegue identificá-la imediatamente.

— É Giles Saumarez. Polícia de Hants.

Gis faz uma careta para o telefone.

O que aquele sujeito estava querendo agora?

— Desculpe, ela já foi para casa. — Ele hesita, então pensa: que se dane. — Acho que ela tinha um encontro. É sexta-feira à noite, afinal.

Mas até Gis tem de admitir que Saumarez não hesita.

— Sem problema. Você pode anotar um recado para ela? Sabe aquele vagabundo com quem ela teve um contato imediato, Tristram? Nós esperamos ele ficar sóbrio e o indiciamos pelos danos causados à cabana, mas ele está jurando de pés juntos que não foi ele. Diz que o lugar já estava daquele jeito quando ele chegou lá. — Uma pausa. — Só achei que vocês iam querer saber disso.

— Ótimo — responde Gislingham. Com certeza "nós" estamos muito gratos.

Embora Saumarez ainda esteja falando, ele encerra a ligação e se dirige à porta.

— Não trabalhe demais — diz ele olhando para trás.

— É, certo — murmura Baxter quando a porta se fecha atrás dele.

***

— Eu concordo. Isso pode ter acontecido assim.

Estou no escritório de Gow. Ele está em movimento, recolhendo papéis, botando-os na bolsa do laptop e pegando arquivos da prateleira.

— Desculpe por isso — diz ele distraidamente. — Estou indo para Cardiff de manhã para uma conferência. Mais um maldito hotel Marriott. Seria natural que esse jovem, Harry, Harold ou seja lá qual for o nome dele, tivesse uma profunda antipatia pelo homem que abandonou sua mãe. Qualquer que fosse a versão do passado que contaram a ele ao longo dos anos, Michael não ficaria muito bem. E você sabe tão bem quanto eu que ressentimentos da infância são muito profundos, baseados ou não em um fato objetivo.

Essa atinge dolorosamente fundo. Mas Gow não vai saber. Esse não é o tipo de coisa sobre a qual eu fale.

Gow põe mais um arquivo na bolsa.

— E, quando cresce e vem para cá localizar o pai, ele o encontra sentado no que parece ser uma montanha de dinheiro, nada do qual está sendo compartilhado com ele.

— E se sua criação foi menos que abastada...

— Certo. É fácil vê-lo decidir que estava na hora de a verdade ser revelada. Estava mais que na hora de pegar sua parte.

— Mas, mesmo levando tudo isso em conta, para ir daí até incendiar a casa onde duas crianças estavam dormindo, duas crianças que ele *conhecia*, que eram seus próprios meios-*irmãos*?

Gow dá de ombros.

— Uma das grandes vantagens de incêndio criminoso é que você não precisa olhar no rosto das vítimas — diz ele secamente.

Ele dá uma última olhada para o escritório.

— Acho que é isso. Me telefone se precisar de mais alguma coisa. E me informe quando vocês finalmente localizarem o *signor* Marrone. Eu gostaria de observar.

***

3 de janeiro de 2018, 17h59
Seis horas antes do incêndio
Southey Road, 23, Oxford

— É muito chato. *Ele* é muito chato. Ele estraga *tudo*.

Matty está sentado na beira da cama. Harry está ao seu lado. Matty está à beira das lágrimas.

Harry estende o braço e põe a mão suavemente no ombro do menino.

— Ei, dê uma chance a ele — diz com delicadeza. — Sei que ele pode ser um pouco irritante, mas não faz por mal. Ele é só criança. Ele não entende.

— Todo mundo *sempre* diz isso. É *chato*.

— Eu sei. Mas é verdade. As coisas são assim. Para todos os irmãos mais velhos.

— Eu o *odeio*. Eu queria que ele estivesse morto, e seria tudo como era antes. Minha mãe na época me amava.

Harry chega um pouco mais para perto.

— Ela ainda ama você — diz ele com simpatia. — Ama mesmo.

— Ela não conversa mais comigo. Não como antes.

— Ela está um pouco triste, só isso. Mas está se esforçando muito para melhorar.

Matty olha para ele, piscando para conter as lágrimas.

— Eu queria ter um irmão maior. Um como você.

Harry despenteia o cabelo de Matty.

— Eu também gostaria disso. Mas famílias são coisas engraçadas. Você nunca sabe quem você pode encontrar um dia.

— O que você quer dizer com isso? Eu não entendo.

Harry sacode a cabeça delicadamente.

— Nada. Esqueça o que eu disse.

No térreo no vestíbulo, o relógio de pêndulo começa a soar a hora.

— Então onde está essa coisa de vulcão? Aquela da qual sua mãe me falou? Eu vi uma coisa na internet em que eles fizeram lava com bicarbonato de sódio e vinagre. Parecia muito legal.

Matty fica olhando para os pés, batendo-os contra a base da cama.

— Matt?

— Está lá embaixo — diz ele em voz baixa. — Na mesa de jantar. Se Zachary não o destruiu.

Harry se levanta.

— Vamos descer, então? Ver se sua mãe tem bicarbonato de sódio?

Matty dá de ombros. Há lágrimas agora, transbordando e escorrendo por seu rosto.

Harry se abaixa depressa, toma o menino nos braços e o abraça apertado.

— Está tudo bem — sussurra ele em seu cabelo. — Eu não vou a lugar nenhum. Vai ficar tudo bem. Você vai ver.

***

— Posso dar uma palavra rápida, senhor?

— Claro, Adam. Sente-se.

Harrison está parecendo mais animado do que o normal. Sem dúvida aliviado por tirar os engravatados da universidade do pé.

— É o caso da Southey Road, senhor. Houve um novo desdobramento.

Não demora muito, e quando termino ele está parecendo bem menos animado.

— Então você quer fazer um pronunciamento dizendo que concluímos que foi assassinato seguido de suicídio, embora não tenhamos chegado a nenhuma conclusão desse tipo?

— Estamos nos esforçando para encontrá-lo.

— Esse, como era mesmo, Araldo?

— Araldo Marrone. Esse é com certeza seu sobrenome, e Araldo é a versão italiana de Harold, então essa é uma hipótese de trabalho razoável. O problema é que achamos que a família voltou para a Itália e que provavelmente ele nasceu lá, e nós estamos tentando conseguir registros de nascimento com as autoridades italianas.

Harrison olha para seu relógio.

— Depois das sete numa sexta-feira à noite? Devo dizer que você está...

— Não quero correr o risco de deixar para segunda-feira. E francamente, mesmo que deixemos, Baxter não está convencido de que os registros de que precisamos vão estar necessariamente computadorizados.

— Não — diz Harrison sério. — Eu também não apostaria nisso.

Eu me lembro de umas férias na Itália quando as pessoas afastavam meu cartão de crédito como se eu estivesse tentando engabelá-las. E isso era nos anos 1990, pelo amor de Deus. *"No plastica"* se tornou a piada corrente na semana.

Harrison, enquanto isso, se encostou em sua cadeira.

— Então você acha que, se anunciarmos que o caso está fechado, esse homem Marrone vai aparecer?

— Se ele foi o responsável pelo incêndio, foi tudo pelo dinheiro, sobre conseguir sua parte do dinheiro de Esmond. Ele só pode fazer isso se se tornar conhecido. Mas ele não vai assumir esse risco até achar que a situação está limpa — e isso significa convencê-lo de que acreditamos que Michael Esmond foi o culpado.

— E se ele não iniciou o incêndio? E se foi Michael Esmond que fez isso? Presumo que você ainda ache que isso é uma possibilidade.

— Sim, senhor. A menos e até que possamos descartar Marrone. E não podemos fazer isso até interrogá-lo.

Ele pega a caneta e começa a brincar com ela.

— Eu não gosto de mentir para o contribuinte, Adam. A confiança do público na polícia e tudo mais. — Ele dá um suspiro. — Mas suponho que haja casos em que os fins justificam os meios.

— Sim, senhor. Eu acho que as pessoas mais razoáveis iam querer que nós fizéssemos todo o possível para determinar a verdade. Sobretudo quando isso significa pegar um assassino especialmente brutal.

Eu o observo pensar por um momento, em seguida:

— Está bem, Adam. Vá em frente e faça um pronunciamento. Vamos só torcer para que funcione.

***

> **BBC Midlands Today**
> Sábado, 20 de janeiro de 2018 — Atualizado pela última vez às 9h12
>
> ## Polícia encerra o caso do incêndio na casa em Oxford
>
> A polícia de Thames Valley confirmou na noite passada que não está à procura de mais ninguém em relação à ocorrência fatal na casa da Southey Road na madrugada de 4 de janeiro. Quatro membros da família Esmond morreram, vítimas do incêndio que agora acredita-se ter sido iniciado pelo próprio Michael Esmond, em uma forma de assassinato/suicídio conhecida pelos psicólogos como "aniquilação familiar". Esmond, 40, era acadêmico no departamento de antropologia da universidade. A instituição não comentou os rumores de que Esmond estava enfrentando um grave processo disciplinar relacionado a um caso de suposto assédio sexual.
>
> Ao falar na noite passada, o inspetor-detetive Adam Fawley mais uma vez expressou seus pêsames à família e aos amigos das vítimas, dizendo esperar que eles agora tenham pelo menos e em alguma medida um desfecho. Ele se recusou a comentar relatos de que o homem encontrado na Southey Road ainda estava vivo quando o incêndio começou. Também não quis comentar o que pode acontecer com o imóvel da Southey Road. Incorporadores parecem já estar interessados no local, que se estende por quase 4 mil metros quadrados e é localizado em uma das ruas residenciais de maior prestígio da cidade.

***

Domingo à noite. Foi um belo dia. Céu azul límpido, apenas um traço de calor no sol. Os primeiros narcisos. Em dias como esse, nós andávamos por Port Meadow e parávamos no Perch, ou íamos para a cidade e almoçávamos no restaurante do terraço do Ashmolean. Eu podia ter feito todas essas coisas hoje, mas não fiz nenhuma delas. Me apavora que a ausência de Alex possa se tornar tão normal. Que eu possa criar uma existência para mim mesmo que não a inclua. Ser uma pessoa diferente do homem que ela ama. Amava.

Minha vida está em suspenso. No limbo.

Tento ler, mas não pareço conseguir passar da primeira página. Não houve reação ao pronunciamento que fizemos na sexta-feira. Pelo menos, nada útil. Incorporadoras imobiliárias e advogados de porta de cadeia não contam. Eu ligo a TV, mas as notícias são o casamento real de ponta a ponta.

Quando começa a escurecer, subo para fechar as cortinas. O quarto extra. O quarto de Jake. O nosso. O armário que ainda contém quase todas as roupas de Alex (o que estou tentando ver como positivo), e a caixa de madeira indiana que ainda contém todas as joias que eu dei para ela na vida (o que estou determinado a não ver como negativo). Os brincos de diamante que comprei para ela em seu aniversário de 40 anos, o colar de pérolas cinza por nosso aniversário de dez anos, o anel de platina que lhe dei quando Jake nasceu. Este mandei fazer em um joalheiro na North Parade. Um anel largo e simples gravado com A e A e J entrelaçados juntos. Nós três. Inseparáveis. Como eu pensava. Como eu esperava.

Eu o pego e sinto seu frio sobre a minha pele, e me pergunto há quanto tempo ela não o usava. Se ela o tirou quando ele morreu, porque não conseguia aguentar o lembrete. Como se as lembranças não fossem lembrete suficiente. As fotografias. O quarto cheio de brinquedos e roupas e jogos. Eu giro o anel em minha mão, e as letras captam a luz. Superpostas, então é impossível dizer qual delas vem primeiro.

É impossível dizer qual vem primeiro.

Cinco minutos, depois estou no carro.

***

— Inspetor Fawley? Senhor?

Eu acordo com um susto, desorientado. E com frio. E com uma dor de cabeça latejante. Olho para o rosto preocupado de Somer. O relógio atrás dela mostra 7h09. *Da manhã*. Como isso aconteceu?

Eu me sento devagar, sentindo todas as minhas juntas reclamarem.

— O senhor está bem?

— Estou, sim.

Parece haver uma caixa de pizza e o resto de meia dúzia de Becks à minha frente. E um pires cheio de cinzas de cigarro. Isso não é bom. Eu gesticulo para tudo aquilo vagamente.

— Er, você acha que...

— Ah, é claro. — Ela se apressa para jogar as provas no lixo e vem novamente em minha direção. — Recebi a mensagem de texto. Sobre a reunião hoje cedo.

Eu então me levanto, esfregando a nuca.

— Eu queria passar primeiro em casa.

— O senhor tem alguma novidade? — Ela está olhando ao redor, para os documentos e álbuns de fotografia da Southey Road espalhados aleatoriamente sobre minha mesa, para os Post-its, as anotações garatujadas.

— É, acho que tenho. É por isso que eu queria todo mundo aqui. — Ela está parada bem do meu lado, nossos ombros quase se tocando. Então há o barulho da porta se abrindo e, quando eu me viro, Gislingham.

Ele para, registra o estado em que estou, a camisa que parece ter sido usada para dormir, o rubor repentino no rosto de Somer.

— Merda — gagueja ele, vermelho. — Eu não sabia...

Me ocorre de repente, com um daqueles solavancos que acordam você no meio da noite, que ele na verdade podia pensar que tem alguma coisa acontecendo entre Somer e mim. Que ele podia até estar pensando nisso há um bom tempo. Que ele pode não ser o único...

Merda.

— Eu passei a noite inteira aqui — comento depressa, agora ficando vermelho. — E, como você pode ver, a detetive Somer acabou de chegar.

Sua boca está aberta, mas nada está saindo dela.

— Certo — digo eu com o máximo de profissionalismo que consigo reunir em meu estado atual. — Eu vou tomar um banho. Reúna todo mundo, está bem, sargento?

Quando eu volto, a sala de situação está carregada com a expectativa. Pelo menos, é o que espero que seja.

— Certo — digo eu andando até a frente e tamborilo na foto que Davy Jones nos deu. A foto de Harry, parado diante da Radcliffe Camera reluzindo sob luz dourada, com as mãos nos quadris, óculos escuros pendurados no pescoço. Harry, que achávamos ser apelido de Harold. Ou eu achei. Só que acho que me enganei. Foi o que pensei ontem à noite: não é apenas na família real que "Harry" é apelido de algo completamente diferente.

— Esse homem, que responde pelo nome de Harry Brown, é o filho de Michael Esmond com Ginevra Marrone, a garota que ele engravidou quando tinha dezessete anos e ela tinha apenas quinze. Estávamos supondo que seu nome em italiano fosse Araldo, mas acho que estávamos errados. Acho que nesse caso "Harry" não é apelido de Harold, é apelido de *Henry*: acho que seu nome verdadeiro é *Enrico* Marrone. E graças ao testamento do avô de Esmond ele tem um motivo extremamente poderoso para atear fogo na casa na Southey Road. Na verdade, como seu pai era apenas o mais jovem dos dois irmãos, incendiar a casa era o único jeito de botar as mãos em alguma coisa.

Eu olho em torno da sala. Essa informação já tinha circulado; não era novidade. Mas o que estou prestes a dizer em seguida vai ser.

— Tem mais uma coisa. Uma coisa que eu não percebi até ontem à noite, embora vá parecer extremamente óbvia quando vocês a virem. Se o nome verdadeiro de Harry é *Enrico* Marrone, suas iniciais são EM.

Silêncio.

— As mesmas de Michael — comenta Gislingham. — Só que invertidas. Merda.

— Certo — digo, apontando para uma segunda fotografia. O anel de sinete. "EM". As mesmas iniciais que estão gravadas nesse anel, que encontramos no corpo na Southey Road. Essas letras podem ser ME, mas podiam muito bem ser EM.

Eu volto para a primeira foto.

— Como vocês podem ver nesta foto, Harry está usando um anel de sinete prateado na mão esquerda.

As pessoas agora estão começando a olhar umas para as outras.

— Eu voltei para cá ontem à noite e examinei todos os álbuns de fotos que encontramos na Southey Road e não consegui encontrar uma única foto de Michael Esmond usando qualquer tipo de anel. Nem mesmo uma aliança de casamento.

Ev está boquiaberta.

— Mas Philip identificou o anel como sendo de seu irmão.

— Sei que ele fez isso, mas tudo o que temos é a palavra dele.

— Mas por que ele mentiria? — continua ele antes de parar de repente. — Ah, merda, aquele corpo não é de Michael, é isso? É Harry. Michael *ainda está vivo*.

O nível de ruído agora está aumentando. Eu levanto a mão.

— E é exatamente por isso que arrastei vocês para cá nessa hora terrível da manhã.

— Mas a autópsia não teria identificado isso? — pergunta Asante. — Quer dizer, se o corpo é de alguém tão jovem como nesse caso, com certeza o legista teria visto. Eles não podem provar isso a partir dos ossos?

Mas estou sacudindo a cabeça.

— Eu já me deparei com isso antes. Se um corpo é muito velho ou muito jovem, dá para avaliar sua idade a partir do esqueleto, mas, entre aproximadamente 21 anos e 45, os ossos não mudam muito. E essa é exatamente a faixa etária que estamos vendo aqui. Mas foi uma boa pergunta, Asante. Muito bem.

Eu olho ao redor para o resto da equipe.

— Então precisamos refletir sobre isso com muito cuidado. Se Philip Esmond nos induziu deliberadamente ao erro em relação ao anel, tenho de presumir que ele queria que achássemos que Michael está morto. Porque queria que parássemos de procurar por Michael. E, se Michael ainda está mesmo vivo, e neste momento isso é um grande *se*, então é *Philip* que está ajudando para que ele se esconda. Afinal de contas, ele tem seu próprio barco, qual lugar melhor para uma pessoa se ocultar por alguns dias.

— Ou deixar a droga do país — diz Quinn de modo sombrio.

— Não acho que eles tenham feito isso, ainda não. Philip não pode se dar ao luxo de partir antes de enterrar o corpo. Não se ele quer que acreditemos que seja o corpo de Michael. Eles não vão querer despertar suspeitas desnecessárias.

— Nós podemos entrar em contato com a baía de Poole — diz Gis. — Para verificar se o barco ainda está lá.

— Bom, e enquanto você faz isso, diga a eles para esperarem por nós. E para não deixarem a droga do barco partir.

— O que o senhor quer que o resto de nós faça, chefe? — É Baxter, agora.

— Aquele anel é muito característico. Vamos trazer Davy Jones aqui o mais rápido possível para ver se ele consegue identificá-lo. — Eu olho ao redor. — Detetive Asante, você acha que dá conta disso?

Ele dá um sorriso.

— Com certeza, senhor.

— Certo... Baxter, você pode falar com locadoras de veículos na área de Poole. Philip estava dirigindo um Nissan Juke vermelho alugado na última vez que eu o vi, isso não deve ser muito difícil de descobrir. E, quando você fizer isso, dê uma olhada no sistema de identificação de placas, veja se conseguimos rastrear seus movimentos desde que ele voltou para o Reino Unido.

— Está bem, chefe.

— E, Somer, você pode falar com a unidade de tecnologia outra vez sobre aquela ligação telefônica na tarde de 4 de janeiro, quando Philip ligou e falou com você.

Ela franze o cenho.

— Mas nós já provamos que na hora ele estava no meio do Atlântico...

— Eu sei disso. O que quero saber *agora* é onde ele estava no dia *antes* que essa chamada fosse feita.

***

3 de janeiro de 2018, 21h04
Três horas antes do incêndio
Serviço Ferroviário Southern Rail, perto de Haywards Heath.

Os passageiros no vagão chegaram na fase sorria e aguente (e em alguns casos beba e aguente) do atraso. Raiva é inútil, eles simplesmente têm de aguentar. Conversas começaram, e uma garotinha circula oferecendo às pessoas suas balas de alcaçuz. Várias pessoas olham quando o homem de paletó de *tweed* atravessa o vagão pela segunda vez. Suas roupas são bem respeitáveis, mas todo o resto parece estar desmoronando. Sua camisa está para fora da calça e há marcas de suor visíveis embaixo dos braços. Ao passar pela senhora de idade negra na extremidade, ao lado da área dos guardas e do bicicletário, ela o escuta murmurar consigo mesmo: "Não há lugar nenhum na merda desse trem onde você possa fazer uma ligação particular?"

Ela sacode a cabeça, emitindo uma expressão de reprovação, e faz um comentário em voz baixa para o marido. Ela não gosta que falem palavrões. E homens como ele deviam saber que não deviam fazer isso.

Cinco minutos depois, ela torna a ouvir sua voz. Ela se vira para trás e percebe que ele deve estar no telefone. Ele está falando baixo, mas a intensidade e a veemência são inconfundíveis.

— Eu sei quem você é — está dizendo ele. — Está me ouvindo? *Eu sei quem você é.* — Ele nega com a cabeça. — Agora não, não por telefone. Me encontre em casa. Devo estar de volta antes da meia-noite. Aí nós podemos falar sobre isso.

***

— O senhor tinha razão. Em questionar onde Philip Esmond estava quando ligou para mim.

É Somer no viva-voz. Estamos no carro de Gislingham. Quinn está no banco traseiro, fazendo um esforço sobre-humano para não criticar o motorista.

— Ele não estava viajando para o sul como presumimos — continua Somer. — Ele já tinha feito a volta. Ele estava voltando para o Reino Unido.

— Quando o barco mudou de curso?

— Até onde sabemos, deve ter sido nas primeiras horas de 4 de janeiro.

— Então ele sabia — digo em voz baixa. — Ele sabia do incêndio muito antes de você contar para ele.

Muito antes que o incidente chegasse aos noticiários. E a única pessoa que podia ter contado isso a ele era seu irmão. Michael Esmond. Ele não morreu naquele incêndio. Ele ainda está vivo.

— Philip recebeu uma ligação de um celular às duas horas daquela madrugada — conta ela —, que deve ter sido por volta da hora em que ele fez a volta. A pessoa que ligou estava na área de Southampton. Nada de prêmios para quem adivinhar onde.

— Calshot Spit.

— Certo. Aquelas testemunhas que identificaram Michael, no fim das contas, estavam certas. Ele *estava* na cabana. Nós só não chegamos lá a tempo.

Sinto Gislingham se remexer no assento ao meu lado e, quando olho em sua direção, ele está de cenho franzido.

— Embora o número do celular que ele usou para ligar para Philip fosse diferente — continua Somer. — Não era o mesmo que ele usou para ligar para Harry do trem. Ele deve ter jogado o aparelho fora porque achou que pudéssemos localizar onde ele estava.

Ou, o que se você me perguntar direi que é muito mais provável, foi Philip que se deu conta disso e foi Philip que disse para ele descartar o telefone.

— Então de quem era esse telefone?

— É aí que fica interessante. Ele pertence a um homem chamado Ian Blake. Ele deu queixa de que tinha sido furtado naquela mesma manhã, 4 de janeiro. Ele vive em um dos edifícios residenciais da Banbury Road, a menos de um quilômetro da Southey Road.

Eu devo estar deixando algo passar, aqui.

— Então como Esmond botou suas mãos nele? Quase posso ouvir o sorriso em sua voz.

— Porque ele estava no banco da frente de seu carro no momento. O senhor provavelmente não lembra, eram policiais uniformizados que estavam cuidando disso, mas esse tal de Blake teve seu carro roubado nas primeiras horas daquela manhã. Ele dá plantão no John Rad e deixou o motor ligado para descongelar o carro. Só que, quando ele tornou a sair, o carro tinha desaparecido. Havia uma boa quantia em dinheiro, também, a carteira também estava no carro.

Então foi assim que Esmond chegou a Calshot. Ele roubou um carro. A única coisa em que não tínhamos pensado. Uma coisa que um homem como ele jamais sonharia fazer. Não se ele estivesse com a cabeça no lugar.

— Esmond fez mais ligações desse número desde então?

— Não, mas ele recebeu uma mensagem de texto mais tarde no mesmo dia. Do telefone via satélite de Philip. Eu verifiquei a hora: Philip enviou a mensagem *cinco minutos depois de conversar comigo*. Cinco minutos depois que perguntei se ele sabia alguma coisa sobre uma cabana e ele disse não saber nada. Foi *por isso* que Michael não estava em Calshot quando chegamos lá, senhor, o irmão dele já havia avisado que estávamos chegando.

E, para garantir, ele deixou passar a maior parte de três dias antes de nos ligar para dizer que tinha se "lembrado".

— Bom trabalho, Somer. Mais alguma coisa?

— Ah, sim, o detetive Asante disse para lhe contar que Davy Jones identificou o anel. Disse que com certeza viu Harry usando-o.

— Diga a ele que foi um bom trabalho.

— Eu digo, senhor. E Everett quer dar uma palavra. Espere.

Há ruídos abafados na linha, e então a voz de Ev.

— Falei com o comandante da zona portuária de Poole. Na verdade, Esmond não está na marina principal, mas em uma do outro lado da baía. Levamos meia hora para localizar qual, mas acabamos chegando lá. É um lugar chamado Cobb's Quay. O gerente de lá disse que Philip Esmond chegou em algum momento da tarde de 7 de janeiro

Ele ligou antes e disse que tinha havido uma mudança de planos e que precisava de um lugar para dormir.

Estou tentando me lembrar da linha do tempo, mas Ev faz isso para mim.

— Quando a detetive Somer falou com ele no dia 7, ele disse que esperava estar de volta em dois dias. Mas ele mentiu. Ele *já estava aqui*.

Eu bato no painel pela frustração. Na hora, não havia razão para suspeitar dele, mas mesmo assim devíamos ter verificado. Devíamos ter sido mais meticulosos. *Eu* devia ter sido mais meticuloso.

— O barco ainda está mesmo lá?

— Está, senhor. O gerente do Cobb's Quay diz que viu pelo menos um homem a bordo nos últimos dias. Bem alto, cabelo escuro, diz ele. Embora ele o tenha visto apenas a distância.

— E Philip e Michael são muito parecidos. Pelo menos de vista. Isso não é conclusivo.

— Diga a ele para nos informar imediatamente se houver qualquer sinal de partida. Mas com sorte nós mesmos vamos estar lá em uma hora.

— Menos — diz Gislingham enquanto encerro a ligação. — Agora já passamos de Eastleigh.

Mas ele ainda está de cenho franzido.

— Está tudo bem?

— Está — responde ele, conferindo o retrovisor antes de sinalizar que ia ultrapassar. — Acho que esqueci de mencionar que a polícia de Hants ligou.

— Ah, é?

— Era tarde, na sexta-feira. Eu estava quase saindo. Foi aquele inspetor-detetive do qual você nos falou. Saumarez. Ele contou que o vagabundo que encontramos naquela cabana disse que alguém já a tinha arrombado antes que ele chegasse lá.

— Bom, isso faz sentido. Michel Esmond não teria uma chave.

— Não, chefe.

Porém, ainda tem alguma coisa, mas eu não conseguia saber o que era, mesmo que minha vida dependesse disso.

Então meu telefone toca.

***

4 de janeiro de 2018, 0h05
Southey Road, 23, Oxford

Quando Harry chega à casa, Michael está esperando por ele. Ele abre a porta em silêncio e avança imediatamente na direção da sala de estar.

— O que é isso? — diz Harry de forma natural. — Um pouco misterioso, não é, toda essa coisa de "Me encontre à meia-noite"?

— O trem atrasou.

Michael fecha a porta atrás deles. Ele não acendeu as luzes. Há apenas o brilho baço da luz da rua, projetando uma faixa longa e estreita através das cortinas e sobre o chão. Nas sombras ele parece diferente. Estranho. Você quase ouve o crepitar de energia nervosa. Ele carrega pelo gargalo uma garrafa de whisky meio vazia. Pela primeira vez, Harry começa a se sentir desconfortável. Talvez aquela não tenha sido uma ideia tão boa.

— O que você quer — diz ele. Toda a leveza desapareceu. — Porque tem outro lugar onde eu preciso estar.

— Eu sei quem você é — diz Michael.

— Olhe...

— Não tente negar isso. Eu sei quem você é. E o que quer que você queira, estou lhe dizendo agora que você não vai conseguir.

Harry ergue as sobrancelhas.

— É mesmo? Você tem certeza disso? Porque eu falei com um advogado...

— Não me interessa com quem você falou. Eu não vou deixar que você destrua minha vida. Você não tem direito...

— Ah, acho que você vai descobrir que tenho todos os direitos.

Michel começa a se aproximar. Harry pode sentir o cheiro de álcool em seu hálito. Tem uma coisa desfocada em seus olhos. Harry começa a recuar.

— Olhe, nós podemos conversar sobre isso, mas não agora. Não quando...

— Não quando o quê, exatamente?

Harry sente a parede bater contra sua espinha. Michael está tão perto que seu perdigoto está na pele de Harry. Ele ergue as mãos e empurra Michael.

— Você está bêbado.

— Tem razão. Estou bêbado. Bêbado e puto.

Ele nunca fala palavrão.

Ele nunca fala palavrão.

— Estou indo — diz Harry, jogando o casaco em torno dos ombros. — Eu, para começar, nunca devia ter vindo.

— Não, você não devia — responde Michael, espetando um dedo em seu peito. — Então por que você simplesmente não faz as malas e volta para aquele lugar de merda de onde você veio?

Harry se aproxima um pouco mais. Sua voz ainda está baixa, mas agora ela carrega uma ameaça.

— Bom, se eu venho de um lugar de merda, de quem é a culpa? Porque não podem ser dos genes, não é? Não pode haver nada de errado com eles. Quer dizer, olhe para você, sua mulher está devastada, seu filho está com problemas, e você parece nem perceber.

— Não ouse falar assim da minha família.

— Você não entende? Eles não são *apenas sua família*. Não mais. Eles são *minha família*. E eu fiz mais por eles nos últimos seis meses que você fez em seis anos. Veja o coitado do Matt, quantas vezes você prometeu fazer coisas com ele e o decepcionou no último minuto? Tem sempre alguma coisa mais importante, não é? Sempre alguma coisa relacionada com *você*, com você e sua carreira e seu emprego muito importante no qual até onde eu posso ver você fez uma lambança tão grande que eles vão demiti-lo...

— Eu estou avisando...

Michael está cambaleante agora, com a voz arrastada. Bêbado demais para enfrentar qualquer um. Ou pelo menos é o que Harry pensa.

Esse não é o único erro que ele está prestes a cometer.

***

Poole está luminosa mas fria. O barulho de cabos contra fibra de vidro. Gaivotas. Nuvens altas deslizando por um céu azul-lavado. Eu encho os pulmões de ar salgado e penso — não pela primeira vez — que eu devia mesmo sair de Oxford com mais frequência.

— Ele não podia ter escolhido um lugar melhor para se esconder, mesmo que tentasse — diz Quinn mal-humorado, batendo a porta e fazendo um verdadeiro espetáculo ao esticar as pernas.

Mas ele tem razão. No verão esse lugar deve ser movimentado — o clube social, a loja de velas, os iates novos lado a lado para a venda —, mas nessa época do ano está quase deserto. E, mesmo que não estivesse, os cais flutuantes se estendem duzentos ou trezentos metros pela água. Se seu barco estivesse atracado na extremidade mais distante, você podia ficar nele por dias, e ninguém ia nem saber que você estava ali. É quase perfeito demais.

Caminhamos na direção da água e o gerente devia estar nos observando, porque a porta do escritório já está se abrindo. E a alguns metros de distância, no estacionamento, vejo um Nissan Juke vermelho.

— Inspetor-detetive Fawley? — pergunta o homem olhando para nós três e escolhendo a mim. Acho que eu devia ficar lisonjeado.

— Duncan Wright. Estou de olho desde que o senhor ligou, mas não vi nenhum movimento no *Liberdade 2*.

— E onde está o barco?

— Na vaga 31 — diz ele, apontando. — Lá.

***

O Cobb's Quay deve ser de alto nível porque todo barco por que passamos ou é novo ou está em condições excelentes. Madeira envernizada, velas com cores combinando, cromados reluzentes captando o sol de inverno. E na extremidade, balançando delicadamente na água, o *Liberdade 2*. Ele parece algo saído de um suplemento dominical. Eu fiquei curioso com o nome desde a primeira vez que o ouvi, achando que era apenas a afirmação de um estilo de vida bem adolescente, o jeito de Philip ir contra as escolhas feitas pelo irmão. Liberdade para fazer o que tivesse vontade, liberdade para sair de baixo do peso das expectativas familiares. Mas, sabendo o que eu sei agora sobre a vida levada por aqueles dois garotos, a casa que eles tinham, não tenho tanta certeza. Como todo o resto nesse caso, o que está na superfície pode não ser tão superficial quanto parece.

Podia não haver sinal de vida no barco durante toda a manhã, mas agora havia. Quando chegamos ao barco, ele está na proa, à nossa espera. Moletom azul-marinho, colete acolchoado, óculos Ray-Ban.

Philip Esmond.

— Inspetor — diz ele tirando os óculos. — Eu não tinha ideia de que o senhor estava vindo.

— Nem nós, sr. Esmond.

Ele olha para Gislingham e para Quinn, em seguida novamente para mim.

— O que aconteceu? Houve alguma descoberta?

— Pode-se dizer que sim — responde Quinn de forma sardônica.

— O senhor pode sair do barco, sr. Esmond?

— Mas...

— Por favor.

— Está bem — diz ele, sério, levantando as mãos. — Se vocês insistem.

Ele desce para o cais, e Gis passa por mim e vai até o barco, se abaixando para entrar na cabine.

— Na primeira vez que foi à St. Aldate's, o senhor contou à minha policial que tinha acabado de chegar ao Reino Unido. Que tinha ido direto para Oxford assim que chegou.

Ele franze o cenho.

— E daí? O que isso tem a ver com...

— Na verdade, o senhor atracou aqui três dias inteiros antes disso. No dia 7 de janeiro.

Seu rosto endurece um pouco.

— Não vejo que diferença isso faz. Eu tinha coisas a fazer, só isso.

— É mesmo — digo. — O tipo de "coisa" que inclui ir até Calshot Spit para pegar seu irmão e o trazer de volta para cá?

— Isso é ridículo, como eu disse, eu tinha me esquecido completamente daquele lugar desagradável.

— Eu duvido, sr. Esmond. A julgar pelos álbuns de fotos que encontramos na Southey Road, o senhor foi até lá pelo menos uma dúzia de vezes quando era criança. É improvável que tenha se esquecido disso. A menos, é claro, que tivesse uma razão muito boa.

— O senhor não pode provar nada disso, é apenas especulação.

— Ao contrário, a polícia de Hants já encontrou o carro que o seu irmão roubou, abandonado a pouco mais de um quilômetro da cabana de praia. Quanto ao senhor, tenho policiais examinando os dados do sistema de identificação de placas enquanto conversamos. É só questão de tempo até descobrirmos exatamente aonde o senhor foi. Então qual era o plano? Ficar escondido até o funeral terminar e depois voltar para a Croácia, onde o senhor cobraria o dinheiro do testamento e montaria uma vida nova para seu irmão?

Gis aparece na escotilha e sacode a cabeça.

— Ele não está aqui, senhor.

Eu dou um passo na direção de Esmond.

— Não torne isso mais difícil que o necessário. Eu posso prendê-lo aqui e agora, se necessário. Nós sabemos que Michael está vivo e sabemos que o senhor tem tentado protegê-lo. Eu tenho um irmão. Eu entendo. Mas agora acabou. E vai ser melhor para todo mundo se simplesmente nos contar a verdade. Já houve mentiras demais. Mentiras demais por tempo demais.

Esmond vira de costas, respira fundo e exala em um suspiro pesado e entrecortado.

***

4 de janeiro de 2010, 0h09
Southey Road, 23, Oxford

— E Sam? — diz Harry. — Presa neste grande mausoléu todos os dias. Nenhum emprego, nenhum amigo, apenas limpando a bunda de

Zachary e esperando você de quatro. Não surpreende que ela esteja deprimida, não é surpresa que ela se volte para outra pessoa por um pouco de afeto.

Assim que diz isso, ele compreende que foi longe demais.

— Desculpe — balbucia. — Eu não devia ter dito isso.

Mas é tarde demais. Ele não pode retirar o que disse, não pode desdizer.

Os olhos de Michael se estreitam.

— É *seu*, é isso o que você está me dizendo?

— O quê? Do que você está falando?

— A merda do *bebê*, é disso que eu estou falando.

Harry engole em seco.

— Merda, eu não sabia.

— Ela é sua madrasta, seu pervertido nojento.

Os olhos de Harry se arregalam.

— Não, você entendeu tudo errado. Merda. É isso o que você pensa?

A garrafa de whisky pode estar meio vazia, mas ela é pesada, fácil de manejar

Harry cambaleia quando o primeiro golpe o acerta e ele anda para trás, uma torrente de sangue escorrendo pelo seu pescoço.

— Seu filho da mãe — sibila ele, estendido contra a parede. — Seu grande filho da mãe...

***

— Não foi Michael que encontramos na casa, foi, sr. Esmond? Foi Harry. Ou devo dizer Enrico.

Philip ainda está de costas para mim.

— Então você sabe disso.

— Nós sabemos que seu irmão teve um relacionamento com Ginevra Marrone e que ela teve um bebê. Nós também sabemos que Harry veio para cá no ano passado à procura do pai. E foi o corpo dele que encontramos nos escombros da Southey Road.

Philip se vira lentamente para olhar para mim. Quinn está com o telefone na mão e o gravador ligado.

— O que eu *não* sei, sr. Esmond — continuo, forçando-o a me olhar nos olhos — é o quanto *o senhor* sabe sobre DNA.

Ele parece perplexo.

— Não sei do que você está falando.

— Nosso laboratório concluiu que o corpo na casa era Michael porque ele compartilhava o suficiente de seu DNA para ser seu irmão. E o senhor sabia disso, não sabia? Por isso o senhor estava tão disposto a nos dar a droga de uma amostra, o senhor pesquisou tudo e sabia a que conclusão chegaríamos. Mas essa não é a única possibilidade, não é? Tem pelo menos um outro relacionamento que poderia produzir exatamente o mesmo resultado.

Ele agora não diz nada. Apenas fica olhando para mim.

— Há quanto tempo o senhor sabe que Harry era seu filho?

***

15 de julho de 2017, 14h09
173 dias antes do incêndio
Southey Road, 23, Oxford

— Você quer que eu prove? Quer fazer um teste.

Eles estão parados na extremidade do jardim. Perto da casa de verão e do monte de compostagem, onde uma nuvem de mosquitos esvoaça no calor de julho. Mais à frente no jardim, Samantha está cochilando em uma espreguiçadeira, e os dois meninos estão chutando uma bola por perto.

Harry fica olhando para ele, esperando uma resposta.

— Eu perguntei, você quer fazer um teste? Porque para mim tudo bem, *eu* não tenho nada a esconder.

— Não é que eu não acredite em você.

O rosto de Harry endurece.

— Você só não tem certeza de quem é o pai, certo? Se é você ou seu irmãozinho.

— Você não entende.

— Eu entendo muito bem. Eu *entendo* que ele largou a minha mãe e você deu em cima dela. É isso o que eu *entendo*.

Philip dá um suspiro.

— Não foi desse jeito.

Harry ergue uma sobrancelha.

— Então foi de que "jeito", exatamente? Uma transa rápida no banco traseiro de seu carro? Você a pegou no rebote?

— Ela sabia o que estava fazendo. Ela estava longe de...

Ele para, embaraçado.

— Longe de ser virgem, é isso o que você quis dizer? Não, seu irmão cuidou disso, não foi?

— Eu não quis dizer isso, quis dizer que ela era madura para a idade, ela tomava as próprias decisões.

— Ela tinha quinze anos, pelo amor de Deus. *Quinze.*

Philip então fica vermelho.

— Olhe, você tem de acreditar em mim... se eu soubesse que ela estava grávida...

— O quê? Você ia ter se casado com ela? Sem chance. *Papai* teria acabado com isso.

— Eu quis dizer dinheiro. Eu podia ter dado dinheiro a ela.

Os olhos azuis agora estão frios como gelo.

— Você teria pagado para ela me abortar.

— Não seja ridículo. Você sabe que não foi isso o que eu quis dizer. Se eu soubesse, teria feito a coisa certa.

— Ah, não se preocupe — diz Harry com uma risada amarga. — Ah, você vai fazer. Eu sou seu filho. O filho mais velho do filho mais velho. E isso significa que tudo isso é meu.

Ele gesticula para a casa. Philip observa enquanto Michael sai do escritório e vai até onde está sua mulher. Ela ergue o rosto para ele, protegendo os olhos do sol. Eles trocam algumas palavras e em seguida ele desdobra outra espreguiçadeira e se senta ao lado dela.

— Mandei um advogado olhar aquele testamento que encontrei — diz Harry. — Aposto que os curadores não sabem que seu irmão está morando aqui, sabem? Na verdade, aposto que você nem se deu ao trabalho de perguntar a eles.

Philip fica vermelho.

— É um esquema informal.

— Vou considerar isso um não, então. Meu advogado diz que ele não tem nenhum direito de morar aqui. Se você não quer, é decisão sua, mas depois disso sou eu, não ele. E, até onde sei, estou esperando há tempo suficiente. É minha vez. Foi por isso que vim para cá. Para procurar você.

— Você não pode esperar que eu os despeje, isso é completamente irracional.

Harry se aproxima mais.

— *Irracional* é deixar uma menina de quinze anos criar um bebê sozinha. *Irracional* é crescer passando fome porque a família de sua mãe a deserdou. *Irracional* é saber que seu pai está nadando em dinheiro e nem a porra de um *penny* chegou até você...

— Nós não estamos nadando em dinheiro. Nós nunca estivemos, e com certeza não estamos agora.

— Está bem. Como eu disse, eu só quero o que me é devido. O meu quinhão justo.

Philip respira fundo.

— Você vai ter de me dar algum tempo. Uma coisa dessas, surgida do nada, vai ser um choque e tanto. E você sabe tão bem quanto eu que ele atualmente está com muitos problemas.

— Está bem, eu entendo isso. Não pretendo tornar as coisas piores para Sam e as crianças se eu puder ajudar. Você, francamente, não faz a menor diferença para mim, mas eles... eles são minha família.

— Eu vou falar com ele, vou encontrar o momento certo. Prometo.

— Seis meses — diz Harry, ligando o cortador de grama outra vez. — Eu vou dar a você seis meses. Se até lá você não tiver contado a ele, eu mesmo vou fazer isso.

***

— Então, quando você contou a ele?

Philip vira o rosto outra vez.

— Eu não contei.

— Você nunca contou a Michael que Harry era seu filho? Você nunca contou a ele que ele e a família iam ter de se mudar daquela casa?

— Nunca parecia ser o momento certo. Mike já estava passando por muitos problemas. Com Sam, mamãe e todo aquele problema no emprego. Eu não achei que ele pudesse aguentar mais.

Eu respiro fundo.

— Então em vez de lidar com isso, em vez de encarar as consequências de seus próprios atos, você decidiu se divertir na Croácia e deixar que a merda estourasse às suas costas?

— Não foi desse jeito — diz ele rapidamente.

— Então como foi? Porque, infelizmente, do meu ponto de vista...

— Eu falei com os curadores — diz ele. — Em julho. Antes de partir do Reino Unido. Eu perguntei se o que Harry tinha dito estava certo.

— E?

Ele faz uma careta.

— Era basicamente a mesma coisa que ele me contou. Eles disseram que, se Harry quisesse morar na casa, eles não viam como podiam recusar, desde que ele pudesse provar quem era. O melhor que eles puderam pensar era ele e Michael compartilhando o lugar, mas não havia a menor chance de isso funcionar. Mesmo se os dois concordassem.

— Você fez um teste de DNA?

Ele assente.

— Fiz. Mas foi mera formalidade. Eu sabia que ele estava dizendo a verdade. Ele é, era, exatamente igual a Ginny.

Ele desvia o olhar outra vez, passando por mim, por cima de meu ombro, na direção do cais.

— Mas Michael descobriu, não foi? Como isso aconteceu? Harry contou a ele?

Ele sacode a cabeça.

— Não. Eu consegui convencê-lo a me dar um pouco mais de tempo. Mas Michael descobriu por conta própria. Ele me contou, naquela noite em que ele me ligou da cabana. Que ele tinha ouvido Harry contar a Sam sobre uma certa torta que sua mãe costumava fazer no Natal. É uma especialidade de Puglia, é de lá que vem a família. Mike se lembrou de comer isso na casa de Ginny. Era demais para ser coincidência. Especialmente com a maldita tatuagem.

Ele pode ver pela minha expressão que não tenho ideia do que ele está dizendo.

— Harry tinha uma tatuagem no peito. Bagas de junípero. Ele contou a Michael que era para a mãe. É isso que significa o nome dela. Junípero.

— Entendo. Então, mesmo que não tenha dito nada explicitamente, ele não estava exatamente mantendo isso em segredo, estava?

Philip faz uma expressão severa.

— Ele era impetuoso. Como o pai. Acho que ele gostava de viver perigosamente.

Ficamos ali parados por um momento, olhando um para o outro. Posso sentir o sol nas minhas costas, o cais flutuante movendo-se delicadamente sob meus pés.

— Como Harry morreu? — digo por fim.

Ele dá um suspiro pesado.

— Quando Mike me ligou naquela noite, ele estava muito pouco coerente. Eu mal conseguia entender o que ele dizia. Eu não pude acreditar... que Harry estava morto... que Mike na verdade o havia *matado*. — Ele passa a mão pelo cabelo. — Ele disse que eles tinham discutido, que Harry disse que estava tendo um caso com Sam, e Michael achou que o bebê devia ser dele, e eu acho que isso foi a gota-d'água para todo o resto. Acho que por um único momento terrível isso fez com que ele perdesse o controle.

— Isso era verdade, o caso?

Philip dá de ombros.

— Não sei. Ela estava muito infeliz e solitária. Acho que consigo ver como isso pode ter acontecido.

— E Michael tentou encobrir o que tinha feito ateando fogo à casa. Com sua família inocente dormindo no andar de cima...

— Ele *não sabia disso* — diz ele rapidamente. — Eles deviam estar em Liverpool. Para algum tipo de show. Pelo aniversário de Matty. Você tem de acreditar em mim.

— Eu acredito — respondo com delicadeza. — Ela deixou uma mensagem no celular dele para dizer que Zachary estava passando mal e eles estavam em casa.

Mas eu não tinha me dado conta até agora exatamente do que isso significava.

— Ele perdeu o celular, nunca recebeu essa mensagem.

— Eu sei. O celular foi devolvido. Nós sabíamos que ele o havia perdido.

E o resto nós podemos checar. E, em toda essa confusão horrível, de repente há um diminuto fragmento de alívio. Ele nunca teve a intenção de matá-los. Ele era um aniquilador de família, certo, mas nunca pretendeu ser.

— Olhe — diz ele —, Mike já está surtando por causa de Sam e dos filhos. Ele não dava a mínima para aquela casa. Ele sempre fingiu amá-la, mas ela era apenas uma pedra enorme em seu sapato. Em *nossos* sapatos.

E eu me lembro, agora, do escritório no jardim. Tudo nele era o oposto total do resto da casa; cor, móveis, atmosfera, luz. Aquela casa não era uma herança estimada. Não era nem mesmo um lar; ela era uma prisão. Uma maldição.

— Onde está ele agora, sr. Esmond?

Ele abre a boca e torna a fechá-la.

— Não sei — diz ele por fim. — Quando ouvi vocês no cais, achei que devia ser ele. Ele já devia ter voltado.

Ele olha para o cais novamente, agora visivelmente preocupado.

— Ele foi por esse caminho? — pergunto, seguindo seu olhar.

— Há cerca de uma hora.

Tem mais alguma coisa. Alguma coisa que ele não está me contando.

— O que é, sr. Esmond?

Ele engole em seco.

— Quando Michael descobriu sobre Harry, quando descobriu que Ginny era a mãe dele, ele presumiu, sabe...

Ah, aí está. A última peça que faltava.

— Ele presumiu que Harry fosse filho *dele*. Não seu.

Ele fica vermelho.

— Ele nunca soube, entende, que ela e eu tivemos um caso. Quer dizer, foi apenas uma ou duas vezes. Eu não achei que importasse.

Mas uma ou duas vezes podem importar. Uma ou duas vezes podem ser tudo.

Philip dá um suspiro.

— E, quando ele foi a Brighton para ver Muriel, ela sempre se referia "àquele garoto Esmond". Ele não tinha ideia que ela na verdade estava falando de mim.

Ela disse exatamente a mesma coisa quando fomos vê-la. E eu cheguei às mesmíssimas conclusões.

— Ele ainda acha isso?

Ele olha para mim, em seguida desvia o olhar. Seu rosto está desolado de vergonha.

— Ele mal falou comigo desde que chegou aqui. Eu só achei que ele não aguentaria mais nada agora.

— Então o que aconteceu esta manhã?

— Eu saí para comprar comida e, quando voltei, ele estava com meu iPad. Eu estava escondendo minhas coisas, mas ele deve ter encontrado. Havia uma reportagem entre as notícias, na BBC.

— Dizendo que o homem que morreu na Southey Road ainda estava vivo quando o incêndio começou.

Ele assente.

— Mike estava em uma condição lastimável, ele disse que isso só piorava as coisas, que se ele soubesse que Harry não estava morto nunca teria ateado fogo à casa, e *todos* eles ainda estariam vivos. Ele ficou histérico, começou a dizer que o havia *visto*, que tinha visto Matty. Vou dizer uma coisa: eu fiquei seriamente preocupado, achei que ele podia realmente estar enlouquecendo. Mas depois ele pareceu se acalmar e disse que precisava sair, que estava ficando louco escondido naquele barco 24 horas por dia e que precisava limpar a cabeça.

— E o senhor o deixou ir?

Ele dá de ombros, arrasado.

— O que mais eu podia fazer? Ele disse que queria ficar sozinho.

Gis deve ter visto alguma coisa no cais, porque gesticula para mim, e eu me viro e vejo um homem correndo em nossa direção. Mas não é Michael Esmond. É o gerente da Marina.

***

4 de janeiro de 2018, 0h12
Southey Road, 23, Oxford

— Olhe. — Harry arqueja. — Eu não dormi com Sam, eu juro, e ela não é... você não é... sério, você entendeu tudo errado.

Ele tenta se levantar, mas escorrega com todo peso para trás. Há pânico, agora, quando ele começa a rastejar na direção da porta. Michael o observa por um momento, em seguida caminha lentamente e dá a volta para ficar na frente dele, bloqueando sua saída, olhando para baixo.

— Então o que exatamente eu entendi errado?

Os cotovelos de Harry cedem e ele rola de costas, com o peito arquejando forte. Há sangue em seu cabelo, rosto, boca.

— Eu não sou seu filho, pense você o que quiser, não foi atrás de você que eu vim, foi de Philip.

Mas se ele achou que isso terminaria com o problema, ele não podia estar mais errado.

Michael fica olhando para ele, e o medo com o qual viveu por todas aquelas semanas se obscurece rapidamente em algo muito, muito pior. Aquele homem não apenas invadiu sua família, roubou seu amor, tomou seu lugar, ele ainda vai tomar sua casa, arruinar sua vida, destruir tudo o que ele trabalhou tanto para ter.

E de repente há algo no peso da garrafa em sua mão que faz com que ele sinta, por um momento horrendo, que está livre. Livre de si mesmo, livre daquele homem que todos sempre esperaram que ele fosse, e não importa o que ele faça, nunca foi suficiente. Livre para ficar com raiva e vingativo e fora de controle, e quem está preocupado com...

Algo em seu rosto deve ter mudado, porque Harry tenta outra vez se levantar, mas seu corpo falha e as palavras que ele precisa dizer são vomitadas em uma bolha de sangue. Então há um pé sobre seu pescoço e ele está sendo empurrado para baixo, empurrado até sua cabeça atingir o chão, e há bile em sua boca, nenhum ar em seus pulmões e escuridão em seus olhos.

***

— Inspetor — chama o gerente da marina quando se aproxima o suficiente para ser ouvido, respirando com dificuldade pelo esforço. — Um dos outros proprietários acabou de relatar que seu bote inflável foi roubado, eu achei que vocês deviam saber.

— Quando foi isso?

— No máximo há uma hora. Talvez menos.

Philip Esmond está branco.

— Seu irmão sabe usar uma dessas coisas?

Ele nega com a cabeça.

— Eu duvido. Ele nunca vem velejar, ele odeia a água.

Eu me volto para o gerente.

— Se ele está se dirigindo para o mar, ele vai precisar passar pelo Canal Pequeno, que fica ao lado da garagem dos botes salva-vidas. Se ele ainda estiver deste lado, aqueles caras provavelmente podem interceptá-lo, mas, se ele já tiver passado por lá, vai ser muito mais difícil.

— A que distância ela fica?

— A dez minutos pela rua, menos.

Gis e Quinn já estão correndo de volta para o carro.

— Eu vou com vocês — diz Esmond.

— Ligue para eles — grito para o gerente, voltando na direção do cais. — Diga que vamos nos encontrar com eles lá e para ficarem de olho à procura daquele bote.

— Espere — grita ele. — Como é esse homem?

— Parecido com ele — digo, apontando para Esmond. — Ele se parece com ele.

***

4 de janeiro de 2018, 0h22
Southey Road, 23, Oxford

Zachary se senta. Ele pode ouvir vozes lá embaixo. Desce da cama e vai até a porta. Ele com certeza pode ouvir as vozes agora. É Harry. E o papai! Mamãe disse que papai ainda não ia voltar, mas Zachary tem certeza de poder ouvi-lo. Talvez seja uma surpresa. Talvez ele não saiba que Zachary gosta de surpresas. Ele gosta de presentes e surpresas, e de piratas e chocolate.

Ele empurra e abre a porta e vai na ponta dos pés no escuro até a balaustrada. Não há nenhuma voz, agora. Ele desliza até o chão e olha para lá. E lá está ele. Seu pai. Vestindo o casaco. Mas ele parece engraçado. Ali parado, só. Meio com raiva e meio triste. Zachary está prestes a chamá-lo, mas seu pai de repente se vira e vai para a cozinha. Zachary ouve a porta dos fundos se abrir e alguns minutos depois seu pai está de volta. Está carregando alguma coisa. Ele volta para a sala de estar, e Zachary ouve o som de água sendo derramada. Como quando eles brincaram na piscina infantil quando o tio Philip estava ali. Talvez a surpresa seja essa. Ele chega mais perto e espia através dos balaústres. Então há um estampido engraçado e surge uma luz amarela bonita na sala de estar. Como a fogueira que eles fizeram com Harry quando ele fez todos aqueles truques. Zachary gostou daquilo. Foi divertido.

O pai torna a sair novamente. Ela agora não parece tão triste. Estava do jeito que ficou Zachary quando o dentista disse que ele tinha de arrancar um dente e depois, no fim das contas, não precisou. Zachary observa seu pai dar uma longa olhada pelo vestíbulo e em seguida sair. A porta da frente se fecha e há o barulho de passos no cascalho.

Zachary se levanta e começa a descer lentamente a escada, um degrau de cada vez, uma mão segurando os balaústres, arrastando atrás dele o cobertor de segurança azul-claro.

***

Paramos em frente da garagem de botes salva-vidas com uma freada de cantar pneu. O barco já está na água. Uma das pessoas da tripulação vem correndo em minha direção. O vento, agora, está ficando mais forte.

Pode estar uma calmaria no canal, mas o mar aberto vai estar encapelado.

— Inspetor Fawley? Hugh Ransome. Achamos que seu homem já deve ter passado. Um dos rapazes achou ter visto um bote como aquele há quinze minutos.

Ele olha para nós quatro.

— Nós só temos espaço para dois.

— Eu vou — digo rapidamente. — Com o sr. Esmond. Meus policiais vão falar com a polícia de Dorset. Para garantir que eles saibam o que está acontecendo.

Ransome assente e se volta para o barco.

— Há capacetes e coletes salva-vidas a bordo — diz ele olhando para trás. — Eles não são opcionais.

Enquanto seguimos ruidosamente pelo passadiço, uma pequena multidão já está se formando. Já há duas pessoas no barco — um homem e uma mulher com os mesmos capacetes brancos e coletes de alta visibilidade. O motor está ligado e nós partimos em uma onda assim que botamos nosso equipamento. É seguro dizer que Philip Esmond é mais rápido nisso que eu.

— Seu homem sabe o que fazer se estiver com problemas? — grita o líder da equipe acima dos borrifos e do ronco do motor.

Esmond faz que não.

— Mesmo que haja sinalizadores a bordo, duvido que ele saiba o que são.

— Ele sabe nadar?

Esmond assente.

— Mas não bem.

É um canal estreito, e balsas e barcos a motor passam por nós nas duas direções, criando em sua passagem enormes ondas de proa que batem forte contra o nosso barco, mas somos muito mais estáveis do que seria o pequeno bote. Vejo pela expressão de Philip que ele está pensando a mesma coisa.

Então estamos saindo para águas abertas, as docas secas e unidades industriais rareando perto da margem e das florestas baixas na orla mais distante. A água reluzia sob o sol de inverno, mas isso é tudo o que consigo ver. Ransome tem um binóculo, examinando a baía.

— Alguma coisa? — pergunto.

Ele abaixa o binóculo e aponta.

— Ali.

***

4 de janeiro de 2018, 0h43
Southey Road, 23, Oxford

Quando Matty abre os olhos, ele sabe que há alguma coisa errada. Ele sente cheiro de queimado. Ele se senta. E agora escuta outra vez — o som terrível que invadiu seu sonho.

Zachary.

Matty pula da cama e vai até o patamar da escada. Do alto ele pode ver Zachary abaixo dele no vestíbulo. Ele está cambaleando, gritando — soltando um horrendo uivo animal que Matty nunca ouvira antes.

Seu pijama está em chamas. Sua pele está em chamas.

— Estou indo, estou indo! — berra Matty, descendo a escada correndo, suas pernas cedendo embaixo dele, quase caindo. Zachary corre em sua direção, ainda gritando, mas Matty agora pode ouvir palavras: *Papai, papai.*

Ele pega o cobertor azul que está sobre o degrau, mais baixo e enrola o irmão nele, como viu fazerem na TV. Mais apertado, mais apertado, até as chamas se apagarem. A fumaça agora está mais densa. O tapete na sala está em chamas e elas estão se espalhando pelas tábuas do piso, correndo como rios de chamas, como a lava que viram no filme sobre vulcões na escola. Ele não consegue chegar à porta da frente, não consegue chegar à cozinha. O fogo está por toda a parte, e ele está sem sapatos. E ele precisa pensar em Zachary. Ele olha ao redor. É como se eles estivessem em uma ilha em um mar de chamas. Eles não podem ficar ali.

Ele pega o irmão nos braços, cambaleando sob o peso. Zachary não está mais gritando. Emergência, pensa Matty. Eu preciso ligar para a emergência, como eles nos ensinaram na aula de cidadania, chamar uma ambulância e o caminhão de bombeiros e a polícia.

— Não se preocupe, Zachary — diz ele, com a respiração já arranhando sua garganta. — Vamos voltar lá para cima, aí eu vou acordar a mamãe e vamos encontrar um telefone.

É isso o que ele fica repetindo para si mesmo por todo o caminho de volta escada acima, seu fardo mais pesado a cada passo.

Acordar a mamãe, encontrar um telefone, acordar a mamãe, encontrar um telefone.

Quando eles chegam ao quarto de brincar, Matty põe Zachary na cama. Ele continua dizendo a si mesmo que tudo vai ficar bem, mas Zachary não está se mexendo, e Matty está começando a entrar em pânico. Ele volta até a porta do quarto de brincar e a abre alguns centímetros. Vê o brilho vermelho das chamas contra a parede da escada e sente o calor no rosto. O fogo agora está muito grande. Ele não pode voltar lá para baixo.

Ele vai até a janela, mas sabe que ela está trancada. Seu pai trancou todas as janelas para mantê-los em segurança. Não há saída por ali, ele não pode nem gritar por socorro. Ele sente o xixi quente escorrendo pela perna. Então de repente tudo está bem outra vez, porque ele consegue ver seu pai, seu pai está do outro lado da rua olhando para a casa. Matty começa a bater na janela, gritando *pai, pai, pai.*

Seu pai ergue os olhos e seu rosto fica rígido com horror — por um momento ele fica ali parado, sem se mexer, como se estivesse congelado no lugar, então vai na direção da casa. Primeiro devagar, depois correndo, mas ao chegar à porta há uma explosão na sala de estar e vidro e detritos chovem sobre o jardim. Matty vê o pai cambalear para trás, protegendo o rosto com as mãos, então as chamas se elevam mais e Matty não consegue mais vê-lo.

— Estou indo, pai! — grita ele — Estou indo!

***

O bote inflável está vazio, subindo e descendo na corrente silenciosa. Nós chegamos ao seu lado, e a tripulação o puxa e o prende a nossa proa. Devemos estar a um quilômetro da margem. Longe demais para qualquer pessoa normal nadar. Mesmo se houvesse tido tempo.

Ransome ainda está examinando o horizonte, mas todos sabemos que não há esperança.

Não há ninguém na água.

Michael Esmond se foi.

Um dos membros da tripulação se debruça e pega uma coisa do fundo do bote. Ela olha para ela rapidamente então a entrega a Esmond. É um relógio de bolso; um relógio de bolso de ouro em uma bolsinha de veludo vermelho. Não foi deixado por engano. Foi deixado para ser encontrado. E eu me lembro agora. Aquela outra herança de família transmitida por gerações, assim como aquela casa. O relógio de bolso que tem gravado nele um lema em polonês.

O sangue é mais denso que a água.

Philip Esmond fecha os olhos por um momento, então fecha a mão em torno do relógio e, antes que eu possa detê-lo, o atira longe através do ar suave e reluzente.

***

Quando empurro e abro a porta da sala de situação às 11 horas da manhã seguinte, entro direto em um coro de "Ele é um bom companheiro". Não é que eles estejam sendo insensíveis; esse foi um caso brutal, e ninguém sabe disso melhor que eles. Mas também foi a primeira grande investigação de Gislingham e ele conseguiu um resultado. Um belo X no campo de "resolvidos", e Philip Esmond acusado de obstrução de justiça. Com certeza Harrison vai ficar delirante. Mesmo que nosso suspeito de assassinato esteja quase certamente morto. Mesmo que não tenhamos um corpo. De manhã cedo havia um e-mail de Ransome em minha caixa de entrada: "Ainda estamos procurando, mas não prenda a respiração por isso", disse ele. "Do jeito que as correntes funcionam por aqui, pode levar meses. E, se ele tinha a intenção de fazer isso, deve ter usado pesos para afundar. Em casos assim, você não torna a encontrá-los."

E agora estou limpando a garganta para dizer alguma coisa, mas Quinn é mais rápido.

— Eu só queria dizer — começa ele, levantando a voz acima do burburinho — que o sargento fez um trabalho excelente nas últimas duas semanas. Muito bom, parceiro, marcou um golaço.

Ele sorri ao dizer isso, e também está falando sério. E o resto da equipe pode ver isso, e eles sabem tão bem quanto eu que, mesmo que seja verdade, dizê-lo não deve ter sido fácil. Há alguns gritos de apoio que todos sabemos ser tanto para Quinn quanto para Gis.

Gis sorri para ele.

— Obrigado, parceiro. Eu agradeço. — Ele olha ao redor da sala, então verifica seu relógio. — Está bem, gente, talvez seja um pouco cedo para almoçar, mas as bebidas são por minha conta.

— Achei que você não fosse convidar — brinca Quinn, para mais risos.

— Na verdade — digo —, acho que esse convite devia ser meu.

Mais vivas e, à medida que o barulho cessa e as pessoas começam a pegar o casaco e se dirige para a porta, vejo Somer dar um tapinha de leve nas costas de Quinn ao passar.

***

Quando o telefone toca no final do dia, Somer pensa duas vezes antes de atender a ligação. Ela ficou encarregada de arrumar a sala de incidentes, e o resto da equipe saiu há mais de uma hora. Everett ficou para trás para ajudar, mas com os arquivos encaixotados e o quadro branco limpo, até ela está ficando impaciente, agora.

Somer fica olha para o telefone. *Se ele tocar mais de cinco vezes, eu vou atender*, diz ela para si mesma. *Só para o caso de ser importante*.

— Vamos lá, Erica — diz Everett. — Uma garota pode morrer de sede por aqui.

Três toques, quatro, cinco.

Somer pega o telefone, tentando não notar Everett suspirando e revirando os olhos.

— Divisão de investigação criminal, detetive Somer falando.

— Eu estava torcendo para que fosse você.

Ela reconhece a voz, mas não sabe dizer quem é. Não imediatamente. Mas, no meio segundo que leva para dar um nome a ela, seu instinto lhe diz que é uma boa voz — uma voz que ela associa com coisas boas. Ela vai se lembrar disso mais tarde e abraçar o pensamento.

— É Giles, Giles Saumarez.

Ela fica vermelha e se vira rapidamente, torcendo para que Everett não tenha percebido (embora, é claro, ela tenha percebido). Não é trabalho esse telefonema, não se ele está chamando a si mesmo de Giles.

— Eu vou a Banbury para ver meu sogro no próximo fim de semana e me perguntei se você gostaria de se encontrar comigo. Almoço? Um drinque?

Everett fez a volta para ficar de frente para ela, sorrindo e dizendo sem emitir som *"Quem é?"*.

— Sim — diz Somer, apertando mais o telefone. — Eu ia adorar. Na verdade, eu preciso pedir seu conselho.

— Ah, é?

— Eu me pergunto se você tem uma opinião sobre luvas com dedos juntos.

A voz dele ainda está bem contente cinco minutos depois, quando ela desliga o telefone.

***

Eu olho ao redor da sala de estar uma última vez. Os faxineiros estiveram ali e limparam o local esfregando-o quase até a morte, mas ainda quero que esteja perfeito. Quero que ela veja o quanto importa para mim que esteja perfeito. Eu olho para meu relógio, que mostra exatamente dois minutos mais tarde que quando olhei da última vez. A ansiedade está tomando conta de mim e, quando me vejo arrumando os cantos da pilha de revistas, eu sei que estou com problemas.

A campainha toca. Estou a três quartos de atendê-la até que percebo que não pode ser ela. Ela tem a chave. Mas, depois de todo esse tempo, talvez ela não se sinta capaz de usá-la. Talvez nem pense mais na casa como dela. Eu me sinto um pouco mal com isso, talvez por isso não esteja sorrindo tanto quanto gostaria quando abro a porta.

Ela está ali parada. Na escada, olhando para a entrada de carros no jardim da frente. Onde eu passei três horas na semana passada botando plantas novas. Ela está usando jeans, botas e uma jaqueta de couro macio que comprei para ela em Roma porque era exatamente da cor de seu cabelo. Eu não a vejo usá-la há séculos. Mas ela está usando agora. Ela *escolheu* usá-la agora. Meu coração se aperta com o terror da esperança.

Ela então se vira e me vê.

— Uau — diz ela, apontando para o jardim. — Você chamou alguém para cuidar?

Abro a boca para dizer alguma coisa, mas ela já passou por mim e entrou na casa, e eu a observo percebendo meu esforço. Não apenas os faxineiros. As flores. A garrafa de vinho sobre a mesa.

Ela parece desajeitada agora, e começa a mexer com algo em sua bolsa. Eu exagerei. Não devia ter feito com que parecesse tão forçado.

— Sente-se, Adam, por favor.

Ela escolhe o sofá e eu hesito um momento, me perguntando se devia me sentar na cadeira. Me perguntando como deixamos as coisas ficarem tão estúpidas que estou preocupado com onde me *sentar*.

— Tenho pensado muito desde que me afastei. Pensado muito. Dois meses, mas parecem anos. Décadas.

— Estar na minha irmã me deu espaço para fazer isso. Entre outras coisas.

Outras coisas. Que outras coisas?

— Estou vendo com muito mais clareza agora.

Eu quero olhar para ela. Eu quero olhar para tudo o que amo nela que não via por todas aquelas semanas, mas tenho medo do que ela vai ver em meus olhos.

Ela obviamente quer que eu diga alguma coisa, e tento fazer minha voz funcionar.

— Está bem.

Seu rosto fica um pouco nublado, mas não sei dizer se é por causa do que ela está prestes a me dizer ou porque ela consegue sentir meu desconforto.

— Nós partimos o coração um do outro por causa da adoção, Adam. Eu queria tanto, e você não conseguiu fazer isso, embora você fizesse qualquer coisa por mim. — Sua voz está mais delicada. — Foi então que eu soube que seria errado. Você faria qualquer coisa por mim, menos aquela. Você *não podia* fazer isso. Isso significa que eu não devia ter pedido a você. Eu entendo isso agora. E não vou fazer isso. Nunca mais.

Eu engulo em seco e olho para as minhas mãos.

— E tudo bem com você em relação a isso? Com a gente não adotando?

É um ponto sem volta. Porque uma das respostas dessa pergunta é *Sim, porque não há nenhum "nós". Acabou.*

Ela fica em silêncio por tanto tempo que eu ouso olhar para ela. Ela está sorrindo.

— É, tudo bem comigo em relação a isso. Porque eu amo você. Porque quero estar com *você*.

Quando eu a tomo nos braços, tocá-la é eletricidade. Dois meses de ausência, e agora seu cheiro, seu cabelo, seu corpo, conhecidos e desconhecidos. Íntimos e gloriosamente estranhos. É ela, no fim, que se afasta. Toma meu rosto nas mãos e traça a lágrima em meu rosto com o dedo.

— Você achou mesmo que eu não fosse voltar?

— Eu sei o quanto aquilo significava para você. Eu sabia o quanto você estava infeliz.

Ela sorri novamente.

— Não estou mais.

Olho para ela por um instante, então estendo a mão e pego a garrafa.

— Nós precisamos comemorar. É um Meursault.

O favorito dela. O favorito absoluto.

Ela faz que não.

— Não, obrigada. Não para mim.

— Está bem, é um pouco cedo, mas é o mesmo que tomamos na Casa de Barcos no último verão. Aquele pelo qual você ficou louca. Levei séculos para encontrá-lo.

Ela sorri.

— Parece maravilhoso, e eu adoraria, mas não posso. — O sorriso dela se alarga. — Não posso mesmo. Eu disse a você, não disse, que queria ter certeza. E agora tenho.

E agora ela está olhando para meu rosto atônito e incrédulo e assentindo, e meus olhos estão cheios de lágrimas e estou rindo, ela me toma nos braços e me estende uma foto, e meu coração entra em queda livre quando olho, pela primeira vez, para a nevasca de pontos cinza e brancos e percebo o que aquilo significa. O que tudo aquilo significa — as semanas de dor, espera e dúvida.

Uma criança.

Nosso filho.

— Eu ainda não acredito que você não tivesse descoberto — sussurra ela com olhos cintilantes. — E você se diz um detetive...

AGRADECIMENTOS

As primeiras pessoas a quem gostaria de agradecer são meus leitores. Foi um ano incrível — só um ano! — e quero agradecer a todos os que compraram, pegaram emprestado, leram, resenharam e recomendaram os dois livros de Adam Fawley que saíram antes deste.

Devo agradecimentos também à minha "equipe de profissionais": inspetor-detetive Andy Thompson por sua ajuda com procedimentos policiais; Joey Giddings por conselhos de especialista sobre perícia forense; Ann Robinson por sua ajuda com o lado médico; meu bom amigo Philip Mann pelo conhecimento de todas as coisas náuticas; Nicholas Syfret do Conselho da Rainha pelos aspectos jurídicos e Jeremy Dalton por garantir que eu não fizesse papel de boba quando se tratava de videogames. Também gostaria particularmente de agradecer a Graham Turner e Steve Johns do serviço de bombeiros de Oxfordshire por sua ajuda e conselhos valiosos — eu não teria conseguido sem eles. Como antes, explorei um nível de licença criativa em algumas áreas, todos os escritores fazem isso, mas qualquer erro é de responsabilidade exclusivamente minha.

Obrigada também à minha agente, Anna Power, que continua a me impressionar, e à equipe maravilhosa na Penguin — minha editora, Katy Loftus, minha maravilhosa RP, Jane Gentle, Rose Poole pelo ótimo trabalho com as campanhas, toda a equipe na DeadGood pelo apoio fabuloso, e James Keyte, que deu vida aos dois livros anteriores em áudio e com quem espero trabalhar neste. Obrigada também à minha editora de texto, Karen Whitlock, e uma menção especial para Emma Brown e a equipe de produção da Penguin: todo livro apresentou um novo desafio de design (dessa vez o relatório de incêndio) e como sempre elas o solucionaram lindamente.

Assim como com *Onde está Daisy Mason?* e *Em um porão escuro*, tenho um apoio maravilhoso de minha equipe de "primeiros leitores": meu marido, Simon, (que também rascunhou o infame testamento de Esmond), e meus queridos amigos Stephen, Sarah, Peter, Elizabeth e Andy.

Algumas palavras finais sobre o livro em si. Como antes, enquanto há alguns lugares e ruas reais de Oxford no romance, outros são minha própria invenção. Não existe, por exemplo, nenhuma "Southey Road", nem uma "Bishop Christopher's". As notícias são totalmente fictícias; nenhuma das pessoas representadas é baseada em uma pessoa real, e qualquer semelhança entre nomes de usuários no livro e os de pessoas reais é totalmente coincidência.

O *podcast* da BBC ao qual me refiro é uma obra incrível de transmissão de Jon Manel, que você ainda pode ouvir procurando por *The Adoption* no iPlayer da BBC.

DIREÇÃO EDITORIAL
Daniele Cajueiro

EDITOR RESPONSÁVEL
André Marinho

PRODUÇÃO EDITORIAL
Adriana Torres
Júlia Ribeiro
Daniel Dargains

REVISÃO DE TRADUÇÃO
Alvanisio Damasceno

REVISÃO
Anna Beatriz Seilhe
Iuri Pavan

PROJETO GRÁFICO DE MIOLO E DIAGRAMAÇÃO
Larissa Fernandez
Leticia Fernandez

Este livro foi impresso em 2023,
pela Vozes, para a Trama.